DAS MEDICI-MANUSKRIPT

DIE GLASS-BIBLIOTHEK, BAND 2

C.J. ARCHER

Übersetzt von
SIMONE HELLER

KAPITEL 1

LONDON, FRÜHLING 1920

„Lichtbilder sind die Zukunft", erklärte Daisy. „Und ich will in einem sein."

Ich schob das Buch, das ich zu lesen versucht hatte, zurück an seinen Platz auf dem Bibliotheksregal. Es war sinnlos, damit weiterzumachen; über Daisy konnte man unmöglich einfach so hinweggehen, wenn die Aufregung sie ergriffen hatte. Sie war wie ein Kind, das den ganzen Tag am Schreibtisch sitzen musste und endlich nach draußen durfte, um mit den anderen Kindern zu spielen.

Ich wusste, sie würde nicht gehen, bis sie zufrieden war. Und zufrieden wäre sie erst, wenn ich ihr mehr Aufmerksamkeit schenkte als dem Stapel Bücher, den ich im Arm hielt. Dennoch sollte ich doch arbeiten.

„Daisy, können wir später über deine Schauspielkarriere reden? Ich muss die ins Regal räumen."

„Du kannst sie ins Regal räumen, während ich rede. Du musst doch nur zuhören."

„Ich will ein paar Seiten von jedem lesen, damit ich eine Ahnung von ihnen bekomme. Das ist die beste Möglichkeit, um etwas über Magie zu lernen."

Sie schnappte sich das oberste Buch vom Stapel und las den Titel laut vor. „Aberglauben in der Stammeskultur des westlichen Afrika: eine kurze Geschichte." Sie wog das dicke Buch in einer Hand, um es abzuschätzen. „Kurz? Dieser Autor macht doch niemandem was vor."

Ich gab es auf, jedes Buch ein bisschen lesen zu wollen, und beschloss, sie einfach einzuräumen. Je eher ich ihr zuhörte, desto eher würde sie gehen. „Da du fast so viel Zeit hier verbringst, wie ich es tue, könntest du auch gleich helfen. Westafrikanischer Aberglauben gehört ins zweite und dritte Regal. Dort sind sie alphabetisch nach Autor sortiert."

Sie musterte die Rücken der eingeräumten Bücher, einige, auf denen der Titel und der Verfasser abgedruckt waren, andere waren leer. Mit einem Seufzen zog sie die leeren heraus, um die Verfassernamen zu suchen. „Woher weißt du, dass es auf dieses Regal gehört?"

„Professor Nashs Katalogaufteilung basiert auf Themen, genau wie das Dewey-Dezimalsystem."

„Das was?"

„Ach, egal. Du musst nur wissen, er hat ein System geschaffen, nach dem die Bücher zu einem konkreten Thema zusammen ins Regal kommen. Dieser ganze Bereich ist der, in dem die Bücher über Aberglauben aufbewahrt werden. Als nächstes sind sie nach Afrika sortiert, das dann wiederum nach Region sortiert ist. All diese Bücher werden anschließend nach Autor eingeräumt."

„So viele Bücher nur über Aberglauben im westlichen Afrika! Faszinierend."

„Wenn du eine Schauspielerin sein möchtest, musst ein bisschen überzeugender klingen als das."

„Tatsächlich werde ich überhaupt nicht überzeugend *klingen* müssen, da das Publikum die Schauspieler nicht hören kann. Beim Schauspielern für Filme geht es ganz um die Gesichtsausdrücke. Etwa so." Sie spielte vor, fasziniert zu sein, indem sie die Augen weit aufriss und eines der Bücher aus dem Regal zog, um es sich an die Brust zu drücken.

Sie musste mehr üben, aber das sagte ich ihr nicht. Gestern hatte sie eine Künstlerin sein wollen, und heute war sie begeistert vom Schauspielern. Es hatte keinen Zweck, sie zu beleidigen; vermutlich würde sie es sich nächste Woche abermals anders überlegen.

Daisy schob das Buch zurück auf seinen Platz auf dem Regal. „Du hast keine Liste mit Katalognummern, auf die du dich beziehst. Woher weißt du, dass das Buch hierher gehört?"

„Ich habe mir Professor Nashs System eingeprägt."

„Schon? Es ist doch gerade mal ein bisschen über eine Woche her, seit du angefangen hast. Das hätte doch Monate gedauert."

„Wenn dir Spaß macht, was du tust, ist es keine Mühe."

Sie seufzte. „Darum habe ich das Malen aufgegeben. Mein Kunstlehrer hat mir gesagt, ich solle meine Seele nach meinen innersten Gedanken, Ängsten und Wünschen durchforsten, aber es war einfach so *schwer*, Sylvia. Ernsthaft, hast du eine Ahnung, wie schwer es ist, eine leere Leinwand anzustarren und einfach zu *denken*." Ich wollte gerade etwas Sarkastisches über ihre Vorstellung von Mühen sagen, doch sie fügte an: „Die einzigen Dinge, an die ich denken konnte, waren die armen Männer, die im Krieg gestorben sind, und diejenigen, die so beschädigt zurückkommen, dass man sie nicht wiederherstellen konnte. Und dann fühlte ich mich schuldig, denn ich wollte nicht mehr an diese Dinge denken." Sie nahm ein weiteres Buch aus dem Stapel, den ich trug, und musterte den Titel, doch ihr gesenkter Kopf versteckte ihre tränenerfüllten Augen nicht ganz.

Es war leicht, Daisy als irgendwie selbstsüchtig und verwöhnt zu sehen, aber ich kannte sie inzwischen gut genug, um zu wissen, dass sie eine freundliche und großzügige Seele war, die sich entschied, nicht auf der Vergangenheit herumzureiten oder sich von Sorgen überwältigen zu lassen. Ich beneidete sie. Nachdem ich um den Verlust meines Bruders im Krieg und meiner Mutter an die Grippe getrauert hatte, war es mir in den letzten achtzehn Monaten schwer gefallen, mich aus dem Loch der Verzweiflung zu stemmen. Aber kürzlich hatte ich es geschafft. Ich dachte immer noch jeden Tag an meine Familie, aber der Schmerz, der diese Gedanken begleitete, drückte nicht mehr auf meine Brust, bis ich nicht mehr atmen konnte. Ich war bereit, weiterzuziehen, und Daisys fröhliche Freundlichkeit hatte eine Rolle dabei gespielt, dass ich dazu bereit war. Sie war in mein Leben gekommen, als ich sie am meisten gebraucht hatte, und dafür würde ich auf immer dankbar sein.

Ich legte meinen freien Arm um sie. „Vielen Dank, dass du mir hilfst."

Sie umarmte mich kurz, dann wedelte sie mit dem schlanken Buch vor meinen Augen.

„Wo räumt ihr Bücher über vorchristlichen schottischen Aberglauben ein?"

Ich deutete den Gang entlang. „Da unten, auf dem obersten Regal."

Sie stellte sich auf die Zehenspitzen, um die Rücken der anderen Bücher zu lesen. „Hast du in diesen Büchern noch mehr über Silbermagie herausgefunden?"

„Schon, und hin und wieder wird sogar ein Familienname da und dort erwähnt, aber keiner, den ich erkenne. Der Autor der jüngsten Texte, die Silbermagie erwähnen, war überzeugt, dass die Abstammungslinie vor Jahrzehnten geendet hat. Er irrt sich. Natürlich wurde das Buch geschrieben, bevor Lord und Lady Rycroft 1891 Marianne Folgate trafen."

Der Name war mir von Mr. Gabriel Glass ans Herz gelegt worden, dem einzigen Kind der berühmten Lady Rycroft, einer mächtigen Uhrenmagierin. Er war talentfrei wie sein Vater, doch ihre Familie hatte im Lauf der Jahre viele Magier getroffen, und eine von ihnen war Marianne Folgate. Sie war 1891 verschwunden, und seither hatte man nichts mehr von ihr gesehen oder gehört.

Ihr Aufenthaltsort blieb ein Rätsel, genauso wie die Geschichte meiner eigenen Abstammung. Ich hatte meinen Vater nicht gekannt. Meine Mutter weigerte sich, über ihn oder ihre Familie zu reden, und wir zogen von Stadt zu Stadt, ließen uns niemals nieder, aus Gründen, die sie nicht mitteilen wollte. Mein Bruder und ich hatten es aufgegeben, nach dem Grund zu fragen, und wir hatten auch nicht mehr nach unserem Vater gefragt. Aber keiner von uns hatte je aufgehört, darüber zu grübeln.

Nachdem ich in seinem Tagebuch den Verdacht meines Bruders gelesen hatte, dass wir von Silbermagiern abstammten, hatte ich versucht, von Gabes Mutter mehr zu erfahren, weil ich dachte, dass sie bestimmt jede Menge Magier kannte. Sie war zwar nach Übersee gegangen, doch Gabe hatte helfen können, und er war derjenige, der mir erzählt hatte, seine Eltern hätten einst eine Silbermagierin namens Marianne Folgate getroffen. Der Name bedeutete mir nichts. Ohne weitere Informationen konnte ich meine Suche nicht fortsetzen.

Außerdem war ich mir nicht mehr sicher, ob die Vermutungen meines Bruders richtig waren. Ich spürte nichts, wenn ich Silber berührte. Ich wurde nicht zu Gegenständen hingezogen, die aus Silber gefertigt waren, und laut Gabe hätte ein Magier einen Zwang fühlen müssen, wenn er in der Nähe seines Handwerks war.

Da meine Arbeit bei der Glass-Bibliothek mich beschäftigt hielt, hatte ich meine Neugier über meine Familie ins Regal gestellt und mich in die Arbeit gestürzt und so viel wie möglich über die Sammlung von magischen Texten der Bibliothek gelernt. Es war erfüllend, und mein neuer Arbeitgeber war eine Freude. Professor Nash wusste viel und war interessant. Seine Geschichten, wie er mit seinem Freund um die Welt gereist war, um Texte zu sammeln, waren voller Abenteuer und Wagemut, als kämen sie selbst direkt aus einem Buch.

Professor Nash spähte um das Ende der Bücherregale. Er trug ein Tablett mit einem Tee-Set und einen Teller mit Keksen. Seine Brille war auf der Nase nach unten gerutscht, aber da er beide Hände voll hatte, konnte er sie nicht nach oben schieben. Er spähte uns über den Rand hinweg an. „Da seid ihr ja! Tee?"

Wir folgten ihm zur größeren der beiden Leseecken im ersten Stock. Sanftes Licht strömte durch das Bogenfenster, badete das Ledersofa und die Sessel in ein warmes Leuchten. Ein Buch lag auf dem Schreibtisch am Fenster, ein Lederstreifen markierte die Stelle, wo der Bibliotheksgast beim Lesen angekommen war. Er hatte darum gebeten, es bis morgen dort lassen zu können, da er vorhatte, am Vormittag zurückzukehren. Da so wenige Gäste die Bibliothek aufsuchten, hatte der Professor die Erlaubnis gegeben. Wir verliehen keine Bücher. Die meisten waren zu selten, als dass man gestatten konnte, dass sie das Haus verließen.

Professor Nash stellte das Tablett auf den Tisch zwischen dem Sofa und den Stühlen und setzte sich mit einem schweren Seufzen. Er schob sich mit einer Hand die Brille die Nase hinauf und rieb sich mit der anderen den unteren Rücken. „Tee, die Damen?"

„Himmel, ja." Daisy griff nach dem Teller mit Keksen. „Ich bin am Verhungern." Sie bot den Teller mir an, als wäre sie die Gastgeberin beim Nachmittagstee. Es war der Beweis, wie behaglich sie sich hier fühlte und wie oft sie vorbeikam, seit ich in der Glass-Bibliothek zu arbeiten begonnen hatte. Sie kam so häufig, dass der Professor vielleicht das Gefühl bekam, auch ihr bald einen Lohn zahlen zu müssen.

Er reichte mir eine Tasse und Untertasse. „Worüber habt ihr beiden geplaudert, als ich euch gestört habe?" Hätte mein ehemaliger Arbeitgeber diese Frage gestellt, wäre das höhnisch gewesen, gefolgt von dem Vorwurf, dass ich doch arbeiten sollte, nicht mit einer Freundin reden. Doch Professor Nash war ehrlich an der Antwort interessiert. Ihm machte es nichts, dass Daisy jeden Tag vorbeikam oder dass sie fast ununterbrochen redete. Tatsächlich glaubte ich, dass er die Gesellschaft genoss. So lange meine Arbeit erledigt wurde, machte es ihm nichts aus, wer zu Besuch kam.

Tatsächlich fragte ich mich, ob es ihm überhaupt wichtig war, dass ich arbeitete. In der Bibliothek gab es nicht viel zu tun. Sehr wenige Besucher kamen, und obwohl er sagte, dass er wollte, ich würde einige alte Bücher katalogisieren, die noch im Speicher gelagert waren, hatte er sie mir noch nicht gezeigt. Allmählich glaubte ich, dass er eher wegen der Gesellschaft zugestimmt hatte, mich zu nehmen, und nicht, um seine Arbeitslast zu reduzieren.

Nicht, dass Gabe ihm dabei eine Wahl gelassen hätte. Nachdem er unabsichtlich dafür gesorgt hatte, dass ich aus meiner letzten Stelle entlassen wurde, hatte er mir die Anstellung in der Glass-Bibliothek aus Schuldgefühlen heraus besorgt. Da seine Eltern einen großen Teil zur Finanzierung beitrugen, war der Professor wohl kaum in der Lage, Nein zu sagen. Anfangs hatte mich das gestört. Ich mochte das Gefühl nicht, dass ich Gabe etwas schuldig war. Aber inzwischen war ich froh, dass seine Schuld ihn dazu getrieben hatte. Ich arbeitete gern in der Glass-Bibliothek, äußerst gern.

„Marianne Folgate", sagte ich zur Antwort auf die Frage des Professors.

„Gabriel Glass", sagte Daisy gleichzeitig.

Der Professor hatte größeres Interesse an meiner Antwort als an ihrer. „Folgate?"

Ich nickte. „Erinnern Sie sich noch, dass Sie mir von einer Silbermagierin mit dem Namen Marianne erzählt haben, sich aber nicht an ihren Nachnamen erinnern konnten? Gabe ... hat ihn für mich herausgefunden." Er hatte mir erzählt, er hätte den Wissensschatz seiner Familie angezapft, um die Information zu bekommen, nachdem er beschlossen hatte, dass er mir vertrauen konnte. Es war nicht an mir, diesen Wissensschatz vor sonst jemandem zu erwähnen. Vielleicht wusste es der Professor bereits, aber ich wollte es nicht riskieren, Gabe zu enttäuschen, indem ich voreilig sprach. „Er hat eine Silbermagierin namens Marianne Folgate gefunden, die zuletzt hier in London von seinen Eltern 1891 gesehen wurde."

Seine Brille rutschte wieder die Nase hinab, doch er schob sie nicht zurück nach oben. „Folgate. Bei dem Namen klingelt es." Er setzte sich schwer in einen Sessel, die Stirn in Falten gelegt.

Daisy nahm ihre Teetasse und hielt sie am Griff, den Ringfinger abgespreizt. Während sie in ihrer Wohnung Cocktails nippte, saß sie oft da, die Schuhe ausgezogen und die Füße unter sich gesteckt. Aber wenn sie Tee hatte, benahm sie sich wie eine adlige Dame. Sie war wohl so erzogen worden, dass sie das Oberklasseritual eines anständigen Nachmittagstees respektierte. „Sie haben bestimmt auch die Frau namens Marianne getroffen, haben aber einfach nur ihren Nachnamen vergessen."

„Nein. Mariannes Nachnamen kannte ich nie." Die Stirn des Professors wurde immer faltiger, bis er schließlich die Tasse mit einem Klappern zurück auf die Untertasse stellte. Er sprang auf. „Jetzt weiß ich es wieder! Komm mit, Sylvia. Sie auch, Miss Carmichael."

„Bitte nennen Sie mich Daisy. Wenn Sie mich Miss Carmichael nennen, habe ich das Gefühl, ich bin in Schwierigkeiten mit einem Lehrer."

Darüber hätte er für gewöhnlich gelacht, aber er war bereits losgegangen, völlig abgelenkt. Er ging voraus zu den Buchreihen an der gegenüberliegenden Wand und der letzten Reihe Buchregale. Er zog am Buchrücken eines in rotes Leder gebundenen Buchs, bis wir ein Klicken hörten. Mit einem festen Schub an den Regalen öffnete sich die versteckte Tür, um einen kleinen, leeren Vorraum und eine weitere Tür auf der anderen Seite zu enthüllen.

Daisy keuchte. „Wie aufregend! Sylvia, hast du gewusst, dass es das gibt?"

„Schon."

Der Professor schob die zweite Tür auf, und Daisy keuchte erneut. „Schöne Bude, Prof."

Licht aus den hohen Fenstern erhellte die Wohnung, erreichte die hintersten Ecken des Schlafraums auf dem Zwischengeschoss und des Wohnzimmers darunter. Daisy strich mit den Fingerspitzen über die Rückseite eines Ledersofas, als wir vorbeikamen, und betrachtete jeden Quadratzentimeter der Wohnung. Mich erinnerte sie an das Studierzimmer eines Gentlemans, ganz in dunklem Holz, mit Büchern und interessanten Gegenständen, sehr wahrscheinlich während seiner Reisen an weit entfernte Orte auf der Suche nach Texten über Magie zusammengesucht.

Daisy bückte sich, um eine weiße Marmorstatue einer nackten klassischen Göttin zu betrachten. Als ich sie hinter dem Professor her weiterscheuchte, zwinkerte sie mir übertrieben zu, wies mit dem Daumen in Professor Nashs Richtung und sagte tonlos: „Herrlich." Ich war mir nicht sicher, ob sie sich auf seinen Frauengeschmack oder seinen Kunstgeschmack bezog, aber ihre Wertschätzung kam auf jeden Fall laut und deutlich durch. Vielleicht würde sie ja doch eine gute Schauspielerin in den Lichtbildern abgeben.

Wir stiegen die Wendeltreppe zum Schlafzimmer im Zwischengeschoss hinauf. Der Professor schnappte sich eine lange Stange mit einem Messinghaken am Ende. Mir war sie nie aufgefallen, obwohl sie die ganze Zeit an der Wand gelehnt hatte. Er nutzte das Gerät, um an einer kleinen Seilschlinge zu ziehen, die von der Decke hing. Eine Falltür öffnete sich, und eine Leiter klappte aus.

Er stellte die Stange auf ihren Platz zurück und nahm sich

eine Gaslaterne aus dem Regal. Die zündete er an und bedeutete uns, dass wir ihm die Leiter hinauf folgen sollten.

Daisy und ich wechselten Blicke, dann grinsten wir beide kindisch los und kletterten ihm nach. Die Möglichkeiten, was es in diesem Speicher alles geben konnte, ließ mein Herz schneller schlagen. Es war ein dummer Traum von mir, in einem verstaubten alten Speicher ein wichtiges Dokument zu finden, das lang vergessen in einer Truhe lag oder versteckt unter ganz gewöhnlichen Papieren. Ein unentdecktes Stück von Shakespeare war vermutlich zu viel, um darauf zu hoffen, aber ich hatte so ein Gefühl, dass ich nicht von dem enttäuscht sein würde, was sich uns zeigen würde.

Im Speicher konnten wir mühelos stehen, aber es war auch keiner von uns dreien besonders groß. Gabe hätte sich bücken müssen, und seinem riesigen Freund Alex Bailey wäre es sicher sehr unbehaglich gewesen. Jenseits des Lichtkreises lauerte eine Dunkelheit unbestimmbarer Tiefe. Als ich noch jünger gewesen war, hatte ich Romane verschlungen, in denen schreckliche Kreaturen in solchen leeren Orten hausten, die herauskamen, wenn die unschuldige Heldin es wagte, auch nur einen Fuß in ihren Bau zu setzen. Diese alten Geschichten und meine aktive Vorstellungskraft sorgten dafür, dass ich entschlossen war, im behaglichen Schein der Laterne zu bleiben.

„Also, wo könnte es sein?" Der Professor hielt die Laterne hoch. Ihr Licht erwischte Reisekoffer, die vor Staub bedeckt waren, Bücherstapel und ungebundene Papiere, ebenfalls mit Staub überzogen, und Artefakte verschiedener Art, manche so seltsam, dass ich mir nicht vorstellen konnte, was sie waren. Auch sie waren staubig.

Daisy nieste. „Ich sehe schon, Ihre Reinemachefrau kommt hier nicht herauf."

„Ich halte meine Räume selber sauber", sagte der Professor abgelenkt, während er sich bückte, um einen Stapel Bücher auf dem Boden zu mustern.

Eine hübsche Kassette mit einem Deckel, der Einlegearbeiten aus unterschiedlichen Holzarten hatte, sah interessant aus, aber ich zögerte, ihn zu öffnen, für den Fall, dass sich etwas auf mich stürzte. Ich arbeitete gerade an meinem Mut, als Daisy kreischte.

Sie sprang zurück und schlug die oberste Schublade eines Sekretärs mit dem Fuß zu. Ich eilte an ihre Seite, um sie zu beruhigen.

Auch der Professor kam gelaufen, die Laterne gezückt, als würde er sie als Waffe gegen jedwede schreckliche Kreaturen nutzen, die in der Schublade lauerten. Er holte tief Luft und zog sie langsam, vorsichtig auf.

Er senkte die Laterne und holte eine tote Ratte an ihrem Schwanz heraus. „Keine Sorge wegen der, Daisy. Die lebendigen, die sind das Problem."

Daisy und ich beäugten den Boden um uns herum.

Der Professor legte den Kadaver zurück in die Schublade und schloss sie. „Manchmal höre ich sie über meinem Kopf kratzen, während ich versuche, zu schlafen." Er schob sich die Brille hoch und lächelte uns an. „Wenn es euch nichts ausmacht, die Bücher dort durchzusehen, schaue ich mir die an." Er stellte die Laterne auf einen Reisekoffer zwischen den beiden Stapeln ab. „Ich weiß, es ist irgendwo hier oben."

„Was denn?", drängte ich, denn er schien vergessen zu haben, uns irgendwelche Einzelheiten mitzuteilen.

„Ein altes Buch mit Oscars handgeschriebener Nachricht im Inneren des vorderen Umschlags." Er musterte die Buchrücken in seinem Stapel, ohne eins aufzunehmen. „Es ist eigentlich gar kein Buch. Nicht wirklich. Eher schon eine Sammlung von Papieren, die zwischen Holzdeckeln gebunden sind, mit silbernen Schließen befestigt, damit es nicht aufgeht. Das ist keins von denen", fügte er an, bewegte sich zu einem weiteren Stapel.

Silber. Die Verbindung zu Marianne Folgate wurde allmählich klar.

Ich musterte die Bücher in unserem Stapel, tat sie aber sofort alle ab. Sie waren alt, aber sie waren in Leder gebunden, nicht in Holz, und sie hatten keine silbernen Schließen. „Was steht denn auf der Titelseite?"

„Ich weiß es nicht. Das ganze Ding ist in einem Code verfasst, den weder Oscar noch ich entziffern konnten."

Ich wippte zurück auf die Fersen und schaute mich um. Das Buch konnte überall sein, entweder in einem der Stapel oder in einer Schublade oder einer Truhe verstaut, oder auf einem Regal. Dass es in Holzdeckel gebunden war und mit Silberschließen befestigt, machte es jedoch ungewöhnlich. Die meisten Buchdeckel bestanden aus Leder oder dickem Papier, manche waren mit Stoff gebunden und wenige hatten Umschläge aus weichem Pergament. Es gab einen ganzen Koffer voller loser Papiere, und noch einen mit etwas, von dem ich annahm, es wären Pergamentblätter, die mit Lederstreifen zusammengebunden waren. Es würde ewig dauern, sie alle zu katalogisieren.

Ich konnte es gar nicht erwarten, damit anzufangen.

Ich öffnete eine weitere Truhe und atmete den typischen Geruch von altem Papier ein. Manche Leute nannten den Geruch muffig, doch ich mochte ihn. Für mich war er behaglich, erinnerte mich an die Tage, die ich ins Bett gekuschelt verbracht und schnell gelesen hatte, um so viel aufzunehmen, wie ich konnte, bevor das Tageslicht völlig verschwand. Oder an den Umweg, den ich nach der Schule zu einer Privatbibliothek eines älteren Paars gemacht hatte, dem es gefiel, dass ich mich über Ihre Sammlung freute. Es hatte mich immer zu Büchern hingezogen, wenn ich mich traurig oder einsam gefühlt hatte. Leider war das viel zu oft vorgekommen.

Jetzt mochte das ja ein Ende haben, doch ich fühlte mich von Büchern umgeben immer noch behaglicher, als ich es in einem Raum voller Leute tat.

Die Bücher in diesem Koffer wirkten älter, ihr Zustand war schlechter. Manchen fehlte ganz der Umschlag, oder die Fadenbindung an ihrem Rücken war ausgefranst oder zerrissen. Wo es noch Umschläge gab, waren sie entweder fleckig oder etwas mit scharfen Zähnen hatte daran genagt. Manche Bücher hatten herausgerissene Seiten, oder die Tinte war verblasst, sodass der Text teilweise unleserlich war.

Ich zog sie heraus, eines nach dem anderen, nur um innezuhalten, als ein Glitzern meinen Blick auf sich zog. Das konnten doch bestimmt nicht die Silberschließen sein. Da die Bücher eine Weile vernachlässigt hier oben gestanden hatten, wären die Schließen doch bestimmt angelaufen.

Doch wenn die Schließen einen Silbermagiezauber enthielten, war es auf jeden Fall möglich, dass sie glitzerten.

Ich wühlte durch den Rest der Bücher und zog das eine mit den Holzbrettern als vorderem und hinterem Deckel heraus, die von zwei Silberschließen gehalten wurden. Sie glitzerten so hell, als wären sie gerade poliert worden. Jede Schließe war mit einem Kreis verziert, der eine Lilie umgab. Das Silber fühlte sich glatt an, doch das eingravierte Muster war klar und gut definiert. Entweder war es nicht so alt, wie ich gedacht hatte, oder die Magie hatte es im Lauf der Jahrhunderte in hervorragendem Zustand gehalten.

Ich öffnete die Schließen und klappte das Buch auf. Darin war ein zerrissenes Stück vergilbtes Papier, auf dem ein paar Worte in einer ordentlichen, modernen Handschrift geschrieben standen. „Ich habe es gefunden."

Daisy ging neben mir in die Hocke, und Professor Nash kniete sich auf meine andere Seite. Er hielt die Laterne dicht heran. „Ja, das ist es. Das ist Oscars Handschrift."

Er hatte keine kompletten Sätze geschrieben, sondern nur ein paar Worte. Das einzelne Wort „Folgate?", zusammen mit einem Fragezeichen, nahm eine eigene Zeile ein. Aber das war es nicht, was meinen Blick auf sich zog und Daisy scharf nach Luft schnappen ließ. Es waren die faszinierenden Worte, die Oscar darüber geschrieben hatte.

Das Medici-Manuskript.

KAPITEL 2

Diese beiden Worte, Medici und Manuskript, beschworen eine alte Welt der Kunst und Kultur herauf, des Reichtums und der Macht, des Rätsels und der Skrupellosigkeit. Ich wusste genug über Geschichte, dass ich die Familie Medici als die Herrscher von Florenz in der Renaissance kannte, während einer Zeit des Glanzes. Über viele Jahre hinweg waren in dieser Familie Bankiers, Kaufleute, Päpste und Fürsten gewesen. Zwei Medici-Frauen waren Königinnen von Frankreich geworden. Die Männer hatten Einfluss auf Politik und Religion, waren aber auch Gönner der Künste gewesen, die ihren großen Reichtum genutzt hatten, um Architekten und Künstler wie Da Vinci, Michelangelo und Raphael zu finanzieren, und viele weitere.

All das erklärte ich Daisy, während Professor Nash dazu nickte.

Daisy nahm das Blatt mit Oscar Barratts Handschrift auf. Der Freund und Reisegefährte des Professors hatte ihm geholfen, die Büchersammlung der Bibliothek im Lauf von mehreren Jahrzehnten zusammenzutragen. Er war nicht mit dem Professor nach England zurückgekehrt, bis der Krieg ausgebrochen war. Er war in Arabien geblieben und dort in der Folge gestorben. Professor Nash redete oft von ihm, wenn wir arbeiteten, und erzählte mir, wo ein bestimmtes Buch gefunden worden war, und die Geschichte hinter seinem Kauf oder seiner Rettung. Er lächelte immer, wenn er von seinem Freund sprach, und sein Blick ging in die Ferne. Aber dann wurde er traurig und wechselte das Thema. Ich vermutete, er hatte das Gefühl, er hätte Oscar im Stich gelassen, da er am Ende nicht bei ihm gewesen war.

„Da ist ein Fragezeichen hinter Folgate, aber nicht hinter ‚Das Medici-Manuskript‘", stellte Daisy fest. „Warum ist er so sicher, dass das Buch den Medici gehört hat?"

Professor Nash deutete auf die erste Seite. Darauf waren fünf rote Kreise, die unter einem blauen Kreis mit drei goldenen Lilien darin angeordnet waren. Die Farben strahlten, als hätte der Schreiber sie erst kürzlich gemalt.

„Wir konnten nichts in dem Manuskript entziffern, bis auf das. Es ist das Symbol der Medici. Diese Kreise sind ihr Wappen. Man sieht sie in ganz Florenz, überall auf den Gebäuden, die sie gegründet haben. Kirchen, Monumente, Paläste … Es ist überall. Manchmal mit dem blauen Ball, der die Lilien enthält, manchmal ohne ihn. Manchmal gibt es noch weitere Kreise, aber fünf ist die übliche Anzahl."

„Ist die Lilie nicht das Symbol von Frankreich?", fragte ich. „Die Medici waren eine florentinische Familie."

„Sie waren die Bankiers des Königs von Frankreich. Er ließ sie die Lilie im Austausch nutzen, dass sie ihm einen Teil seiner Schulden erließen."

„Was für eine schöne Abmachung", murmelte Daisy, während sie umblätterte. Bis auf schwache Markierungen war die Seite leer. Sie blätterte erneut um.

Auf dieser Seite waren keine Worte oder Buchstaben aus unserem Alphabet, doch andere Seiten enthielten sie. Sie bildeten allerdings keine Worte in einer Sprache, die ich erkannte. Sie schienen in einer zufälligen Reihenfolge ohne Zwischenräume hingeschrieben zu sein. Dazwischen, gemischt unter die Buchstaben, waren Symbole. Einige der Symbole ergaben sich aus einfachen Pinselstrichen, während andere komplexer waren, aus Wirbeln und kaum erkennbaren Bildern bestanden. Ein wiederholtes Symbol war zum Beispiel eine Schlange, und es gab auch ein Auge und einen Knoten, der regelmäßig auftauchte. Wir waren alle der Meinung, dass es ein Code war. Wenn man bedachte, wie alt dieses Manuskript war, war der Schlüssel zum Knacken des Codes vermutlich verloren gegangen.

Ich schloss das Buch und strich mit dem Daumen über eine der Silberschließen. „Woher haben Sie es?"

„Wir kauften es von einem italienischen Sammler und Antiquitätenhändler, zusammen mit etlichen anderen Büchern", sagte Professor Nash. „Er kaufte sie von einem reichen Amerikaner, der behauptete, ursprünglich kämen sie aus der Bibliothek, die Cosimo de' Medici eingerichtet hatte. Es ist nicht klar, ob der Amerikaner das sicher wusste oder nur riet, weil das Symbol der Medici auf der ersten Seite ist. Der Antiquitätenhändler wusste nicht mehr über das Buch, aber Oscar spürte Magie in den Silberschließen und dachte deshalb, wir sollten es kaufen. Ich schätze, er hat später an Folgate gedacht, nachdem ihm die Silbermagierin eingefallen ist, obwohl das Fragezeichen nahelegt, dass er sich ihres Namens nicht ganz sicher war."

„Ihr Freund war ein Magier?", fragte Daisy.

Der Professor nickte. „Tinte war Oscars Spezialität. Er konnte dafür sorgen, dass die Worte sich von der Seite erhoben und in der Luft schwebten." Er lächelte sehnsüchtig und blinzelte rasch. „Er spürte die Restmagie in dem Silber."

Ich öffnete das Buch wieder auf der Vorderseite und deutete auf das Familiensymbol der Medici. „Er hat aber nicht gesagt, ob die Tinte auch magisch war? Die Qualität ist hervorragend, dass sie in so einem herrlichen Zustand so lange überdauert hat."

„Oscar hätte es erwähnt, wäre die Tinte von einem Magier gemacht. Wir glaubten, dass diese Seite später hinzugefügt worden war. Seht euch das Papier an."

„Meinen Sie nicht Pergament?", fragte Daisy.

„Papier und Pergament sind etwas ganz Unterschiedliches. Papier wird aus alten Lumpen gemacht. Pergament besteht aus Tierhäuten. Das ist auf jeden Fall Papier."

Sie rümpfte die Nase.

Ich blätterte vorsichtig ein paar Seiten um. Der Professor hatte recht. Die Vorderseite war anders als der Rest. Sie war dünner, aber die Qualität war hervorragend. Sie war nicht vergilbt wie der Rest.

Professor Nash nahm den Zettel mit Oscars handgeschriebener Notiz Daisy ab. „Ich schätze, er hatte vor, bei der Silbermagierin nachzufragen, wenn er Zeit hatte, und er hoffte, ihren Vorfahren nachzuforschen, würde ihn zum Autor des Manuskripts führen." Er seufzte schwer. „Aber dazu ist er nie gekommen."

Ich berührte ihn am Arm, sagte aber nichts. Es gab keine Worte, die jemanden trösten konnten, der einen lieben Freund verloren hatte. „Es ist unwahrscheinlich, dass er Marianne Folgate überhaupt gefunden hätte. Nachdem Gabe mir von ihr erzählt hat, bin ich beim Standesamt vorbeigegangen. Da mein Bruder dachte, wir würden von Silbermagiern abstammen, habe ich mich gefragt, ob sie eine Verwandte sein könnte. Aber ich habe keine Hinweise auf sie gefunden."

„Sie wurde außerhalb von London geboren und ist auch dort gestorben", sagte er. „Und falls sie geheiratet hat, hat sie woanders geheiratet."

Ich hatte auch nach Hinweisen auf meine Mutter gesucht, während ich im Standesamt gewesen war, doch der Beamte hatte in den Aufzeichnungen keine Alice Ashe gefunden.

Ich rieb mit der Handfläche über die Vorderseite, bevor ich das Buch schloss und die Silberschließen betrachtete. Vielleicht hatte Oscar recht. Silbermagie war eine seltene Magieform, also war die Magie in dem Silber vielleicht von Marianne Folgates Vorfahren dort hineingegeben worden. Meinen Vorfahren. Es war eine wilde Theorie, aber ich wollte ihr folgen und sehen, wohin sie führte. Oscar war gestorben, bevor er seine Jagd nach dem Silberschmied aufnehmen konnte, der die Schließen angefertigt hatte, aber die Suche musste nicht mit ihm sterben. Ich konnte sie aufnehmen, wo er sie liegen gelassen hatte.

Das Problem war, wo sollte ich anfangen?

Ich spähte in die Truhe, in der das Medici-Manuskript aufbewahrt worden war. „Wurden all diese anderen Bücher vom italienischen Sammler gekauft? Könnte eines von ihnen der Schlüssel sein, um den Code zu knacken?"

Der Professor schüttelte den Kopf. „Wir haben nachgesehen.

Wir haben auch dem Amerikaner geschrieben, der die Bücher an den Sammler verkaufte, aber er konnte uns nicht helfen."

Daisy stand auf und staubte ihren Rock an den Knien ab. „Du willst es entschlüsseln, oder nicht, Sylvia?"

„Ich würde es gern versuchen, obwohl ich bezweifle, dass ich Erfolg haben werde, wenn Professor Nash und Oscar Barratt ihn nicht hatten." Ich schaute zum Professor. „Darf ich es mit nach Hause nehmen? Ich werde mich sehr gut darum kümmern."

„Das weiß ich doch, natürlich darfst du das." Er nahm die Laterne und schob sich hoch, während er leicht zusammenzuckte. Er war noch kein alter Mann – vermutlich in den Sechzigern – aber sein Rücken machte ihm häufig Schwierigkeiten.

Es war schwer, sich vorzustellen, dass dieser zerbrechliche, studierte Mann durch fremde Länder reiste und Abenteuer erlebte, aber ich konnte mir gut vorstellen, dass er es mit einem mutigeren Gefährten durchaus genoss. Er ließ Oscar Barratt wie einen interessanten Kerl klingen. Wie ich war Oscar ein ehemaliger Journalist, der die Laufbahn gewechselt hatte. Bei ihm war es freiwillig geschehen. Bei mir war es gewesen, weil die Männer aus dem Krieg zurückgekommen waren und ihre frühere Arbeit wieder aufgenommen hatten. Für mich hatte es keine Stelle mehr bei der Zeitung gegeben.

Nicht, dass ich mich beschwerte. Es war am Ende alles gut gekommen, und der Journalismus hatte sowieso nie zu mir gepasst. Ich genoss die Recherche und das Schreiben, aber ich verabscheute es, Leute zu befragen, und die Art, wie ich Geschichten verdrehen musste, damit sie sensationeller wurden. Als Bibliothekarin passte es viel besser für mich.

* * *

ICH VERBRACHTE DEN ABEND DAMIT, zu versuchen, das Manuskript zu entziffern, hatte aber kein Glück. Ich war in dieser Woche in eine neue Pension gezogen, nachdem ich so lange in Daisys Wohnung geblieben war, wie ich es aushielt. So sehr mir ihre Gesellschaft gefiel, wir waren einander immer im Weg. Ihre Wohnung war einfach nicht groß genug für zwei.

Die neue Unterkunft war etwas privater als die alte. Sie war in einem alten Haus, das renoviert und in fünf verschiedene Zimmer umgewandelt worden war, jedes groß genug, um ein Bett, einen Tisch, zwei Stühle, einen Schrank und ein paar Regale zu enthalten. Es war schön, sich das Bad nur mit vier weiteren Bewohnerinnen zu teilen, anstatt mit Dutzenden, und die Vermieterin kochte alle unsere Mahlzeiten. Sie war auch kein Drache wie die Matrone bei meiner früheren Bleibe, obwohl sie darauf bestand, dass alle zu einer bestimmten Zeit zu Hause waren, und keinen Männerbesuch in unseren Räumen gestattete. Es war teurer, aber ich konnte es mir leisten, nachdem ich ein Gemälde verkauft hatte, das mir ein bekannter Künstler geschenkt hatte, den ich irrtümlich als einen Freund betrachtet hatte. Durch diesen Verkauf hatte ich zum ersten Mal Geld auf der Bank.

Mein Leben verbesserte sich auf jeden Fall, und dafür hatte ich der Glass-Bibliothek zu danken – und Gabriel Glass. Es war nicht nur einfach, dass er mir eine Stelle gesucht hatte. Ich konnte allerdings nicht ganz greifen, was er gesagt oder getan hatte, damit ich glücklicher wurde. Es war einfach … er. Indem er mich gebeten hatte, ihm beim Lösen eines Kunstdiebstahlfalls zu helfen, hatte er mir das Gefühl gegeben, als hätte ich etwas zu bieten, dass ich geschätzt wurde und wichtig war. So hatte ich mich sehr lange nicht mehr gefühlt, nicht, seit mein Bruder und meine Mutter gestorben waren.

Ich hatte Gabe über eine Woche nicht gesehen. So sehr ich ihn auch besuchen wollte, ich hatte keinen Grund, das zu tun. Ich konnte nicht einfach bei ihm zu Hause zum Nachmittagstee auftauchen. Vielleicht, wenn er nicht verlobt wäre, um bald zu heiraten, hätte ich ihn besucht.

Oder vielleicht nicht. Es lag nicht in meinem Wesen, Gentlemen bei ihnen zu Hause aufzusuchen. Außerdem war er ein reicher Mann aus den oberen Rängen der Gesellschaft. Er war schneidiger und charmanter, als ein Mann hätte sein sollen. Ich war eine ziemlich klein gewachsene und einfache Bibliothekarin mit keinen Verbindungen, keinem Geld und einer unbekannten Abstammung. Der einzige Sohn von Lord und Lady Rycroft würde sich mit mir nicht auf die Art gemeinmachen, die ich mir vorstellte, selbst wenn er nicht mit einer schönen, eleganten und charmanten Frau verlobt gewesen wäre, die aus einer reichen Magierfamilie stammte.

Ich schob die Gedanken an Gabe aus meinem Kopf und kehrte zu dem Buch zurück. Auf der zweiten Seite war eine schwache Markierung, die vielleicht durch Wasser entstanden war, aber ich glaubte das nicht. Sie war zu fein und ausgeschmückt. Ich nahm an, sie war mit Feder und Tinte geschaffen worden, nur war sie im Lauf der Zeit verblichen oder absichtlich gelöscht worden. Ich machte mich auf die Suche nach meiner Vermieterin und borgte mir eine Lupe von ihr aus, dann stellte ich mich direkt unter die Glühbirne in meinem Zimmer. Das war auf keinen Fall ein Wasserfleck oder eine Verschmutzung. Tatsächlich war ich ziemlich sicher, dass es eine Schrift war. Ich konnte gerade noch erkennen, was womöglich die Buchstaben D und E waren, in einer altmodischen Handschrift verfasst.

Ich musterte die restlichen Seiten, aber keine davon hatte ähnliche Markierungen. Ich brauchte eine stärkere Lupe, um es mir richtig anzusehen.

Irgendwann schlief ich ein, das Manuskript neben mir auf dem Bett. Zum Glück rollte ich mich in der Nacht nicht darauf, aber da ich zum Lesen aufgeblieben war, verschlief ich und würde mich verspäten, wenn ich mich nicht beeilte. Ich zog mich rasch um und schob das Buch vorsichtig in meine Tasche. Es war keine Zeit für ein anständiges Frühstück, doch meine Vermieterin bestand darauf, dass ich ein Stück Toast zum Essen unterwegs mitnahm.

Ich kam rechtzeitig in der Crooked Lane an, nur um, bevor ich die Bibliothek betrat, von einem Kerl aufgehalten zu werden, den ich schon einmal getroffen und sofort nicht hatte leiden können. Diesmal war er nicht allein.

Albert Scarrow, der Journalist, nahm seinen Homburg ab und lächelte. Ich war mir nicht sicher, ob es das Lächeln oder der nadelspitze Schnurrbart über seiner Oberlippe war, die ihm ein finsteres Aussehen verliehen, aber ich zog mich innerlich bei seinem Anblick zurück.

„Guten Morgen", sagte er, „Sie erinnern sich vielleicht nicht an mich, aber wir sind uns schon einmal begegnet."

„Ich weiß es noch."

„Sie arbeiten in der Glass-Bibliothek." Er nickte zur Eingangstür hin.

„Was wollen Sie, Mr. Scarrow?"

„Ich will wissen, ob Mr. Glass heute hier sein wird."

„Er arbeitet nicht hier."

Das schwache Glühen einer Zigarette in den Schatten am Anwaltsbüro zog meine Aufmerksamkeit auf sich. Mr. Scarrows Begleiter stieß einen Rauchring aus.

„Wissen Sie, wo ich ihn finden kann?", fragte Mr. Scarrow.

„Nein."

Der Gefährte trat vor ins Licht. Er war etwa dreißig Jahre alt, mit dunklem, gelocktem Haar und einem Bartschatten. Er versuchte sich nicht an einem Lächeln, nickte mir jedoch zum Gruß einfach zu. Er richtete sich an Mr. Scarrow „Gehen wir."

„Noch nicht."

„Sie weiß nicht, wo er ist." Er sprach mit einem gebildeten Akzent, trug aber die groben, locker sitzenden Kleider eines Arbeiters. Er hatte eine Kamera dabei, und zwar von der professionellen Art, keine solche, die in eine Tasche passte, und an seiner Schulter hing ein abgewetzter Lederbeutel.

„Wir warten. Letztes Mal ist er einfach aufgetaucht."

Das Kinn des Fotografen spannte sich an. „Wir vertrödeln unsere Zeit."

„Das tun Sie", sagte ich, bevor Mr. Scarrow etwas erwidern konnte. „Ich weiß nicht, wo Mr. Glass ist. Ich habe ihn nicht getroffen, seit Sie ihn zum letzten Mal hier gesehen haben." Es war nicht ganz wahr, aber es kam dicht genug an die Wahrheit, dass ich ohne Reue lügen konnte.

Der Fotograf zog an seiner Zigarette. Als Mr. Scarrow frustriert mit der Zunge schnalzte, wühlte er ein dünnes Zigarettenetui aus seiner Tasche. Er klappte den Deckel mit dem Daumen auf und hielt es ihm hin.

Mr. Scarrow nahm eine. Der Fotograf bot das Etui auch mir an, doch ich lehnte ab.

Mr. Scarrow zündete sich seine eigene Zigarette an, dann zog er eine Visitenkarte aus der Jackentasche. „Wenn Sie ihn sehen, lassen Sie es mich wissen?"

„Nein!"

„Ich bezahle Sie."

„Auf gar keinen Fall. Wenn Sie mich jetzt entschuldigen, ich bin zu spät zur Arbeit, und das nur dank Ihnen."

„Wissen Sie, wie er es geschafft hat, einem Entführungsversuch auf eine ziemlich wundersame Art zu entkommen?"

Ich wandte mich zum Gehen, blieb aber stehen und stellte mich wieder vor ihn. Mr. Scarrows Gesicht verzog sich zu seinem leider vertrauten wieselhaften Lächeln. Selbst wenn ich die Antwort auf seine Frage gekannt hätte, ich hätte sie ihm nicht gegeben. „Ich weiß nicht, wovon Sie reden. Ihnen einen schönen Tag."

Mr. Scarrow setzte sich den Homburg wieder auf. „Guten Tag, Ms. ..."

„Ashe. Sylvia Ashe."

Ich eilte in die Bibliothek, hielt inne, bevor ich die Tür öffnete. Mr. Scarrow ging durch den schmalen Eingang auf die anschließende Straße, doch sein Fotograf war stehen geblieben, bevor er die Gasse verließ. Er beobachtete mich.

Ich schob die Tür auf und fand Professor Nash am Eingangstresen sitzen, den Kopf in die Hände gestützt. Bei meinem Eintreten sah er auf.

„Was ist denn los?", fragte ich.

Er reichte mir die Zeitung, die er gelesen hatte. „Da steht, er ist in Ordnung, aber das war bestimmt eine traumatische Erfahrung. Der arme Gabriel."

Aber wirklich. Laut dem Artikel hatte es gestern Nacht einen Entführungsversuch gegeben. Es war das zweite Mal, seit ich ihn getroffen hatte. Der erste hatte vor dem Burlington House am Piccadilly stattgefunden. In diesem Fall hatte er es geschafft, sich zu befreien und den Angreifer in einen Schwitzkasten zu nehmen. Er war gezwungen gewesen, ihn freizulassen, als der Komplize des Entführers eine Waffe gezückt hatte.

Der jüngste Versuch war wohl der Grund hinter Mr. Scarrows erneutem Interesse, nicht der Versuch am Burlington House. Dieser Vorfall hatte nicht in der Zeitung gestanden, doch ein früheres Ereignis schon, und das war der ursprüngliche Grund, dass er ein Interview mit Gabe wollte. Die Glass-Bibliothek war der einzige Ort, von dem Mr. Scarrow sicher wusste, dass er mit

Gabe im Zusammenhang stand, und er hatte gehofft, ihn hier zu finden. Er hatte es auch geschafft. Aber Gabe hatte inzwischen keinen Grund mehr, in die Bibliothek zu kommen. Der Fall, bei dessen Lösung ich ihm geholfen hatte, war vorüber.

„Offensichtlich hat diesmal jemand versucht, ihn vor einem Restaurant zu entführen, dass er gerade betreten wollte", sagte ich, während ich las. „Wie schrecklich." Der Artikel sagte weiter, dass ein Zeuge gesehen hatte, wie er mit vorgehaltener Waffe von einer grobschlächtigen Gestalt aufgehalten worden war. Irgendwie hatte Gabe es geschafft, zu flüchten, indem er die Waffe gepackt und sie auf den Entführer gerichtet hatte. Dann war er gezwungen gewesen, den Kerl loszulassen, als ein Automobil herangefahren war und jemand auf dem vorderen Beifahrersitz seine Waffe auf ihn gerichtet hatte.

Bis auf den Ort war es sehr ähnlich wie der vorherige Entführungsversuch.

„Das ist so seltsam", sagte der Professor mit einem Kopfschütteln. „Sind sie hinter seinem Geld her?"

Es musste doch gewiss bessere Methoden gegeben, um an Geld zu kommen. Da seine Eltern in Übersee waren, würde es eine Verzögerung beim Bezahlen der Auslösesumme geben. Wäre ich sie gewesen, hätte ich einen von Gabes Freunden oder seine Cousine entführt, und ihn bezahlen lassen, sie freizulassen. Er war ein Mann von Prinzipien und Ehre, und seine Freunde waren ihm wichtig.

Andererseits war sein bester Freund der Sohn eines Kriminalinspektors und gebaut wie ein athletischer Riese, und seine Cousine war furchtlos und hatte eine Schusswaffe. Es wäre wohl leichter gewesen, ein Dutzend Katzen in ein Automobil zu stapeln. Es schien, als wäre Gabe einfach sehr schwer zu entführen. Er hatte es bei beiden Versuchen geschafft, zu flüchten, und zwar ziemlich wundersam, wie Mr. Scarrow es formuliert hatte.

Mr. Scarrows Interesse war ursprünglich aufgekommen, als Gabe ein Kind vor dem Ertrinken gerettet und versucht hatte, den Vater zu retten. Laut dem Kind war Gabe lange Zeit unter Wasser gewesen. Die Neugier des Journalisten war weiter angestachelt worden, als er gehört hatte, dass Gabe vier Jahre des Krieges ohne eine ernsthafte Verletzung überstanden hatte.

Ich fragte mich, was Mr. Scarrow von dem Augenblick halten würde, als Gabe mich vor einem Mörder gerettet hatte, indem er die Stufen außergewöhnlich schnell heraufgerast war. Ein Mensch mit viel Vorstellungskraft hätte vielleicht nahegelegt, dass es *übermenschlich* schnell gewesen war.

Ich tat diesen Gedanken als albern ab. Gabe war nur ein Mann mit viel Glück, der schnell auf den Beinen war, und in einer Krise sehr bedacht.

„Ich glaube, ich rufe ihn an", sagte Professor Nash, der nach dem Telefon griff. „Nur, um sicherzustellen, dass es ihm gut geht. Das würden seine Eltern von mir wollen."

Ich lächelte vor mich hin. Es war nicht das erste Mal, dass mir Menschen erzählten, sie würden auf Gabe aufpassen, während seine Eltern weg waren. Er hatte eine Menge Leute, denen er wichtig war. Da hatte er wirklich Glück.

Ich nahm das Medici-Manuskript aus meiner Tasche und stellte die Tasche in die Schreibtischschublade, wo sie sicher verwahrt war. „Darf ich mit ihm sprechen, wenn Sie fertig sind? Es waren draußen einige Leute, die nach ihm gesucht haben, und ich wollte ihn warnen." Ich drückte mir das Buch an die Brust und wartete, während Professor Nash mit Gabe sprach und dann erwähnte, dass ich ihn sprechen wollte.

Anstatt mir das Telefon zu reichen, legte er den Hörer auf. „Er ist das auf dem Weg hierher. Er hält es für am besten, sich persönlich anzuhören, was du zu sagen hast, nicht übers Telefon."

„Ach? Warum?"

„Hat er nicht gesagt, aber ich hatte den Eindruck, dass ihm ein bisschen langweilig ist und er nach etwas zu tun sucht."

„Seine Freunde werden ihn doch nicht das Haus verlassen lassen, nach dem Vorfall gestern Abend."

Meine Aussage erwies sich als wahr. Gabe wurde von sowohl Alex als auch Willie begleitet. Ersterer begrüßte mich freundlich. Letztere zog ein finsteres Gesicht, verschränkte die Arme und stand an der Tür Wache. Ich war mir nicht sicher, ob das finstere Gesicht mir oder Gabe galt, weil er darauf beharrt hatte, das Haus zu verlassen.

Gabes Gruß war fröhlich und locker. Zu fröhlich und locker,

wenn man bedachte, was er durchgemacht hatte. Er schien unbeschadet. Er zeigte keinerlei Hinweise auf den Kampf und bewegte sich mit seiner üblichen athletischen Anmut. Ich beobachtete ihn genau, während er sich an die Wendeltreppe lehnte, um sicherzustellen, dass er nicht verletzt worden war.

Hinter mir räusperte sich Willie, und ich merkte, dass ich ihn länger angestarrt hatte, als angemessen war.

Ich hob den Blick und sah, wie Gabe zu mir zurücklächelte, mit diesem schelmischen, schiefen Lächeln. Meine Wangen brannten. „Ich bin erleichtert zu sehen, dass du unbeschadet bist, Gabe."

Er zuckte mit einer Schulter, als wäre der Entführungsversuch nicht mehr als lästig, etwa, wie wenn ein ungeladener Gast vorbeischaute. „Sie waren unfähig."

„Es ist das zweite Mal. Machst du dir keine Sorgen?"

„Die Polizei sieht es sich an."

„Ja, aber ... Woher wussten die Entführer, wo sie dich finden?"

„Ich habe an einem Offiziersdinner der Grenadier Guards teilgenommen. Dieses Ereignis stand in der Zeitung. Ich nehme an, den Entführern wurde klar, dass ich dort sein würde, genau so, wie ihnen klar war, dass sich am Eröffnungstag der Royal Exhibition am Burlington House teilnehme."

„Du musst aufhören, an gesellschaftlichen Ereignissen teilzunehmen."

Gabes Blick richtete sich auf Alex, der neben Willie stand. Sie standen inzwischen beide mit verschränkten Armen da, ihr finsterer Blick auf Gabe gerichtet. Das war eindeutig die Fortführung eines Streits.

„Ich komme und gehe, wie ich will." Ich bekam das Gefühl, dass Gabes Aussage mehr für sie bestimmt war als für mich. „Aber ich werde in der Zukunft weniger vorhersehbar sein."

„Dann hättest du nicht hierher kommen sollen!"

„Genau", sagte Willie düster. „Hättest du nicht angerufen, hätte er das nicht getan."

Professor Nash hob einen Finger. „Eigentlich war ich es, der angerufen hat."

„Und ich treffe meine eigenen Entscheidungen", erklärte ihr

Gabe. „Ich musste raus aus dem Haus. Ihr beiden erstickt mich noch." Er schob sich von der Treppe weg. „Wollen wir uns in eine Lesenische zurückziehen, Sylvia? Du kannst mir dort erzählen, was du mir sagen musst."

Dass ich ihn wieder traf, ließ meine Nerven verrücktspielen. Ich war mir seiner sehr bewusst, und meiner Reaktion auf ihn. Ich wünschte, ich hätte nicht für ihn geschwärmt, aber es war unmöglich, das nicht zu tun. Welche Frau wollte denn nicht im Mittelpunkt seiner Aufmerksamkeit stehen? Aber es war falsch von mir, das zu wollen – und es zu genießen. Mein Ärger auf mich ließ meine Antwort ein bisschen zu knapp ausfallen. „Was ich zu sagen habe, kann hier gesagt werden. Tatsächlich bezieht es sich auf jüngste Ereignisse."

Er runzelte die Stirn und öffnete den Mund, um etwas sagen, aber in diesem Augenblick wurde die Tür aufgestoßen, sodass Willie in die Schulter getroffen wurde. Sie stolperte vor und wurde nur von Alex an einem Sturz gehindert.

Daisy schob ihr Fahrrad herein. „Habt ihr schon gelesen, dass …?" Zum Glück brach sie ab. Überraschung ging über ihr Gesicht, bevor sie ihre Züge unter Kontrolle bekam und höflich lächelte. „Guten Morgen, alle. Es ist schön, euch wieder zu sehen, Gabe, Willie." Ihr Blick huschte zur Seite. „Alex", fügte sie wie nachträglich hinzu.

„Du arbeitest hart an deinem Gemälde, sehe ich", sagte er.

Sie lehnte das Fahrrad an die Wand. „Eigentlich wechsle ich die Laufbahn. Ich werde Schauspielerin."

„Ach ja? Hast du denn schon ein Vorsprechen?"

„Noch nicht."

„Solltest du das nicht organisiert haben, bevor du das Malen aufgibst? Das würde ein vernünftiger Mensch tun."

Sie lächelte ihn mit Herablassung an. „Ich habe nie behauptet, vernünftig zu sein."

Er stieß knurrend ein humorloses Lachen aus.

„Ich werde auch keine beruflichen Ratschläge von jemandem annehmen, der keine Anstellung hat."

Jeder Muskel in Alex' Gesicht zuckte vor Empörung. „Ich bin ein Berater für Scotland Yard."

„Aber natürlich."

„Doch!"

Alex reckte die Brust, und Daisy warf zur Antwort den Kopf zurück. Es war, als würde man zwei Pfaue sehen, die voreinander auf und ab stolzierten, bevor sie einen Kampf begannen. Ich konnte nicht wegsehen. Ein Teil von mir fragte sich, ob ihr Wortwechsel einen anderen Ausgang nehmen würde, wenn sie allein gewesen wären. Die Luft zwischen ihnen war auf jeden Fall aufgeladen, nicht nur auf negative Art.

Willie schaute zwischen ihnen her hin und her und verdrehte die Augen. „Ich kann mir dich auf einer Bühne vorstellen, Daisy, beim Tanzen und Singen. Ich kenne ein paar Schauspielerinnen und Tänzerinnen. Willst du, dass ich frage, wie du an ein Vorsprechen kommst?"

„Ich kann nicht singen oder tanzen."

Alex stieß ein bellendes Lachen aus.

„Ich will nicht auf die Bühne", sagte Daisy angespannt. „Ich will beim Film sein."

„Ich kenne einen Produzenten", sagte Willie.

„Aber natürlich", murmelte Alex.

Willie legte einen Arm um Daisys Schultern und lotste sie durch die Marmorsäulen in die eigentliche Bibliothek. Alex sah ihnen unter gesenkten Lidern nach.

Gabe trat neben mich. „Willkommen zurück in meinem Zirkus."

Ich grinste. „Sieht so aus, als hätte ich wieder mal meinen eigenen Clown mitgebracht."

Er lachte leise. „Also, was musstest du mir denn sagen?"

„Dieser Journalist Scarrow war hier und hat nach dir gesucht. Ich habe draußen mit ihm gesprochen."

Seine Haltung war entspannt gewesen, doch nun richtete er sich zu seiner ganzen Größe auf. „Ist alles in Ordnung? Hat er dich belästigt?"

„Mir geht es gut. Er ist gegangen, zusammen mit seinem Fotografen."

„Fotografen?" Er schüttelte den Kopf. „Verdammt. Es tut mir leid, Sylvia. Ich kann Scarrows Herausgeber besuchen und ihn warnen, dass er sich fernhalten soll."

„Er wird nicht zurückweichen. Sie wollen ihre Geschichte, und sie werden erst aufhören, wenn sie sie bekommen."

„Dann können sie versuchen, sie bei mir zu bekommen, nicht, indem sie meine Freunde belästigen." Er nahm meine Arme und neigte den Kopf, um mich zu mustern. „Du wirkst ein bisschen erschüttert. Bist du sicher, dass alles in Ordnung ist?"

Mein Puls ging schneller, mein Herz hämmerte in der Brust. Ich sollte es nicht mögen, dass er mich so ansah, aber ich konnte nicht anders.

Als würde ihm plötzlich auffallen, wie unangemessen das war, ließ er mich los. „Tut mir leid."

„Muss es nicht."

Er schaute weg, entweder wich er meinem Blick aus oder fragte sich, wer uns gesehen hatte. Wir waren allerdings allein. Alex und Professor Nash waren Daisy und Willie in die Bibliothek gefolgt. Ich hatte nicht gemerkt, wie sie gingen.

„Gabe … Du scheinst dir mehr Sorgen über Scarrow als über den Entführungsversuch zu machen."

„Wirklich?"

„Liegt das daran, dass du weißt, wer dich entführen möchte?"

Er seufzte. „Ich habe keine Ahnung, wer es ist, aber zumindest haben sie nicht versucht, jemand anderen mitzunehmen, nur mich. Wohingegen Scarrow dich und den Professor belästigt." Seine mangelnde Sorge um seine eigene Sicherheit war verblüffend. Es konnte sein, dass er vom Krieg zurückgekommen war und sich irgendwie unbesiegbar fühlte, nachdem er ihn wundersamerweise überlebt hatte.

Oder es konnte sein, dass er unbesiegbar *war*.

Da war wieder dieser absurde Gedanke. Ich schüttelte ihn ab. Das war der Stoff von Kindergeschichten.

„Scarrow belästigt uns nur, weil er nicht weiß, wo er sonst nach dir suchen soll", erklärte ich. „Er weiß nicht, wo du wohnst. Ich nehme an, die Entführer wissen es auch nicht. Sie müssen raten, an welchen Ereignissen du teilnehmen willst. Also haben Alex und Willie recht. Du solltest zu Hause bleiben."

„Danke für deine Sorge, Sylvia, aber mir wird es gut gehen, solange ich nirgendwo hingehe, wo es zu öffentlich ist."

Willie schnaubte, während sie sich näherte. „Wenn wir dir sagen, du sollst Hause bleiben, beschwerst du dich, dass man dir eine Lektion erteilt, aber wenn sie es sagt, dankst du ihr."

„Versuch es doch mal mit einem anderen Tonfall, und ich danke dir vielleicht auch."

Sie schnaubte wieder. „Das hat nichts mit dem Tonfall zu tun." Sie wandte sich an mich. „Ivy macht sich auch echte Sorgen um ihn. Sie hat angerufen, bevor wir gegangen sind, und sie kommt zum Abendessen, um ihn sich selbst anzusehen. Sie hat ihm auch gesagt, er soll heute zu Hause bleiben, und er war echt nett zu ihr am Telefon."

Ich nahm an, dass sie mir das erklärte, um sicherzustellen, dass ich nicht dachte, ich wäre etwas Besonderes, und mich daran zu erinnern, dass er eine Verlobte hatte. Ich wollte ihr sagen, dass es nichts gab, worum sie sich sorgen musste, doch das konnte ich nicht. Nicht vor Gabe.

Er trat ein paar Schritte zurück und schaute sich erneut um. Er wirkte etwas neben sich, so ähnlich, wie ich mich fühlte. Sein Blick fiel auf das Medici-Manuskript auf dem Schreibtisch. „Das sieht alt aus. Worum geht es?"

Ich nahm es und öffnete es auf der Vorderseite. Ich erwischte Oscars Notiz, bevor sie herausschlüpfte. „Wir wissen es nicht. Wir haben es gestern auf dem Speicher gefunden." Ich erzählte ihm von den magischen Schließen, der Verbindung zur Familie Medici und dass es niemand entziffern konnte. „Der Professor und Oscar Barratt haben sich gefragt, ob die Magie, die in das Silber gelegt wurde, von einem Vorfahren von Marianne Folgate stammt."

„Und damit von einem Vorfahren von dir. Kein Wunder, dass du mehr darüber herausfinden möchtest." Er blätterte langsam durch die Seiten, während Willie zusah. „Ich kenne einen sehr schlauen Mathematiker, der gut mit Codes ist. Ich kann ihn bitten, es sich mal anzusehen."

„Das ist eine gute Idee, danke. Ich glaube, es gibt etwas anderes, das sich als nützlich erweisen könnte." Ich deutete auf die schwache Markierung auf der zweiten Seite. „Wenn man sich das mit einer Lupe ansieht, kann man gerade noch die Buchstaben D und ein E erkennen. Der Rest war zu schwach, aber ich glaube, es sind zwei Worte."

„Könnte der Schlüssel zum Code sein", sagte Willie.

Gabe schüttelte den Kopf. „Doch nicht im Buch selbst. Das macht doch den Zweck, überhaupt erst einen Code zu benutzen, völlig zunichte." Er hielt das Buch zum Fenster, um besseres Licht zu haben, aber es nützte nichts. „Wir brauchen eine stärkere Lupe."

Die Tür zur Bibliothek öffnete sich und Mr. Scarrows Fotograf stand da, die Kamera in der Hand. Sein Blick fiel auf Gabe.

KAPITEL 3

*D*er stete Blick des Fotografen richtete sich abwechselnd auf jeden von uns, blieb aber nicht an Gabe hängen. Er erkannte ihn nicht.

Ich würde ihn nicht aufklären. „Ich habe Mr. Scarrow gesagt, dass Mr. Glass in letzter Zeit nicht hier war, und ich werde Ihre Fragen nicht beantworten."

Er nahm seinen Hut ab. „Darum bin ich nicht hier. Ich will mich entschuldigen." Er sprach leise, seine Stimme ein tiefes Schnurren. „Mir war nicht klar, dass Scarrow versuchen würde, Antworten von jedem anderen außer Glass selbst zu kriegen. Hätte ich das gewusst, wäre ich nicht gekommen."

Ich wagte es nicht, in Gabes Richtung zu schauen. „Vielen Dank, Mr. ..."

„Trevelyan. Carl Trevelyan." Er schaute sich im Büro um und auf die Bibliothek dahinter. „Das ist also die Glass-Bibliothek. Wo muss ich mich einschreiben, um Mitglied zu werden?"

„Sie müssen kein Mitglied werden. Jeder kann hereinkommen und sich die Bücher ansehen. Haben Sie ein Interesse an Magie?"

„Jetzt schon." Seine Züge hoben sich. Es war nicht ganz ein Lächeln. Ich vermutete, dass Mr. Trevelyan jemand war, der nur selten lächelte. Das allein brachte mich schon auf die Gedanken, dass er wohl im Krieg gekämpft hatte. Er war nicht der erste zurückgekehrte Soldat, den ich traf, der seinen Sinn für Humor auf den Schlachtfeldern verloren hatte.

„Carl Trevelyan!" Gabe trat vor, nur um von Willie am Ärmel gepackt zu werden. Wie ich wollte sie nicht, dass er mit diesem Mann redete. Mr. Trevelyan mochte zwar der Fotograf sein, nicht der Journalist, doch er war auch fähig, Fragen zu stellen. „Carl Trevelyan der Kriegsfotograf?"

Mr. Trevelyan nickte. „Ganz genau."

Gabe reichte ihm eine Hand. „William Johnson."

Willie und ich blinzeln ihn beide an. Er hatte die männliche Version ihres Namens benutzt.

Mr. Trevelyan schüttelte Gabe die Hand. „Wo haben Sie gedient?"

„Hier und da. Ihre Bilder waren sehr gut. Die Zeitungen hätten nicht halb so viele Exemplare ohne Sie verkauft."

Mr. Trevelyan nickte ein weiteres Mal. Er schien irgendwie verlegen zu sein, dass er dieses Lob bekam. „Ich komme später zurück, wenn das für Sie in Ordnung ist, Ms. Ashe."

„Wenn Sie zurückkehren, um sich die Bücher anzusehen, dann schließen wir um fünf", sagte ich.

Mr. Trevelyan wollte gehen, doch Gabe verstellte ihm den Ausgang. „Haben Sie eine Linse, die Objekte größer erscheinen lässt?", fragte er.

„Eine solche Linse gibt es nicht", sagte Mr. Trevelyan. „Aber ein Makro-Balgengerät wird das bewerkstelligen. In meinem Studio habe ich eins."

Gabe nahm das Buch auf und blätterte vorsichtig durch die Seiten, bis wir auf der zweiten mit der verblichenen Schrift ankamen. „Wird das die Größe hiervon vergrößern, damit wir es lesen können?"

„Ich bin mir nicht sicher. Es ist sehr schwach. Aber ich versuche es." Mr. Trevelyan schaute auf seine Armbanduhr. „Mein Atelier ist nicht weit entfernt, wenn Sie jetzt gehen wollen."

Gabe schaute zu mir. „Glaubst du, Nash kann dich entbehren?"

„Es ist nicht nötig, dass ich mitkomme."

„Aber natürlich ist es das. Es ist deine Entdeckung."

Ich wollte schon nachgeben, als Willie sich vernehmen ließ. „Sylvia hat recht. Sie sollte hierbleiben." Sie stieß Gabe in den Arm. „Und du solltest nach Hause gehen ... *William*."

Er tat ihre Sorge ab und ging in die Bibliothek. „Ich rede mit dem Professor."

Willie seufzte und murmelte tonlos etwas vor sich hin, warf zur Sicherheit noch einen finsteren Blick in meine Richtung. Ich folgte Gabe. Professor Nash war mein Arbeitgeber und dies war meine Aufgabe; ich hätte diejenige sein sollen, die um eine Auszeit bat.

Er war sehr begeistert von der Idee. „Die Ursprünge unserer Bücher zu recherchieren, ist immerhin Arbeit", sagte er.

Gabe reichte mir das Medici-Manuskript, und wir kehrten zu Mr. Trevelyan zurück, der im vorderen Raum bei Willie saß. Normalerweise hätte ich Mitgefühl für jeden gehabt, der allein mit ihr festsaß, während sie ihn anfunkelte, aber er funkelte direkt zurück und war nicht davon gestört. Es war, als würde man das Kinderspiel beobachten, wer zuerst blinzelte.

Gabe ging wohl davon aus, dass es ewig so gehen würde, denn er brach es ab, indem er zwischen sie trat. „Ist Ihr Atelier nah genug, dass wir dorthin gehen können, oder sollte ich fahren?"

„Im Prince Henry ist nicht genug Platz, wenn wir alle fahren", sagte Willie.

Daisy schnappte sich die Griffe ihres Fahrrads und öffnete die Tür. „Ich komme nicht mit. Ich werde mit deinem Produzentenfreund reden." Sie küsste Willie auf die Wange. „Du bist echt lieb."

Willie nickte weise. „Also gut. Es scheint, als würden wir nun alle in das Automobil passen, aber nur, wenn Alex sich vorne zu dir setzt, *William*. Er braucht zu viel Platz, weil er ja Mrs. Lings Kuchen so gerne mag."

„Ich bin doch nur aus Muskeln!", rief Alex.

Daisy hob betont die Augenbrauen zu seinem Bauch, der auf mich flach wirkte.

Alex neigte den Kopf. „Wolltest du nicht gehen?"

Sie wackelte vor uns mit den Fingern, um zu winken, und

schob ihr Fahrrad hinaus, ihre Absätze klickten auf dem Kopfsteinpflaster der Gasse.

Ich steckte mir das Buch unter den Arm und ging den Männern voraus. Willie holte auf mich auf und zog mich weiter mit, außer Hörweite.

„Du solltest ihn ermutigen", sagte sie. „Er mag dich."

„Aber er ist doch mit Ivy verlobt!"

„Ich habe von Trevelyan gesprochen."

Ich schaute fast über die Schulter, um ihn anzusehen, schaffte es aber, mich zurückzuhalten. „Was bringt dich auf die Idee, dass er mich mag? Er hat nicht geflirtet."

„Aber sicher hat er das. Er hat mit dir geflirtet, als wärst du eine reiche Debütantin auf dem Ball, und er ein verarmter Lord."

„Das ist eine ziemlich spezifische Metapher."

„Na, dann mach schon."

„Was?"

„Geh da nach hinten und klimper mit den Wimpern vor ihm. Lass ihn sehen, dass du ihn magst und dich später mit ihm treffen willst."

„Aber das will ich nicht."

Sie schaute mich an, als wäre ich eine Närrin. „Warum nicht? Er ist attraktiv und hat einen guten Beruf. Er ist auch ein Kriegsheld, gewissermaßen. Diese Kriegsfotografen haben genauso viel mitgemacht wie die übrigen Soldaten. Mir gefällt sein Körperbau, nicht so hochgewachsen, aber gut. Und dieser Bartschatten am Kinn lässt ihn irgendwie rau aussehen. Er ist nicht so verweichlicht wie die meisten englischen Gentlemen. Sieht für mich nach einem echten Mann aus."

Ich lächelte. „Vielleicht solltest dann eher du mit ihm flirten."

Wir kamen an Gabes cremefarbenem Vauxhall Prince Henry an, der an der Seite der Straße geparkt stand, und beobachteten, wie die Männer sich näherten. Willie war still geworden, nachdenklich.

„Obwohl er ein bisschen jung für dich ist", fügte ich an.

Sie schaute mich scharf an. „Wenn ich ihn wollte, hättest du keine Chance." Sie stieg als erste auf den Rücksitz und zog mich nach ihr hinein, sodass Mr. Trevelyan auf meiner anderen Seite sitzen musste. Es war alles sehr beengt, insbesondere, als er sein

Bein nicht bei sich behielt. Ihn schien es nicht zu stören, dass sein Knie immer wieder an meines stieß.

Er lotste Gabe zu seinem Atelier in St. Giles, dann stieg er aus dem Automobil, nachdem wir geparkt hatten. Er reichte mir eine Hand und half mir auf den Bürgersteig. Für Willie machte er das auch, doch sie ignorierte seine Hand und klopfte ihm auf die Schulter, als sie an ihm vorbeiging.

„Ich weiß, dass Sie für diesen Schweinepriester Scarrow arbeiten, aber ich mag Sie", erklärte sie. „Sie sind kein Narr."

„Ein großes Lob", murmelte Alex.

Mr. Trevelyan nickte nur. Er zeigte nicht mal den Hauch eines Lächelns.

Die Reihe von Läden war trubelig, Leute kamen und gingen, erledigten ihre morgendlichen Einkäufe oder Botengänge. Die Räume über den Läden schienen Wohnungen oder Büros zu sein, die von Berufstätigen gemietet wurden. In einer davon, über eine Apotheke, war Mr. Trevelyans Fotografie-Atelier untergebracht. Es war anders als jedes Atelier, in dem ich je gewesen war. Es gab keine Requisiten, die die Modelle nutzen konnten, keine gemalten Hintergründe, vor die man sich setzte und so tat, als wäre man an einem tropischen Strand. Der Raum war klein. Es gab kaum genug Platz für einen großen Schreibtisch, der von Fotografien bedeckt war, und dem mit einem Vorhängeschloss verschlossenen Schrank. Ein eingeklapptes Dreibein lehnte am Schrank. Eine Tür hinter dem Schreibtisch führte wohl in den Entwicklungsraum. Das war das Atelier eines Fotojournalisten, nicht von jemandem, der sein Leben damit unterhielt, Porträts anzufertigen.

Mr. Trevelyan sperrte den Schrank auf, wodurch er drei Regale voller Kameras und anderer fotografischer Ausrüstung enthüllte. Unter den Regalen waren schmale Schubladen. Ich war mir nicht sicher, weshalb ein Mensch so viele Kameras brauchte, selbst wenn er Berufsfotograf war. Der Inhalt des Schrankes hatte bestimmt ein kleines Vermögen gekostet.

Er nahm die eine Kamera, die größer war als diejenige, die er dabei hatte, und ein akkordeonartiges Gerät, das daran befestigt war. Darauf brachte er die Linse an. „Ms. Ashe, bitte öffnen Sie das Buch auf der entsprechenden Seite."

Ich legte das Buch auf den Schreibtisch, während Mr. Trevelyan die Lampe näher holte und sie anschaltete. Er zog das Balgengerät auf seine volle Länge aus und führte die Linse ganz dicht an die Seite. Er machte einige Aufnahmen, richtete die Position der Kamera jedes Mal ganz genau aus.

Nachdem er fast ein Dutzend Fotografien gemacht hatte, trat er zurück. „Die werden morgen entwickelt sein. Wenn Sie nach zehn Uhr vorbeikommen möchten, Ms. Ashe, habe ich sie bereit."

„Das werden wir", sagte Gabe, der das *wir* betonte.

„Du bist morgen beschäftigt, *William*", sagte Willie.

Gabe schüttelte den Kopf. „Nein, bin ich nicht."

„Es ist Sylvias Aufgabe, lass sie sie doch erledigen."

„Mir macht es nichts." Gabe wollte das Buch schon nehmen, doch Mr. Trevelyan schnappte es sich als erster.

„Darf ich es ein bisschen länger behalten? Falls die erste Serie nichts wird, kann ich weitere machen."

Ich zögerte, es aus meiner Sichtweite zu lassen. Das Buch war selten und wertvoll. Aber es sollte hier über Nacht sicher sein. Niemand wusste davon, nur wir. „Ja, natürlich."

Er strich mit dem Daumen über die Schließen. „Sie scheinen da ein interessantes Projekt zu haben, Ms. Ashe. Ich würde gern mehr darüber hören, wenn Sie Zeit haben."

„Vielen Dank, dass Sie das machen", sagte Gabe rasch. Er deutete zur Tür. „Nach dir, Sylvia."

Ich folgte Gabes Hinweis und erwiderte nichts auf Mr. Trevelyans Bitte, das Buch mit ihm zu besprechen. Ob es ihm gefiel oder nicht, er stand mit Mr. Scarrow im Bunde, und ich musste in seiner Gegenwart aufpassen. Ich wollte nicht unabsichtlich verraten, dass William Johnson eigentlich Gabriel Glass war. Ich musste mich daran erinnern, dass ich diesem Mann nicht vertrauen konnte, selbst wenn er uns einen Dienst erwiesen hatte.

Unten öffnete Gabe die Tür des Automobils für mich. Ich schlüpfte auf den Rücksitz, und Willie folgte mir. Nachdem Gabe die Tür geschlossen hatte, sagte sie: „Trevelyan mag dich auf jeden Fall. Du solltest ein Treffen zum Abendessen vorschlagen."

„Ich will aber nicht."

„Du bist doch verrückt. Der Mann hat doch Qualität."

„Er arbeitet mit Scarrow!"

„Na und? Halt doch einfach den Mund über Gabe, und alles wird gut sein. Triff dich mit ihm, flirte ein bisschen, und hab Spaß. Du brauchst ein bisschen Spaß."

Wenn man bedachte, dass sie mich kaum kannte, fühlte sich das wie eine Beleidigung an. War ich so langweilig?

Oder versuchte sie, mich in Mr. Trevelyans Richtung zu schubsen, weil sie annahm, dass ich Gabe mehr mochte, als angemessen war, wenn man die Umstände bedachte? Vielleicht war sie doch nicht so töricht, wie ich dachte.

Gabe glitt auf den Fahrersitz, während Alex am Motor kurbelte. „Warum braucht Silvia mehr Spaß?", fragte er.

„Geht dich nichts an", sagte Willie.

Gabe legte den Arm über die Rücklehne des Sitzes und wandte sich ihr zu. Er warf ihr einen dunklen, brütenden Blick zu, der mich überraschte. Meistens schien er seine Cousine nicht wirklich ernst zu nehmen, aber jetzt sah er aus, als wolle er sie zu einem Duell herausfordern.

Sie sank in den Sitz und verfiel auf eine trotzige Stille.

Alex stieg ein, und Gabe startete den Motor. Er fuhr sehr schnell zurück zur Crooked Lane. Anstatt mich rauszulassen, parkte er und begleitete mich zur Bibliothek. Alex und Willie folgten uns, passten auf die Annäherung möglicher Entführer auf. Gabe schien nicht besorgt, und ich war es auch nicht. Die Entführer würden nichts versuchen, während er in ihrer Gesellschaft war.

Der Grund, dass er mich zurück zur Bibliothek begleitete, wurde klar, als er Professor Nash und mich zum Abendessen einlud. „Ivy wird da sein, mit ihrer Familie. Sie hat erwähnt, dass sie dich gern wiedersehen würde, Sylvia. Ihr hat es gefallen, dich zu treffen."

Ich wollte Willies Reaktion in diesem Augenblick sehen, aber sie war nicht in meiner Sichtlinie.

Professor Nash nahm an, und ich folgte ihm. Erst als Gabe ging, bekam ich Zweifel. Es war ja nicht, dass es Ivy missfallen würde, mich da zu haben – sie wusste, dass ich ihre Beziehung nicht bedrohte. Es war eher schon, dass ich nicht hingehörte. Das einzige andere Mal, als ich bei Gabe zu Abend gegessen hatte, war es ein angenehmer Abend gewesen, überhaupt nicht unbehaglich. Die Anwesenheit von Alex' bodenständiger Familie hatte mir das Gefühl gegeben, dass ich nicht fehl am Platz war. Aber Ivys Familie würde etwas anderes sein. Wenn sie auch nur annähernd waren wie sie, wären sie elegant und aristokratisch. Das waren keine Worte, mit denen irgendwer mich beschrieben hätte.

* * *

DER ABEND BEGANN mit Cocktails im Salon. Wenn man nach den zusammengekniffenen Lippen von Mrs. Hobson ging, als sie einen Martini vom Tablett des Leibdieners annahm, war die moderne Angewohnheit, vor dem Dinner zu trinken, nicht nach ihrem Geschmack. Wie ihre Tochter war sie hochgewachsen und schlank. Die neue Mode von eng anliegenden Kleidern hätte zu ihr gepasst, aber wie bei den meisten Frauen ihres Alters bevorzugte sie einen Vorkriegsstil mit einem Korsett, der ihre Figur zu einer unnatürlichen S-Form übertrieb, und Schichten aus Stoff, die in Falten arrangiert waren, mit einem Übermaß an Spitze.

Ivy hatte die ranke, dunkle Schönheit ihrer Mutter geerbt, aber ihre goldenen Augen kamen von ihrem Vater, genauso wie die magische Fähigkeit offensichtlich. Zusammen mit ihrem Bruder Bertie waren die drei Ledermagier. Nachdem die Magier vor fast dreißig Jahren aus den Schatten getreten waren, dank der Bemühungen von Gabes Eltern, hatte Mr. Hobson sein Stiefelgeschäft ausgebaut. Seine Stiefel waren bekannt für ihre Qualität und Langlebigkeit, und das Militär hatte ihn beauftragt, Stiefel für die Armee anzufertigen, als der Krieg ausgebrochen war. Es hatte ihn außergewöhnlich reich gemacht, was man auch daran erkennen konnte, dass Ivy und Mrs. Hobson exquisiten Schmuck trugen, genauso wie die jüngste Mode, die Ivys hochgewachsene Gestalt umspielte.

Sie sah sogar noch schöner aus als beim letzten Mal, als ich mit ihr gegessen hatte. Ihr lavendelfarbenes Seidenkleid war mit winzigen Perlen gesäumt, und weiße Perlen liefen quer über das tief ausgeschnittene Mieder. Zusammen mit dem Diamant-

Amethyst-Halsband, das ihren Ausschnitt bedeckte und die Rundungen ihrer Brüste streifte, glitzerte sie und schimmerte sie, während sie durch den Raum zu mir kam.

Mit dem Cocktailglas weg von ihrem Körper gehalten, beugte sich Ivy herab, um mich auf die Wange zu küssen. „Du siehst hübsch aus heute Abend, Sylvia."

Ich biss mir auf die Zunge und zwang mich zum Lächeln. Womöglich hatte sie nicht nahelegen wollen, dass ich bei unserem letzten Treffen nicht hübsch ausgesehen hatte. „Vielen Dank. Mein Kleid ist neu."

Daisy hatte mich zum Einkaufen mitgenommen, nachdem ich das Gemälde verkauft hatte. Ich hatte weit mehr ausgegeben, als ich für die Ausstattung vorgehabt hatte, aber jetzt war ich froh, dass ich das getan hatte. Damals hatte ich gedacht, das tiefblaue Kleid mit den Chiffon-Ärmeln und der feinen Stickarbeit in mitternachtsblauem Faden wäre übertrieben, aber es war angemessen für ein Dinner in Mayfair. Ivy hätte es mit einem Halsband kombiniert, doch so eins besaß ich nicht. Nächstes Mal würde ich mir von Daisy etwas ausborgen.

Mrs. Hobson hatte mich genau beobachtet, seit wir uns vorgestellt worden waren, und kam nun, um sich neben ihre Tochter zu stellen. „Und wie hängen Sie mit der Familie Glass zusammen?", fragte sie mich.

„Ich arbeite in der Glass-Bibliothek."

„Sie sitzen im Komitee?"

„Ich bin eine Hilfsbibliothekarin für Professor Nash." Ich deutete auf den Professor, der mit Gabe, Alex und den beiden Hobson-Männern sprach. Willie war nirgends zu sehen.

„Wie … interessant." Sie nippte an ihrem Cocktail.

Ivy berührte mich am Arm. „Sylvia ist sehr klug. Sie war früher Journalistin."

Mrs. Hobsons Nasenflügel blähten sich. „Also bezieht sich Gabriels Missfallen an Journalisten nicht auf ehemalige?"

Ivys Lächeln wurde starr. „Meine Familie mag Zeitungleute auch nicht", sagte sie mir.

„Aus einem besonderen Grund?", fragte ich.

Ivy öffnete den Mund, um etwas zu sagen, doch Willie wählte diesen Augenblick, um den Salon zu betreten. „Ihr habt die Cocktails ohne mich angefangen!" Sie deutete auf den Leibdiener, der das Tablett herüberbrachte. Sie schnappte sich ein Glas, beugte sich dichter heran und flüsterte ihm etwas ins Ohr, was ihn zum Lachen brachte. „Gehen Sie und holen Sie noch weitere Drinks", fügte sie an.

„Sehr wohl, Ma'am", sagte er mit einem Zwinkern.

Mrs. Hobson seufzte, als sie ihn aus dem Raum humpeln sah.

„Der Leibdiener ist neu", erklärte Ivy ihrer Mutter. „Du weißt ja, wie schwer es ist, seit dem Krieg gute Angestellte zu finden."

„In der Tat."

Ich nippe an meinem Cocktail und fragte mich, ob es zu früh für einen zweiten war. Ich dachte allmählich, dass ich etwas Stärkung brauchte, um durch diesen Abend zu kommen.

Als hätte er geahnt, dass ich gerettet werden musste, entschuldigte sich Gabe und schloss sich uns an. „Was besprecht ihr Damen?"

„Sylvias Arbeit", sagte Ivy. „Ich habe Mutter erzählt, dass sie eine Journalistin war, es aber aufgegeben hat. Ich wollte sie gerade fragen, ob sie zurückkehren würde, wenn sich die Gelegenheit ergäbe."

„Ich arbeite gern in der Glass-Bibliothek", sagte ich.

Sie zwinkerte mir theatralisch zu und lächelte mich gerissen an, als würde sie einen Witz teilen. „Natürlich musst du das vor deinem Arbeitgeber sagen."

Gabe spannte sich an.

„Professor Nash ist mein Arbeitgeber", erklärte ich.

Ivy wurde still.

Ihre Mutter pflügte aber weiter. „Gabes Familie zahlt Ihren Lohn, Ms. Ashe. Das macht ihn zu Ihrem Arbeitgeber."

„Das Geld der Bibliothek kommt aus Spenden", sagte Gabe steif.

„Zu denen Ihre Familie hauptsächlich beiträgt."

„Besprechen wir doch nicht Arbeit und Geschäft", ging Ivy dazwischen. „Das ist alles ziemlich langweilig."

„Die Arbeit in der Bibliothek ist überhaupt nicht langweilig", sagte Gabe. „Erst heute hat Sylvia ein altes Buch gefunden, dass einst der Familie Medici gehörte."

Mr. Hobson hörte von der anderen Seite des Raumes mit und

schloss sich uns an. „Medici, was? Wie außergewöhnlich. Erzählen Sie uns von dem Buch, Nash."

Der Professor erzählte kurz von dem Manuskript, erwähnte aber meine persönlichen Gründe nicht, aus denen ich mehr über seine Ursprünge erfahren wollte. „Ms. Ashe leitet die Recherche in der Hoffnung, den Silbermagier aufspüren zu können, der die Schließen gefertigt hat."

Bei der Erwähnung von Magie leuchtete Mr. Hobsons Gesicht. „Silbermagie? Na, das wäre ja ein wertvolles Handwerk. Schade, dass man diese Magie nirgends mehr ausgraben kann. Nicht so wichtig wie Zeitmagie natürlich, aber vermutlich das Zweitbeste, wenn man bedenkt, dass es keine Goldmagie mehr gibt. Wenn Sie zufällig eine Frau im heiratsfähigen Alter bei Ihrer Recherche entdecken, Ms. Ashe, seien Sie sicher, dass Sie sie zu Bertie schicken."

Er lachte. Sonst tat das niemand, nicht einmal Willie. Bertie wurde ganz rot, während Mrs. Hobson ihr Glas austrank.

„Uhrenmagie, nicht Zeit", verbesserte Gabe.

„Kommen Sie schon, wir wissen beide, dass Lady Rycroft die Magie anderer länger andauern lassen kann. Wenn wir das nicht Zeitmagie nennen, was sollen wir dann sonst so nennen?"

Gabes Daumen tippte wütend gegen seinen Oberschenkel.

Es war eine Erleichterung, als der Bedienstete mit weiteren Cocktails zurückkehrte. Trotz seines Humpelns schwankte die Flüssigkeit in den Gläsern kaum. Etliche Gäste stürzten sich auf sein Tablett, tauschten leere Gläser gegen volle aus. Ich war einer von ihnen.

Ivy blieb bei Gabe. Sie nahm seine Hand, zwang das Daumentippen weg. Sie sagte leise etwas zu ihm, doch er erwiderte nichts. Er sah aus, als würde er den Abend bedauern, während seine Gäste gewissermaßen ungeduldig auf den Essensgong warteten.

Mrs. Hobson rückte an mich heran. „Ivy erzählte mir, Sie sind keine Magierin, Ms. Ashe. Gibt es denn *irgendwelche* Magie in ihrer Familie?"

„Nein."

Sie schien mit meiner Antwort zufrieden.

Ich hielt es für am besten, die Unterhaltung weiter zu treiben.

Es wäre ein langer Abend, wenn er weiterhin so unbehaglich blieb. „Ihr Mann und Ihre beiden Kinder sind Ledermagier, ist das so?"

„Das sind sie."

„Und Sie?"

„Ich bin sicher, in meiner Abstammung gibt es Magie."

„Was führt Sie zu diesem Gedanken?"

Sie wedelte mit der Hand. Der große Gold-Zitrin-Ring glitzerte im Licht. „Das ist nur so ein Gefühl."

Willie brach in Gelächter über etwas aus, das der Leibdiener zu ihr gesagt hatte. Als ihm klar wurde, dass alle anderen hinsahen, neigte er den Kopf und ging. Willie wischte sich die Nase mit dem Handrücken und stürzte ihr Getränk hinunter.

„Was für einen Zoo sich mein zukünftiger Schwiegersohn doch hält", sagte Mrs. Hobson. „Es ist ein Wunder, dass seine Mutter sich so viele Jahre mit der herumgeschlagen hat. Und Detective Bailey ebenfalls", fügte sie mit einem Nicken in Alex' Richtung hinzu.

„Detective Bailey und sein Sohn waren stets sehr wohlerzogen und nett zu mir, echte Gentlemen."

„Echte Gentleman, aber sicher."

Es war eine riesige Erleichterung, dass der Essensgong erklang, bis mir klar wurde, dass ich in der nächsten Zeit genau neben zwei Leuten sitzen würde. Zum Glück endete ich mit Alex auf einer Seite und Bertie auf der anderen. Gabe saß am gegenüberliegenden Ende des Tisches, Ivy rechts von ihm und Mrs. Hobson links. Ich hatte auf jeden Fall besser abgeschnitten.

Während der Leibdiener und der Butler den ersten Gang auftrugen, erklang Mrs. Hobsons Stimme klar im Raum, als hätte sie sie erhoben, damit wir es alle hören konnten. „Haben Sie immer noch diese chinesische Köchin, Gabriel?"

„Mrs. Ling ist immer noch bei mir angestellt, ja. Ich habe sie gebeten, heute Abend nur für Sie englisches Essen zu kochen."

Alex beugte sich zu mir herab. „Als sie letztes Mal hier waren, war es ein Desaster. Mrs. Ling hat ein paar traditionelle Gerichte aus ihrem Heimatland aufgetragen. Mrs. Hobson hat sich geweigert, etwas davon zu essen. Sie hat es nicht mal probiert. Die arme Mrs. Ling musste rasch etwas anderes nur für sie machen."

„Was hat Ivy gesagt?"

„Nichts. Ich glaube, ihr war es zu peinlich."

„Magst du ihre Küche, Alex?"

Er ließ ein Grinsen sehen. „Ich liebe es. Mrs. Ling beschwert sich, dass sie keine authentischen Zutaten bekommt, und deshalb macht sie nur selten ihre traditionellen Gerichte. Wenn sie es tut, werden jede Schüssel und jeder Teller sauber geleckt."

„Und Willie?"

„Nach einigem anfänglichen Widerstand liebt sie es mehr als die englische Küche. Sie betrachtet sich nun als weltgewandten Gourmet." Seine Stimme wurde weicher, als er einen zuneigungsvollen Blick zu Gabes Cousine warf. „Sie lobt Mrs. Lings Küche vor jedem, der zuhören will, und ist sehr beleidigt, wenn jemand sich gegen chinesisches Essen ausspricht." Sein Blick wanderte zu Mrs. Hobson. „Nachdem die Hobsons gegangen sind, war Willie sehr … laut mit ihren Einwänden."

„Ach du liebe Zeit. Der arme Gabe, der in der Mitte steht." Ich nahm eine Schüssel mit der falschen Schildkrötensuppe von Bristow entgegen. Es war die englischste aller Suppen. „Es scheint, als würde Willies Aufregung sich nicht auf Ivy erweitern. Sie lobt sie immer."

Er erwiderte nur ein wenig aussagekräftiges Schnauben.

„Passen Sie doch auf!", fuhr Ivy den Leibdiener an. „Sie haben sie fast auf meinen Schoß verschüttet."

Der Bedienstete nahm sich Ivys Serviette und tupfte die Tischdecke ab, um die verschüttete Suppe aufzunehmen. Sie schnappte sie im weg, und er richtete sich auf.

„Weshalb kann ich die nicht benutzen?", sagte er mit einem Schulterzucken.

Mrs. Hobson schnalzte mit der Zunge und murmelte zu ihrem Mann auf ihrer anderen Seite.

Bristow fegte herein und befahl, dass der Leibdiener den Raum verlassen sollte. Ich hatte noch nie gesehen, wie sich ein Mann in seinem Alter so rasch bewegte. Er entschuldigte sich ausgiebig bei den Hobsons und schwor, niemals den Bediensteten wieder Suppe auftragen zu lassen, bis er unterrichtet worden war.

Der Leibdiener verdrehte die Augen, klemmte sich das Tablett unter den Arm und humpelte hinaus. Bristow folgte ihm, wirkte wie eine Gewitterwolke, die gleich über dem Kopf des armen Kerls ausbrechen würde.

Willie saß bei dem ganzen Vorfall mit einem Lächeln auf dem Gesicht da. Allmählich glaubte ich, dass sie Ivy gar nicht so besonders mochte. Doch sie hatte immer so gut von ihr gesprochen. Ihr Lächeln verschwand, als Mrs. Hobson wieder etwas sagte.

„Sie sollten ihn ersetzen, Gabriel."

„Er arbeitet gut", sagte Gabe. „Er muss nur mehr üben."

„Doch seine Haltung ist entsetzlich! Ich weiß, Sie glauben, Sie machen das Richtige, indem Sie einen versehrten ehemaligen Soldaten einstellen, aber er ist viel zu informell, um in einem solchen Haus Bediensteter zu sein."

„Vielen Dank für Ihren Rat, Mrs. Hobson, aber meine Angestellten sind meine Sorge." Er sprach sehr viel weniger angespannt, als ich es getan hätte.

Sie nahm ihren Löffel und tauchte ihn in ihre Suppe. „Dann werden Sie sich freuen, wenn Ivy ihre Pflichten übernimmt, den Haushalt zu leiten. Sie wird die Angestellten im Nu auf Vordermann gebracht haben."

Ivy wirkte völlig erniedrigt von der Direktheit ihrer Mutter. Bertie war neben mir auch ganz still geworden.

„Wo wir bei der Hochzeit sind", sagte Mr. Hobson, „wann werden denn Ihre Eltern zurückkehren, Glass? Ivy sagte, sie haben noch kein Datum genannt, aber das finde ich nur schwer zu glauben. Gewiss wollen sie, dass Sie sich so bald wie möglich häuslich einrichten."

„Sie wissen nicht, wie lange sie weg sein werden", sagte Gabe.

Mr. Hobson nahm diese Antwort nur einen Moment lang hin, bevor er den Punkt noch einmal klar machte. „Aber weshalb haben Sie denn kein Datum festgelegt, bevor sie aufbrechen? Wäre ich Sie gewesen, hätte ich darauf bestanden." Er lächelte seine Tochter an. „Man will sich doch eine Perle wie Ivy nicht durch die Finger gleiten lassen."

„Vater", stieß sie hervor.

Willie griff nach ihrem Weinglas. „Matt und India werden doch nicht die Hochzeit ihres einzigen Kindes versäumen", fuhr sie sie an. „Jeder, der Gabe kennt, weiß, wie wichtig es für sie ist, dabei zu sein."

Ivy nahm ihr Glas und salutierte vor Willie damit. „Ganz richtig." Sie legte eine Hand auf Gabes Arm und schenkte ihm ein süßes Lächeln. „Außerdem ist Gabe es wert, auf ihn zu warten."

Nach einer gefühlt quälend langen Stille erwiderte Gabe endlich: „Genau wie du."

Das restliche Dinner war ganz angenehm. Bertie war ein netter Kerl, wenn auch etwas schüchtern. Ich konnte ihn nur zum Sprechen bewegen, indem ich ihm Fragen stellte. Er fragte mich gar nichts. Hätten sie sich nicht so ähnlich gesehen, hätte ich nie erraten, dass er mit Ivy verwandt war. Mit seinem trägen Wesen war er wohl völlig überwältigt, wenn sie und ihre Eltern zu Hause waren.

Er erklärte, dass er nicht in den Krieg gezogen war, da seine Arbeit in der Fabrik seines Vaters als zu wichtig für die Kriegsbemühungen galt. Er erzählte mir, wie seine Magie funktionierte, aber schien irgendwie peinlich berührt, zuzugeben, dass die seines Vaters und seiner Schwester stärker war. Ich sagte, dass er immerhin seiner Mutter etwas voraushatte, aber er sah den Witz darin nicht.

Ich war dankbar, nach dem Essen kurz in den Salon zurückkehren zu können, um einen anderen Gefährten zu bekommen. Ich bewegte mich zum Professor, doch Mr. Hobson kam mir in den Weg, der über Magie sprechen wollte. Ich schaute mich um, um mich einer anderen Gesellschaft anzuschließen, und sah Gabe bei Mrs. Hobson und Ivy. Mutter und Tochter waren in einer Diskussion, die Gabe einzuschließen schien. Aber ein Blick in seine Augen zeigte, dass er nicht zuhörte. Er mochte ja körperlich im Raum sein, doch seine Gedanken waren woanders.

Plötzlich schaute er zu mir. Er schaute nicht weg, blinzelte nicht oder versuchte sich an einem Lächeln. Er starrte einfach nur.

Und ich starrte zurück.

Ich war mir genauestens bewusst, dass ich mit ihm den ganzen Abend lang nicht allein gewesen war, aber in diesem Augenblick hätte ich alles gegeben, den Raum mit ihm an meiner Seite zu verlassen. Nicht, weil ich seine Gesellschaft wollte, sondern weil ich spürte, dass er meine brauchte.

In einem Raum voller Leute, die er besser kannte als ich, war er der Einsame.

Vier Jahre im Krieg veränderten jeden. Junge Frauen, die zu Hause blieben, wurden selbstsicherer und konnten Arbeiten erledigen, die normalerweise den Männern vorbehalten waren. Eltern von Soldaten wurden ängstlich, wenn ihre Söhne an die Front aufbrachen, und unerträglich traurig, wenn sie nicht zurückkehrten. Die Männer, die zurückkehrten, waren auf alle möglichen Arten verändert. Manche waren so traumatisiert, dass sie in der Gesellschaft nicht mehr funktionierten. Manche kamen zurückhaltend zurück, konnten über ihre Erfahrungen nicht sprechen. Andere waren lockerer, entschlossen, jeden Tag bis zum vollsten auszuschöpfen. Manche wurden wütend, und andere waren von Schuld erfüllt, weil sie überlebt hatten, während ihre Freunde das nicht getan hatten. Die meisten hatten Schwierigkeiten, sich an die neue Welt anzupassen, die der Krieg eingeleitet hatte.

Ich nahm an, dass Gabe immer noch versuchte, herauszufinden, wer er jetzt war. Er konnte nicht zurückgehen und der wagemutige Kerl werden, von dem seine Freunde behaupten, dass er es vor dem Krieg gewesen war. Aus dieser Phase war er herausgerissen worden, bevor er wirklich bereit gewesen war. Doch hatte er sich noch nicht in die nächste Phase des Lebens eingefügt. Vielleicht quälten ihn immer noch die Erinnerungen an die Schlachtfelder, sodass er unmöglich weiterziehen konnte. Es musste schwer sein, sein wahres Wesen zu finden, wenn es unter so viel Trauer und Schmerz begraben lag.

Es war gut, dass seine Hochzeit nicht so bald stattfand. Er musste sich selbst wiederentdecken, bevor er zum Ehemann und Vater wurde.

Gabe machte einen Schritt in meine Richtung, und ich spürte, wie auch ich zu ihm hingezogen wurde. Dann blieb er stehen. Mit einem leichten Kopfschütteln wandte er sich zurück an Ivy und Mrs. Hobson. Die Verbindung zwischen uns war abgetrennt.

In den nächsten zehn Minuten tat ich so, als würde ich zuhören, als Willie und der Professor sich an die Vergangenheit erinnerten. Er entschuldigte sich dann, und ich tat es ihm nach, damit wir zusammen gehen konnten. Gabes Fahrer brachte erst Professor Nash nach Hause und dann mich.

Ich konnte nicht schlafen. Ich lag stundenlang wach, starrte hinauf in die Dunkelheit, versuchte Gabes gequälten Blick aus meinen Gedanken zu vertreiben.

KAPITEL 4

Gabe und Alex holten mich am folgenden Vormittag an der Bibliothek ab, und wir fuhren zu Mr. Trevelyans Atelier. Als ich eine Bemerkung zu Willies Abwesenheit machte, erzählte mir Gabe, dass sie zu Scarrows Zeitungsbüro gegangen war, um diskret mehr über ihn herauszufinden.

Ich hob die Augenbrauen. „Diskret?"

Er grinste. „So diskret eine Frau in Lederhose und Cowboyhut eben sein kann."

Ich war erfreut, ihn wieder lächeln zu sehen. Ich war mir nicht sicher, was ich nach dem letzten Abend hätte erwarten sollen.

Es war, als hätte die Erwähnung von Albert Scarrow ihn heraufbeschworen. Er verließ das Fotografenatelier, als wir gerade an den Randstein fuhren. Er sah uns nicht, und wir warteten, bis er außer Sicht war, bevor wir aus dem Wagen stiegen.

Oben begrüßte uns Mr. Trevelyan mit einem einfachen Nicken und lud uns ein, uns die Fotografien anzusehen. Er legte sie Seite an Seite auf dem Schreibtisch in der Nähe des Buches selbst aus. Die Größe der Markierungen zu erhöhen, hatte sie sehr viel klarer werden lassen. Es war tatsächlich eine Reihe von Buchstaben.

„Die Schrift ist altmodisch", sagte ich.

Mr. Trevelyan stimmte zu. „Ich bin kein Handschriftexperte, aber für mich passt der Stil zu der Ära, in der die Medici Einfluss hatten."

Gabe schaute scharf auf und musterte den Fotografen, bevor er zu den Bildern zurückkehrte. „Es ist ein Name. Ein Teil davon ist immer noch ein bisschen schwach, aber ich glaube, da steht Andrew Sidwell."

„Es ist vermutlich die Unterschrift des Schreibers", sagte Alex. „Haben die nicht ihren Namen auf ihrem Werk hinterlassen?"

„Manche schon", sagte ich. „Aber üblicherweise hinten, nicht vorne. Die Vorderseite ist eine wichtige Position, die für den Kunden reserviert ist, der die Arbeit in Auftrag gab. Das aber nur, falls das eine Kopie eines anderen Werks ist, und überhaupt ein Schreiber beauftragt wurde. Falls das Manuskript ein Original ist, dann hat der Autor des Dokuments es sehr wahrscheinlich selbst gemacht." Sie wirkten ziemlich beeindruckt von meinem Wissen, darum gab ich zu, dass es etwas war, was ich von Professor Nash gelernt hatte. Er war der Experte für alte Dokumente, nicht ich.

„War nicht Medici der Besitzer?", fragte Mr. Trevelyan.

„Irgendwann schon. Vielleicht hat er es ja nicht beauftragt, sondern gekauft, nachdem es geschrieben wurde. Das könnte auch Jahre später gewesen sein."

Gabe betrachtete ihn. „Wir haben vor Ihnen nie die Medici erwähnt."

Miss Trevelyan klappte die erste Seite des Buches auf. „Ich habe ihr Familiensymbol erkannt."

„Warum haben Sie ein solches Interesse an ihnen?"

„Ich weiß nicht viel über seltene Bücher, aber ich möchte wetten, ein Manuskript mit einer Verbindung zu den Medici ist selten. Wenn das ans Licht kommt, haben Sie bestimmt eine Menge interessierter Parteien, die es kaufen möchten."

„Es steht nicht zum Verkauf."

Mr. Trevelyan schaute Gabe direkt in die Augen. Es war, als beobachte man zwei Preisboxer, bevor sie in den Kampf gingen, während jeder den anderen einschätzte. Mr. Trevelyan brach die Gegenüberstellung ab und griff nach seinem Zigarettenetui. Er bot es jedem von uns an, dann nahm er sich selbst eine Zigarette.

„Erwähnen Sie das Manuskript nicht vor Ihrem Journalisten-Freund Scarrow", sagte Gabe.

Mr. Trevelyan zündete sich die Zigarette an, die zwischen seinen Lippen hing, und schüttelte das Streichholz, um es zu löschen. „Er ist nicht mein Freund." Er nahm die Zigarette zwischen dem Daumen und Zeigefinger aus dem Mund und blies eine Rauchwolke in die Luft. „Wir arbeiten für dieselbe Zeitung. Er hat mich gebeten, mit ihm zu arbeiten. Wir haben versucht, Sie zu finden, Gabriel Glass."

Er hatte wohl erraten, wer Gabe wirklich war. Wenn man bedachte, dass kürzlich Fotografien von Gabe in der Zeitung gewesen waren, war das keine Überraschung.

Gabe nahm es gelassen. „Weshalb Sie? Es gibt doch bestimmt etliche Fotografen, die bei Ihrer Zeitung angestellt sind, weshalb wollte er also Sie?"

Mr. Trevelyan zuckte mit den Schultern. „Ich habe den Ruf, hartnäckig zu sein. Vielleicht wollte er jemanden wie mich bei diesem Auftrag. Jemanden, dem Ihre Freunde keine Angst einjagen." Er wies mit dem Kinn in Alex' Richtung.

Alex verschränkte die Arme, betonte die Größe seiner Muskeln, während sie aus den Ärmeln seines Jacketts quollen. „Was wissen Sie von dem Entführungsversuch von Gabe?"

„Nichts, was nicht bereits in jedem Zeitungsartikel über ihn steht." Er zog an seiner Zigarette und blies den Rauch aus dem Mundwinkel. „Das Interesse an Ihrem Leben ist verständlich, Glass. Sie haben in vier Jahren Krieg keinen einzigen Tag im Lazarett verbracht."

„Ich hatte einfach Glück."

„Ich war zweieinhalb Jahre immer wieder an der Front, und nach allem, was ich gesehen habe, hat niemand so viel Glück."

Gabe breitete die Arme an den Seiten aus. „Und doch stehe ich hier."

Mr. Trevelyan beobachtete Gabe unter gesenkten Lidern hervor. „Und Sie, Mr. Bailey? Hatten Sie auch Glück?"

Alex schien verblüfft, dass man sich an ihn richtete. „Ich war nicht so lange dort. Ich habe mich erst '16 eingeschrieben und über einen Monat damit verbracht, mich zu erholen, nachdem sie mir ein Schrapnell aus dem Rücken entfernt haben. Aber Sie haben recht. Ich hatte mehr Glück als die meisten. Ich bin noch hier."

Es war unmöglich, zu sagen, was Mr. Trevelyan von Alex' Kriegserfahrung hielt. Er rauchte einfach weiter seine Zigarette. Seine Züge blieben ausdruckslos, und seine schweren Lider gesenkt.

Ich nahm die Fotografien und das Buch, wollte rasch weg, bevor die Anspannung noch schlimmer wurde. „Wie viel schulden wir Ihnen, Mr. Trevelyan?"

„Keine Bezahlung, Miss Ashe." Er kam ein paar Schritte näher. „Darf ich Sie heute Abend zum Essen ausführen?"

Die Anfrage erwischte mich auf dem falschen Fuß. Da sie direkt nach der Aussage kam, dass die Fotografien nichts kosteten, ließ es das aussehen, als würde da eine Verbindung bestehen, und dass der Preis meine Zusage war. Ich wusste nicht, wie ich antworten sollte.

Gabe knallte einen Geldschein auf den Tisch.

Mr. Trevelyans Lippen zuckten zu etwas nach oben, das einem Lächeln so nahekam, wie er nur konnte. Er nahm den Geldschein und steckte ihn ein. Wir brachen auf. „Seien Sie vorsichtig bei Scarrow. Er mag ja unschuldig erscheinen, aber er ist ehrgeizig. Er glaubt, eine gute Geschichte wird seine Karriere vorantreiben."

„Er hat vermutlich recht", sagte Gabe. „Von mir wird er keine Geschichte bekommen. Es gibt nichts, was sich zu schreiben lohnen würde."

Mr. Trevelyan salutierte träge vor Gabe, während er mir die Tür öffnete. „Ich hoffe, wir sehen einander wieder, Miss Ashe."

„Ja." Als ich hörte, wie das klang, fügte ich rasch an: „Falls sich unsere Wege wieder kreuzen, wird ein weiteres Treffen unvermeidlich sein." Ich räusperte mich. „Vielen Dank für Ihre Zeit."

Er schenkte mir ein weiteres schräges Lächeln, aber diesmal war es weder humorlos noch traurig.

Unten auf dem Bürgersteig in der Nähe des Automobils sagte ich: „Das war interessant."

Gabe öffnete die Tür des Prince Henry für mich. „War es das?"

Ich zeigte ihm die Fotografien. „Jetzt haben wir einen Namen, der mit dem Manuskript in Verbindung steht. Bis auf die Medici, meine ich."

Gabe nahm den Hut ab, fuhr sich mit der Hand durch die Haare und setzte ihn wieder auf. Er schien kurz zu brauchen, um sich zu sammeln. „Er ist vielleicht der Magier, der die Schließen gemacht hat."

„Andrew Sidwell klingt für mich Englisch. Das wird es leichter machen, dem nachzugehen."

„Hervorragender Punkt. Ich kann damit anfangen, nachzusehen, ob sein Name auf unserer Magierliste steht."

Alex schlug ihm mit dem Handrücken auf den Arm und warf mir einen betonten Blick zu.

Gabe verdrehte die Augen. „Sie weiß bereits davon." Auf Alex' angespannte Stille hin fügte er an: „Wir können ihr vertrauen." Er wirkte fast wütend auf seinen Freund.

Da feststand, dass Alex keinen Grund hatte, mir zu vertrauen, wollte ich ihn beruhigen. „Ich erzähle es keiner Menschenseele, das verspreche ich. Gabes Geheimnisse sind bei mir sicher." Ich hatte nicht nahelegen wollen, dass ich von anderen Geheimnissen sprach, die Gabe für sich behielt, nicht einfach nur dasjenige über die Liste mit Magiern. Doch beide Männer dachten eindeutig, das hätte ich gemeint, wenn man nach dem Blick ging, den sie einander zuwarfen.

Was immer Gabes Geheimnisse waren, Alex kannte sie. Als das Thema von Gabes verblüffendem Überleben während der Ermittlung zu dem gestohlenen Gemälde aufgekommen war, war ich ziemlich sicher gewesen, dass Alex genauso im Dunkeln tappte wie alle anderen. Ganz eindeutig hatten sie seither eine Unterhaltung geführt.

Ich war froh, dass Gabe sich seinem engsten Freund anvertraut hatte. Vielleicht würde es ihm helfen, mit seinen Kriegserfahrungen umzugehen, dass er sein Geheimnis geteilt hatte.

Alex kurbelte am Motor, während Gabe und ich im Automobil warteten. Sobald der Prince Henry brüllend zum Leben erwachte, kam Alex mit gerunzelter Stirn zu uns. „Es gibt einen

Teeladen die Straße runter." Er nickte zu einem Erkerfenster mit fröhlichen gelben Vorhängen hin. „Ivy und Mrs. Hobson sitzen an einem Fensterplatz."

„Und du legst nahe, dass es unhöflich wäre, wenn wir nicht hineinschauen und sie begrüßen?", fragte Gabe.

„Nein. Ich glaube nicht, dass sie uns gesehen haben."

„Warum siehst du dann so aus, als würdest du gleich getadelt werden?"

„Bei ihnen war Lady Stanhope."

Gabe drehte sich im Sitz, um ihn richtig anzuschauen. „Lady Stanhope von der Royal Academy?"

Alex nickte.

Ich hatte eine Reihe von Begegnungen mit Lady Stanhope gehabt, während ich Gabe bei der Ermittlung in einem Kunstdiebstahl während der Sommerausstellung der Academy geholfen hatte. Als Ehefrau eines Mitglieds, Organisatorin der Ausstellung und Sammlerin magischer Kunst war Lady Stanhope sogar eine Verdächtige gewesen. Sie hatte mich von Anfang an nicht gemocht. Als vorübergehende Angestellte war ich ihr gar nicht aufgefallen, und das hätte ich auch gern weiter so gelassen, wäre nicht meine Bekanntschaft mit Gabe gewesen, jemandem, den sie als weit über mir stehend betrachtete. Es hatte auch nicht geholfen, dass ich ihren Plan aufgedeckt hatte, Kunstwerke von Malermagiern zu kaufen, bevor sie wussten, was ihre Arbeit wert war.

Ich beugte mich vor, als Gabe vom Bordstein abfuhr, damit ich über den Motor hinweg gehört werden konnte. „Sind die Hobsons mit Lady Stanhope befreundet?"

„So sieht es aus, aber ich war mir nicht bewusst, dass sie einander kennen. Ich weiß allerdings nicht viel über Ivys Familie oder ihre Verbindungen, daher ..." Er zuckte mit den Schultern.

Ich lehnte mich zurück und fragte mich, wie er mit jemandem fast drei Jahre lang verlobt sein konnte, ohne die Familie gut zu kennen.

Gabe und Alex blieben nur lang genug an der Bibliothek, um mich abzusetzen. Sie wollten nach Hause zurückkehren, um auf ihrer Liste mit Magiern nach Sidwell zu suchen und ihren Mathematikerfreund anzurufen.

In der Zwischenzeit suchten Professor Nash und ich in der Sammlung der Bibliothek nach einer Erwähnung von Andrew Sidwell. „Bei dem Namen klingelt es", sagte der Professor, während er die Fotografien musterte.

„Wir glauben, der Schreibstil ist aus der Zeit der Medici. Würden Sie das auch so sehen?"

„Vielleicht. Das ist schwer zu sagen."

Er wackelte mit einem Finger in der Luft und marschierte weg. Ich nahm die Fotografien an mich und folgte ihm zu der Reihe kleiner Schubladen, in denen der Katalog der Bibliothek untergebracht war. In jeder Schublade gab es Dutzende Karten, die alphabetisch nach Thema geordnet waren. Jede zeigte die ordentliche, präzise Handschrift des Professors. Niemand sonst hatte je darauf geschrieben. Er hatte vor mir niemals eine Assistentin gehabt.

Jedes Buch in der Bibliothek hatte zumindest einen Karteneintrag im Katalog, und die Karten deckten alle magischen Disziplinen ab, genauso die Orte, Daten, Stämme oder Kulturen und verschiedene weitere Themen, die für die Recherche von Interesse sein könnten. Professor Nash öffnete die erste Schublade mit Karten, die mit S beschriftet waren, und ging sie durch.

„Ich wusste es!" Er zog eine Karte heraus und wedelte damit wie mit einer Flagge. „Sidwell, Sir Andrew."

„Sir?"

Er zeigte mir die Karte. „Offensichtlich, falls es derselbe Kerl ist."

Ich musterte die Karte. Sie enthielt nur eine Referenz auf ein Buch, das vor hunderten Jahren über Mathematik, Astrologie und das Okkulte im sechzehnten Jahrhundert geschrieben worden war. „Was für eine seltsame Mischung aus Themen, um sie in nur einem Buch zu finden."

„Nicht unbedingt." Professor Nash ging zu der Wendeltreppe. „In mittelalterlichen Zeiten und der Renaissance wurden Wissenschaft und Magie oft vermischt. Sie wussten nicht, wie alles funktioniert, darum haben sie natürliche Phänomene der Magie zugeschrieben. Der Wandel der Jahreszeiten, eine Mondfinsternis, und sogar Erkundungen in weiter Ferne ... Das alles betrachtete man als Ergebnis von Magie." Er hielt auf der obersten Stufe inne und sah mit einem Lächeln zu mir hinab, wo ich ein paar Stufen tiefer stand. „Natürlich *sind* einige ihrer Theorien vermutlich das Ergebnis von Magie. Aber einige sind auch gewiss mit Wissenschaft verknüpft. Sie konnten den Unterschied einfach nicht erkennen." Er ging weiter, in die Regalreihen im ersten Geschoss. „Hast du je von Dr. John Dee gehört?"

„War der nicht ein Ratgeber von Queen Elizabeth im sechzehnten Jahrhundert?"

„Dein Geschichtswissen ist sehr gut."

„Das sechzehnte Jahrhundert ist ein bisschen spät für Cosimo de' Medici", erklärte ich. „Der war doch im frühen fünfzehnten."

„Falls meine Theorie stimmt, hat unserem Manuskript vermutlich beiden Männern zu unterschiedlichen Zeitpunkten der Geschichte gehört. Erst Medici, und dann hat es irgendwie Sir Andrew Sidwell in die Finger bekommen und seinen eigenen Namen auf die zweite Seite geschrieben. Leider ist die Tinte, die er benutzt hat, verblasst." Er schnalzte mit der Zunge, während er einen der Gänge betrat. „Magische Tinte, die von einem starken Magier angefertigt wurde, hätte überdauert und garantiert, dass sie heute noch sichtbar ist."

„Aber das Papier, auf dem das Medici-Familiensymbol erscheint, sieht doch wie eine spätere Anfügung aus. Die Tinte ist in besserem Zustand als die auf den älteren Seiten. Falls Cosimo der erste Besitzer war, wie kann das sein? Hätte sie nicht auch verblassen sollen?"

Er musterte die Rücken der Bücher auf Augenhöhe. „Falls sie später hinzugefügt wurde als das Manuskript, dann ist es sogar noch älter als Cosimo de' Medici. Ah!" Er zog ein Buch am Buchrücken heraus. „Hier ist es."

Er nahm das Buch zu der Nische mit, wo er einen zweiten Stuhl für mich heranzog. Ich legte die Fotografien ab, während er durch das Register blätterte. Er fand nur einen Hinweis auf Sir Andrew Sidwell.

Wir beugten uns beide vor zum Lesen. Laut des einzelnen Absatzes, in dem er erwähnt wurde, hatte Sir Andrew Sidwell tatsächlich im sechzehnten Jahrhundert gelebt. Der englische Botschafter in Florenz war ein leidenschaftlicher Sammler wissenschaftlicher und medizinischer Bücher gewesen, darunter Büchern über das Okkulte und Phänomene sowohl natürlicher als auch übernatürlicher Art. Er hatte eine große Sammlung in seinem Landanwesen in Wiltshire besessen, als er gestorben war.

„Er ist wohl reich gewesen", sagte der Professor. „Damals waren Bücher über alle Maßen teuer. Teuer in der Herstellung, teuer zu kopieren und teuer zu kaufen, selbst wenn sie ein- oder zweihundert Jahre vorher geschrieben worden waren." Er tippte mit dem Finger auf die Fotografien der zweiten Seite des Manuskripts mit dem Namen, der in verblassender Tinte dorthin geschrieben war. „Sammler waren reiche Männer."

Der unauffällige Holzdeckel des Manuskripts verschleierte seinen Wert. Wären nicht die Silberschließen gewesen, hätte es eigentlich ganz gewöhnlich ausgesehen, aber im Inneren war ein geheimer Schatz, den Sammler im sechzehnten Jahrhundert für kostbar gehalten hatten.

Ich erinnerte mich an das, was Mr. Trevelyan gesagt hatte. „Sammler würden inzwischen eine Menge für das Buch bezahlen, wenn man die Verbindung zu den Medici bedenkt."

„Und die zur Silbermagie."

Ich deutete auf Sidwells Namen. „Ich frage mich, ob er die Medici-Seite und die Silberschließen hinzugefügt hat, nachdem er das Manuskript gekauft hat. Sie scheinen doch nicht zu dem einfachen Deckel zu passen."

„Da ist schon was dran. Wir wissen nur sicher, dass er nicht der Verfasser ist, nur ein späterer Besitzer."

Er lehnte sich zurück und strich sich übers Kinn. „Wie gut bist du in der Naturwissenschaft, Sylvia?"

„Nicht sonderlich gut. Glauben Sie, die Symbole in dem Manuskript haben eine wissenschaftliche Bedeutung?"

„Mein naturwissenschaftliches Wissen ist auch rudimentär. Vielleicht stellen einige dieser Symbole bestimmte Disziplinen dar. Es könnte eine Disziplin sein, die im Lauf der Zeit vergessen wurde."

„Oder sie könnten von okkulten Wesen sein."

Er stimmte zu, dass das eine Möglichkeit war. „Was immer sie sind, falls Sidwell wusste, dass dieses Buch zu seiner okkulten und wissenschaftlichen Sammlung passte, dann konnte er diese Symbole entweder lesen, oder jemand gab ihm Rat, was der Inhalt des Buches betraf."

Ob er sie nun selbst lesen konnte oder nicht, ich wollte mehr über Sir Andrew Sidwell erfahren. Nicht nur könnte er eine direkte Verbindung zu dem Silbermagier sein, der die Schließen hergestellt hatte, er war auch eine Verbindung zum Inhalt des Buches. Mehr über ihn herauszufinden, konnte uns womöglich helfen, mehr über das Manuskript zu erfahren. Mir war klar, dass ich den Text so sehr entschlüsseln wollte, wie ich einen Silbermagier finden wollte.

Professor Nashs Gedanken gingen auf ähnlichen Pfaden. „Wenn Sidwell das Medici-Manuskript besessen hat, hat er vielleicht auch den Schlüssel besessen, um den Code zu knacken."

„Wir müssen herausfinden, wo seine Sammlung letztlich gelandet ist", sagte ich.

Er seufzte. „Er lebte vor über dreihundert Jahren. Sie wurde vermutlich nach seinem Tod verkauft und in alle Winkel der Erde verstreut. Es könnte uns den Rest unseres Lebens kosten, all die Bücher zu finden, die ihm einst gehörten."

„Wir könnten bei seinen Erben beginnen. Die Sammlung könnte auch gut und gerne in der Familie weitergereicht worden sein. Und falls nicht, haben sie vielleicht eine Rechnung in ihren Archiven."

Professor Nash lächelte. „Du hast eine große Menge Energie, Sylvia. Ich beneide dich."

„Meine Energie ist doch gar nichts im Vergleich zu Ihrer, Professor." Ich nahm seine Hand. „Sie haben Jahrzehnte damit verbracht, durch die Welt zu reisen und Bücher zu jagen wie das Medici-Manuskript."

Sein Lächeln wurde sehnsüchtig. „Oscar war derjenige mit der Energie. Wäre er nicht gewesen, hätte ich niemals einen Fuß aus dem Land gesetzt."

Der Gedanke, Sir Andrew Sidwells Nachfahren aufzuspüren, war ziemlich aufregend, doch auch herausfordernd. Ich hatte keine Ahnung, wo man anfangen sollte.

Vielleicht würde Gabe es wissen, nachdem er den Katalog seiner Familie mit Magiern überprüft hatte.

Ich fuhr mit meiner Arbeit fort, während ich auf seine Rückkehr wartete, die ganze Zeit dachte ich an das Medici-Manuskript. Das Buch faszinierte mich. Je mehr ich über seine Geheimnisse nachdachte, desto mehr Geheimnisse fand ich, die sich zu entdecken lohnten.

Wie etwa die Tinte. Andrew Sidwells Name war verblasst, doch der Rest des Manuskripts war deutlich, obwohl es über hundert Jahre geschrieben worden war, bevor Sidwell es erstanden hatte. Ich hatte angenommen, dass der Autor Tinte benutzte, die Magie enthielt, aber Oscar Barratt war ein Tintenmagier gewesen. Er hätte den Zauber entdeckt, hätte einer drauf gelegen.

Ich brachte die Idee vor den Professor. Er schien nicht überrascht. Er hatte diese Möglichkeit offenbar bereits bedacht.

„Die Tinte ist gewiss leuchtend, selbst jetzt noch, aber manche Tinten aus jenen Tagen waren besser als andere. Die Möglichkeit, den Lauf der Jahrhunderte zu überdauern, könnte an der Qualität der Tinte liegen, und nicht an Magie." Er schob sich die Brille die Nase empor. „Es besteht auch die Möglichkeit, dass sie ein Tintenmagier hergestellt hat, aber kein Zauber hineingesprochen worden war."

„Weil von Magiern gemachte Dinge natürlichen überlegen sind, ob Zauber oder nicht."

„Ganz genau. Tatsächlich hatte der einzige Tintenzauber, den Oscar kannte, gar nichts mit der Verbesserung der Qualität oder Langlebigkeit zu tun. Er ließ die Tinte einfach schweben." Abwesend strich er mit der Hand über das Buch, das er gelesen hatte. „Aber ich frage mich, ob das magische Gefühl, das er in den Silberschließen spürte, vielleicht die Magie in der Tinte übertönt hat, falls es sie gab."

„Gewiss hätte er die Magie seiner eigenen Disziplin von einer anderen unterscheiden können."

„Das hätte ich auch gedacht, aber Oscars Magie war nicht sonderlich stark." Er griff nach dem Telefon. „Aber ich kenne einen Tintenmagier, der es ist."

Ich wartete, während er höflich mit der Telefonistin sprach. Nach einer kurzen Unterhaltung mit jemandem, der wohl ein Verwandter von Oscar war, legte er auf. Er schrieb eine Adresse auf einen Notizzettel und riss die Seite heraus.

Er reichte sie mir. „Wenn Gabe zurückkehrt, solltet ihr Huon Barratt einen Besuch abstatten. Das ist seine Wohnadresse."

„Oscars Bruder?"

„Neffe. Sein Vater – Oscars Bruder – lebt oben im Norden, wo die Familie seit Jahren Tinte herstellt. Huon ist nach London gezogen, sobald er erwachsen wurde. Er hat einen rebellischen Geist und versteht sich nicht gut mit seinem Vater. Oscar war so eine Art Mentor für ihn, aber er war nicht häufig in London, darum war Huon oft sich selbst überlassen."

„Sie klingen, als würden Sie das nicht gutheißen."

Er schob sich die Brille die Nase empor. „Bevor der Krieg ausbrach, schien er sich zu beruhigen, und er dachte sogar daran, nach Hause zurückzukehren und das Familiengeschäft zu erlernen. Aber nach dem Krieg … Er hat einfach nichts gefunden, mit dem er sich beschäftigt halten kann. Außer man zählt Trinken und Herumtreiben dazu, natürlich." Er seufzte. „Ich wünschte, ich könnte ihm helfen, aber er will meine Hilfe nicht. Ich bin nicht Oscar, verstehen Sie."

Ich berührte ihn an der Hand. „Ich bin sicher, Sie haben ihr Bestes getan."

Die Tür öffnete sich und Gabe trat ein, gefolgt von Alex. „Es gibt keine Sidwells auf unserer Liste", verkündete Gabe. „Habt ihr hier Glück gehabt?"

Ich zeigte ihm das Buch, das sowohl Sir Sidwell als auch sein Interesse am Büchersammeln über Wissenschaft und das Okkulte erwähnte. „Wir haben uns gefragt, ob der Schlüssel zu dem Code vielleicht auch in seinem Besitz war, aber von dem Manuskript irgendwann getrennt wurde. Falls wir einen Teil oder seine ganze Sammlung ausmachen könnten, wäre das ein guter Ort für den Anfang. Es ist möglich, dass die Bücher noch immer seinen Nachfahren gehören, falls es welche gibt."

Gabe überprüfte den Absatz in dem Buch, der Sidwell erwähnte. „Sidwells Haus steht in Marlborough, Wiltshire, wenn man danach geht. Das ist nur eine zwei- oder dreistündige Fahrt von London aus. Wir wären in einem Tag dort und wieder zurück. Was sagst du, Sylvia? Hast du Lust auf eine Ausfahrt?"

„Darf ich?" Ich schaute zum Professor. Er nickte. „Oh. In Ordnung dann."

Alex funkelte seinen Freund an, aber Gabe tat so, als würde es ihm nicht auffallen.

„Aber nur, wenn das Ivy recht ist", fügte ich an.

Gabe stimmte zu. „Ich rufe sie später an."

„Seine Erben leben vielleicht nicht mehr auf demselben Anwesen", erklärte Alex. „Familiäre Zustände ändern sich."

„Das stimmt, aber es lohnt sich der Versuch." Gabe wandte sich an den Professor. „Darf ich das Medici-Buch haben? Ich bringe es zu meinem Mathematikerfreund."

„Es gibt noch einen Halt, den ihr zuerst machen solltet." Der Professor erzählte ihm von Oscars Neffen, dem Tintenmagier. „Er wird sicher wissen, ob die Lebendigkeit der Tinte das Ergebnis von Magie ist. Ich habe bereits angerufen. Er erwartet euch."

Wir nahmen das Manuskript und fuhren nach Marylebone, wo Huon Barratt in einem schicken Stadthaus lebte, das für einen Junggesellen zu groß aussah. Vielleicht war es wie bei Gabes Familienhaus, und er wohnte dort mit weiteren Verwandten.

Der Butler, der an die Tür kam, erwartete uns und lud uns in den Salon ein. Der Gentleman, der auf dem Sofa lungerte, die Augen geschlossen und einen Arm über die Stirn gelegt, bewegte sich nicht. Er hatte bestimmt gehört, dass wir eintraten, aber erst, als der Butler uns ankündigte, bewegte sich der Kerl. Er setzte sich mit einem Stöhnen auf und schwang die bloßen Füße auf den Boden. Er öffnete blutunterlaufene Augen und spähte uns nacheinander an.

„Ihr seid wohl die Freunde des Profs." Er schob sich auf die Beine und schüttelte Gabe und Alex die Hände. „Sie sehen vertraut aus", sagte er zu Alex. „Ich glaube, ich hab Sie schon mal in den Clubs gesehen."

„Vermutlich", sagte Alex.

„Das war wohl das Rector's an der Tottenham Court Road, oder dass Buttonhole. Nicht Grafton Galleries, offensichtlich."

Alex plusterte sich auf. „Warum nicht das Grafton?"

„Weil sie da diese seltsame kleine Frau nicht reinlassen würden, mit der Sie sich rumtreiben. Grafton Galleries ist für modischere Menschen. Es muss exklusiv sein. Tagsüber ist es eine Kunstgalerie. Man kann doch nicht den Pöbel mit den teuren Stücken abhauen lassen. Der Prinz geht manchmal hin. Aber wie Sie mag ich lieber das Rector's und das Buttonhole. Die Musik ist besser, die Menge befreiter. Auf jeden Fall ist es eine Freude, Sie kennenzulernen, Mr. Bailey." Er wollte mir auch schon die Hand schütteln, hielt sich aber davon ab. Seine Augen wurden groß, und sein Blick huschte über mich. Er lächelte. „Und Sie sind wohl die neue Bibliothekarin. Es ist mir ein Vergnügen, *Sie* kennenzulernen, Miss Ashe." Er nahm meine Hand und beugte sich darüber.

Ich war überrascht, dass er sich an meinen Namen aus dem Anruf des Professors erinnerte. Er schien nicht in einem geistigen Zustand zu sein, um sich an überhaupt viel zu erinnern. Anfangs hatte ich gedacht, er wäre betrunken, aber ich konnte keinen Alkohol in seinem Atem riechen, und in der Nähe standen keine Gläser. Er war wohl einfach müde.

Tatsächlich sah er aus, als hätte er sich gerade erst aus dem Bett geschleppt, obwohl es mitten am Nachmittag war. Seine hellbraunen Haare waren ungekämmt, und Bartstoppeln legten einen Schatten auf sein ausgeprägtes Kinn. Er trug einen blauen Hausmantel über einer Hose und einem Unterhemd. Ich war daran gewöhnt, Gentlemen in Anzügen zu sehen, nicht in lockerer Kleidung. Ich hielt meinen Blick auf sein Gesicht gerichtet, um nicht auf das Büschel Brusthaar zu starren, das oben aus seinem Unterhemd herausragte.

Er lud uns ein, uns hinzusetzen. Ich wollte gerade schon, aber Gabe sprach zuerst. „Wir bleiben nicht lang." Sein Tonfall war kühl, obwohl er Huon noch nie zuvor getroffen hatte. „Wenn Sie sich jetzt das Manuskript ansehen würden, wüssten wir das zu schätzen. Wir sind sehr beschäftigt."

Huon entließ den Butler mit einem Nicken. Er nahm das Manuskript von mir entgegen, sah es aber gar nicht an. Er betrachtete Gabe. „Ihre Mutter ist die Uhrmachermagierin, oder?"

„Ja."

„Haben Sie es geerbt?"

„Nein."

Huon knurrte. „Sie Glücklicher."

Gabe reagierte nicht. Tatsächlich stand er ganz reglos, blinzelte nicht mal. Alex war das Gegenteil. Er warf einen scharfen Blick auf Gabe, bevor er auf den Boden schaute. Er verlagerte das Gewicht von einem Fuß auf den anderen.

Huon bemerkte ihre beiden Reaktionen mit einem Lächeln, bevor er seine Aufmerksamkeit dem Buch zuwandte. Er strich über den Holzdeckel. „Der Prof hat mir am Telefon gesagt, dass mein Onkel Magie in diesem Silber gespürt hat." Er befingerte die Schließen, dann öffnete er sie. „Seiner Einschätzung stimme ich zu."

„Und die Tinte?"

Huon blätterte um. Er musterte das Medici-Symbol ohne eine Anmerkung, dann blätterte er auf die nächsten beiden Seiten. Er folgte mit dem Finger den Federstrichen, ging sorgsam die Schleifen und Muster nach. Er wiederholte die Handlung auf der nächsten Seite, und der nächsten, bis er einige Seiten getestet hatte. Dann schloss er schließlich das Buch.

„Es gibt keine Tintenmagie darin. Tut mir leid, Miss Ashe."

„Ist schon gut", sagte ich. „Es war nur so eine Idee."

Er schloss das Buch an seiner Brust. „Haben Sie diese Symbole dechiffriert?"

„Noch nicht, wir versuchen es."

Gabe hielt die Hand vor, doch Huon hielt das Buch fest. „Wenn es Ihnen nichts ausmacht." Gabes Worte waren höflich, aber sein Tonfall war stählern.

Huon zögerte, dann reichte er mir das Buch. „Wussten Sie, dass Onkel Oscar ohne ein Testament gestorben ist?"

Gabe spannte das Kinn an. „Worauf wollen Sie hinaus?"

„Eigentlich auf nichts." Er nickte zu dem Buch in Gabes Händen hin. „Staubige alte Bücher interessieren mich nicht, und meinen Vater haben sie ganz gewiss nicht interessiert. Hätte er natürlich ein Interesse daran, hätte er als Onkel Oscars nächster Verwandter jedes Recht, einen Anspruch auf die Sammlung der Glass-Bibliothek zu erheben."

„Nein, hätte er nicht. Die Bücher wurden mit den Finanzen der Bibliothek gekauft. Sie haben Ihrem Onkel nie gehört."

Huon lächelte fröhlich. „Ich Dummerchen. Hab keinen Verstand fürs Rechtliche." Er schlug sich mit dem Handknöchel an die Schläfe. „Fürs Geschäftliche auch nicht, zum großen Frust meines Vaters. Darum mein Verlangen, hier in London zu bleiben, wo ich ihm aus dem Weg bin."

„Danke für Ihre Zeit", sagte Gabe steif.

„Vielen Dank, Glass. Es war mir ein Vergnügen, Sie endlich zu treffen. Obwohl ich zugeben muss, das Vergnügen lag ganz an Miss Ashes Anwesenheit." Er ließ mir ein lockeres Lächeln zukommen. „Es ist Jahre her, seit ich in der Bibliothek war, aber ich habe plötzlich ein Interesse, den Professor wiederzutreffen und seine Geschichten über meinen Onkel zu hören. Sie haben mich begeistert, als ich jünger war."

„Ich glaube, dem Professor würde das gefallen", sagte ich. „Er vermisst Ihren Onkel schrecklich."

Huons Lächeln ließ nach, und sein Blick wurde ernst. „Ich vermisse ihn auch." Er nahm meine Hand und küsste den Handrücken. „Einen schönen Tag, Miss Ashe."

„Einen schönen Tag, Mr. Barratt."

„Vielleicht sehe ich Sie eines Abends beim Ausgehen mit Mr. Bailey. Heben Sie mir einen oder zwei Tänze auf."

„Ich gehe nicht in Clubs tanzen."

„Das sollten Sie. Ich glaube, Sie würden feststellen, dass es Ihnen nicht an Partnern mangelt."

Im Automobil, während wir warteten, dass Alex am Motor kurbelte, streckte Gabe seinen Arm über die Rückenlehne des Sitzes. Sein Daumen tippte auf das burgunderfarbene Leder, immer wieder. Er schien sich nicht bewusst zu sein, dass er es tat.

„Stimmt etwas nicht?", fragte ich.

Er wandte sich zu mir auf dem Rücksitz. „Nein. Nichts."

Die Stille dehnte sich, wurde endlich vom Dröhnen des Motors durchbrochen. Alex glitt auf den vorderen Beifahrersitz und schloss die Tür. „Er war ganz und gar nicht, was ich erwartet habe, Oscar war voller Energie und Ehrgeiz, aber sein Neffe wirkt, als würde er das Nachtleben mehr genießen als ich."

Gabe griff an den Bremshebel. „Er hatte ein zu großes Interesse an dem Buch."

Alex warf mir ein Lächeln über die Schulter zu. „Das war nicht das Einzige, woran er interessiert war."

Gabe drückte den Gashebel so fest, dass wir schnell vorwärtsschossen, fast ein anderes Automobil touchierten. Der Fahrer rief etwas, das wir über das Dröhnen des Motors hinweg nicht hören könnten.

Wir fuhren zur Bleibe von Gabes Mathematikerfreund, dann brachte er mich zurück zur Bibliothek. Ich dachte darüber nach, Alex zu fragen, ob er an diesem Abend in einen Nachtclub ging, entschloss mich aber dagegen. Ich würde Daisy fragen, ob ich heute Abend mit ihr ausgehen konnte. Sie fragte mich immer, ob ich Tanzen oder mit ihr in einen Nachtclub kam, aber normalerweise lehnte ich ab. Doch plötzlich stand mir der Sinn danach, Spaß zu haben. So hatte ich mich schon lange nicht mehr gefühlt. Tatsächlich vielleicht nie.

London bekam mir allmählich. Oder vielleicht bekam ich ihm.

KAPITEL 5

*D*aisy wollte den Rector's-Tanzclub an der Tottenham Court Road ausprobieren. Nachdem ich gehört hatte, dass Huon ihn erwähnte, erwartete ich, ihn dort zu sehen, aber falls er da war, war er weit hinten, hinter dem Andrang der Tanzenden.

Der Abend war überhaupt nicht, wie ich erwartet hatte. In trübem Licht, das genug schattige Ecken für Turteltäubchen ließ, spielte eine Jazzband die neuesten Stücke, zur großen Freude der Gäste. Das helle Dröhnen einer Trompete drang durch die Musik, ihr chaotischer Rhythmus passte zu den Wirbeln und Kicks der Mädchen in hochhackigen Schuhen und Perlenkleidern.

Anders als die Tanzhallen meiner Jugend waren die Röcke kürzer als bis zum Knöchel, und es war keine Anstandsdame in Sicht. Meine Mutter wäre entsetzt von diesem Drang nach Freiheit und Spaß gewesen, aber die tiefe Sehnsucht bei Menschen meines Alters, die Nacht wegzutanzen, um zu vergessen, ließ sich nicht leugnen. Ich war konservativer als Daisy, aber nachdem mein anfängliches Zögern nach zwei Martinis verblasste, schloss ich mich ihr auf der Tanzfläche an und lachte, als ich versuchte, ihre Tanzschritte zu kopieren.

Als eines der Stücke ein Ende hatte und ein paar Tänzer die Tanzfläche verließen, sahen wir beide schließlich auf.

Und blickten in das Doppelstarren von Alex und Willie. Sie lehnten sich beide an den Tresen zurück, Alex hatte den Ellbogen darauf gelegt, wirkte ziemlich schick in seinem Dreiteiler mit schwarzer Krawatte. Willie trug eine Hose anstatt ihrer normalen Lederhose und einen Männerzylinderhut mit einem Hemd, einer Weste und einer Krawatte. Im trüben Licht hätte man sie leicht für einen kleinen Mann halten können.

Alex nickte grüßend.

Daisy nahm mich an der Hand. „Wir sollten Hallo sagen." Sie bewegte sich nicht. „Du gehst vor."

„Ich will nicht mit Willie reden. Aber du solltest mit Alex reden."

Sie gab ein Schnauben von sich. „Sei doch nicht albern. Weshalb sollte ich mit ihm reden wollen? Er war unhöflich und herablassend. Er hält mich für ein Dummerchen, das die ganze Zeit brabbelt. Ich habe kein Interesse daran, unsere Bekanntschaft auszuweiten. Außerdem gibt es hier Dutzende andere hochgewachsene, gut aussehende Männer."

„Schon, aber keine ganz so hochgewachsenen oder gut aussehenden."

Sie seufzte. „Stimmt. Aber er weiß es auch. Sieh dir doch an, wie er sich präsentiert, während diese Frauen ihn beäugen."

Ich fand gar nicht, dass er sich präsentierte. Ihm schien die Aufmerksamkeit gar nicht aufzufallen, die er erhielt. Nachdem er kurz zu uns gesehen hatte, schaute er von uns weg, während er mit Willie sprach. Sie allerdings starrte weiter, die Augen zusammengekniffen. Ein bleiernes Gewicht ließ sich in meiner Magengrube nieder.

Ich packte Daisys Hand fester. „Rette mich vor Willie."

„Warum? Ich mag sie. Sie sieht nach Spaß aus. Vielleicht gehe ich hin und rede mit ihr. Ich werde Alex natürlich ignorieren. Ich wünsche nicht, mit ihm zu reden." Sie ging los in ihre Richtung, aber ich hielt sie zurück.

„Sie verabscheut mich", jammerte ich.

„Das liegt daran, dass du eine Bedrohung für Gabes Beziehung zu Ivy bist."

„Bin ich nicht! Ich finde schon, dass er gut aussieht und

wunderbar ist, aber ich würde mir nicht im Traum ausmalen, dass ich zwischen sie trete."

„Das weiß ich. Aber ich glaube nicht, dass sie es weiß."

„Sie sollte doch wissen, dass Gabe seine Verlobte nicht ersetzen würde. So ist er nicht. Tatsächlich ist es ein bisschen enttäuschend, dass ihr das nicht klar ist, wenn man bedenkt, wie nahe sie sich stehen."

Zwei Frauen, die Willie und Alex vom anderen Ende des Tresens aus beäugt hatten, fanden endlich den Mut, sich zu nähern. Die größere der beiden lächelte Alex an und hielt ihm die Hand hin. Er nahm sie vorsichtig und beugte sich hinab, um sie über die Musik hinweg zu hören. Die kleine Frau sagte etwas zu Willie.

Als Willie sich umdrehte, um sie anzusehen, stand der Frau der Mund offen. Willie legte ihr einen Finger ans Kinn, um ihn zu schließen. Bevor sie die Hand zurückzog, strich sie mit dem Daumen über das Kinn der Frau.

Die Frau starrte einfach weiter.

Bevor ich wusste, wie mir geschah, schleppte mich Daisy zu ihnen. Sie stellte mich vor Willie auf, während sie laut Alex begrüßte, als wären sie alte Freunde. Die Frau, die mit ihm gesprochen hatte, schaute zwischen ihnen hin und her, seufzte und ging. Ihre Freundin trottete ihr nach, schaute über die Schulter auf Willie.

Alex hob die Brauen vor Daisy. „Was macht ihr denn hier?"

„Wonach sieht es denn aus?" Sie wirbelte herum, zeigte ihre Figur in dem eng anliegenden grün-schwarzen Kleid. „Tanzen natürlich. Was ist mit dir? Moment, lass mich raten. Du bist entschlossen, ganz angesäuert auszusehen und keinen Spaß zu haben."

Alex' Nasenflügel blähten sich. „Ich habe Spaß."

Daisy schnaubte.

Willie stieß mich in den Arm. „Ihr habt den Spaß vertrieben. Sie waren hübsch."

„Das sind wir auch", sagte Daisy mit einem leichten Schütteln ihrer entblößten Schultern. „Tatsächlich sogar hübscher."

„Du bist nicht mein Typ, Süße."

Daisy grinste. „Guter Punkt." Sie gab Willie einen Kuss auf

die Schläfe, sodass Willie errötete. Sie wandte sich ab und bestellte noch einen Drink beim Barkeeper.

Da Daisy und Alex in der Stimmung waren, miteinander zu flirten, nahm ich an, dass wir eine lange Nacht vor uns hatten. Ich beschloss, das Ganze zu beschleunigen. Wenn sie sich küssen wollten, konnten sie sowohl Willie als auch mir den Gefallen tun, es eher früher als später hinter sich zu bringen.

„Ist Daisy dein Typ, Alex?", fragte ich.

Er knurrte. „Verwöhnte Prinzessinnen sind nichts für mich."

Sie richtete sich auf und hob eine Hand an die Hüfte. „Du weißt doch gar nichts über mich."

Er zuckte mit den Schultern. „Du hast keine Einkommensquelle, also unterstützt dich wohl irgendwer, vermutlich deine Eltern. An deinem Akzent und deiner lockeren Art kann ich erkennen, dass du sehr wenigen Schwierigkeiten im Leben begegnet bist."

„Nicht alle Schwierigkeiten sind finanzieller Art", stieß sie hervor.

„Das habe ich nicht gesagt."

Willie nahm das Glas vom Barmann entgegen und bot es Daisy an. „Willst du ihm das ins Gesicht werfen? Ist Verschwendung von gutem Schnaps, wenn du mich fragst, aber vielleicht fühlst du dich dann besser."

Alex spannte das Kinn an. „Warum habe ich dich eingeladen?", murmelte er.

„Weil Gabe nicht mitkommen wollte." Willie kreiste mit dem Finger um den Rand des Glases, während sie mich genau betrachtete. „Er isst heute Abend bei den Hobsons mit Lady Stanhope zu Abend."

„Wie schön" sagte ich.

„Ivy hat persönlich im Haus angerufen, um ihn einzuladen. Er war nicht da, als sie ankam. Er war bei dir."

„Und Alex", rief ich ihr in Erinnerung. „Wir ermitteln die Ursprünge des Buches."

„Du solltest ihn nicht ermutigen, draußen herumzulaufen."

„Das ist seine Entscheidung." Auf ihr besorgtes Stirnrunzeln hin beugte ich mich vor. „Du musst dir keine Sorgen machen, Willie. Seine Beziehung zu Ivy ist sicher."

„Ich habe nicht über ihre Beziehung geredet. Es ist Gabe, der nicht sicher ist, wenn er draußen herumläuft. Jemand hat zweimal versucht, ihn zu entführen, und ich glaube kaum, dass du ihn retten kannst, wenn sie es ein drittes Mal versuchen."

„Ich bin mir ziemlich sicher, Gabe kann sich selbst retten. Das hat er bisher getan. Er hat auch Alex bei sich, die meiste Zeit über."

Wir schauten beide zu Alex, doch er schaffte es nicht, uns zu bemerken. Er war zu sehr darauf konzentriert, so zu tun, als würde er nicht Daisy beobachten, die nur einen halben Meter entfernt tanzte. Was sie anging, tat sie so, als würde sie nicht wissen, dass er sie beobachtete, während sie sich mit ihrem Partner zur Musik wiegte.

Willie schnalzte plötzlich mit der Zunge. „Ich hätte ihn nicht allein zu den Hobsons gehen lassen sollen."

„Hattest du eine Wahl?", fragte ich.

„Nein. Weder Alex noch ich waren eingeladen. Sie mag uns nicht."

„Ivy?"

„Mrs. Hobson." Sie leerte ihr Glas und bat den Barmann um ein weiteres. „Was ist mit dir, Sylvia? Was trinkst du?"

„Martinis, aber ich hatte genug."

Sie bestellte mir einen Martini. Als sie mich anschaute, kniff sie die Augen zusammen. „Warum lächelst du mich so an?"

„Du magst mich, oder?"

„Ich habe dich niemals nicht gemocht. Ich mag es nicht, dass du so viel um Gabe herum bist. Er ist verlobt. Es ist nicht richtig, dass eine andere Frau so viel Zeit mit einem verlobten Mann verbringt."

„Ich sehe, worauf du hinaus willst."

„Ivy passt gut zu ihm."

„Sie geben ein wunderschönes Paar ab. Sie werden schöne Kinder haben", fügte ich gemurmelt hinzu.

„Gabe will sich niederlassen, und ich habe das inzwischen akzeptiert. Die Tage, dass er die ganze Nacht ausgeht und mit mir trinkt, sind vorüber."

Ich versuchte, ihren Gedanken zu folgen, konnte aber ihre letzte Aussage nicht mit derjenigen über Ivy verbinden. Ich vermutete, dass die vorherigen Martinis langsam auf mich aufholten und mein Denken beeinträchtigten.

Sie nahm die Getränke vom Barmann entgegen und reichte mir den Martini. „Er will keinen Spaß mehr haben."

„Er hat keinen Spaß mit Ivy?"

Sie knurrte.

Ich stellte mein Getränk ab. „Ich verstehe nicht. Ivy macht ihn nicht glücklich?"

„Natürlich macht sie ihn glücklich. Er würde sie nicht heiraten, wenn sie das nicht täte. Ich würde ihn nicht lassen." Sie nahm mein Glas auf und reichte es mir zurück. „Ich sagte, er will sich jetzt niederlassen, und Ivy ist eine gute Wahl. Sie ist vernünftig und klug. Sie ist nicht daran insistiert, die ganze Nacht zu tanzen, wie eine Menge Mädchen heutzutage." Sie nickte zu Daisy hin, die sich zur Musik drehte. „Das ist das, was Gabe braucht. Das sehe ich jetzt. Weißt du, anfangs habe ich Ivy nicht sonderlich gemocht. Sie schien mir ein wenig zu abgehoben für Gabe. Man möchte meinen, sie wäre eine Gesellschaftsdame, so, wie sie mit Leuten redet. Aber ich muss zugeben, seit sie verlobt sind, ist er … ruhiger."

„Und ruhiger ist gut?"

„Es ist das, was er braucht."

Ich nippte an meinem Martini. Das half nicht gegen meine plötzlich trockene Kehle.

„Also siehst du, weshalb ich nicht will, dass irgendetwas ihre Beziehung gefährdet", fuhr Willie fort.

„Ich bin keine Gefährdung, Willie. Der Gedanke, dass ich das sein sollte, ist absurd." Als sie nichts erwiderte, stieß ich mit meinem Glas an ihres. „Also, was hältst jetzt von den beiden? Sollen wir versuchen, sie zusammenzubringen, oder sie allein weiter stolpern lassen?"

Sie lehnte sich zurück, beide Ellbogen auf dem Tresen, das Glas hing an ihren Fingerspitzen. „Es macht mir Spaß, sie aus der Ferne zu beobachten."

Eine schmale Frau mit kurzen dunklen Haaren, die ihr aus der Stirn zurückgestrichen waren, kam näher. Willie entließ mich mit einer Geste und lächelte ihre neue Bewunderin an. Erst da wurde mir klar, dass ich nicht gefragt hatte, was sie über

Scarrow herausgefunden hatte, nachdem sie die Zeitung aufgesucht hatte, bei der er arbeitete.

Ich schloss mich Daisy auf der Tanzfläche an und tanzte zwei
Stunden, bevor ich erklärte, dass ich bereit zur Heimkehr war.
Daisy schaute sich um, sehr wahrscheinlich suchte sie nach Alex.
Aber er war weg, und genauso Willie.

„Meine Füße tun weh, alles klingelt in meinen Ohren", sagte
ich, während wir gingen. „Aber ich fühle mich wunderbar."

Sie stieß mich mit dem Ellbogen an. „Es freut mich, dass du
Spaß hattest."

„Auf jeden Fall. Machen wir das doch nächste Woche
wieder."

„Warum nicht morgen Abend?"

Ich lachte. „Einmal in der Woche reicht für mich. Ich habe an
den meisten Tagen zu arbeiten." Zum Glück hatte ich morgen
frei. Auf gar keinen Fall hätte ich um sieben Uhr aufstehen und
den ganzen Tag arbeiten können.

Die kühle Nachtluft streifte meine Wangen, kühlte mich
nach dem lebhaften Tanzen. Trotzdem brauchte ich meine Weste
noch nicht. „Wenn es solche Clubs in Birmingham gegeben hat,
bevor ich aufgebrochen bin, wusste ich auf jeden Fall nichts
über sie."

Sie schob den Arm durch meinen und lachte. „Ich kann dir
auf jeden Fall sagen, dass es in Marlborough nichts dergleichen
gab."

Ich blieb stehen und drehte mich zu ihr. „Marlborough,
Wiltshire?"

„Ja. Warum?"

Ich wusste, dass sie aus Wiltshire kam, aber ich hatte bisher
noch nicht erfahren, aus welchem Teil. „Wie gut kennst du die
berühmten Familien der Gegend?"

Sie ging weiter. „Ganz gut."

„Was ist mit den Sidwells? Es ist möglich, dass sie nicht mehr
dort leben, aber früher taten sie das."

„Ich kenne sie. Sie sind eine der ältesten Familien. Sie leben
schon seit Jahrhunderten in der Gegend."

„Kannst du mir die Richtung zu ihrem Anwesen weisen?"

„Ja. Warum?"

* * *

ICH SCHLIEF NICHT SO LANGE, wie ich es erwartet hatte. Obwohl ich noch ein bisschen müde war, konnte ich nicht wieder einschlafen, darum beschloss ich, zu sehen, was es zum Frühstück gab. Ich fand die Vermieterin in der Küche, wo sie eifrig in einer Schüssel Pfannkuchenteig rührte, die sie in ihrer Armbeuge hielt, während sie auf dem Tisch ein Kochbuch las. Die Seite war bei einem Rezept geöffnet, das in einer asiatischen Sprache verfasst war.

„Können Sie das lesen, Mrs. Parry?"

Sie lachte leise, sodass ihre Doppelkinne wackelten und ihre Augen funkelten. „Ich versuche, anhand der Bilder herauszubekommen, welche Zutaten verwendet wurden. Ich habe schon mal in einem chinesischen Restaurant gegessen, das Cathay heißt, vor dem Krieg, aber seitdem hatte ich kein einziges chinesisches Gericht mehr." Sie rührte langsamer, während sie in die Ferne starrte. „Die Aromen in diesem Essen waren außergewöhnlich. Es gibt Geschmäcker in der Welt, die uns in England völlig unbekannt sind."

„Versuchen Sie, für das Abendessen heute das Rezept nachzukochen?"

„Ich will ein Gericht versuchen, und das hier hat die wenigsten Schritte." Sie seufzte. „Aber ich kann mir einfach keinen Reim darauf machen."

„Ich könnte es vielleicht für Sie übersetzt bekommen. Möchten Sie das?"

Sie hörte auf mit dem Rühren. „Ach, das würdest du? Wie lieb von dir, Sylvia. Kennst du denn einen Chinesen?"

„Eine Chinesin." Ich tauchte den Finger in die Schale und leckte ihn ab. „Sie ist die Köchin eines Freundes. Ich rufe sie heute Vormittag an. Aber vermutlich müssen Sie die Zutaten auftreiben. Offenbar ist es nicht leicht, in London authentische zu bekommen."

„Dann hebe ich es mir für einen anderen Abend auf." Sie nahm ihren wilden Angriff auf den Teig wieder auf, darum hielt ich die Finger fern. „Also, wohin bist du gestern Abend gegangen?"

Sie sagte das so süß, dass ich einen Augenblick brauchte, um zu merken, dass ich in Schwierigkeiten steckte. Ich dachte, ich wäre damit davongekommen, mich gestern Abend nach der Ausgangssperre hinauszuschleichen. Ich hatte meine Schuhe ausgezogen, war allen quietschenden Bodendielen ausgewichen und hatte die Eingangstür leise geschlossen, der Schlüssel sicher in meiner Tasche. Es schien, als wäre ich nicht so diskret gewesen, wie ich gedacht hatte.

„Ich, äh …"

Ihr Holzlöffel wurde reglos. Sie legte den Kopf schief und betrachtete mich mit dem strengsten Blick, den ich bei ihr je gesehen hatte. Es war allerdings kaum einer, der mich von Kopf bis Fuß erbeben ließ. Mit ihren Apfelbäckchen und warmem braunen Augen war Mrs. Parry mütterlich und sanft, selbst jetzt. „Zumindest versuchst du nicht, mich anzulügen."

„Ich bin mit meiner Freundin Daisy tanzen gegangen. Sie kennen sie doch. Sie ist ein gutes Mädchen."

Sie kniff die Lippen zusammen.

Ich kaute auf meiner Wange herum. „Tut mir leid, Mrs. Parry, das wird nicht wieder vorkommen. Bitte werfen Sie mich nicht hinaus. Ich habe sonst nirgends."

Sie stellte die Schüssel ab und wischte sich die Hände an ihrer Schürze ab. „Ich werfe dich nicht hinaus, Sylvia, aber nächstes Mal sag mir, wohin du gehst. Ich schlafe besser, wenn ich weiß, wo meine Mädchen sind."

„Nächstes Mal?", wiederholte ich. „Sie lassen mich wieder raus?"

„Die Zeiten haben sich geändert, falls dir das nicht aufgefallen ist. Junge Leute wollen tanzen und Spaß haben. Es wäre falsch von Leuten meines Alters, das zu verweigern, wenn man bedenkt, was eure Generation durchgemacht hat." Sie nahm in jede Hand ein Ei und hielt sie über eine leere Schüssel. „Ich sage neuen Mädchen immer, dass es eine Sperrstunde gibt, aber die meisten wissen, dass ich das nicht mehr durchsetze. Es hat doch keinen Sinn. Ihr schleicht euch sowieso hinaus." Sie schlug die Eier in die Schale und reichte sie mir. „Dazu noch sechs weitere, und rühren."

Ich lächelte und tat, wie geheißen.

* * *

Zu sagen, dass ich mich freute, eine Ausrede zu haben, um Gabe anzurufen, war nicht ganz richtig. Ich hatte bereits eine Ausrede – ich wusste, wo man die Familie Sidwell in Wiltshire fand. Aber es war eine faire Einschätzung, zu sagen, dass ich mich über die zweite Ausrede freute. Ich hätte ihm die Richtung zum Sidwell-Anwesen über das Telefon geben können, aber ein Gespräch mit seiner Köchin erforderte einen persönlichen Besuch.

Bristow begrüßte mich an der Tür, sein Gesicht in überraschte Falten gelegt. „Wenn Sie so nett wären, im Salon zu warten, dann sage ich Mr. Glass Bescheid."

„Tatsächlich bin ich hier, um erst mit Mrs. Ling zu sprechen. Ist sie zu Hause?"

Ein mehrmaliges rasches Blinzeln war der einzige Hinweis, dass er meine Bitte seltsam fand. „Sie ist in der Küche. Ich hole sie."

„Ich gehe in die Küche. Ich will doch nicht, dass sie sich extra herbemühen muss."

Er schaute mich die Nase entlang an. „Die Küche ist kein angemessener Ort für den Gast von Mr. Glass."

„Ich werde sehr schnell sein und versprechen, dass ich nicht im Weg stehe."

„Wenn Sie darauf bestehen, Miss Ashe." Er öffnete die Tür weiter. „Meine Frau würde Sie auch gern wiedersehen."

„Ach? Wie schön. Ich würde sie auch gern sehen, und ich freue mich sehr darauf, Mrs. Ling zu treffen."

„Natürlich. Aber ich entschuldige mich schon im Voraus für Murray. Den Leibdiener", erklärte er, während ich die Augenbraue hob.

Er führte mich durch eine Tür, die in den Wandpaneelen und den Schatten an der Rückseite der Eingangshalle versteckt war. Die Uhr auf dem Beistelltisch aus Ebenholz und Messing läutete zehn Uhr, als die Tür sich hinter uns schloss. Wir gingen die schmalen Treppen in den Keller hinab, nur um an der Küche vorbeizugehen. Sie war leer und aufgeräumt, mit nur einem großen Topf auf dem Ofen. Der herrliche Geruch nach Brühe folgte uns in das sich daran anschließende Esszimmer für die Bediensteten.

Die fünf Personen dort schauten von ihren Teetassen auf. Vier von ihnen standen eilig auf. Der fünfte, Murray, der Leibdiener, brauchte etwas länger. Er war allerdings der erste, der mich begrüßte und mir eine Hand hinhielt.

„Sie waren vorgestern Abend da", sagte er fröhlich. „Miss Ashe, oder?"

Ich lächelte. „Das stimmt."

Bristow befahl ihm, sich zu setzen. „Miss Ashe ist nicht hier, um Sie zu besuchen. Sie wünscht, Mrs. Ling zu sprechen."

Murray verdrehte die Augen, setzte sich aber pflichtergeben hin. „Hier bekomme ich mehr Befehle als bei der Armee", murmelte er.

Bis auf Murray und Mrs. Ling erkannte ich noch Mrs. Bristow, die Haushälterin und Frau des Butlers, und Dodson, den Chauffeur. Das junge Mädchen zwischen ihnen war wohl die Scheuermagd Sally.

Mrs. Ling kam um den Tisch und verbeugte sich vor mir. „Guten Morgen, Miss Ashe. Wie schön, Sie zu treffen." Sie hatte eine sanfte Stimme mit einem Akzent und sprach sorgsam, als würde sie sich jedes Wort überlegen.

„SIE AUCH, Mrs. Ling. Ich möchte Ihnen gern mein Kompliment für das Essen vorgestern Abend aussprechen. Es war köstlich."

Mrs. Ling verbeugte sich wieder und dankte mir. Sie war eine kleingewachsene, schmale Frau mit hohen Wangenknochen und geraden dunklen Haaren, die in einem langen Zopf über ihrem Rücken lagen. Sie lächelte mich bei meinem Lob schüchtern an. „Es freut mich, dass es Ihnen geschmeckt hat."

„Ich habe eine Bitte von meiner Vermieterin." Ich reichte ihr das Kochbuch, das ich mitgebracht hatte. „Sie würde gern ein chinesisches Rezept ausprobieren und hat etwas gefunden. Aber sie sind nicht auf Englisch. Könnten Sie eins oder zwei für sie übersetzen?"

Mrs. Ling strahlte. „Ja. Ja, natürlich. Das mache ich gerne." Sie kehrte auf ihren Platz zurück und öffnete das Buch.

Murray zog einen Stuhl neben sich heraus und klopfte auf den Sitz. „Tee, Miss Ashe?"

„Murray", tadelte Mrs. Bristow. „Miss Ashe wird oben mit Mr. Glass Tee trinken."

Er verschränkte die Arme und betrachtete mich mit einem Grinsen. „Vielleicht trinkt sie ihn lieber hier unten mit uns. Sie ist nicht wie Mr. Glass."

„Ich möchte Sie wissen lassen, dass Mr. Glass vorher die ganze Zeit hier heruntergekommen ist. Er mochte die Gesellschaft."

„Vor was?"

Sally beugte sich vor und senkte die Stimme. „Bevor Ivy Hobson ihre Klauen in ihn geschlagen hat."

„Das reicht jetzt", tadelte Mrs. Bristow sie beide. „Sie wird unsere neue Herrin sein. Je eher wir uns daran gewöhnen, desto besser wird es."

Murray verschränkte die Arme. „Wenn Sie noch mal so mit mir spricht wie letztens am Abend, bleibe ich nicht. Mir ist es egal, was für ein guter Arbeitgeber Mr. Glass ist, ich lasse nicht mit mir reden, als wäre ich ein Idiot."

Sally griff über den Tisch und tätschelte ihm die Hand. „Wir wissen, dass es nicht deine Schuld ist, und Mr. Glass sagt, er hätte mit Miss Hobson gesprochen."

„Murrays Fuß hat ihm an dem Abend eine Menge Ärger gemacht", erklärte Mrs. Bristow. „Es ist nicht seine Schuld, dass er gestolpert ist." Murray hob sein Hosenbein und zog die Socke nach unten, sodass ein Holzbein zum Vorschein kam, das in seinem Schuh verschwand. Er klopfte darauf. „Was Mrs. Bristow zu sagen versucht, ist, dass es nicht mein Fuß war, der mir Schwierigkeiten machte. Es war mein Mangel an Fuß." Er lachte leise und zog die Socke wieder nach oben. „Auf jeden Fall hat Mr. Glass vielleicht mit ihr gesprochen, aber ist sie gekommen und hat sich entschuldigt? Nein, hat sie nicht."

„Er hat es getan, auf ihr Geheiß hin."

„Das ist nicht dasselbe, Mrs. B., und das wissen Sie auch."

Die Bediensteten auf der anderen Seite des Tisches erhoben sich plötzlich. Murray und ich drehten uns, um Gabe im Eingang zu sehen. Murray schluckte hörbar.

Gabe hatte den Austausch wohl kaum überhören können.

KAPITEL 6

„Sylvia! Das ist eine schöne Überraschung." Gabe lächelte entwaffnend, und ich konnte nicht anders, als im Gegenzug ebenfalls zu lächeln. „Ist alles in Ordnung, oder versuchst du, meine Bediensteten für deine Vermieterin zu stehlen?"

„Ich bin aufs Geheiß von Mrs. Parry hier, aber ich werde niemanden stehlen. Ich habe gehofft, dass Mrs. Ling ein Rezept für sie übersetzen könnte."

Mrs. Ling drehte das Buch um, um mir eine Seite zu zeigen, die sie gefunden hatte. „Das ist Mr. Glass' Lieblingsrezept. Mrs. Parry sollte damit anfangen. Ich werde es für sie übersetzen." Sie schob sich an Gabe vorbei aus der Küche.

„Möchtest du Tee, während du wartest?", fragte mich Gabe.

Wir gingen zurück die Stufen hinauf und begaben uns auf den Weg zum Salon.

„Es gibt noch einen Grund, weshalb ich gekommen bin", sagte ich. „Gestern Abend habe ich herausgefunden, dass Daisy aus Marlborough, Wiltshire, kommt." Ich runzelte die Stirn. „Oder vielleicht von einem Anwesen in der Nähe. Sie könnte aus einer gut situierten Familie stammen, da bin ich nicht ganz sicher. Auf jeden Fall ist die Sache die, sie kennt die Familie Sidwell. Ein Abkömmling, Lazarus Sidwell, lebt noch in der

Gegend. Sie hat mir die Richtung zu seinem Anwesen gewiesen."

„Daisy verwandelt sich in ein faszinierendes Rätsel." Er warf einen Blick zur Tür, dann beugte er sich dichter zu mir. „Eines, das Alex nur zu gerne lösen wird. Sag ihm aber nicht, dass ich das gesagt habe."

„Du hättest sie gestern Abend sehen müssen, wie sie miteinander geflirtet haben, aber so getan haben, als hätten sie das nicht."

„Alex hat mir nicht erzählt, dass er euch beide getroffen hat."

„Das war nicht geplant. Er und Willie waren zufällig am selben Ort wie wir."

Er verzog das Gesicht. „Hat sie sich benommen?"

Ich lächelte. „Sie hat keine Szene gemacht, wenn du das meinst."

„Sie hat dich aber nicht wieder beleidigt, oder? Oder dich bedroht? Wenn sie das getan hat, rede ich noch mal mit ihr."

„Wir haben gesprochen. Ich würde nicht sagen, dass es nett war, aber es hat geholfen, reine Luft zu machen. Glaube ich."

Bristow holte den Tee und stellte das Tablett vor Gabe ab.

„Bitten Sie Dodson, den Vauxhall für eine Fahrt aufs Land fertig zu machen", sagte Gabe.

„Möchten Sie von Mrs. Ling ein Picknick einpacken lassen, Sir?"

„Eine gute Idee. Vielen Dank." Sobald Bristow gegangen war, schenkte Gabe den Tee ein. „Ich wünschte, ich wäre gestern Nacht dabei gewesen, um als Mittler zu dienen." Seine Lippen zuckten, als er lächelte. „Und einen oder zwei Tänze zu genießen. Es ist schon eine Weile her."

Ich war neugierig, weshalb er ausgehen wollte, wo doch seine Freunde behaupteten, er wäre nach dem Krieg ruhiger geworden und hätte kein Interesse mehr an den Exzessen seiner Jugend. Ich drang aber nicht weiter vor. Es könnte zu einem empfindlichen Thema führen, das vielleicht zwischen uns für Unbehagen sorgte. Es war angenehm, bei ihm zu sein, und das wollte ich nicht ändern.

„Du hattest ja gestern Abend andere Pläne", rief ich ihm in Erinnerung.

Er seufzte schwer. „Sie haben dir gesagt, dass ich zu einem Dinner mit Ivys Eltern eingespannt wurde?"

„Willie hat es erwähnt. Sie sagte auch, Lady Stanhope wäre dort gewesen."

Er reichte mir eine Tasse und Untertasse. „Laut Ivy hat sie sich kürzlich Mrs. Hobson bei einer Gartenparty vorgestellt. Gestern hat sie es irgendwie geschafft, sich zum Abendessen einzuladen."

„Wie seltsam."

„Das ist nicht das Seltsamste. Offenbar hat sie darum gebeten, dass ich teilnehme. Sie sagte, sie wolle den Sohn der großen Magierin Lady Rycroft kennenlernen, nachdem sie mich auf der Ausstellung getroffen hat."

„War Mrs. Hobson wütend, dass du der Gegenstand von Lady Stanhopes Interesse warst, und nicht sie?"

„Ich glaube nicht, dass es ihr etwas ausmacht, weshalb es zu einer Vorstellung gekommen ist, wichtig war nur, dass sie stattfand. Ivy sagt, ihre Mutter war begeistert, Lady Stanhope kennenzulernen. Sie versucht schon seit einer Weile, in diese Kreise zu kommen, aber sie haben sie immer übergangen. Offensichtlich mag der Adel keine Frauen, die vom neuen Geld kommen, oder irgend so ein Unsinn."

Mir kam es ziemlich erschöpfend vor, zu versuchen, auf die richtigen Partys eingeladen zu werden und von den richtigen Leuten anerkannt. Ich war froh, dass ich mich dem nicht anschließen musste. Ich war ziemlich zufrieden mit meinem Leben, wurde mir plötzlich klar. Es mochte ja Fragen wegen der Ursprünge meiner Familie geben, aber was immer ich herausfand, war inzwischen in der Vergangenheit.

„Was fand den Ivy?", fragte ich. „War sie erpicht darauf, Lady Stanhopes Bekanntschaft zu machen?"

„Das hat sie nicht gesagt."

„Was hat denn Lady Stanhope zu dir gesagt?" In dem Augenblick, als ich fragte, bedauerte ich es. Sein Abend ging mich nichts an. Ich war viel zu neugierig. „Tut mir leid. Das war unhöflich von mir."

„Überhaupt nicht. Ich wäre ebenfalls neugierig, wenn man unsere kürzlichen Geschäfte mit ihr bedenkt. Außerdem ist es eine Frage, die ich erwarten würde, dass mir Freunde stellen, und wir sind befreundet."

Ich nickte höflich, nicht ganz sicher, was ich erwidern sollte. Wir waren nicht befreundet. Wir kannten einander nicht sonderlich gut. Doch wir waren mehr als Bekannte.

„Sie hat eine Menge Fragen über meine mütterliche Familie gestellt", fuhr er fort. „Die Eltern meiner Mutter waren Magier und deren Eltern und deren Eltern. Du verstehst schon. Lady Stanhope hat dann gefragt, ob ich mir sicher wäre, dass ich keine Magie geerbt habe, und als ich sagte, dass ich das nicht hatte, warf sie mir einen mitleidigen Blick zu und sagte, sie hoffte, meine Kinder würden nach meiner Mutter kommen."

„Nicht *ihrer* Mutter?"

Er runzelte die Stirn.

„Ivy", sagte ich nüchtern. „Sie ist auch eine Magierin."

„Das ist sie." Er nippte an seinem Tee.

„War sie wütend, dass Lady Stanhope sie so übergangen hat?"

„Nichts macht Ivy wütend. Man kann mit ihr sehr gut auskommen, besonders in Gesellschaft."

„Außer, jemand verschüttet Suppe auf ihr Kleid. Es war ein schönes Kleid", fügte ich rasch an, damit er nicht dachte, ich würde sie geringschätzen. „Ich hoffe, es wurde nicht ruiniert."

„Nichts, was eine gute Reinigung nicht wieder hinkriegt." Es war eine Überraschung, wie kühl er war. Laut der Dienerschaft hatte er sich bei Murray auf Ivys Geheiß hin entschuldigt. Ich fragte mich, ob es ihn sorgte, dass sie sich nicht selbst bei dem Leibdiener entschuldigt hatte.

Bristow kam wieder in den Salon. „Dodson wird das Automobil in zehn Minuten nach vorne fahren, Sir. Soll ich Mr. Bailey und Willie wecken?"

„Lassen Sie sie schlafen. Sie sind spät nach Hause gekommen."

„Aber, Sir ..."

„Vielen Dank, Bristow." Gabes Blick wanderte über mich. „Bristow, können Sie nachsehen, ob es irgendwelche Schals von meiner Mutter hier gibt? Sylvia braucht vielleicht einen, wenn wir mit herabgelassenem Verdeck fahren."

„Du willst, dass ich mit dir komme?", fragte ich.

„Natürlich. Es ist deine Ermittlung. Ich bin diesmal nur der Assistent."

„Aber ich bin nicht für einen Tag auf dem Land gekleidet."

Sein Blick wanderte noch einmal über mich, diesmal etwas wärmer. „Für mich siehst du gut aus. Dieses Kleid steht dir sehr gut. Aber dein Hut wird nicht auf dem Kopf bleiben." Er schaute aus dem Fenster. „Und es scheint ein schöner Tag zu sein, um auf dem Land mit offenem Verdeck zu fahren. Ist das für dich in Ordnung?"

„Ja." Ich klang ziemlich atemlos, aber ich war ja auch noch nie in einem privaten Automobil aufs Land gefahren. Ich war kaum je auf dem Land gewesen. Wir hatten immer in Städten gelebt, wo es für meine Mutter einfacher gewesen war, Arbeit zu finden. Manchmal fragte ich mich, ob sie die größeren Zentren gewählt hatte, damit wir anonym bleiben konnten. „Sollten wir nicht Alex mit uns nehmen, falls es noch einen Entführungsversuch gibt?"

„Den gibt es nicht. Die Entführer wissen nicht, wo ich wohne, oder sie hätten ihre Versuche schon hier gestartet. Wir werden nicht verfolgt werden. Du bist in keiner Gefahr."

„Ich bin darum nicht besorgt. Niemand hat Interesse an mir."

Er lächelte in seine Teetasse. „Ich kann mich schon um mich kümmern, Sylvia."

Zehn Minuten später, mit einem von Lady Rycrofts Schals, der meine Haare bedeckte und unter meinem Kinn befestigt war, die Fahrerbrille aufgesetzt und mit einem leichten Mantel, um den Staub aus meinen Kleidern zu halten, fuhren wir aus der Stadt. Es dauerte eine Weile, um den Rand von London zu erreichen, aber sobald wir die trubeligen Straßen hinter uns ließen, wurde der Vauxhall Prince Henry schneller. Ich wandte mein Gesicht zur Sonne und atmete die frische Luft ein. Ich war so an Londons Rauch gewöhnt, dass ich vergessen hatte, wie reine Luft roch und schmeckte. Und die Farben! Der grasbewachsene Fahrbahnrand und die Blätter an den Bäumen waren leuchtend grün, die Felder dahinter von gelben Wiesenblumen durchsetzt. Selbst die Gebäude in den Dörfern, durch die wir fuhren, schienen nicht so grau wie jene in London.

Ich erwischte Gabe dabei, wie er mich lächelnd aus dem Augenwinkel beobachtete. Während der Wind an unseren Ohren vorbei zischte, war es unmöglich, sich zu unterhalten. Ich hatte sowieso nicht das Gefühl, mich unterhalten zu wollen. Ich wollte jeden aufregenden Augenblick unserer Reise genießen.

Als wir näher an Marlborough kamen, musste ich Gabe von den Hauptstraßen wegleiten und die Karte benutzen. Der Weg wurde schmaler, gesäumt von Steinwällen und Hecken, sodass es schwierig für zwei Fahrzeuge wurde, aneinander vorbei zu kommen. Er machte es gut, den meisten Löchern und den rauesten Abschnitten auszuweichen. Es gab keine Schilder, aber mit Daisys Anweisungen und der Karte, um uns zu führen, mussten wir nur einmal zurück.

Die rostigen Eisentore, die den Eingang zum Sidwell-Anwesen markierten, waren ein Stück geöffnet, also stieg ich aus, um die Lücke zu vergrößern, damit das Automobil hindurch passte. Ich dachte, es würde leicht sein, aber der Rost und die Ranken hielten sie fest. Gabe musste mir helfen.

Die Aussicht ganz oben auf der langen, geraden Zufahrt war wie auf einer Postkarte. Das großartige Anwesen stand stolz am Ende einer Reihe aus Platanen, mit einem Brunnen im vorderen Hof und Dutzenden Kaminen, die zum Himmel ragten.

Aber die Größe war eine Illusion. Während wir näherkamen, wurde klar, dass das Anwesen in schlechtem Zustand war. Ein paar der Fenster im oberen Stockwerk waren vernagelt, die Fensterrahmen verfaulten. Ranken krochen in einem Flügel die Wand hinauf, und Unkraut durchzog den Rasen. Am Grund des Brunnens war eine Pfütze aus grün-schwarzem Wasser zusammengelaufen. Das Gebäude sah für mich nach frühem 18. Jahrhundert aus, mit einem extravaganten italienisch angehauchten Stil. Das hatte bestimmt nicht unser Sir Andrew Sidwell gebaut. Das Haus wäre dann in einem elisabethanischen oder mittelalterlichen Stil gewesen und hatte womöglich an derselben Stelle gestanden.

Wir stiegen die Eingangsstufen hinauf, passten auf, lose und zerbrochene Kacheln zu umgehen. Gabe klopfte an die Tür. Eine Schwalbe, die über dem Türstock nistete, flog weg und jagte mir eine Heidenangst ein. Ich stürzte mich zu Gabe. Er legte mir einen beruhigenden Arm um die Schultern, zog mich dicht heran. Es war warm im Kreis seines Armes, und sicher. Ich wollte nicht weg.

Er ließ mich los und trat zurück. „Ich glaube nicht, dass hier noch jemand lebt."

Ich trottete die Stufen wieder zurück und spähte durch ein Fenster. Etwas im Inneren bewegte sich.

Ich keuchte und eilte zurück auf die Veranda. „Entweder ist jemand zu Hause, oder ein Geist wandert herum."

„Geister sind nicht echt."

„Die meisten Menschen wussten nicht, dass Magie echt ist, bis vor etwa dreißig Jahren, also bleibe ich offen."

Er lachte leise und klopfte wieder.

Die Tür öffnete sich einen Spalt breit, und ein blasses Gesicht spähte heraus. Ich konnte nicht erkennen, ob es zu einem Mann oder einer Frau gehörte. „Was wollen Sie?"

„Mein Name ist Gabriel Glass, und das ist Miss Sylvia Ashe. Sind Sie Lazarus Sidwell?"

„Der bin ich." Die Stimme war männlich und dünn. Obwohl ich kaum mehr als ein hellblaues Auge und die Seite seines Gesichts sehen konnte, schätzte ich, dass er im gehobenen mittleren Alter war. „Ich verkaufe nicht."

„Was verkaufen?", fragte Gabe.

„Mein Haus. Sie kriegen mich hier nur raus, wenn Sie mich in einem Sarg heraustragen, und das dauert noch. Sie können im Bericht angeben, dass ich in Höchstform bin."

„Wir sind nicht an Ihrem Haus interessiert. Wir wollen nach einer Büchersammlung fragen, die einst einem Ihrer Vorfahren gehörte, Sir Andrew Sidwell, im 16. Jahrhundert "

„Sir Andrews Bücher?" Das Auge blinzelte langsam. „Sie wurden aber nicht von meiner Eiterbeule von einem Neffen hergeschickt?"

„Nein. Wir kennen Ihren Neffen nicht. Ist das Sidwell House?"

„Das steht doch auf dem Schild am Tor, oder nicht?"

„Wir haben kein Schild am Tor gesehen, aber das waren die Anweisungen, die wir bekommen haben, um Sidwell House zu finden."

„Es ist vielleicht runtergefallen, oder die Ranken haben es überwuchert. Als ich es zum letzten Mal gesehen habe, war es etwas rostig." Er kniff die Augen zusammen. „Wer hat Ihnen Anweisungen gegeben?"

„Meine Freundin Daisy Carmichael", sagte ich.

„Daisy!"

Die Tür wurde aufgerissen, und zum Vorschein kam ein kleiner Mann mit leicht abstehenden Vorderzähnen und dünner werdendem blondem Haar. Er war jünger, als ich anfangs gedacht hatte, vielleicht gerade mal Anfang vierzig. Seine Haut war erstaunlich glatt, und er hatte eine jugendliche Erregbarkeit an sich.

„Warum haben Sie nicht gesagt, dass Sie Daisy kennen?" Er trat zur Seite und winkte uns herein. „Sie müssen mir erzählen, woher Sie sie kennen. Geht es ihr gut?"

„Es geht ihr sehr gut", sagte ich. „Sie liebt London."

„Es freut mich so, dass sie ein Abenteuer erlebt. Sie wollte immer hier weg und nach London gehen. Zum Glück ist ihre Großmutter gestorben."

Ich schaute zu Gabe, der zuckte nur mit den Schultern. „Da kann ich nicht folgen", sagte ich.

Mr. Sidwell drückte sich die Fingerspitzen an die Lippen, verdeckte sein Lachen. „Es tut mir leid. Ich habe vergessen, wie man sich anständig unterhält. Ich habe einfach gemeint, dass es gut von Daisys Großmutter war, in ihrem Testament an sie zu denken und dem Mädchen etwas zu hinterlassen, damit sie ein Abenteuer erleben konnte. Sie hat Ihnen vermutlich erzählt, dass ihre Eltern dagegen waren, dass sie von zu Hause weggeht, und hätte sie nicht das Geld gehabt, wäre sie nun hier, würde in diesem großen alten Haus vermodern."

Ich biss mir auf die Lippen, damit ich nichts erwiderte.

Ihm fiel es allerdings auf. „Ja, die Ironie in meiner Aussage entgeht mir nicht, Miss Ashe." Er lachte leise. „Aber der Unterschied ist, ich will nicht weg und ein Abenteuer erleben. Daisy schon."

„Stehen Sie ihrer Familie nahe?"

„Ihr Land grenzt an meines." Er wies mit der Hand in die

ungefähre Richtung einer weit entfernten Baumreihe. Er schloss die Tür. „Kommen Sie herein, kommen Sie herein."

Allein schon die Eingangshalle war größer als mein ganzes Zimmer, obwohl es schwer war, den Maßstab einzuschätzen, da kein einziges Möbelstück darin war. Mein Blick wurde zu einem ausladenden Treppenhaus und hinauf zu der Kuppeldecke weit über uns gezogen. Die Bemalung war verblasst, war aber einst bestimmt wunderschön gewesen. Wer immer dieses Anwesen gebaut hatte, war wirklich reich gewesen. Der derzeitige Besitzer war es nicht, wenn man nach den ausgetretenen Schuhen und dem geflickten Jackett ging.

Wie viele Landhäuser, die im Lauf der Jahrhunderte gebaut worden waren, verfiel Sidwell House. Die Kosten, ein so schönes, großes Bauwerk aufrechtzuerhalten, waren enorm, und ihre Besitzer hatten nicht mehr die Mittel, um die zunehmenden Probleme zu reparieren. Sie hatten keinen Schatz geerbt, sondern eine Last in der Form von Ziegeln und Schulden. Eines Tages, wenn Sidwell House nicht abgerissen wurde, würden die Ranken und das Unkraut es ganz verzehren, und die Wände würden einstürzen.

Mr. Sidwell führte uns ins Empfangszimmer. Anders als in der Eingangshalle gab es in diesem Raum Anzeichen, dass er regelmäßig benutzt wurde. Über ein unförmiges Sofa war eine Decke geworfen worden, in der Mitte war eine Kuhle, weil es zu oft benutzt worden war. Weitere Staubabdeckungen versteckten etwas, von dem ich annahm, es wären Sessel, und ein Buch, das offen auf einem der vielen Beistelltische lag. Ein Buffet stand leer da, bis auf eine Karaffe, die halb gefüllt war mit einer rotbraunen Flüssigkeit, und ein schmutziges Glas. Über dem Buffet war ein Rehkopf angebracht, komplett mit Geweih, obwohl bei einem die Spitze fehlte. Ein großer Vogelkäfig enthielt etwas, das ich als Haustier identifiziert hätte, aber es erwies sich als ausgestopfter Falke. Etliche Federn an beiden Flügeln fehlten, und seine Glasaugen ließen das arme Wesen wirken, als würde es schielen.

Mr. Sidwell nahm eine angeschlagene Porzellantasse vom Tisch, der dem Sofa am nächsten stand. „Ich werde etwas Tee machen, und Sie können mir alles von Daisys neuem Leben in London erzählen. Bitte, setzen Sie sich." Er wies auf das Sofa.

Ich setzte mich und widerstand dem Drang, mir die Nase zuzuhalten. Ich war nicht sicher, ob der muffige Geruch vom Möbelstück oder dem Mann kam.

„Ich frage mich, warum Daisy mich nicht vor ihm gewarnt hat", flüsterte ich, nachdem er weg war.

Gabe beugte sich hinab, um den Falken zu betrachten. „Vielleicht dachte sie nicht, dass das nötig war. Er wirkt harmlos."

„Ich schätze schon."

Er schloss sich mir auf dem Sofa an. „Ich habe es vergessen, du bist ja nicht vom Land. Du weißt nicht, wie einige dieser alten Familien sind." Seine Lippen zuckten, als er lächelte. „Jahrhundertelang sind sie nicht aus ihrem örtlichen Revier weggegangen, und da wichtige Familien ihre Kinder in andere wichtige Familien verheiraten wollten, haben Sie sich miteinander fortgepflanzt, immer und immer wieder."

„Du weißt eine Menge über Familien mit Inzucht, was?", scherzte ich.

„Glaub mir, die Glass-Seite willst du nicht so genau anschauen. Der Onkel meines Vaters war ein Tyrann mit schwachem Herzen, und seine Cousinen sind verrückt. Na ja, eine ist nett. Glaub mir, es ist ein Glück, dass mein Großvater meine Großmutter geheiratet hat, und mein Vater meine Mutter, um frisches Blut in die Abstammungslinie zu bringen."

„Warte mal kurz. Indem du deine Glass-Cousinen verrückt nennst, legst du nahe, dass Willie das nicht ist?"

Er grinste. „Ihr Wahnsinn ist selbst auferlegt, nicht geerbt." Er nickte zu der Tür hin, durch die Mr. Sidwell gegangen war. „Ich mag ihn, und ich mag dieses Haus." Er stieß mich mit dem Ellbogen an. „Mit Geistern und allem anderen."

Mr. Sidwell kehrte mit dem Tee zurück, und wir plauderten über Daisy. Sie schien eine der wenigen Freundinnen zu sein, die er hatte, und ich erkannte, dass ihm ihre Gesellschaft fehlte. Offenbar hatte sie ihn früher wöchentlich besucht. Seit sie gegangen war, kamen ihre Eltern regelmäßig, brachten Essen oder andere Notwendigkeiten, da er kaum je das Haus verließ, aber er behauptete, es wäre nicht dasselbe. Sie war ein leuchtender Punkt in seinem ansonsten recht trüben Leben gewesen.

Wir erzählten ihm, dass ich für die Glass-Bibliothek arbeitete und ein Buch gefunden hatte, das ich nicht lesen konnte, bis auf die verblasste Unterschrift von Sir Andrew Sidwell auf der zweiten Seite. „Es gibt auch ein Symbol der Familie Medici auf der ersten Seite, und wir glauben, Sir Andrew hätte es nach Cosimo de' Medici besessen."

„Die Glass-Bibliothek?", fragte Mr. Sidwell. „Ich fürchte, die kenne ich nicht. Ist das Ihre Bibliothek, Mr. Glass?"

„Sie wurde nach meinen Eltern benannt", sagte Gabe. „Die Sammlung erhält Bücher über Magie, aber da wir das hier nicht lesen können, weiß Miss Ashe nicht, wo sie es einräumen soll."

„Faszinierend. Ich genieße ein gutes Rätsel."

Da der Tee ausgetrunken war, führte er uns in die Bibliothek. Sie war sehr viel größer als diejenige in Gabes Haus in der Park Street, doch sie fühlte sich gemütlich an. Ich drehte mich auf der Stelle, um ihre Größe zu erfassen, atmete den Geruch nach Leder und altem Papier ein. Die Bücherregale waren fast ganz mit Büchern gefüllt, doch hier und da gab es Lücken. Die meisten Lücken waren von einer Vase oder einem anderen Gegenstand besetzt, aber manche standen leer. Die leeren Stellen machten mich traurig. Diese Bibliothek hätte vor Büchern überquellen sollen. Aber wie das Gebäude selbst wurde die Bibliothek vernachlässigt, ihre Glanzzeit war längst vergangen.

Außer den Bücherregalen gab es auch eine Ausstellungsvitrine mit Glastüren. Darin waren Artefakte, die ich in der Bibliothek nicht erwartet hätte. Die Sägen, Zangen, Bohrer und Klemmen könnten Bauwerkzeuge sein, aber der Rest war wirklich seltsam. Es gab ein Metallgebilde, das aussah, als würde es über ein Gesicht oder einen Kopf passen, und eine Ledermaske mit einer langen Schnabelnase, und etliche scharf wirkende Instrumente, deren Funktion ich mir nicht erschließen konnte.

Gabe wusste es allerdings. „Das sind alles alte Chirurgenwerkzeuge."

Ich erbebte. Ich wollte keine weiteren Einzelheiten erfahren.

Die Bibliothek war ja vielleicht vernachlässigt, aber geliebt wurde sie schon. Mr. Sidwell stellte uns seine Sammlung stolz vor. „Etwa die Hälfte dieser Bücher gehen auf Sir Andrews Zeit zurück." Er deutete auf die Seite der Bibliothek, in der die ältesten Bücher waren. „Und der Rest wurde im Lauf der Jahre von verschiedenen Vorfahren hinzugefügt. Das Wissen, das in diesen Wänden bewahrt wird, ist erstaunlich, und viele von ihnen sind unersetzlich. Man findet nirgendwo auf der ganzen Welt Exemplare."

„Haben sie alle gelesen?", fragte Gabe.

„Himmel, nein! Die meisten sind in einer Fremdsprache, oder das Englisch ist zu altmodisch. Ich mag gerne moderne Romane. Daisys Mutter teilt ihre mit mir." Er deutete auf ein großes Porträt eines bärtigen Gentlemans, das über dem Kamin hing. „Das ist Sir Andrew. Da er diese Sammlung begann, ist es nur gerecht, dass er sie bewacht."

„Haben Sie je ein Buch mit seltsamen Symbolen darin gesehen?", fragte ich. „Ein bisschen wie ägyptische Hieroglyphen."

„Ich fürchte, ich bin nicht mit den Texten vertraut. Haben Sie das Medici-Manuskript bei sich?"

Gabe schüttelte den Kopf, während er die Buchrücken musterte. „Es ist bei einem befreundeten Mathematiker, der gut mit Rätseln und Chiffren ist. Wenn er es nicht lösen kann, kann es keiner."

Mr. Sidwell runzelte die Stirn. „Ich hoffe, dass er es mit Sorgfalt behandelt. Diese alten Bücher sind ziemlich zerbrechlich."

„Das wird er, und es ist nur bis morgen. Er hat versprochen, er wird es dann in die Bibliothek zurückbringen."

Mr. Sidwell betrachtete die Sammlung, die Hände auf den Hüften. „Hoffentlich finden wir den Schlüssel unter diesen Büchern, um ihm zu helfen."

Ich schaute auf die Buchrücken von Sir Andrews Sammlung. Etliche Deckel wirkten neuer als das 16. Jahrhundert. Jemand hatte sie wohl im letzten Jahrhundert oder so neu gebunden.

Ich fing am Anfang an. Der Lederdeckel des ersten Buches war mit einer eleganten Bordüre verziert, die fast abgewetzt war. Ich konnte gerade noch die Blumen erkennen, die der Buchbinder sorgsam vor vielen Jahrhunderten hinein geprägt hatte. In der Mitte war der Titel deutlicher, aber die Sprache erkannte ich nicht. Ich zeigte es Gabe und Mr. Sidwell.

„Das ist Deutsch", sagte Gabe. „Ich glaube, das heißt: ‚Lesender, sei vorsichtig'."

„Wie aufregend", sagte Mr. Sidwell. „Vorsicht vor was?"

Gabe blätterte behutsam um. „Ich kann nur sehr wenig Deutsch, aber einige dieser Wörter sind religiös." Er deutete auf den Namen von Martin Luther, dem religiösen Reformer. „Es hat keine Symbole wie die im Medici-Manuskript."

Ich schob es zurück ins Regal und zog das nächste heraus. Das würde einige Zeit dauern. „Haben Sie irgendwo einen Katalog dieser Bücher? Das würde helfen, unsere Suche zu konzentrieren."

„Es gibt ein paar alte Ordner und Papiere, die zurück auf Sir Andrews Zeit gehen, im Speicher", sagte Mr. Sidwell. „Vielleicht ist eines davon eine Liste der Bücher in seiner Sammlung."

Gabe begleitete Mr. Sidwell auf den Speicher, während ich weiter durch die Texte ging. Die Männer kehrten fünfzehn Minuten später mit einer einfachen Holzkassette zurück. Gabe stellte sie auf den Tisch am Fenster.

Mr. Sidwell wackelte mit den Händen, als könne er es kaum erwarten, die Finger an den Inhalt zu bekommen. Er öffnete die Kiste. Staub stieg auf und schloss sich dem Staubüberzug an, der bereits den Schreibtisch bedeckte. Bis auf ein Spinnennetz am Scharnier war es im Inneren sauber.

Gabe nahm einen der Ordner oben und Mr. Sidwell nahm einen weiteren heraus, wodurch Bündel aus losen Blättern darunter zum Vorschein kamen. Ich zog sie heraus und löste den Faden um sie herum. Wir setzten uns und lasen schweigend.

Zwanzig Minuten später verkündete Gabe, dass er etwas gefunden hatte. „Dieser Ordner ist eine Liste von Rechnungen, die die Jahre 1560 bis 1569 umspannen. Es gibt keine Einträge für Buchbinder oder Buchhändler." Er deutete auf einige Zeilen, eine jede zeigte einen Gegenstand an, der in Florenz gekauft worden war – Kunst, Möbel, Kleidung. Wenn man bedachte, dass Sir Andrew ein Botschafter in dem Stadtstaat gewesen war, war es keine Überraschung, die Einträge aus Florenz zu sehen. „Aber seht euch diesen Eintrag an."

„Einhundertfünfundachtzig Bücher", sagte ich gehaucht.

„Das ist eine Menge auf einmal. Aber nicht aus einem Laden. Wie seltsam.“

Gabe deutete auf den Namen des Verkäufers. „Er hat sie alle von Dr. Thomas Adams.“

„Es steht keine Zahl in der Spalte mit der Summe. Waren Sie vielleicht eine Spende vom Doktor?“

Mr. Sidwell schaute mit zusammengekniffenen Augen auf die Seite. „Was steht denn da in der zweiten Zeile?“

„Für Schulden“, las Gabe vor. „Dr. Adams hat wohl Sir Andrew Geld geschuldet und ihm seine Sammlung im Austausch dafür gegeben, die Schuld zu begleichen.“

„Das war bestimmt eine Menge Geld“, sagte ich. „Professor Nash hat erzählt, wie teuer es war, damals Bücher herzustellen oder zu kaufen.“

Gabe schaute durch den Raum auf die Vitrine. „Ich bin mir nicht ganz sicher, ob in der Sammlung nur Bücher waren. Vermutlich gehörten dazu auch Dr. Adams’ medizinische Instrumente.“

„Er hätte doch ohne seine Werkzeuge nicht weiter praktizieren können.“

Wir suchten weiter durch die Bücher und Dokumente nach weiterer Information über Dr. Adams. Da das Buch mit den Silberschließen vermutlich älter war als das 16. Jahrhundert, und der Doktor ein Zeitgenosse von Sir Andrew war, konnte es nicht von Adams selbst geschrieben sein. Er hatte es wohl einer anderen Quelle abgekauft. Hoffentlich konnten die Papiere aus dem Speicher weiteres Licht darauf werfen.

Aber nach weiteren zwei Stunden kamen wir zum Ende der Inhalte der Kassette. Gabe hatte weitere Einträge gefunden, die in den Rechnungsbüchern auf Dr. Adams anspielten, einige, in denen der Doktor für seine Dienste bezahlt wurde, und andere, wo er sich riesige Geldsummen von Sir Andrew ausgeliehen hatte. Nach dem Übertrag der Bücher und Instrumente auf Sir Andrew gab es keine weiteren Einträge mehr für Dr. Adams. Unser konkretes Buch wurde nicht erwähnt.

„Zumindest können wir annehmen, dass es ein medizinischer Text ist, wenn es einem Arzt gehörte“, sagte Mr. Sidwell, der einmal mehr die Bibliotheksregale durchging. „Es gehört vermutlich nicht in eine Bibliothek über Magie, Miss Ashe."

„Nicht unbedingt." Ich erzählte ihm, was Professor Nash mir gesagt hatte, dass die Disziplinen der Medizin, Astrologie und des Okkulten miteinander verschmolzen waren. „Dr. Adams hat das Buch vielleicht gekauft, weil er ein Interesse am Okkulten oder der Magie hatte, und der Verbindung zur Medizin, die er in ihr sah. Aber wie er es aus den Händen der Medici bekam, kann man nur erraten."

Da es so viele Bücher zu durchsuchen gab, schlug Gabe vor, dass wir an einem anderen Tag zurückkehrten.

Mr. Sidwell hatte eine bessere Idee. „Weshalb führe ich nicht die Suche fort. Ich werde alle Bücher zur Seite legen, die relevant aussehen, und nächstes Mal, wenn Sie kommen können, können Sie sie sich ansehen. Vielleicht bringen Sie das Buch mit. Ich schreibe Ihnen, wenn ich mit der Aufgabe fertig bin."

Gabe brachte die Kassette zurück auf den Speicher, während Mr. Sidwell und ich in der Eingangshalle am Fuß des Treppenhauses warteten.

„Ich will mich noch einmal für vorhin entschuldigen", sagte er. „Ich hätte einladender sein sollen."

„Wir sollten uns auch entschuldigen. Wir hätten Sie vorwarnen sollen, dass wir kommen. Vielen Dank noch einmal, dass Sie uns Sir Andrews Sammlung sehen ließen. Sie ist wirklich erstaunlich."

„Ich bin froh, dass wir heute ein bisschen mehr darüber herausgefunden haben. Bevor ich anfange, die Bücher zu durchsuchen, glaube ich, ich wühle noch einmal im Speicher rum und sehe, ob ich einen Katalog der Gegenstände finden kann, die von Dr. Adams kamen. Es ist möglich, dass mehr als nur das Medici-Manuskript fehlt."

„Hoffentlich finden Sie heraus, wie Dr. Adams es überhaupt erst erlangt hat. Wir sind sehr interessiert an seinen Ursprüngen, nicht nur, worum es geht."

„Ach, ja, die Medici-Verbindung. Wenn Sie die Herkunft beweisen können, wird es sogar noch wertvoller."

Ich erzählte ihm nicht von der Magie in den silbernen Schließen. Es war das eine Detail, das wir nicht erwähnt hatten. Ich war mir nicht ganz sicher, weshalb, nur dass es eben nie zur Sprache gekommen war.

Gabe kehrte zurück und schüttelte Mr. Sidwell die Hand. „Sie haben ein interessantes Haus. Diese Mauern haben bestimmt einige Geschichten zu erzählen."

„Das auf jeden Fall. Es gibt Geheimgänge, merkwürdige Schnitzereien und sogar eine Tür, die nirgendwohin führt. Ich habe auch einen Geist zur Gesellschaft." Er lachte leise.

Gabe warf mir ein schelmisches Lächeln zu. „Falls es Sir Andrew ist, fragen Sie ihn bitte nach dem Medici-Manuskript."

Wir dankten ihm für seine Zeit, und er bat mich, Grüße an Daisy auszurichten. Dann zogen Gabe und ich unsere Automobilaccessoires an und stiegen in den Vauxhall.

„Hungrig?", fragte er mich über das Röhren des Motors hinweg.

„Sehr."

Er fuhr, bis wir an eine hübsche Wiese kamen, auf die man durch ein Holztor gelangte. Er trug den Picknickkorb, den Mrs. Ling gepackt hatte, dann half er mir, die Decke unter einem schattigen Baum auszulegen. Der blaue Landhimmel erstreckte sich endlos über uns, nur hin und wieder von einer flauschigen Wolke durchbrochen, die vorbeischwebte.

Gabe reichte mir eine kleine Hühnerpastete. „Ich kann nicht glauben, dass Daisy mit Lazarus befreundet ist. Sie sind ein sehr seltsames Paar."

„Ich schon. Sie sind beide exzentrisch. Und auch freundlich, wenn man sie mal kennenlernt. Aber der Himmel hilf, wenn sie einen nicht leiden können."

Er lachte leise. „Bin das nur ich, oder gibt es inzwischen mehr exzentrische Menschen als vor dem Krieg?"

„Das ist mir auch aufgefallen. Es ist, als hätten die Leute ihr wahres Ich verborgen, aber können nicht mehr länger etwas vorspielen. Oder wollen es einfach nicht mehr. Mir gefällt es so. Ich sehe gern die Menschen, wie sie wirklich sind."

„Genau wie ich." Bei dem Gedanken schnaubte er.

„Was ist denn?", wollte ich wissen.

Er zog die Lippen schief. „Es hat ja nur eineinhalb Jahre

gedauert, aber du hast mich etwas Positives sehen lassen, das aus dem Krieg hervorging."

„Das war nicht ich. Du hast es angedeutet."

„Trotzdem." Er lächelte. „Es ist ein Anfang, und ich bin Optimist. Vielleicht gibt es mehr Positives, das ich bald sehen werde."

„Aber natürlich gibt es das. Deine Hochzeit, zum einen, und danach Kinder."

Gabes Lächeln verschwand. Er starrte in die Ferne, bis ich ihm eine von Mrs. Lings mit Marmelade gefüllten Pasteten gab. Ich wollte mich entschuldigen, dass ich seine gute Laune verdorben hatte, aber eine Entschuldigung für die Erwähnung seiner bevorstehenden Hochzeit schien wie etwas sehr Seltsames, das einem leidtun konnte.

Also sagte ich nichts.

Wir aßen schweigend, und anfangs lastete es schwer auf uns, doch rasch wurde es leichter. Es war einfach, bei Gabe zu sein. Mir war seine Anwesenheit behaglich. Früher war ich schüchtern bei Männern gewesen, und bei einigen war ich es noch, aber bei ihm hatte ich mich nie unbehaglich gefühlt. Von dem Augenblick an, als wir uns getroffen hatten, hatte ich das Gefühl gehabt, als wäre ich in der Anwesenheit eines Freundes.

Ich hätte mich auch bei ihm unsicher fühlen sollen. Er sah gut aus, war charmant und besaß eine Fülle natürlicher Gaben, doch ich fühlte mich ihm nie unterlegen, und ganz gewiss hatte ich niemals Angst.

Meine Mutter wäre entsetzt gewesen, uns so zu sehen, zusammen mitten auf einer Wiese, wo niemand sonst war. Sie hätte gewollt, dass ich vorsichtiger blieb. Sie hatte mir gesagt, der einzige Mann, dem man vertrauen konnte, wäre mein Bruder, und hatte mir sogar ein paar Selbstverteidigungskniffe beigebracht, um mich gegen unerwünschte Aufmerksamkeit zu schützen. Ich wusste ihre Vorsicht zu schätzen, nachdem ich diese Kniffe kürzlich während der Ermittlung wegen des gestohlenen Gemäldes eingesetzt hatte.

Doch ich war reif genug, um nun zu erkennen, dass sie nicht ganz Recht gehabt hatte. Nicht alle Männer wollten mich verletzen. Manchen Männern konnte man vertrauen.

Ich fragte mich, was sie von Gabe gehalten hätte.

Nachdem wir den Rest unseres Picknicks verspeist hatten, lehnte ich mich zurück an den Baum und seufzte. Der Tag wurde so ganz anders, als er begonnen hatte. Sidwell House war düster und staubig gewesen, aber hier, in einem Wiesenblumenbett unter den Blättern, die im Wind wisperten, fühlte ich mich, als wäre ich um Welten entfernt, nicht nur um Meilen.

Ich stellte fest, dass ich nicht über das Manuskript oder Sir Andrew Sidwell oder Dr. Adams reden wollte. Ich wollte einfach atmen. Ich wollte den Augenblick genießen, solange es möglich war.

Gabe schien das auch zu wollen. Nachdem er das Essen fertig hatte, legte er sich auf den Rücken und schloss die Augen. Seine Brust hob und senkte sich in ruhigen Atemzügen, und ich dachte, er wäre eingeschlafen. Aber dann sprach er.

„Seit meiner Rückkehr habe ich das Gefühl, ich würde Wasser treten."

Ich blinzelte ihn an, etwas desorientiert von seinem Geständnis.

„Ich wusste, dass es eine Zeitspanne der Wiederanpassung geben würde. Ich weiß, dass ich nicht erwarten kann, dass die Dinge so wie früher werden. Das will ich auch nicht. Aber ...“ Er seufzte laut. „Ich weiß nicht, was ich da sagen will." Er rieb sich über die Stirn. „Tut mir leid, Sylvia."

„Ist schon gut. Ich glaube, ich verstehe es. Es ist, als würde man auf einem nebligen Weg im Winter wandern, und man kann nur ein paar Meter weit sehen. Ich habe mich so gefühlt, seit mein Bruder gestorben ist, und dann meine Mutter. Ganz gleich, wie sehr ich versucht habe, mich aus dem Nebel zu ziehen, das konnte ich nicht. Erst in jüngster Zeit hatte ich das Gefühl, dass er sich hebt."

Plötzlich setzte er sich hoch. „Ja, das ist es! Alles ist neblig, und ich kann nicht durchsehen oder mich daraus heraus bewegen. Wie hat er sich für dich gehoben?"

„Tatsächlich muss ich dir dafür danken."

Seine Lippen wölbten sich zu einem Lächeln. „Mir?"

„Die Ermittlung", sagte ich rasch. „Die hat mir einen Sinn verschafft, genauso wie der neue Beruf, den ich liebe. Und ich habe neue Freunde dadurch kennengelernt, meine Freundschaft mit Daisy hat sich vertieft. Ich vermisse meine Mutter und James schrecklich, aber ... ich fühle mich nicht mehr einsam."

Seine Hand lag plötzlich über meiner. Die Bewegung war ganz instinktiv.

Und ich reagierte instinktiv, indem ich meine Hand drehte und seine im Gegenzug nahm. Wir schauten uns in die Augen. Mein Puls beschleunigte sich, doch die Zeit lief langsamer, oder so wirkte es zumindest.

Dann löste er die Verbindungen und nahm die Teller, wischte die Krümel herunter. „Es wird spät, und es gibt etwas, das ich noch tun muss, bevor der Tag zu Ende geht."

Da mein Blut noch in den Adern hämmerte und mein Gehirn nicht ganz funktionierte, half ich ihm nur, das Picknick einzupacken. Wir schlossen den Korb und befestigten ihn hinten am Vauxhall, dann kurbelten wir am Motor. Ich setzte meine Fahrbrille auf und band den Schal unter meinem Kinn, und die ganze Zeit versuchte ich nicht daran zu denken, dass die Berührung seiner Hand nicht ausreichte.

Nicht mal annähernd.

KAPITEL 7

Unserer Rückkehr ins Haus in der Park Street wurde mit missbilligenden finsteren Blicken begegnet. Alex richtete seinen auf Gabe, aber Willie ihren auf mich.

„Ihr hättet uns wecken sollen", sagte Alex.

„Was hätte denn das gebracht?", fragte Gabe, der seinen Fahrmantel Bristow reichte. „Ein verschlafener Leibwächter kann nicht schnell handeln. Außerdem war ich nicht in Gefahr. Die Entführer wissen doch nicht, wo ich wohne."

Willie deutete mit der Zigarette, die sie hielt, auf ihn. „Da kannst du dir nicht sicher sein."

Gabe deutete auf die Zigarette. „Ich dachte, das hättest du aufgegeben."

„Sie ist nicht angezündet. Ich muss sie nur halten. Für meine Nerven."

„Deine Nerven bestehen aus Eisen."

„Nicht, wenn es um deine Sicherheit geht, Gabe. Alex hat recht. Du hättest einen von uns wecken sollen." Sie deutete mit der Zigarette auf mich. „Bevor sie daherkam, hättest du uns nicht so geschnitten."

„Macht das nicht Sylvia zum Vorwurf. Das ist ihre Ermittlung. Wenn überhaupt habe ich mich ihr aufgedrängt."

Sie schob sich die Zigarettenspitze in den Mund, nur um

dann zu merken, dass sie nicht angezündet war. „Verdammt."
Sie reichte sie Bristow. „Bringen Sie das weg."

Er nahm sie zwischen Daumen und Zeigefinger und hielt sie
auf Armeslänge Abstand. „Ja, Madam."

„Das haben wir doch schon durch. Nennen Sie mich nicht
Madam. Oder Ma'am."

Bristow hielt seine Züge ruhig, betrachtete sie mit leichter
Erheiterung. „M'lady?"

Willie gab ein angeekeltes Geräusch von sich.

Bristow zog den Kopf ein, zu etwas, das einer Verbeugung
am nächsten kam, so wie sie der ältere Butler noch hinbekam. Er
wandte sich an mich. „Miss Ashe, Mrs. Lings Übersetzung ist
fertig. Ich hole das Kochbuch für Sie."

„Ich würde ihr gern persönlich danken, wenn das in
Ordnung für Sie ist, Bristow."

„Das ist vollkommen in Ordnung, Miss Ashe. Kommen Sie
mit mir."

Ich folgte ihm, und Gabe folgte uns beiden. Alex und Willie
wollten nicht wieder außen vor sein, darum kamen sie mit uns
in die Küche. Als sie mich sah, wischte sich Mrs. Ling die Hände
an der Schürze ab und lächelte.

„Haben Sie Ihr Picknick genossen?", fragte sie.

„Es war köstlich", sagte ich.

Sie strahlte.

Bristow reichte die Zigarette Mrs. Bristow. Sie verzog das
Gesicht. „Lady Rycroft wäre nicht erfreut", sagte sie.

Willie warf die Hände in die Luft. „Sie ist nicht hier, und sie
ist nicht angezündet. Ich habe sie nicht geraucht."

Mrs. Bristow ließ sie in einen Eimer Wasser am Herd fallen.

Willie versank im Hintergrund in ein trotziges Schweigen.

Mrs. Ling nahm das Buch und zeigte mir, welche Rezepte sie
übersetzt hatte. Jede Übersetzung enthielt Vorschläge, wie man den
Prozess vereinfachte, oder einen Hinweis, welche Zutaten sich als
Ersatz eignen würden, wenn man nicht an das Original herankam.
Schließlich gab sie mir ein einzelnes Blatt, das aus einem Notizbuch
gerissen war, mit einem Namen und einer Adresse drauf.

„Bei ihm kaufe ich ein", sagte sie. „Es ist auch mein Bruder.

Wenn Ihre Vermieterin mich erwähnt, wird er sie gut behandeln."

„Vielen Dank, Mrs. Ling. Mrs. Parry wird zufrieden sein. Ich kann es nicht erwarten, davon zu probieren."

„Ich habe ein paar Proben, die Sie und Mrs. Parry versuchen können." Sie öffnete den Deckel einer hölzernen Werkzeugkiste auf dem Tisch und zeigte mir vier Schalen darin, jede mit einem Papier bedeckt, das mit Schnur festgebunden war. „Ich habe ein bisschen etwas für Sie und Ihre Vermieterin gemacht, um zu sehen, was Ihnen am besten schmeckt. Wenn Sie wieder herkommen, erzählen Sie mir, was Sie am liebsten mögen."

Ich zögerte, nicht sicher, ob es höflich war, mich wieder einzuladen. „Wenn ich es nicht schaffe, schicke ich Ihnen eine Nachricht."

Gabe hatte Murray, Alex und Willie beobachtet, die sich leise unterhielten. Murray saß am Ende des Tisches, befestigte einen Griff an einem Zuckerfass, doch er legte es ab, um mit ihnen zu reden. Er wirkte ein wenig traurig.

Ich dankte Mrs. Ling und schob das Rezeptbuch unter den Arm, Gabe nahm die Kiste mit dem chinesischen Essen darin. Wir kamen im Gang an Dodson dem Chauffeur vorbei. Gabe bat ihn, mich im Hudson nach Hause zu bringen und den Vauxhall da zu lassen, wo er stand, immer noch vorne draußen geparkt.

„Ich breche bald wieder auf", fügte er an.

„Sehr gut, Sir."

Willie wartete, bis Dodson gegangen war, dann, mit den Händen auf der Hüfte, stellte sie Gabe. „Wohin gehst du denn jetzt?"

Gabe bedeutete mir, vor ihm die Stufen hinaufzugehen. „Aus."

„Diesmal gehst du nicht ohne einen von uns."

„Du kannst mitkommen, wenn du willst, aber du bleibst im Auto. Was ich tun muss, muss man allein machen."

„Warum?"

„Das erzähle ich dir, wenn wir da sind."

„Wo?"

„Eigentlich erzähle ich es dir danach."

Sie stieß schnaubend Luft aus, während wir in der Eingangshalle ankamen. „Du bist schwierig."

Gabe warf ihr einen herausfordernden Blick zu, während Bristow, der uns gefolgt war, ein schwaches Lächeln zeigte. Willie tat so, als würde es ihr nicht auffallen.

Bristow öffnete die Eingangstür, um nach dem Hudson zu schauen, während Gabe mir den Hut reichte, den ich im Haus zurückgelassen hatte, als ich mir für die Fahrt den Schal umgebunden hatte. Willie verfiel in Schweigen, doch niemandem schien es etwas auszumachen.

„Ist Murray in Ordnung?", fragte Gabe Alex.

„Er richtet sich noch ein. Gib ihm Zeit. Er wird sich schon daran gewöhnen, wie Bristow die Dinge gern erledigt bekommt."

„Das ist mir doch nicht wichtig. Nicht mal Bristow kümmert sich noch darum, wie die Dinge früher waren."

„Amen", murmelte Willie, sodass der Butler es nicht hören konnte. „Seit dem Krieg hat er seine Standards gesenkt. Und er ist sehr viel herablassender, als er es früher war."

„Murray ist dankbar um die Anstellung", fuhr Alex fort. „Aber ihm ist langweilig."

„Das war zu erwarten." An mich gerichtet fügte Gabe an: „Alex und Murray haben zusammen bei der Met gearbeitet, vor dem Krieg."

„Er war ein Konstabler." Alex schüttelte langsam den Kopf. „Aber dorthin konnte er nicht zurückkehren. Sie behaupteten, sie hätten für ihn nichts zu tun."

Bei vielen Männern, die im Krieg behindert worden waren, gab es ähnliche Geschichten. Diejenigen, deren Arbeit körperlicher Natur gewesen war, stellten fest, dass sie nicht geeignet waren, um dorthin zurückzukehren, aber sie waren auch nicht für Rollen in der Verwaltung ausgebildet. Die Regierung gab ihnen eine Pension, aber für Männer, die daran gewöhnt waren, nützlich zu sein, und immer noch arbeiten konnten, war es nicht, was sie wollten. Für ihr eigenes Selbstwertgefühl mussten sie arbeiten.

Von einer aktiven Rolle als Konstabler bei der Metropolitan Police zu einem Leibdiener in einem Haushalt in Mayfair überzugehen, war bestimmt schwer, besonders, wenn dieser Haushalt auch ohne einen Leibdiener gut funktionierte.

„Ich werde ihm weitere Reparaturen geben, aber ich glaube nicht, dass das für ihn zufriedenstellend ist", sagte Alex.

Bristow verkündete, dass Dodson mit dem Automobil da war, um mich nach Hause zu bringen. Gabe geleitete mich hinaus, trug die Werkzeugkiste. Dodson stieg aus dem Auto und schaltete die Scheinwerfer an, bevor er sich an die Tür stellte, bereit, sie für mich zu öffnen. Ich drehte mich auf der Veranda um, um mich von Gabe zu verabschieden, als hinter dem Hudson ein weiteres Automobil heranfuhr. Alex und Willie stießen mich hinein und stellten sich vor Gabe. Willie griff in ihre innere Jackentasche, zog zum Glück aber nicht ihre Waffe. Sie funkelte den Neuankömmling an.

Der Fahrer stieg aus und öffnete die hintere Beifahrertür. Ich stieß einen beruhigenden Atemzug aus. Das war kein weiterer Entführungsversuch.

Es war allerdings ein Hinterhalt. Lady Stanhope stieg aus. Sie lächelte breit, während sie Gabe ihre Hand hinhielt. Er schüttelte sie, obwohl sie, wie ich annahm, erwartete, dass er ihr den Handrücken küsste. Ihr Lächeln spannte sich ganz leicht an, bevor es wieder weicher wurde.

„Es freut mich so, dass ich Sie erwischt habe, Mr. Glass", turtelte sie. Wenn man bedachte, dass unsere vorherigen Gespräche mit ihr immer angespannt gewesen waren, war ihre fröhliche Art schwer zu ertragen.

Gabe allerdings blieb höflich. „Es tut mir leid, ich bin gerade auf dem Weg hinaus. Sie hätten vorher anrufen sollen, um sich die Fahrt zu sparen. Vielleicht kann ich morgen bei Ihnen vorbeischauen?"

„Das wird nicht lange dauern" Sie trat auf die nächste Stufe der Veranda, unterwegs zur Eingangstür, doch als Gabe ihr nicht folgte, blieb sie stehen.

Er lächelte milde zu ihr zurück. „Sollen wir sagen, morgen um drei Uhr?"

Ihre höfliche Fassade brach nicht ein. „Ich wollte mit Ihnen nur die Angelegenheit Ihrer Verlobung mit Ivy Hobson besprechen."

„Verzeihen Sie mir, aber ich sehe nicht, dass Sie das betrifft, Madam."

„Ach, aber das tut es. Sehen Sie, ich glaube nicht, dass Ihnen klar ist, wie es für uns Damen ist." Auf seinen ausdruckslosen Blick hin fuhr sie fort. „Wie Sie wissen, habe ich ein Interesse an Ivy. Und ich beobachte, dass sie viel zu höflich ist, um Ihnen zu verraten, was sie wirklich fühlt."

„Hinsichtlich was?"

„Darüber, bis in alle Ewigkeit zu warten, dass Ihre Eltern zurückkehren, damit Sie heiraten können."

„Ach."

„Können Sie denn nicht erkennen, wie enervierend diese Verzögerung für Ihre Verlobte ist?"

„Das erkenne ich schon, ja."

„Sie kann sich jeden Gentleman aussuchen, wissen Sie. Sie muss nicht auf Sie warten, doch sie entscheidet sich für Sie."

„Sie haben recht. Danke, dass Sie hergekommen sind und es mir gesagt haben. Wenn es Ihnen jetzt nichts ausmacht, muss ich woanders hin."

Lady Stanhope regte sich nicht. Sie schien auf dem Bürgersteig verwurzelt zu sein, ihre Füße leicht breit aufgestellt. „Vielleicht kann ich hier warten, bis Sie zurückkehren. Ich würde Sie gern besser kennenlernen, Mr. Glass, da Sie ja Ivys Mann sein werden, und Ivy mir inzwischen sehr wichtig ist. Ich kann mit Lady Farnsworth im Salon warten."

Wer war Lady Farnsworth?

Willies Augen wurden so groß, dass ich Angst hatte, sie könnte einen Krampf bekommen. „Ich kann Sie nicht empfangen! Ich muss mit Gabe mit!"

Ich runzelte die Stirn. Sie war Lady Farnsworth? Einer ihrer Männer war ein Lord gewesen?

Ich presste die Lippen aufeinander, damit ich nicht loslachte bei dem Bild, wie Willie eine Gesellschaft in einem Landhaus gab. Es war absurd. Keine Frau, die ich kannte, war weniger eine Lady als sie.

„Ich fürchte, ich kann Ihnen auch keine Gesellschaft sein", sagte Alex in sarkastischem Tonfall.

Lady Stanhopes Lächeln verblasste schließlich. Sie räusperte sich und starrte Gabe an.

Gabe schaute sehnsüchtig zu seinem Automobil.

„Wie spät ist es, Mr. Glass?"

Da er die Werkzeugkiste mit beiden Händen hielt, um sie gerade zu halten, konnte er nicht nach seiner Taschenuhr greifen. Wenn man bedachte, dass sie eindeutig sehen konnte, dass seine Hände voll waren, war es eine sehr seltsame Bitte.

Er schaute zu Alex. Alex schaute auf seine Armbanduhr. „Dreiviertel sieben", sagte er.

Lady Stanhope ignorierte ihn. „Sie tragen keine Armbanduhr, Mr. Glass."

„Ich bevorzuge meine Taschenuhr."

„Ist sie magisch?"

„Ich habe sie von meinen Eltern bekommen."

„Natürlich, und sie *muss* magisch sein." Sie legte ihm eine Hand auf den Arm. „Wenn man bedenkt, was Ihre Mutter ist."

Er blieb still.

„Sie haben so ein Glück, der Sohn einer mächtigen Magierin zu sein. Ich bin sicher, alle Ihre Uhren gehen richtig, und Sie müssen sie niemals nachstellen."

Gabe lächelte sie dünn an.

Willie verschränkte die Arme. „Er verkauft Ihnen keine von Indias Uhren."

Lady Stanhope zog eine Hand an die Brust, wirkte leicht beleidigt. „Ich brauche keine weiteren Uhren mehr, Lady Farnsworth. Es war einfach nur Geplauder mit einem Freund."

Willies Oberlippe verzog sich höhnisch, als sie bei ihrem richtigen Titel genannt wurde. Die Geste vertiefte sich, als Lady Stanhope Gabe einen Freund nannte.

Wieder legte Lady Stanhope eine Hand auf Gabes Arm. „Bitte denken Sie an die Gefühle der armen Ivy und verzögern Sie die Hochzeit nicht noch länger. Sie wird eine exzellente Frau für Sie abgeben. Und Ihre Kinder werden …" Sie ließ die Finger in den Handschuhen flattern, sodass der Rest des Satzes der Vorstellungskraft überlassen blieb.

„Magisch?", fuhr sie Willie an.

„Ich wollte sagen, schön. Sie scheinen ziemlich von Magie

und Magiern fasziniert zu sein, Lady Farnsworth. Ich hoffe, Sie werden nicht enttäuscht sein, falls ihre Kinder talentfrei geboren werden wie ihr Vater."

Alex wurde reglos. Er blinzelte nicht einmal, und ganz gewiss schaute er nicht in Gabes Richtung. Lady Stanhope beobachtete Gabe allerdings ganz genau.

Willie schnaubte, und Gabes einzige Reaktion war ein Lächeln und eine Entschuldigung, weil er Lady Stanhope nicht nach drinnen einlud.

Sie stieg wieder auf den Beifahrersitz ihres Automobils. Bristow schloss die Tür, und es fuhr ab.

Wir sahen ihm alle nach, bis es um die Ecke verschwand.

„Worum ging es denn da?", stieß Willie hervor. „Ihr ist doch Ivy piepegal."

„Vermutlich wollte sie eine der Uhren meiner Mutter." Gabe nickte zu Bristow hin, der für mich die Beifahrertür des Hudson öffnete.

Seine Antwort stellte keinen von uns zufrieden. Willie wirkte verwirrt, während Alex und Gabe zu still waren. Sie enthielten Gabes Cousine etwas vor. Allen. Und es hatte etwas damit zu tun, dass er talentfrei war.

Gabe beugte sich vor und stellte die Werkzeugkiste auf meinen Schoß. „Vielen Dank für den schönen Tag draußen, Sylvia."

„Ich bin es, die dir danken sollte. Es war sehr angenehm." Angenehm? Es war sehr viel mehr als das gewesen. Es war der beste Tag gewesen, den ich seit Jahren erlebt hatte. Aber das konnte ich ihm nicht so sagen. Es war nicht angemessen, und sein Freund und seine Cousine schauten zu, funkelten uns wieder finster an.

Gabe richtete sich auf. Bevor die Tür sich schloss, hörte ich Willie sagen, wie sie es verabscheute, Lady Farnsworth genannt zu werden. „So hat sie mich nur genannt, um mich aufzuregen."

„Es hätte schlimmer sein können", sagte Alex selbstzufrieden.

„Wie denn das?"

„Sie hätte dir vorwerfen können, ihn ermordet zu haben."

* * *

AM FOLGENDEN VORMITTAG erzählte ich Professor Nash alles über Lazarus Sidwell und die Büchersammlung seines Vorfahren. „Da gab es nicht nur Bücher. Es gab auch chirurgische Instrumente. Sie waren ziemlich gruselig."

„Damals war Medizin kaum mehr als Metzgerhandwerk."

Wir saßen auf dem Sofa auf dem Erdgeschoss in der Lesenische, wo wir jeden hören konnten, der durch die Eingangstür kam. Er hatte in seiner Wohnung oben Kaffee gemacht und ihn auf einem Tablett herabgetragen. Die Kaffeekanne war eine exquisite Antiquität aus Kupfer, darin war feines Blattwerk von oben in der Kuppel mit dem Scharnier bis zur Basis eingraviert. Er erzählte mir, dass er sie auf einem Souk in Fez, Marokko, vor vielen Jahren gekauft hatte, weil er geglaubt hatte, sie wäre von einem Magier gefertigt, nur um von Oscar Barratt erfahren zu haben, dass das nicht stimmte.

„Leider haben wir den Schlüssel zum Dechiffrieren des Manuskripts nicht gefunden", fuhr ich fort. „Obwohl Mr. Sidwell sagte, er würde weitersuchen. Vielleicht taucht noch etwas auf seinem Speicher auf."

Er richtete seine Brille. „Ihr hattet einen ziemlichen Tag, mit einer Fahrt nach Marlborough und zurück. Zum Glück war das Wetter gut. Die Straßen können im Regen ziemlich trügerisch sein."

„Wie war denn Ihr freier Tag, Professor?"

„Informativ, wie es der Zufall so will. Ich habe etwas erfahren, das vielleicht unserem Manuskript zuträglich ist."

Ich senkte meine Kaffeetasse und schaute ihn genauer an. „Sie haben an Ihrem freien Tag gearbeitet?"

„Wenn man Spaß dabei hat, ist es keine Arbeit. Außerdem hast du auch gearbeitet."

„Ja, aber das Buch steht vielleicht in Verbindung zu meiner Familie. Das betrachte ich nicht als Arbeit."

Wir lächelten einander an. Es schien, als würde keiner von uns seinen Beruf verabscheuen.

Er stellte die Tasse ab und nahm ein Buch vom Tisch auf. „Das habe ich mir von einem ehemaligen Kollegen an der

Universität ausgeliehen. Er ist ein Professor der Geschichte. Ich wollte seine Meinung über Bücher aus der Ära unseres Medici-Manuskripts. Er hat mir gesagt, ich solle das lesen." Er zeigte mir den Deckel. Es war ein Buch über Bücher, antike Bücher, um genau zu sein. „Weißt du noch, dass ich dir erzählt habe, dass Bücher damals teuer waren?"

„Teuer in der Herstellung und teuer beim Kauf", sagte ich.

Er hob einen Finger, um nahezulegen, dass ich deinen guten Punkt getroffen hatte. „Teuer zu kaufen bedeutet auch, dass es profitabel war, sie zu verkaufen. Und wo man Geld machen konnte, fand man immer jemand Skrupellosen, der falsche Exemplare verschachert hat."

„Sie glauben, das Medici-Manuskript ist eine Fälschung?"

„Das ist eine Möglichkeit."

„Aber für mich sieht es alt aus."

„Ist es. Aber ist es so alt, wie wir glauben? Vielleicht wurde es zumindest im 16. oder 17. Jahrhundert hergestellt, nicht im fünfzehnten. Bücher über Wissenschaft und Magie waren damals unfassbar beliebt und wären zu einem sehr hohen Preis verkauft worden. Die Sache ist die, wenn es gefälscht ist, hat der Verfasser vielleicht einfach diese Symbole geschrieben, um es faszinierender zu gestalten und ihm einen höheren Preis einzubringen."

„Sie meinen, es könnte womöglich gar keine Chiffre sein, sondern zufällige Zeichnungen eines gierigen Fälschers?"

Er nickte ernst. „Es schmerzt mich, das zu sagen, aber wir müssen in Betracht ziehen, dass der Text vielleicht gar keine Bedeutung hat." Er schob sich die Brille die Nase empor. „Es gibt allerdings immer noch die magischen Schließen, und es lohnt sich immer noch, herauszufinden, wer der Verfasser ist, um zu sehen, ob das einen Namen für den Silbermagier hervorzaubert, der sie hergestellt hat."

Aber das Entschlüsseln der Symbole mochte uns vielleicht nicht zu dem Silbermagier führen. Es mochte uns nirgendwohin führen.

„Wir können uns beinahe sicher sein, dass es in Sir Andrew Sidwells Besitz gelangte", sagte ich. „Ansonsten stünde sein Name nicht auf Seite zwei. Und wir wissen auch, dass er eine große Sammlung Bücher von Dr. Adams erstanden hat. Wenn es also gefälscht ist, hat es entweder Dr. Adams gefertigt, um Sir Andrew hereinzulegen, oder Dr. Adams selbst wurde von dem Fälscher hereingelegt."

Er streckte wieder den Finger aus. „Die Schwierigkeit ist, woher wissen wir, ob es gefälscht ist?"

Ich wollte es noch einmal ansehen und nach Hinweisen suchen. Wir nahmen an, dass die Seite mit dem Medici-Symbol später als der Rest hinzugefügt worden war, darum hätte man diese Seite fälschen können, um den Wert zu erhöhen. Was den Rest anging, wollte ich es noch einmal berühren. Vielleicht würde mir das Berühren der Seiten einen Hinweis geben, den das einfache Hinsehen mir nicht geliefert hatte.

Die Eingangstür öffnete sich, und ein Mann rief. „Hallo? Ist jemand da?"

Der Professor bat mich, nach dem Neuankömmling zu sehen, während er die Kaffeetassen und den Kessel nach oben brachte. Ich begrüßte den Mann, der am Eingangstresen stand, mit einem freundlichen Lächeln.

„Sie sind bestimmt Gabes Mathematikerfreund", sagte ich, nickte zu dem Medici-Manuskript hin, das er vorsichtig in beiden Händen hielt.

Seine großen Augen starrten mich lange an. „Sie sind eine Frau."

„Mein Name ist Sylvia Ashe." Ich hielt eine Hand hin.

Er starrte weiter, als wäre er nicht ganz sicher, was er tun sollte. Dann, als wäre ein Hebel umgelegt, legte er das Buch auf dem Schreibtisch ab und schüttelte mir die Hand. „Es ist schön, Sie kennenzulernen, Miss Ashe. Ich hatte einen Mann erwartet."

„Professor Nash. Ja, ganz bestimmt haben Sie das."

„Tut mir leid. Das war womöglich unhöflich von mir. Es ist nur so, dass mich Ihre Anwesenheit überrascht hat. Gabriel weiß, dass ich keine Überraschungen mag, also weiß ich nicht, warum er mir nichts von Ihnen gesagt hat. Vielleicht wusste er nicht, dass ich herkommen würde. Ja, das ist es vermutlich. Er hat mir gesagt, ich soll ihn anrufen, wenn ich mit dem Buch fertig bin, aber ich habe beschlossen, persönlich zu kommen. Ich wollte die Bibliothek sehen. Ich war noch nicht hier."

„Sie wissen, dass Gabe hier nicht arbeitet, Mr. ...?"

„Stray. Mein Name ist Francis Stray."

Mr. Stray war ein ziemlich unauffälliger Mann mit braunen Haaren und Augen, weder großgewachsen noch klein, weder dick noch dünn. Er hatte keine herausragenden Züge, nicht einmal ein seltsam platziertes Muttermal auf der Nase, und keine Gesichtsbehaarung. Sein Anzug war gut gefertigt, wenn auch unauffällig, und seine Schuhe waren glänzend poliert, seine Haare ordentlich. Keine Strähne war nicht an ihrem Platz. Ich schätzte, dass er im selben Alter war wie Gabe, Ende zwanzig.

In diesem Sinne fragte ich: „Woher kennen Sie Gabe?"

„Wir gingen zusammen auf die Schule."

„Und Sie sind seither befreundet geblieben? Das ist schön."

„Ich schätze schon."

Er *schätzte*, dass es schön war? Was für eine merkwürdige Erwiderung.

Ich lud ihn in die eigentliche Bibliothek ein, da er konkret gekommen war, um sie zu sehen. Er nahm das Buch wieder auf und trug es vorsichtig. Ich schlug vor, es auf dem Schreibtisch in der Leseecke abzulegen, während ich ihn herumführte.

Er ließ es nur ungern los. „Es sollte hier nicht herumliegen, ohne dass es jemand bewacht."

„Sie haben recht. Ich nehme es." Ich nahm ihm das Buch ab und spürte sofort, wie Erleichterung über mich hinwegströmte. Mir war nicht klar gewesen, wie sehr ich mir Sorgen gemacht hatte, es zu verlieren. Ich strich mit den Daumen über eine der Silberschließen. „Es ist etwas Wertvolles", murmelte ich.

„Sehr wohl."

Ich sah rasch auf. „Sie haben geschafft, es zu entschlüsseln?"

„Ich fürchte, nein."

Mir wurde das Herz schwer. „O. Sie haben sich auf die Verbindung zu den Medici bezogen."

„So ist es."

„Also ist der Schlüssel zu komplex?"

„Ich habe alle mir bekannten Chiffren probiert. Keine hat funktioniert. Ich fürchte, ohne etwas, mit dem ich beginnen kann, ist es unmöglich, es zu entschlüsseln."

Ich seufzte. „Vielen Dank, dass Sie es versucht haben. Sie haben bestimmt gestern den ganzen Tag daran gearbeitet."

„Und den Großteil der Nacht."

„Oje, das tut mir leid. Sie hätten es länger behalten sollen."

„Das muss Ihnen nicht leidtun, Miss Ashe. Ich habe die Herausforderung genossen. Ich fühle mich belebt, es zu Gesicht bekommen zu haben, und geehrt, dass ich derjenige war, zu dem Gabe damit gekommen ist."

Er wirkte nicht belebt. Tatsächlich hatte sich sein Ausdruck nicht verändert, seit dem Augenblick, in dem er die Bibliothek betreten hatte.

„Würden Sie jetzt gerne die Runde machen?", fragte ich.

„Ja, bitte. Ich habe mich darauf gefreut."

„Das sehe ich." Na ja, nicht ganz.

Sein Gesicht blieb ausdruckslos, während ich ihm unsere Sammlung zeigte, ihn sogar nach oben brachte, wo wir Professor Nash begegneten. Der Professor übernahm die Runde, während ich mit dem Manuskript nach unten zurückkehrte.

Ich setzte mich an den Eingangstresen und öffnete es, blätterte an der ersten und der zweiten Seite vorbei. Ich musterte sorgsam die übrigen Seiten, benutzte die Schreibtischlampe, um besseres Licht zu haben, und holte sogar eine Lupe aus der obersten Schublade. Ich betastete die Seiten auch. Bis auf die erste waren die anderen dick und rau, ihre Qualität modernem Papier unterlegen. Ich schaute mich um. Da ich niemanden in der Nähe sah, lehnte ich mich nach unten und roch daran. Es war muffig, mit einer Art Schärfe, die ich nicht ganz einordnen konnte.

Es war bestimmt alt.

Zwanzig Minuten später schlossen sich mir die Männer an. „Was machen Sie jetzt damit?", fragte Mr. Stray.

„Es katalogisieren." Der Professor deutete auf die Kartenschubladen. „Ohne den Titel zu kennen, nennen wir es einfach das Medici-Manuskript und reihen es bei den anderen Büchern über das Okkulte ein, die auf das Mittelalter zurückgehen."

Wir würden auch anfügen, dass in den Schließen Silbermagie war, aber keiner von uns erwähnte das.

„Es war freundlich von Ihnen, mir die Bibliothek zu zeigen, Miss Ashe, Professor Nash."

Professor Nash schüttelte Mr. Stray die Hand. „Überhaupt nicht. Es ist das Mindeste, was wir im Austausch für Ihre Bemühungen tun können. Die Zeit, die Sie mit dem Manuskript verbracht hatten, schätzen wir sehr."

Mr. Stray nickte.

Ich hielt auch meine Hand hin.

Diesmal zögerte er nicht, sie zu schütteln. „Es war ein Vergnügen, Sie zu treffen, Miss Ashe. Abermals entschuldige ich mich, falls ich vorhin unhöflich war."

„Das ist schon gut."

Er beobachtete mich kurz, bevor er den Kopf schüttelte. „Ich habe das Gefühl, als sollte ich mich erklären. Dass Sie eine Frau sind, schließt nicht aus, dass Sie eine gute Bibliothekarin abgeben."

„Äh, Dankeschön."

„Meiner Einschätzung zufolge ist es eine Aufgabe, die unmittelbar zu dem sanfteren Wesen von Frauen passt. Meine Überraschung kam einfach daher, eine Frau in einer Bibliothek vorzufinden. Alle Bibliothekare, die ich kenne, sind Männer. Es geht nur um die Wahrscheinlichkeit, sehen Sie."

„Danke, dass Sie das geklärt haben. Und danke Ihnen für Ihre Bemühungen mit dem Manuskript."

Er öffnete die Tür und berührte die Hutkrempe zum Abschied. Dann war er weg, und ich starrte die Tür genauso an, wie er mich bei seiner Ankunft angestarrt hatte.

„Was für ein seltsamer Mann", sagte ich.

Professor Nash lachte leise. „Ich glaube, er mag Sie."

„Woran erkennen Sie das?"

„Männer wie ihn kenne ich schon mein ganzes Leben lang. Gebildet, intelligent, doch sozial unreif. Ich nehme an, ich habe mich daran gewöhnt, sie zu lesen."

„Wie eine Chiffre." Ich tippte auf den Deckel des Medici-Manuskripts. „Wenn Mr. Stray hier regelmäßig verkehrt, muss ich Sie vielleicht darum bitten, mir Hinweise zu geben, um mir zu helfen, ihn zu entschlüsseln. Gerade eben war ich völlig verloren."

Der Professor bat mich, eine Katalogkarte für das Buch anzufertigen und es dann ins Regal zu stellen. Ich war gerade dabei, die Karte fertig zu schreiben, als er sich mir anschloss und mir über die Schulter spähte.

„Ich habe eine Idee", sagte er. „Die Medici-Verbindung macht das Buch wertvoller, und die Chiffre macht es rätselhafter. Das ist eine faszinierende Kombination. Ich glaube, die Öffentlichkeit wird daran interessiert sein, und vielleicht gibt es jemanden da draußen, der kommen und es sich ansehen und es entschlüsseln können wird."

„Sie wollen es ausstellen?"

„Ja, und die Zeitungen von unserem Plan in Kenntnis setzen. Es wird für die Bibliothek werben und vielleicht sogar einige Spenden einbringen. Ich werde das natürlich erst mit dem Komitee besprechen müssen."

„Und eine Ausstellungsvitrine anschaffen, die sich sicher versperren lässt."

„Ich werde den gleichen Schreiner beauftragen, der die anderen gebaut hat, und den Glasmagier magisches Glas einpassen lassen."

Die wertvollsten Bücher in der Sammlung der Bibliothek wurden hinter verschlossenen Glastüren in Vitrinen auf dem ersten Stock aufbewahrt. Ein Magier hatte einen Zauber auf das Glas gelegt, damit es nicht zu zerbrechen war.

In einer dieser Vitrinen brachten wir das Medici-Manuskript vorläufig unter, bis eine spezielle Ausstellungsvitrine angefertigt werden konnte.

Professor Nash steckte den Schlüssel ein. „Sie sollten Gabriel wegen Mr. Strays Besuch anrufen. Er wird es wissen wollen. Und wie wäre es, Huon Barratt aufzusuchen und ihn zu fragen, ob seine Magie das Alter der Tinte verifizieren kann?"

Ich war auf dem Weg nach unten zum Eingangstresen und griff nach dem Telefon. Meine Hand zog sich zurück, als die Eingangstür aufflog. Auf der Schwelle stand Willie mit finsterem Gesicht. Sie wedelte mit dem Finger in meine Richtung.

„Du! Es ist alles deine Schuld!"

KAPITEL 8

„Was habe ich getan?", fragte ich. „Was ist passiert? Geht es Gabe gut?" O Gott. Was, wenn es einen weiteren Entführungsversuch gegeben hatte, diesmal einen erfolgreichen? Auch wenn ich nicht ganz erkennen konnte, wie man das mir zum Vorwurf machen konnte, hatte ich keinen Zweifel, dass Willie eine Möglichkeit finden würde.

„Ihm geht es nicht gut." Sie knallte die Tür hinter sich mit so viel Kraft zu, dass ihr Hut über die Stirn herabrutschte. Sie presste die Knöchel auf den Schreibtisch und beugte sich vor. „Sein Leben fällt in sich zusammen, und das ist dir vorzuwerfen."

Ich lehnte mich zurück, außerhalb ihrer Reichweite. „Bitte beruhige dich und fang am Anfang an. Was wirfst du mir denn genau vor?"

„Ihn zu ermutigen, seine Verlobung mit Ivy aufzulösen."

Sie hätte mich nicht mehr überraschen können, hätte sie mich geohrfeigt. Ich schüttelte den Kopf immer wieder und starrte sie an. Vielleicht hätte ich ja versucht, etwas zu sagen, aber keine Worte kamen heraus. Ich konnte nicht mal einen zusammenhängenden Gedanken formen.

Die schweren Schritte des Professors auf der Treppe hallten in der Stille. „Willie! Das ist eine Bibliothek. Was hat denn dieser Lärm zu bedeuten?"

„Du musst sie entlassen, Prof. Sie versucht, Gabe zu schädigen."

In meinem Kopf kippte ein Schalter um, der die Verwirrung vertrieb. Ich schoss hoch. „Tue ich nicht!"

Professor Nash hob die Hände. „Ich werde niemanden entlassen, bis ich weiß, was vor sich geht. Willie?"

Ich drückte die Handflächen auf den Schreibtisch und beugte mich auch vor. Ich würde mich nicht von ihr einschüchtern und sie wilde Vorwürfe aussprechen lassen. Nicht an meinem Arbeitsplatz und ganz gewiss nicht mit etwas, das ich nicht getan hatte.

Willie und ich funkelten einander an, unsere Gesichter nur wenige Zentimeter voneinander entfernt. „Gabe hat gestern Abend versucht, seine Verlobung mit Ivy aufzulösen", sagte sie.

Es schien also, als hätte ich sie beim ersten Mal durchaus richtig verstanden. „Ich verstehe nicht."

„Zum Glück hat sie es nicht akzeptiert und gibt ihm eine zweite Chance."

„Sie hat es nicht akzeptiert?", wiederholte ich. „Aber wenn es das ist, was er will ..."

„Ist es nicht. Ich kenne ihn besser als du. Ich kenne ihn besser als er selbst, und ich kann sehen, dass es die falsche Entscheidung ist." Sie stieß ihren Finger wieder in meine Richtung. „Und es ist deine Schuld, denn er hat mir und Alex erzählt, dass du ihm geraten hast, es zu beenden."

„Das habe ich nicht gesagt, und ich bin mir ziemlich sicher, er behauptet auch nicht, dass ich das gesagt habe. Was hat er denn genau für Worte benutzt?"

„Dass ihm, nachdem er mit dir gesprochen hat, klar geworden ist, dass er es beenden muss."

„Das ist nicht dasselbe, wie dass ich ihm rate, es zu beenden." Ich stieß einen Atemzug aus, um zu versuchen, meinen rasenden Puls zu beruhigen. Aber es ließ sich nicht ändern. Blut donnerte durch meine Adern, im Gleichtakt mit einem wilden Trommelschlag. „Er hat mir gestern erzählt, dass er nicht bereit zum Heiraten ist, dass er noch nicht ganz aus dem nebeligen Zustand hervorgetreten ist, in den der Krieg ihn gestoßen hat. Ich habe vorgeschlagen, dass er das mit Ivy bespricht, da es sie doch betrifft. Das ist alles. Falls er beschlossen hat, auf dieser Basis alles mit ihr zu beenden, na ja ... das ist seine Entscheidung."

Willie sah mich weiterhin finster an, aber zumindest vertrat sie nicht mehr weiter ihre These oder kam um den Schreibtisch, um mich zu einem Duell herauszufordern.

Professor Nash räusperte sich. „Verzeih mir, Willie, aber ich kann nicht ganz verstehen, weshalb du wütend bist. Weshalb willst du, dass Gabriel mit Ivy verlobt bleibt, wenn er es beenden möchte? Willst du denn nicht, was er will?"

Sie trat zurück und stieß mit dem Finger an ihre Hutkrempe, um ihn zu heben. „Er weiß nicht wirklich, was er will."

„Er ist ein erwachsener und auch ein intelligenter Mann."

Sie schüttelte den Kopf. „Er denkt nicht ganz richtig. Ivy hat recht. Gabe braucht Zeit. Er muss sorgfältig über seine Zukunft nachdenken, nicht aus einer Laune heraus handeln, nachdem er einen Tag mit einer hübschen Frau verbracht hat, die ihn mit Kuhaugen ansieht."

„Mache ich nicht!", rief ich. „Was sind überhaupt Kuhaugen?"

Sie achtete nicht auf mich und richte sich an Professor Nash. „Er muss darüber nachdenken, weshalb er sich Ivy überhaupt erst ausgesucht hat."

„Und weshalb hat er das?", fragte er.

„Weil er sie braucht. Sie hat ihm nach dem Krieg geholfen. Sie ist gut für ihn gewesen."

Der Professor schob seine Brille die Nase empor. „War sie das?"

Willie schien überrascht durch seine Herausforderung. „Ihm geht es besser als davor."

„Das könnte man auch auf die vergehende Zeit schieben, nicht auf Ivy. Willie", sagte er sanft, „hast du darüber nachgedacht, dass Gabriel das alles sorgfältig bedacht haben könnte?"

„Wie kann er das denn? Er hat es erst gestern entschieden, nachdem er mit *ihr* zusammen war."

Ich seufzte. Nichts, was ich sagen könnte, würde bei ihr einen Sinneswandel herbeiführen.

Der Professor gab aber nicht so leicht auf. „Gabriel ist ein

Gentleman. Er würde sein Wort halten, wenn er das könnte. Dass er es beendet, muss bedeuten, dass er weiß, was er will. Er würde die Entscheidung nicht leichtfertig treffen. Ich nehme an, er hat schon viel länger als gestern darüber nachgedacht, die Verlobung zu beenden."

Er hatte recht, und Willie wusste es. Sie wirkte plötzlich ausgepumpt, als hätte jemand die Luft aus ihr rausgelassen. Sie lehnte sich an den Schreibtisch und senkte den Kopf.

„Du sagst, Ivy hat seine Entscheidung nicht angenommen", fuhr Professor Nash fort. „Was hatte denn Gabriel dazu zu sagen?"

„Nichts. Wir haben mitgehört, wie sie es ihm auf der vorderen Veranda der Hobsons sagte, als er gegangen ist. Das Einzige, was er zu uns gesagt hat, als er in das Automobil gestiegen ist, war, dass er alles mit ihr beendet hat, aber allen erzählen wird, dass sie ihm den Laufpass gegeben hat."

Der Professor nickte weise, als hätte er schon jahrelang Ratschläge in solchen Dingen gegeben. „Das ist der ehrbare Weg."

Ich starrte das Telefon an, wollte mit Gabe reden, wagte es aber nicht, den Anruf zu tätigen. Was würde ich denn sagen? Würde es mir überhaupt gelingen, ihn zu erreichen? Ich nahm an, dass Willie es nicht zulassen würde. Sie würde wollen, dass ich mich fernhielt.

„Wollen Sie wegen Mr. Strays Besuch anrufen?", fragte ich den Professor. „Dann können wir vielleicht Huon Barratt aufsuchen, wie Sie vorgeschlagen haben."

„Geh du. Ich sollte hierbleiben und auf dem Schiff Wache halten."

Er reichte mir den Schlüssel zur Vitrine, und ich ging, um das Buch zu holen. Meine Gedanken waren allerdings nicht ganz bei dem Manuskript.

Als ich zurückkehrte, war Willie immer noch da, hörte, wie der Professor ins Telefon sprach. Ich hielt mich fern, bis er aufgelegt hatte.

„Sind Sie sicher, dass Sie nicht mitkommen können?", fragte ich ihn.

Er runzelte die Stirn. „Stimmt irgendwas nicht? Ist es Huon?

Er ist schon ein Tunichtgut, das stimmt. Vielleicht könntest du Gabriel fragen, ob er mit dir kommt." Er nahm den Hörer wieder auf.

Willie pflückte ihn aus seiner Hand und legte auf. „Ich komme mit dir."

Meine Augen wurden groß. „Ich kann dich doch nicht darum bitten. Du hast bestimmt besseres zu tun."

„Nö."

Die Tür öffnete sich, und Daisy schneite herein. Gekleidet in ein gelbes Kleid mit einer schwarzen Schärpe, die an der Taille gebunden war, und einen schwarzen Hut mit einer großen gelben Schleife, wirkte sie beeindruckend und modern. Sie sah aus wie meine Retterin.

Ich umarmte sie, als hätte ich sie wochenlang nicht gesehen. „Sag ja", flüsterte ich ihr ins Ohr. Ich zog mich zurück und sagte mit lauter Stimme: „Wir wollten gerade einen Tintenmagier aufsuchen, den Neffen des Freundes des Professors, Oscar Barratt. Würdest du gern mitkommen?"

„Sieht er gut aus?"

Ich funkelte sie an. „Ja", sagte ich gepresst.

Sie grinste. „Dann ja, ich komme. Wer kommt noch mit?"

Willie deutete mit dem Daumen auf ihre Brust. „Ich." Während wir durch die Crooked Lane gingen, wollte sie wissen, weshalb der Professor Huon Barratt einen Tunichtgut genannt hatte.

„Er ist so eine Art Frauenheld", sagte ich.

„Das ist alles?"

Daisy nahm mich an der Hand. „Sylvia mag Männer nicht."

„Das stimmt nicht!"

„Sie geben ihr ein unbehagliches Gefühl."

„Nicht alle Männer", murmelte ich.

„Nur die Tunichtgute."

Willie richtete ihren Hut, zerrte an ihrer Jacke und ging schneller. „Dann kriegst du gleich eine Lektion darin, wie man mit ihnen umgeht."

Willie fuhr uns in dem Automobil, das sie sich von Gabe geliehen hatte, zu Huons Haus in Marylebone. Als sie ausstieg, schob sie ihren Hut nach hinten und stieß einen leisen Pfiff aus. „Hübsche Bleibe. Barratt verdient wohl gut."

„Sein Vater verdient gut", sagte ich. „Huon hat derzeit keine Neigung, sich dem Familiengeschäft anzuschließen. Darum ist er hier in London, weit weg von seinen Eltern."

Wir fanden Huon, gekleidet in denselben blauen Hausmantel wie letztes Mal, die Füße wieder barfuß. Seine Brust war auch bloß. Er trug kein Hemd oder Unterhemd, und der Mantel klaffte auf. Er machte sich nicht die Mühe, sich zu bedecken. Keiner meiner Begleiterinnen machte es was aus. Während ich nicht wagte, den Blick tiefer als bis zu seinem Kinn zu senken, starrten sie beide offen. Huon stolzierte herum wie ein Pfau.

Willie wedelte mit der Hand zu seiner Brust. „Ihnen fehlt da was."

„Hätten Sie gern, dass ich ein Hemd anziehe?", fragte er mit der Zuversicht eines Mannes, der sicher war, dass die Antwort Nein lautete.

„Das Hemd ist nicht das, was fehlt. Es ist das Brusthaar."

Huon raffte die Säume seines Mantels zusammen. „Tee, die Damen?" Er lächelte Willie ganz süß an. „Und … Sir?"

Sie setzte sich auf das Sofa, streckte die Beine aus und überschlug sie an den Knöcheln. „Warum nicht? Wir haben Zeit."

Huon nickte seinem Butler zu, dann lud er Daisy und mich ein, uns auch zu setzen.

Er lungerte in einem Sessel herum und betrachtete Daisy durch halbgesenkte Lider. Sie ertrug es ganz gut und tat so, als würde sie es nicht bemerken. Sie wurde nicht mal rot dabei. „Miss Carmichael, ja? Oder darf ich Sie Daisy nennen?"

„Darfst du. Und ich nenne dich Huon."

Er lächelte.

Sie deutete auf den Raum. „Du hast ein schönes Haus, Huon. Es ist in einem äußerst schicken Teil der Stadt."

„Vielen Dank. Möchtest du vielleicht einen Rundgang machen?"

Sie schaute zu mir. „Ich bin mir nicht sicher, ob wir die Zeit haben."

„Du bist eingeladen, jederzeit wiederzukommen. Ich gebe dir meine Telefonnummer, bevor du gehst. Du darfst mich jederzeit anrufen, Tag oder Nacht, und ich werde dir einen ganz persönlichen Rundgang angedeihen lassen."

Daisy war ein ziemlich offenes Mädchen, aber selbst sie war von seiner Dreistigkeit geschockt.

„Vielen Dank für die Einladung." Willie streckte den Arm entlang der Rückseite des Sofas aus, hinter Daisy. „Aber ich denke, wir warten, bis Ihre Eltern nach London kommen. Es ist ja deren Bude, und es wäre nicht richtig, von ihrem Untermieter einen Rundgang anzunehmen."

Huon stieß ein schnaubendes Lachen aus. „Ich sehe schon, wie es ist." Er schaute betont auf Willies Arm, der auf der Rückseite des Sofas lag. „Ich entschuldige mich. Ich habe die Lage falsch eingeschätzt."

Daisy keuchte leise, doch bevor sie ihm sagen konnte, dass sie und Willie nicht zusammen waren, kam ich zum Grund unseres Besuchs. „Ist es möglich, dass Sie uns sagen, wie alt Tinte ist?"

„Ist es." Er nickte zum Medici-Manuskript hin. „Sie wollen wissen, ob sie so alt ist, wie Sie glauben?"

Ich reichte ihm das Buch. „Offensichtlich wurden sehr viele Fälschungen zu einem späteren Zeitpunkt angefertigt. Wir sind uns fast sicher, dass die erste Seite später hinzugefügt wurde, aber beim Rest sind wir uns nicht sicher."

Er berührte sanft die Kugeln des Medici-Symbols, dann blätterte er um, ohne etwas zu sagen. Er sah die schwache Unterschrift von Sir Andrew Sidwell nicht, bis ich ihn bat, auch die zu berühren. Dann blätterte er weiter durch die Seiten und strich über etliche Buchstaben und Symbole.

„Nun?", fragte ich.

Der Butler trat mit einem Tablett ein, das er auf dem Tisch abstellte. Er schenkte ein, während Huon weiter das Buch musterte. Sobald der Butler wieder weg war, erhob sich Huon. Er stellte sich ans Fenster, richtete das Buch zum Licht aus. Dann hob er es an die Nase und schnüffelte daran.

Wir nippten an unserem Tee und sahen zu.

Er kehrte zu dem Sessel zurück und öffnete das Buch auf der Seite mit Sir Andrews Unterschrift. „Die hier benutzte Tinte ist aus dem frühen 16. Jahrhundert und von schlechter Qualität.

Deshalb hat sie nicht gehalten." Er blätterte eine Seite zurück. „Die Tinte auf diesen Kugeln und Lilien ist älter, mittleres 15. Jahrhundert. Die Qualität ist sehr gut. Der Rest des Buches wurde ungefähr noch einmal hundert Jahre früher geschrieben, im 14. Jahrhundert. Die Tintenqualität ist überragend. Die war bestimmt teuer herzustellen und zu kaufen."

„Wie können Sie das erkennen?", fragte ich.

„Ich bin ein verdammt guter Tintenmagier."

„Bescheiden auch", murmelte Willie.

„Bescheidenheit ist für die Talentfreien. Wir Magier haben fein abgestimmte Sinne, wenn es um unser eigenes Handwerk geht. Mein Vater hat mir schon von Kindesbeinen an beigebracht, wie ich analysiere, was ich spüre, wie ich die einzelnen Zutaten in allen möglichen Tinten erkenne. Da die Zutaten, aus denen man Tinte erzeugt, im Lauf der Jahrhunderte verändert wurden, kann ich das Alter einer Tinte einer bestimmten Periode der Tintengeschichte zuordnen."

„Das ist interessant", sagte ich. Es war auch genau das, was ich mir von ihm erhofft hatte. „Deshalb hat also der Text so lange in so gutem Zustand erhalten bleiben können."

Er musterte das Buch noch einmal. „Es freut mich, dass du es wieder mitgebracht hast, Sylvia. Das gestattet mir, es weiter zu bewundern. Ich habe es letztes Mal nicht so sehr wertschätzen können."

Ich nahm an, das hatte daran gelegen, dass er immer noch vom Vorabend betrunken gewesen war, aber das sagte ich nicht. Ich griff vor, um das Buch von ihm entgegenzunehmen, doch er reichte es mir nicht.

„Ist es euch gelungen, einen Teil davon zu entschlüsseln?", fragte er.

„Noch nicht."

Er deutete auf eines der Symbole. „Ich glaube, das habe ich schon mal gesehen."

Ich stand da und spähte ihm über die Schulter. Er deutete auf eines der Symbole, das mir besonders aufgefallen war. Die anderen waren typische Symbole – ein Auge, ein Hase, eine Sonne, Wellenlinien und so weiter. Aber dieses wirkte wie ein komplizierter Knoten in einem Kreis. Es war schwer, zu sehen, wo der Knoten begann und wo er aufhörte.

„Wo haben Sie es gesehen?", fragte ich.

„Nach der Universität, und bevor der Krieg ausbrach, bin ich durch Europa gereist." Er tippte mit dem Finger auf die Seite, während er nachdachte. „Ich erinnere mich, es auf etlichen Gebäuden in der Region Katalonien gesehen zu haben."

„Vielleicht ist es das Wappen einer reichen Familie in der Gegend." Genauso wie das Medici-Symbol auf vielen florentinischen Gebäuden dieser Zeit auftauchte, könnte dieses Symbol auch einen wichtigen Gönner darstellen. „Aber weshalb sollte es im Buch erscheinen?"

Es war eine Frage, die keiner von uns beantworten konnte.

Huon schaute weiter durch das Buch, während wir unseren Tee tranken, nur um zum Ende zu kommen und den Kopf zu schütteln. „Das ist alles, was ich zur Lösung dieses Rätsels beitragen kann, fürchte ich."

Ich erhob mich. „Vielen Dank, Huon. Sie haben uns sehr geholfen."

Er reichte mir das Buch. Als seine Finger meine berührten, lächelte er. „Es war ein Vergnügen, Sylvia. Ich hoffe, wir sehen uns bald wieder." Er führte meine Hand an die Lippen. „Sehr bald."

Ich ließ das Medici-Manuskript fast fallen, weil ich es so eilig hatte, meine Hand zurückzuziehen. Huon nahm das Buch, um es zu stabilisieren, und wieder stießen unsere Finger aneinander. Mein Gesicht wurde heiß, was ihn nur zum Lächeln brachte. Es war allerdings nicht aufgesetzt. Es war fast süß.

Er begleitete uns zum Automobil, doch Willie ließ ihn nicht am Motor kurbeln. Sie bestand darauf, es selbst zu machen. Als wir vom Bordstein abfuhren, schaute sie über die Schulter zu Daisy, die hinten saß.

„Ich sehe schon, was du meinst. Ihr ist echt unbehaglich bei Männern."

„Ist mir nicht", protestierte ich. „Nicht bei allen Männern. Auf jeden Fall dachte ich, du wärst mitgekommen, um mich vor Huon zu beschützen. Das hast du echt schlecht gemacht.

Weshalb hast du ihn denken lassen, dass Daisy deine Liebste wäre, aber ich nicht?"

„Du bist nicht mein Typ."

Ich argwöhnte, dass sie nicht eingegriffen hatte, weil sie in mir eine Bedrohung von Gabes Beziehung zu Ivy sah und hoffte, ich würde Huon eine Chance geben.

Daisy beugte sich vom Rücksitz vor. „Also bin ich dein Typ? Wie schön, das zu hören. Ich nehme an, ich vergebe dir, wenn du solch schöne Dinge sagst."

„Vergibst mir was?", fragte Willie.

„Dass du jegliche Chance ruiniert hattest, die ich bei Huon hatte. Ich wollte ihn anrufen und fragen, ob er sich heute Abend mit uns in einem Club treffen kann."

Willie rümpfte die Nase. „Das willst du doch nicht wirklich machen. Er ist ein Tunichtgut. Ich schätze, er hat jede Woche ein anderes Mädel."

„Ich glaube nicht, dass er so schlimm ist, wie er tut", sagte ich. „Ich glaube, es ist gespielt. Willie, pass auf!"

Sie riss am Lenkrad, um einem Automobil auszuweichen, das über eine Kreuzung rauschte. „Habe ich gesehen." Sie war eine unstete Fahrerin, die lieber aus dem Verkehr hinaus und wieder hineinschoss, anstatt an der Bremse zu ziehen. Das tat sie auch mit einem entschlossenen Gesichtsausdruck, als wäre sie in einem Rennen.

„*Du* solltest ihn anrufen, Sylvia", sagte sie zu mir.

„Du hast ihn gerade einen Tunichtgut genannt und Daisy angewiesen, ihn *nicht* anzurufen."

„Ich schätze, du könntest ihn verändern. Du hast gesagt, dass er vermutlich nur was vorspielt."

Jetzt war ich sicher, dass sie mich in Huons Richtung schob, weg von Gabe. „Machst du mir immer noch Gabes Entscheidung zum Vorwurf?"

„Du bist noch nicht vom Haken."

Ich wandte mich ihr ganz zu. „Schau mal. Ich kenne Gabe vielleicht nicht so gut wie du ..."

Sie knurrte.

„Aber der Professor schon, und wenn er glaubt, Gabe würde

Ivy niemals verletzen, basierend auf etwas, das ich gesagt habe, dann reicht mir das."

Sie knurrte noch einmal, aber wenn ich ihre Geräusche richtig interpretierte, war sie nicht mehr ganz so wütend auf mich. Vielleicht machte sie es mir nicht mal mehr zum Vorwurf. Dieses Knurren war vermutlich die klarste Entschuldigung, die ich bekommen würde.

Daisy lehnte sich wieder vor. „Was ist los?"

„Gabe hat seine Verlobung mit Ivy gelöst", sagte ich.

Sie keuchte.

„Basierend auf Sylvias Ratschlägen", sagte Willie über die Schulter.

Ich verdrehte die Augen. „Ich habe ihm nicht den Rat gegeben, es aufzulösen. Auf jeden Fall ist noch nicht ganz klar, was passiert. Offensichtlich hat sich Ivy geweigert, zu akzeptieren, dass er die Verlobung löst, und hat ihm gesagt, er soll darüber nachdenken."

Daisy verzog das Gesicht. „Das war sehr reif von ihr. Wäre es ich gewesen, hätte ich ihm Schimpfnamen gegeben, ihm gedroht, seinen Ruf zu ruinieren, und ein Glas Wein in sein Gesicht geschüttet."

Willie grinste. „Deshalb mag ich dich."

„Ivys Temperament ist ein wenig kühler als deines", sagte ich zu Daisy. „Und regelrecht eisig verglichen mit deinem", sagte ich zu Willie.

Sie hielt das für ein Kompliment und grinste.

* * *

ICH WACHTE FRÜH am folgenden Morgen auf und genoss ein gemütliches Frühstück mit Mrs. Parry und zwei der anderen Bewohnerinnen, die ebenfalls früh auf waren. Eines der Mädchen war bereits aus gewesen, um eine Zeitung zu kaufen, und sie teilte die Seiten mit uns. Ein kurzer Artikel auf der zweiten Seite zog meinen Blick auf sich.

„Aufruhr beim Armeestiefellieferanten Hobson and Son", stand da in der Schlagzeile.

Hobson and Son waren Stiefelhersteller – Ivys Familie. Laut

des Artikels waren drei Menschen vor der Fabrik festgenommen worden, einer von ihnen ein ehemaliger Soldat, der im Krieg beide Beine verloren hatte. Der Grund für die Störung wurde nicht berichtet.

Der Artikel ging mir auf dem ganzen Weg zur Crooked Lane durch den Kopf. Oder vielmehr, wie Gabe sich fühlen würde, dass er die Beziehung mit Ivy beendet hatte, jetzt, da ihre Familie Schwierigkeiten durchmachte. Obwohl sie nicht für die Firma arbeitete, gehörte sie durch und durch zu ihrer Familie. Magier und ihre Handwerke waren auf eine Art verbunden, die man nicht trennen konnte. Da sie selbst Magierin war, würde sie die Schwierigkeiten vielleicht stark spüren.

Als Gentleman mit einem freundlichen Herzen würde Gabe ihr und ihrer Familie zu diesem Zeitpunkt keine weiteren Schwierigkeiten bereiten wollen.

Alle Gedanken an die Probleme der Hobsons verschwanden, als ich die Bibliothek erreichte. Die Vordertür stand offen. Ich ging immer am Morgen mit meinem eigenen Schlüssel hinein. Meine Ankunft bedeutete, dass die Bibliothek für den Tag geöffnet hatte.

Ich schob die Tür weiter auf und spähte hinein. Nichts war fehl am Platz. Vielleicht war ein Besucher früh gekommen, hatte geklopft, und war vom Professor eingelassen worden.

Aber der Professor war normalerweise zu dieser Zeit noch in seiner Wohnung, und wenn die falsche Tür in den Bücherregalen geschlossen war, genauso wie die Tür des Vorraums, diente seine Wohnung als eine Blase, in der die Außenwelt weder gesehen noch gehört wurde.

Dann fiel mir das zerbrochene Fenster auf.

„Professor!" Ich rannte die Stufen hinauf, nahm zwei auf einmal. „Professor! Alles in Ordnung?"

Schweigen.

Ich öffnete die verborgene Tür in den Bücherregalen und hämmerte an die Tür des Vorraums. Keine Antwort. Ich versuchte den Griff, doch es war geschlossen. Ich wollte wieder daran hämmern, als sie sich plötzlich öffnete.

Der Professor sah mich aus zusammengekniffenen Augen an. „Sylvia? Was ist denn los?"

Ich warf die Arme um ihn. „Zum Glück geht es Ihnen gut. Ich habe mir solche Sorgen gemacht."

Er setzte seine Brille auf und spähte an mir vorbei. „Weshalb? Was ist denn los?"

„Es gab einen Einbruch."

„Wurde irgendetwas mitgenommen?"

„Ich weiß es nicht. Ich bin sofort hierhergekommen."

Er folgte mir durch die Regalreihen. Wir schauten an jeder Reihe entlang, bis wir am Ende ankamen. Aber ich wusste, dass der Dieb nichts aus den normalen Regalen genommen hatte. Er hätte es bestimmt an den verschlossenen Vitrinen versucht, wo die wertvollen Bücher aufbewahrt wurden.

Wo wir das Medici-Manuskript aufbewahrt hatten, nachdem wir von Huons Wohnung zurückgekehrt waren.

Zum Glück gab es das magische Glas an den Vitrinen. Anders als das Fenster konnte man es nicht zerbrechen. Der Dieb konnte immer noch das Schloss knacken, aber das würde Kraft erfordern.

Professor Nash hatte denselben Gedanken wie ich. Wir marschierten beide zu der Vitrine mit dem Medici-Manuskript. Mein Herz wurde schwer, als ich sie sah.

Zerbrochenes Glas verunzierte den Boden, und das Buch fehlte.

Ich hob eine große Scherbe auf. „Ich dachte, die Magie darin würde es unzerbrechlich machen."

Der Professor seufzte. „Magie hält nicht an." Er seufzte wieder, während er den Schaden begutachtete. „Ich schätze, es war wohl Zeit, den Zauber wieder hinein zu geben. Ich bin nicht so gut darin, den Überblick über diese Dinge zu behalten."

Wir standen beide vor den Vitrinen und starrten auf den leeren Platz, wo das Buch ausgestellt worden war, konnten den Verlust nicht verstehen. Die positive Stimmung, die ich in letzten paar Tagen verspürt hatte, machte sich von dannen. Ich wollte mich einfach zwischen das zerbrochene Glas setzen und weinen.

KAPITEL 9

$\mathcal{C}$yclops entschied bald nach seiner Ankunft in der Bibliothek, dass Gabe für die Ermittlung angeheuert werden sollte, da er mir geholfen hatte, den Ursprüngen des Medici-Manuskripts auf die Spur zu gehen. Die Tatsache, dass die silbernen Schließen Magie enthielten, bestätigte, dass Gabe die richtige Wahl war. Zu allen Ermittlungen von Scotland Yard mit magischem Element wurde Gabe als Berater hinzugezogen.

Gabe traf kurze Zeit später mit Alex ein, der ihn bei der Ermittlung unterstützen würde. Willie kam einfach nur mit, weil sie es verabscheute, außen vor zu sein.

Sie zog mich zur Seite, nachdem meine Fingerabdrücke genommen worden waren. „Sag Gabe nicht, dass ich gestern hergekommen bin."

Ich nahm das Tuch vom Konstabler entgegen und wischte mir die Hand ab. „Weshalb nicht?"

Sie schaute sich um, um sicherzustellen, dass niemand zuhörte. „Weil ich nicht will, dass er weiß, dass ich dir von ihm und Ivy erzählt habe."

„Ich werde ihn nicht anlügen."

„Ich bitte dich nicht, zu lügen. Ich will nur nicht, dass du es erwähnst." Sie runzelte die Stirn über das Tuch, das ich dem Konstabler zurückreichte. „Sie haben Fingerabdrücke gefunden?"

„Zwei Sätze auf dem Holzrahmen der Vitrine. Sie gehören vermutlich zu mir und dem Professor, was bedeutet, der Dieb trug Handschuhe." Ich wackelte mit den tintenverschmierten Fingern vor ihr. „Cyclops wollte unsere Abdrücke prüfen, um uns auszuschließen."

Gabe und Alex schlossen sich uns an, nachdem sie von Cyclops und dem Professor auf den neuesten Stand gebracht worden waren. „Worüber flüstert ihr zwei denn?", fragte Alex.

„Wir flüstern nicht." Willie hob eine Hand. „Sie hat mir erzählt, dass ihre Fingerabdrücke genommen worden sind. Was hat dein Pa gesagt?"

„Es scheint, der Dieb hätte erst den Kartenkatalog benutzt, um den Eintrag für das Buch zu finden, und wäre dann direkt zu der Vitrine gegangen. Die Schublade war nicht richtig geschlossen. Er schickt Männer aus, die gerade jetzt die Nachbarn befragen."

Ich glaubte nicht, dass er da viel Glück haben würde. Die meisten Nachbargebäude beherbergten Büros, die nur während der Tageszeit besetzt waren.

Alex schaute zu Gabe. Als Gabe nichts sagte, stieß Alex ihn mit dem Ellbogen an. „Du wolltest Sylvia fragen, ob sie sich uns mit dem Professor anschließen kann."

Gabe nickte. „Genau. Sylvia, komm, nimm Platz auf dem Sofa. Der Professor macht Tee."

Ich ging voraus zum Sofa in der Lesenische, nur um zu bemerken, dass Gabe mir nicht gefolgt war. Er ging langsam hinter mir, hörte Alex zu, der ziemlich ernst sprach. Das einzige Wort, das ich erhaschte, war Alex' letztes Wort.

„Einverstanden?"

Gabe nickte.

Alex klopfte ihm auf dem Rücken und sagte ihm, er solle sich setzen.

Gabe setzte sich. „Tut mir leid, Sylvia. Ich bin heute ein bisschen abgelenkt."

„Ach?" Ich hoffte, er würde mir von der Auflösung seiner Verlobung erzählen, doch das tat er nicht.

„Aber er wird dieser Ermittlung seine volle Aufmerksamkeit zuwenden." Alex funkelte seinen Freund an. „Stimmt's?"

Gabe zerrte an seinem Ärmelaufschlag. „Gewiss werde ich das. Ist alles in Ordnung, Sylvia? Bist du erschüttert?"

„Nicht wirklich. Ich bin ... traurig, schätze ich. Traurig über den Verlust des Manuskripts. Ich habe unsere Ermittlung genossen und das Gefühl gehabt, dass wir gestern unseren ersten Durchbruch hatten, den Text zu entschlüsseln."

„Fahr fort."

Professor Nash und Cyclops trafen ein. Der Professor trug ein Tablett mit Teegerätschaften, während Cyclops ein Tablett mit Tellern und Kuchen trug. Er schnitt ihn auf und reichte ihn herum, während der Professor einschenkte.

„Sylvia hat uns gerade erzählen wollen, dass sie gestern etwas über das Manuskript erfahren hat", erklärte Gabe ihnen. „Wohin bist du gegangen?"

„Ich habe Huon Barratt aufgesucht", sagte ich.

Gabe hielt inne, die Teetasse auf halbem Weg zum Mund. „Allein?"

„Er ist harmlos."

„Ich weiß, aber ... Ach, egal. Er ist dreist und selbstbezogen, doch ich glaube nicht, dass er einer Fliege was zuleide tun könnte." Er nickte.

Der Professor hob die Tasse und deutete in die Richtung von Willie, die mit einem der Konstabler plauderte. „Außerdem war Sylvia nicht allein. Willie und Daisy haben sich ihr angeschlossen."

Gabe schwang herum, um Willie anzuschauen. Sie hielt plötzlich in dem inne, was sie gesagt hatte, und marschierte zu uns herüber. „Warum schauen mich alle an? Vermisst ihr mich alle?" Sie lachte, irgendwie nervös.

Cyclops verdrehte die Augen. „Warum bist du hier? Hast nicht einen Ehemann Nummer 3 zu umgarnen?"

Sie zog ihre Jacke zurück, um die Waffe zu enthüllen, die an ihrer Hüfte saß. „Ich sorge für Gabes Sicherheit, aber wenn du weiter darüber redest, dass ich noch mal heirate, könnte ich unabsichtlich daneben schießen und statt dem Entführer dich erwischen."

Cyclops murmelte etwas in seine Teetasse, das ich nicht ganz hören konnte. Er hielt sie in der Hand, da sein Finger zu groß war, um durch den Griff zu passen. Er nickte nachdenklich, dann sprach er mit Gabe. „Das Angebot der polizeilichen Bewachung steht noch."

Gabe dankte ihm, lehnte aber ab. „Ich werde mich einfach bedeckt halten. Heute Abend muss ich an einer Gesellschaft teilnehmen, aber es ist nur mit einer kleinen Gruppe. Es ist etwas ganz Lockeres und wird nicht in der Zeitung berichtet werden."

„Das scheint bisher die Verbindung zu sein", erklärte Alex seinem Vater. „Ein Ereignis, an dem Gabe sehr wahrscheinlich teilnehmen wird, und über das in der Zeitung geschrieben wird, und dann gibt es einen Entführungsversuch. Es ist alles zu abgestimmt, dass da keine Verbindung bestehen könnte."

Cyclops runzelte die Stirn. „Du sagtest *bisher*? Erwartest du, dass sich das ändert?"

Alex' Blick bohrte sich in den von Gabe, doch Gabe tat so, als würde es ihm nicht auffallen.

Er senkte seine Tasse. „Ich will diese Ermittlung lostreten, bevor die Spur kalt wird. Je länger wir warten, desto mehr Zeit hat der Dieb, das Manuskript zu verkaufen."

„Es ist vielleicht bereits verkauft", sagte der Professor niedergeschlagen. „Jetzt, da der Krieg vorbei ist, nehme ich an, der Markt für alte und wertvolle Bücher wird nach seinem Winterschlaf wieder aufleben."

„Bis auf die Menschen, die hier sitzen, gibt es nur vier weitere, die vom Medici-Manuskript wissen." Gabe nahm einen Bleistift und einen Notizblock aus seiner Tasche und begann, Namen aufzuschreiben. „Carl Trevelyan, der Fotograf. Huon Barratt, der Tintenmagier."

Der Professor schob die Brille die Nase empor. „Er ist es nicht."

Wir schauten ihn alle an.

„Er ist es nicht. Er ist Oscars Neffe."

Gabe fuhr fort. „Lazarus Sidwell, der Nachfahre von Sir Andrew, und Francis Stray, mein Freund, der Mathematiker."

„Und Daisy." Alex deutete auf die nächste Zeile. Als Gabe es nicht aufschrieb, fügte er an: „Sie wusste es, also ist sie verdächtig. Wir sollten ermitteln."

„Sollten wir", sagte Willie träge. „Ich möchte ohnehin mit ihr sprechen. Ich will herausfinden, ob sie Huon angerufen und sich gestern Nacht mit ihm im Club getroffen hat."

Alex fuhr herum, um sie besser zu sehen. „Sie wollte mit einem Mann ausgehen, den sie kaum kennt? Ganz zu schweigen davon, dass ihr ihn alle für einen dreisten Tunichtgut haltet?"

„Aber er ist gewissermaßen gut aussehend. Stimmt das nicht, Sylvia?"

Ich sah keinen Grund, mich der Neckerei nicht anzuschließen. „Sehr gut aussehend. Und ich bin mir nicht ganz sicher, ob er ein Tunichtgut oder dreist ist. Ich glaube, er verhüllt nur die Tatsache, dass er ziemlich intelligent und empfindsam ist."

Alex und Gabe sanken beide im Sofa zusammen.

Willie nahm den Notizblock und Bleistift von Gabe und schrieb Daisys Namen auf. „Mit ihr fangen wir an."

Gabe nahm Block und Stift zurück. „Daisy ist keine Verdächtige."

Cyclops räusperte sich, um unsere Aufmerksamkeit zu bekommen. „Der Eindringling ist jemand, der nicht wusste, dass der Professor oben lebt. Obwohl wir jetzt wissen, dass seine Wohnung schalldicht ist, ist es unwahrscheinlich, dass das jemand anderes weiß. Daher nehme ich an, dem Dieb war nicht mal bewusst, dass er hier war. Die angewandten Methoden verlangten keine Kraft oder besondere Intelligenz. Wir haben es hier nicht unbedingt mit kriminellen Genies zu tun. Sie haben das Fenster und die Vitrine eingeschlagen, sich das Buch geschnappt und sind durch die Eingangstür abgehauen. Das bedeutet, der- oder diejenige ist nicht unbedingt dumm, aber es gab keine Veranlassung, die Dinge übermäßig kompliziert zu gestalten."

Gabe machte sich ein paar Notizen auf dem Block. „Wir fangen mit Trevelyan an."

Nachdem wir unseren Tee ausgetrunken hatten und die Polizei gegangen war, gingen Willie und Alex vor Gabe und mir aus der Crooked Lane. Gabe hatte vorgeschlagen, dass ich mich ihnen anschloss, da das Manuskript in meinem Interesse war. Es war eine seltsame Bitte, aber eine willkommene. Ich stürzte mich auf die Gelegenheit. Mir fiel auf, dass er wartete, bis Cyclops gegangen war, bevor er es vorschlug. Ich vermutete, meine

Anwesenheit würde nicht die Zustimmung von Scotland Yard erhalten.

Gabe bedeutete mir, dass wir langsamer gehen sollten, und die anderen beiden vorauseilen lassen. Ich dachte, das wäre, damit sie nachsehen konnten, ob die Luft rein war, bevor Gabe aus der Gasse ging, aber dann wurde mir klar, dass er etwas zu mir sagen wollte, ohne dass mitgehört wurde.

„Ich weiß, warum Willie gestern da war", sagte er. „Ich weiß, dass sie dir von meiner Entscheidung erzählt hat, die Dinge mit Ivy zu beenden, und ich weiß, dass sie dir das zum Vorwurf macht." Er blieb ganz stehen, darum blieb auch ich stehen. Er schaute mir in die Augen, bis ich die Verbindung abbrach und wegsah. „Es tut mir leid, Sylvia. Ich hätte mir denken können, dass sie meine Anweisung missachten würde, sich fernzuhalten. Ich hoffe, sie hat dich nicht zu sehr bedrängt."

„Tatsächlich haben wir uns irgendwie verständigt. Professor Nash ist ein guter Vermittler, und er hat erklärt, dass du nicht die Art Mensch bist, die übereilte Entscheidungen trifft und dass es etwas gewesen sein muss, über das du schon seit einiger Zeit nachdenkst."

„Ich habe versucht, ihr das zu sagen, aber sie wollte nicht hören."

„Vermutlich hat sie gar nichts von dem gehört, was du gesagt hast, weil ihre Wut zu laut war. Sie war ziemlich neben sich, als sie ankam." Ich ging weiter, bevor die anderen bemerkten, dass wir zurückgefallen waren. „Mach Willie nicht zum Vorwurf, dass sie Willie ist. Sie beschützt dich, weil sie dich liebt. Du hast großes Glück, sie zu haben."

„Ich weiß. Normalerweise ist sie nicht so schlimm – sie hat selbst ein ziemlich trubeliges Leben – aber mit den Entführungsversuchen ist sie einfach mehr um mich herum."

Willie und Alex waren durch den schmalen Eingang aus der Gasse gegangen, aber nicht in das Automobil gestiegen. Sie standen beide da, blockierten den Eingang, überprüften die Umgebung.

„Ist bei *dir* alles in Ordnung?", fragte ich Gabe.

Er blinzelte überrascht. „Niemand sonst hat mich das gefragt. Vielen Dank. Und ja, es wird schon in Ordnung sein, sobald sich der Staub legt. Bis dahin ..." Er lächelte mich grimmig an. „Ich konzentriere mich darauf, das Manuskript zurückzubekommen."

„Ich habe über den Aufruhr draußen vor der Fabrik von Hobson und Son heute Vormittag in der Zeitung gelesen. Ich hoffe, dort ist alles in Ordnung."

„Genau wie ich. Alex und ich haben das gerade in der Bibliothek besprochen. Er glaubt, ich sollte sie nicht mehr aufsuchen, aber ich dachte, ich sollte sehen, ob Ivy betroffen ist. Ich fühle mich schuldig, dass ich zu ihren Problemen beigetragen habe, aber er glaubt, ein sauberer Bruch ist das Beste für alle."

Ich dachte, dass Alex da recht hatte, aber ich nahm auch an, dass Gabe versuchte, mit der Situation so gut wie möglich umzugehen wie ein Gentleman. „Weißt du, worum es bei dem Vorfall vor der Fabrik ging?"

„Nein."

Alex drängte uns durch den Eingang der Gasse zum geparkten Automobil. Er stand auf einer Seite von Gabe, während Willie auf der anderen stand, die Hand in die Jackentasche geschoben. Ich nahm an, sie würde auf der Waffe liegen, bereit, sie jeden Augenblick herauszureißen. Seit dem ersten Entführungsversuch waren sie vorsichtig und beschützerisch gewesen, aber das hatte mit der Zeit nachgelassen. Diese Bemühungen waren neu.

Als er sah, wie ich den Blicken seiner Gefährten folgte, während sie die Straße auf und ab wanderten, erklärte Gabe den Grund. „Jemand ist uns heute Vormittag von zu Hause gefolgt, aber offensichtlich wieder gegangen."

Willie öffnete die vordere Fahrertür des Hudson Super Six von Gabes Eltern. „Die könnten gleich um die Ecke sein und darauf warten, dass du aufbrichst. Los, rein mit dir." Sie deutete auf den Beifahrersitz. „Ich fahre."

Alex hatte gerade am Motor kurbeln wollen und richte sich plötzlich auf. „Nein, machst du nicht! Du fährst, als gäbe es sonst niemanden auf der Straße."

„Das ist der einzige Weg, um sich den Respekt der anderen Fahrer zu verdienen."

„Auf den Rücksitz mit dir. Ich nehme das Lenkrad."

Während Alex an der Kurbel drehte, stieg Gabe auf dem Vordersitz ein, und ich auf dem Rücksitz. Willie wartete, an Gabes Tür, bis Alex bereit war, dann schlüpfte sie neben mir rein.

„Ist es wieder dieser Journalist?", fragte ich, während wir abfuhren. Während der letzten Ermittlung hatte ein Reporter Gabes Haus beobachtet und war ihm gefolgt. Albert Scarrow war nicht der einzige Journalist, der daran interessiert war, mehr über Gabes sogenanntes Glück herauszufinden, doch er war es nicht. Er wusste nicht, wo Gabe wohnte.

„Nein", sagte Alex. „Gabe hat diesen Kerl letzte Woche zur Rede gestellt. Er ist nicht zurückgekehrt."

Willie ließ die Knöchel knacken.

Ich starrte sie an. „Ich verstehe", murmelte ich.

Gabe drehte sich um, um seine Cousine anzustarren. „Ich habe gedroht, die Polizei zu rufen. Die Konfrontation war nicht gewalttätig, ganz gleich, was sich Willie gern vorstellt."

Sie spähte durch das Rückfenster und beobachtete die Fahrzeuge. Offensichtlich nahmen sie alle an, dass die Person, die ihnen folgte, der Entführer war, kein Journalist.

„Könnte es Scarrow sein?", fragte ich. „Vielleicht hat er endlich herausgefunden, wo du wohnst." Tatsächlich war es seltsam, dass Albert Scarrow nicht zur Bibliothek zurückgekehrt war, um auf Gabe zu warten. Ich bezweifelte, dass er so leicht aufgab. Wo war er also?

„Ich bin mir nicht sicher, ob Scarrow intelligent genug ist, um diese Information aufzutun", sagte Gabe. „Sein Fotograf allerdings ist eine ganz andere Sache. Er hat einen scharfen Verstand."

Ich beobachtete Willie, während sie die Fahrzeuge hinter uns beobachtete. „Du hast Cyclops gesagt, dass es eine Verbindung zwischen den Zeitungsberichten gibt, wenn du an Ereignissen teilnimmst, und den Entführungsversuchen. Aber jetzt scheint es, als würde dir jemand von zu Hause aus folgen." Ich beäugte Gabe im Profil. „Hast du einen Inspektor von Scotland Yard angelogen?"

„Ich wollte nicht, dass er sich Sorgen macht", sagte Gabe.

Alex knurrte. „Dir ist schon klar, dass er weiß, dass wir gelogen haben."

„Er ist wieder da!", rief Willie. „Der gleiche Ford."

„Alle festhalten!"

Alex fuhr schneller und huschte um das langsame Fahrzeug vor uns. Er schob sich zwischen Automobilen und Pferdekutschen durch und bog in Straßen ab, die uns weg von Mr. Trevelyans Atelier führten, anstatt dorthin. Er war ein hervorragender Fahrer. Anders, als wenn Willie fuhr, hatte ich nie das Gefühl, dass er gleich mit einem weiteren Fahrzeug zusammenstoßen würde, obwohl ich gerne festgeschnallt gewesen wäre. Hätte ich mich nicht am Sitz vor mir festgehalten, wäre ich überall hingeflogen.

Willie stieß ein Johlen aus. „Abgehängt!"

Wir fuhren langsamer und bogen um ein paar weitere Ecken, bis wir auf der Straße ankamen, an der sich Mr. Trevelyans Atelier befand. Alex fuhr das Automobil an den Bürgersteig und parkte.

Gabe nahm Alex' Hut, der während der Fahrt abgefallen war. „Hättest du zugelassen, dass ich ihn zur Rede stelle, hätten wir das nicht tun müssen."

Willie klopfte Alex auf die Schulter. „Aber es hat mehr Spaß gemacht."

Alex blieb beim Automobil, doch Willie stieg aus, um mit Gabe und mir in das Atelier zu gehen. Er hatte allerdings eine andere Vorstellung.

„Such die nächste öffentliche Telefonanstalt und ruf zu Hause an. Bitte Murray, zu Barratts Haus zu gehen und ihn den ganzen Tag zu beobachten. Wenn er der Dieb ist, könnte er sich vielleicht mit einem Käufer treffen."

„Murray würde es gefallen, aus dem Haus zu kommen", sagte sie nickend.

„Dann will ich, dass du hierbleibst, nachdem wir gehen, und Trevelyan folgst."

„Was ist mit Francis Stray?", fragte ich. Unser vierter Verdächtiger, Lazarus Sidwell, wohnte nicht in London, darum würde es nicht möglich sein, jemanden zuzuteilen, der ihn beobachtete. Wenn man bedachte, dass er ein Einzelgänger war, konnte ich mir sowieso nicht vorstellen, dass er der Dieb war.

„Francis ist mein Freund. Wir reden mit ihm, aber ich bezweifle, dass er der Dieb ist."

Willie brach mit hüpfendem Schritt auf, während Gabe und ich das Gebäude betraten und hinauf in Mr. Trevelyans Atelier gingen. Er ließ uns nicht sofort hinein. Er blockierte den Eingang mit einem Unterarm auf dem Türrahmen in Schulterhöhe, eine Zigarette hing zwischen seinen Fingern.

Sein Blick huschte über Gabe und blieb an mir hängen. „Das ist eine Überraschung. Womit habe ich das Vergnügen verdient?"

„Dürfen wir reinkommen?", fragte Gabe mit untypischer Direktheit.

Mr. Trevelyan zögerte kurz, dann tat er zur Seite. „Aber bitte." Er schob sich die Zigarette in den Mund und räumte rasch den Schreibtisch auf, sammelte lose Fotografien zusammen und gab sie in eine Schublade.

Von den kurzen Blicken, die ich erhascht hatte, zeigte jede Fotografie die gleiche Frau, ein hübsches Mädchen in etwa meinem Alter, die verführerisch zurück zur Kamera blickte. Sie war auf allen Bildern voll angezogen, doch ihr Rock war kurz und ihre Schultern waren entblößt. Sie war wohl eine Privatkundin. Ich hatte gedacht, dass er nur Bilder für Zeitungen machte, aber es schien, als hätte ich mich geirrt.

Er schnippte die Asche vom Ende seiner Zigarette in einen Aschenbecher an der Ecke des Schreibtisches. „Sie haben das Buch nicht dabei, darum nehme ich nicht an, dass Sie hier sind, um mich zu bitten, eine weitere Markierung zu fotografieren."

„Das Manuskript wurde letzte Nacht aus der Glass-Bibliothek gestohlen", sagte Gabe.

Mr. Trevelyan kam nicht aus dem Tritt, während er an seiner Zigarette zog und Rauch zur Decke blies. „Und Sie glauben, ich hätte es getan."

„Haben Sie das?"

Mr. Trevelyan schüttelte den Kopf. „Nein, aber ich erwarte nicht, dass Sie mir glauben." Er machte eine ausladende Geste mit der Hand. „Sehen Sie sich um. Ich entwickle gerade nichts, also können Sie auch drinnen nachsehen."

Ich suchte im Entwicklungsraum, während Gabe sich im

vorderen Büro umsah. Ich konnte hören, wie er Mr. Trevelyan befragte, während er suchte.

„Wo waren Sie gestern Nacht?"

„Hier bis um etwa ein Uhr früh, da bin ich nach Hause gegangen. Ich wohne in einer Wohnung ein Stück die Straße runter."

„Hat irgendjemand Sie hier weggehen und dort ankommen sehen?"

„Ich habe nicht mit jemandem gesprochen oder jemanden gesehen, den ich kannte. Es war spät."

„Arbeiten Sie immer so lange?"

„Manchmal."

„Hat jemand Sie hier besucht, oder in Ihrer Wohnung, während der Nacht?"

Es kam ein leichtes Zögern, bevor Mr. Trevelyan antwortete. „Nein."

„Haben Sie das Buch vor irgendwem erwähnt?"

„Nein."

Ich beendete meine Suche und schloss mich den Männern an. Ich schüttelte den Kopf vor Gabe. Wenn Mr. Trevelyan das Buch gestohlen hatte, hatte er es entweder anderswo versteckt oder es bereits verkauft. Wenn er einen Käufer am Haken gehabt hatte, war es möglich, dass er sich des Buches gestern Nacht oder heute früh bereits entledigt hatte.

Unten sprachen Gabe und ich mit den Ladenbesitzern, deren Läden in unmittelbarer Umgebung waren. Zwei von ihnen wohnten über ihren Läden, ihre Behausungen teilten sich Wände mit Mr. Trevelyans Atelier. Einer behauptete, während der Nacht von Stimmen geweckt worden zu sein, die aus dem Atelier kamen.

„Es haben ein Mann und eine Frau gesprochen", sagte er.

„Geschrien?", fragte Gabe.

„Nur gesprochen. Diese Wände sind dünn, und die Geräusche kommen durch, aber nicht genug, dass man hätte verstehen können, was sie sagten. Ich bin eine Weile wach geblieben, und dann, als ich hörte, wie die Tür sich schloss, habe ich aus dem Fenster gesehen. Ich habe die Frau gehen sehen."

„Um was für eine Uhrzeit war das?"

„Fast drei."

„Hatte sie etwas bei sich?"

„Eine kleine Tasche." Er deutete die Größe mit der Hand an. Es war groß genug, um das Medici-Manuskript zu enthalten.

Wir kehrten zurück, um Mr. Trevelyan mit den neuen Informationen zur Rede zu stellen.

„Sie haben behauptet, niemand wäre letzte Nacht hier gewesen", sagte Gabe. Er blieb an der Tür, blockierte den Ausgang. „Wir wissen, Sie hatten eine Besucherin."

Mr. Trevelyan gab ein humorloses Lachen von sich. „Sehr gut, Herr Detektiv."

„Wir wissen auch, dass sie beim Gehen eine Tasche dabei hatte."

Mr. Trevelyan drückte seine Zigarette im Aschenbecher aus und blies Rauch durch die Nase. „Hat der Zeuge Ihnen auch erzählt, dass meine Besucherin mit diesem Gegenstand angekommen ist?"

Gabe blieb still.

„Wenn sie damit angekommen ist, wie kann es das Buch sein, wenn Sie annehmen, ich hätte es gestohlen und ihr überlassen?" Er griff in die oberste Schublade des Schreibtisches.

„Halten Sie Ihre Hände dort, wo ich sie sehen kann", fuhr Gabe ihn an.

Mr. Trevelyan hob die Hände. „Miss Ashe, wären Sie bitte so freundlich, die Fotografien herauszunehmen."

Ich öffnete die oberste Schublade und zog die Fotografien heraus, die die hübsche Frau mit dem verführerischen Blick zeigten. Auf jeder posierte sie ein bisschen anders. Auf einer schaute sie über die Schulter. Auf einer anderen hob sie das Kinn mit der eigenen Hand. Mal stand sie und ihr ganzer Körper war sichtbar, mal zeigten die Bilder nur ihr Gesicht. Ich reichte sie alle Gabe.

„Sie hat mein Nachbar letzte Nacht sprechen hören", sagte Mr. Trevelyan. „Die habe ich am frühen Morgen entwickelt. Sie wird sie um zwei Uhr nachmittags abholen, wenn Sie ihr Fragen stellen möchten."

„Weshalb war sie so spät da?", fragte Gabe.

„Sie will ein Star werden. Bühne oder Leinwand, das ist ihr gleich." Mr. Trevelyan nahm das Zigarettenetui aus seiner

Jackentasche und zog eine heraus. Uns bot er keine mehr an. „Dafür braucht sie professionelle Fotografien. Da sie ein hart arbeitendes Mädchen mit zwei Anstellungen ist, konnte sie zu keiner anderen Zeit kommen. Während des Tages arbeitet sie in der Parfümabteilung eines großen Handelshauses, und nachts ist sie Bedienung in einem Club. Ihre Mittagspause ist nicht lang genug, um den ganzen Weg hierher und wieder zurückzukommen, zusätzlich zu der Zeit, die nötig ist, um sie zu fotografieren." Er nahm die Fotografien zurück und deutete auf den Federkopfschmuck, den sie auf der obersten trug. „Sie hatte ihre eigenen Requisiten dabei. Wenn der Zeuge sie gesehen hätte, als sie angekommen ist, hätte er gesehen, wie sie ihre Tasche in mein Atelier trägt."

„Weshalb so verschwiegen?", fragte Gabe. „Weshalb haben Sie uns nicht früher von ihr erzählt?"

„Weil ich nicht gedacht habe, dass Sie mir glauben würden, dass das ein unschuldiges Arrangement war, und ich wollte nicht, dass Miss Ashe schlecht von mir denkt."

„Ist das so?"

Mr. Trevelyan kniff die Augen zusammen. „Ich verlange von jedem denselben Preis. Darunter jenen, die mitten in der Nacht kommen." Er setzte sich auf die Schreibtischkante und musterte die oberste Fotografie. „Manche von ihnen wollen verzweifelt berühmt werden. Diese Verzweiflung macht sie verletzlich gegenüber skrupellosen Männern, von Regisseuren und Produzenten am Ende des Prozesses bis ganz hinab zu den Fotografen, die am Anfang stehen. Ich habe einige Geschichten von Mädchen gehört, die schlimm ausgenutzt wurden. Manchmal wurden sie einfach nur hereingelegt, um ihnen eine Menge Geld abzuknöpfen – mehr, als sie sich leisten konnten. Andere Male … nun ja, sagen wir einfach, diese Geschichten lassen es mir übel werden."

Sollten wir ihm glauben, war er ein guter Mann. Ich wollte ihm wirklich glauben, aber ich war noch nicht bereit, ihn als Verdächtigen fallen zu lassen. Nicht, ohne mit der Frau gesprochen zu haben, die auf den Fotografien war.

„Wie heißt sie?", fragte ich.

„Madge Dowd. Wie ich sagte, Sie können sie hier um zwei Uhr treffen."

Gabe nickte knapp und öffnete die Tür. „Sie können uns erwarten. Eines noch, haben Sie in den letzten paar Tagen Scarrow gesehen?"

Mr. Trevelyan schüttelte den Kopf, während er einen Rauchring ausblies. „Nicht seit jenem Morgen, an dem wir vor der Bibliothek mit Miss Ashe gesprochen haben. Ich glaube nicht, dass Sie da viel zu befürchten haben." Er tippte sich an die Schläfe. „Er ist nicht die hellste Kerze auf der Torte. Es ist unwahrscheinlich, dass er herausbringt, wo Sie wohnen."

„Er könnte Hilfe bekommen."

„Von mir bekommt er sie nicht. Ich glaube nicht daran, einen Kerl bei sich zu Hause zu bedrängen oder seine Freunde zu verhören, um Antworten zu bekommen. Keine Sorge, Glass. Was immer Ihr Geheimnis ist, vor jemandem wie Albert Scarrow ist es sicher."

Wir ließen ihn die Fotografien von Madge Dowd mustern, während er rauchte, und gingen die Stufen hinab. An Gabes entschlossenen Schritten konnte ich erkennen, dass ihm etwas eingefallen war, das er mir unbedingt erzählen wollte.

Er wartete allerdings damit, bis wir Alex mitgeteilt hatten, was wir erfahren hatten. „Aber was, wenn er lügt?", schloss er.

„Über Madge?", fragte ich.

Er nickte. „Seine Geschichte einer aufstrebenden Schauspielerin, die mitten in der Nacht Fotografien machen lässt, ist schon seltsam."

Alex stimmte zu. „Keine Frau, die etwas auf sich hält, würde einen Mann allein um diese Zeit aufsuchen, außer sie ist seine Geliebte, oder er nutzt sie aus. Wenn ihr glaubt, dass er ehrenhaft ist, und genauso sie, dann müsst ihr annehmen, dass sie letzte Nacht nicht gekommen ist."

Gabe wirkte triumphierend, aber ich folgte nicht ganz. „Also legt ihr nahe, dass die Frau, die der Zeuge gehört hat, nicht Madge Dowd war?", fragte ich.

„Das tue ich", sagte Gabe. „Ich glaube, es war eine Käuferin für das Manuskript."

„Weshalb hat er dann vorgeschlagen, dass wir herkommen,

um mit Madge zu reden? Er riskiert, dass sie uns die Wahrheit sagt."

Er schaute auf seine Taschenuhr. „Jetzt ist es elf. Das lässt ihm genug Zeit, sie anzurufen und ihr zu befehlen, zu lügen und zu sagen, dass sie letzte Nacht hier war." Er steckte die Taschenuhr wieder in die Westentasche. „Nehmen wir an, es war eine Frau hier, und es war nicht Madge. Die Frau hat sehr wahrscheinlich Trevelyan das Manuskript abgekauft, nachdem er es gestohlen hatte."

Meine Gedanken sprangen sofort zu der einzigen Frau, die wir kannten, die ein Interesse an magischen Gegenständen hatte und skrupellos genug war, um sie mit zweifelhaften Methoden zu erstehen.

Ich keuchte. „Lady Stanhope!"

Gabe kam etwas vor mir zum selben Schluss. Sein Lächeln ließ nicht nach, während er beobachtete, wie ich dort ankam. „Ich glaube, wir müssen sie aufsuchen."

KAPITEL 10

Ich nahm an, die meisten Leute fühlten sich geehrt, wenn Lady Stanhope sie so anlächelte, wie sie Gabe im Salon ihres Stadthauses in Mayfair anlächelte. Sie war immerhin gesellschaftlich wichtig, reich und eine Vicomtesse. Das Lächeln hob auch ihre Züge an, was jenen um sie in Erinnerung rief, dass sie in ihrer Jugend eine Schönheit gewesen war.

Gabe war keiner dieser Menschen, wenn man nach der Kühle in seiner Begrüßung ging. Da Lady Stanhope ihr Lächeln nicht auf mich richtete, war ich auch ziemlich wenig davon betroffen.

Sie schob ihren Arm durch den von Gabe, obwohl er ihn ihr nicht angeboten hatte, und lotste ihn zum Sofa. Sie setzte sich neben ihn. Ich hätte mich neben sie setzen können, doch ich beschloss, stattdessen einen Sessel gegenüber zu nehmen. Es war leichter, sie aus der Ferne zu beobachten.

„Ich freue mich so, Sie zu sehen, Mr. Glass."

Gabe blickte betont in meine Richtung.

Lady Stanhope wandte ihr Lächeln zum ersten Mal mir zu, obwohl es sichtlich angespannt war. „Sie haben Ihre Bibliothekarin dabei, wie ich sehe. Sind Sie interessiert an der Bibliothek meines Mannes, Miss …?"

„Ashe", sagte ich. „Gabe und ich sind wegen eines Buches hier, ja, obwohl es nicht Ihrem Mann gehört."

„Wir sind in offizieller Angelegenheit hier", sagte Gabe. „Ich wurde von Scotland Yard engagiert, um im Diebstahl eines Buches aus der Glass-Bibliothek zu ermitteln. Miss Ashe steht mir zur Seite."

„Was für ein ungewöhnliches Arrangement. Weiß Ivy davon?" Es war leichtfertig gesprochen, fast scherzhaft, aber keiner lachte.

Genauso wenig setzte sie Gabe über die Veränderung seiner Beziehung zu Ivy in Kenntnis. „Wo waren Sie letzte Nacht, Ma'am?"

Lady Stanhope nahm die Frage ohne Zögern entgegen, diesmal lachte sie. „Herr im Himmel, Sie glauben doch nicht, ich hätte das Buch genommen? Weshalb sollte ich das tun? Ich lese nicht mal besonders gern."

„Es ist ein wertvolles Buch."

Sie wirkte beleidigt. „Halten Sie uns für arm?"

„Dieses Buch hat eine Verbindung zu Magie."

„Das wäre auch der Grund, weshalb es in der Glass-Bibliothek stand, nehme ich an."

„Bitte beantworten Sie die Frage, Lady Stanhope. Wo waren Sie letzte Nacht?"

„Auf Lord und Lady Prestertons Ball. Ich war den ganzen Abend dort und bin um etwa drei Uhr dreißig nach Hause gekommen."

Ich dachte, Gabe würde die Fragen an dieser Stelle sein lassen, doch er drängte weiter. „Dürfen wir mit Ihrem Chauffeur sprechen?"

Sie empörte sich. „Sie treiben es zu weit, Mr. Glass."

„Sie wurden erst kürzlich dabei erwischt, wie Sie magische Künstler täuschen wollten. Es scheint für Scotland Yard, dass Sie von Magiern hergestellte Werke begehren. Da das Buch nicht zum Verkauf stand, haben Sie es vielleicht auf sich genommen, andere Mittel zu finden, um es zu erstehen."

Sie breitete die Finger auf dem Schoß aus, als würde sie etwas suchen, das sie packen konnte. Ihr ganzer restlicher Körper wurde reglos. „Ich bin weder eine Diebin noch Schwindlerin. Was die Gemälde betrifft, ich war der Gnade eines skrupellosen Kerls ausgesetzt, der mich ausgenutzt hat."

Der Ausdruck, den Gabe ihr zuwandte, war voller Skepsis,

aber er sagte ihr nicht, dass er ihr nicht glaubte. „Wir finden den Chauffeur in der Garage, nehme ich an."

Lady Stanhopes Nicken war knapp. „Huggins wird Sie begleiten." Sie zog an der Klingelschnur. „Ich werde Ihnen das verzeihen, Mr. Glass, aber nur, weil Ivy für mich eine gute Freundin geworden ist. Wenn ich sie nächstes Mal sehe, werde ich natürlich erzählen, dass Sie hier waren … mit Miss Ashe."

„Tun Sie das gerne. Ivy hat unsere Verlobung aufgelöst, darum wird es ihr nichts ausmachen, mit wem ich bei einer Ermittlung zusammenarbeite."

„Aber … ich habe sie doch erst gestern getroffen! Sie hat es nicht erwähnt."

Er erwiderte nichts.

Sie runzelte die Stirn. „Sie sagten, *sie* hätte es beendet?"

„Sie sollten mit ihr reden, wenn Sie ihre Seite der Geschichte hören wollen."

Der Butler trat ein, und sie gab ihm Anweisung, uns zum Chauffeur zu bringen. Ihre Gedanken waren allerdings nicht bei der Aufgabe. Sie runzelte weiter die Stirn. Bevor Gabe und ich gingen, hielt sie ihn mit einer Hand auf dem Arm auf. „Die Beendigung Ihrer Verlobung mit Ivy kommt zu einer sehr schweren Zeit für die Familie Hobson. Haben Sie heute die Zeitung gelesen?"

„Habe ich. Ich helfe ihnen natürlich, falls sie das brauchen. Unsere Verlobung mag beendet sein, aber das heißt nicht, dass ich ihrer Familie Schlechtes wünsche, oder ihr."

„Ich hoffe, sie werfen diese Aufständischen sehr lange ins Gefängnis."

„Es war ein Protest, kein Aufstand, und dazu noch ein friedlicher. Ich bin sicher, der Grund dafür wird bald ans Licht kommen."

„Was für einen Grund könnte es denn geben, außer Neid auf eine hart arbeitende Familie, die vorangekommen ist?" Sie warf mir einen Blick unter gesenkten Lidern zu und trat näher an Gabe. „Ich werde mit Ivy reden. Ihr beiden werdet bald wieder zusammen sein, da bin ich sicher. Ihr passt perfekt zusammen."

Gabe löste sich aus ihrem Griff, und wir folgten Huggins. Gabe war still, und ich fragte mich, ob er über den Fehler in seinem Plan nachdachte. Indem er Ivy gestattete, allen zu sagen, dass sie die Beziehung beendet hatte, würde er sich damit herumschlagen müssen, dass die Leute ihr Mitgefühl aussprachen und Wege vorschlugen, wie er ihre Gunst wiedergewinnen konnte.

Laut des Chauffeurs hatte er Lord und Lady Stanhope zum Ball gefahren und sie dann ungefähr um drei Uhr dreißig nach Hause gebracht. Dazwischen hatte es keine anderen Fahrten gegeben. Das bedeutete nicht, dass Lady Stanhope kein Taxi zu Mr. Trevelyans Atelier genommen haben konnte. Tatsächlich wäre es klug, anonym zu reisen, falls sie vorhatte, ihm das Buch abzukaufen.

„Wir könnten die Leute, die den Ball abgehalten haben, fragen, ob sie sie während des Abends gehen sahen", sagte ich, während wir die Garage in den alten Stallungen verließen.

Gabe schüttelte den Kopf. „Das werden sie uns nicht sagen, selbst wenn sie gegangen und zurückgekommen ist. Diese Leute passen aufeinander aus. Sie werden nicht vor uns plaudern."

„Selbst wo du doch der Sohn eines Lords bist?"

Er grinste. „Meine Eltern haben sich nicht groß mit Leuten aus der Gesellschaft abgegeben, und mir haben sie das auch nie aufgezwungen."

„Ich schätze, für jemanden wie Lady Stanhope erscheint das gewiss unkonventionell."

„Und die Hobsons. Bälle und Gesellschaften werden gerade erst wieder abgehalten, jetzt, da der Krieg hinter uns liegt, aber Mrs. Hobson verstand nicht, weshalb ich nicht gehen wollte, selbst wenn ich eingeladen war."

„Und Ivy? Hat sie es verstanden?"

„Sie hat nie was gesagt."

Das war nicht dasselbe wie Verständnis, aber ich erklärte das nicht. Ich nahm an, das wusste er.

* * *

FRANCIS STRAY ARBEITETE in der mathematischen Fakultät des University College, das in der Gower Street, Bloomsbury, nicht weit von dort entfernt gelegen war, wo ich früher bei der Bibliothek der London Philosophical Society gearbeitet hatte. Er war gerade zwischen zwei Unterrichtsstunden und lud uns in sein Büro ein. Obwohl es klein war, war es aufgeräumt. Tatsächlich war es so ordentlich, dass es aussah, als hätte überhaupt niemand Zeit dort verbracht. Die Bleistifte waren alle auf einer Seite des Schreibtisches ausgerichtet, perfekt parallel, und der Block war zentriert, der Rand an den Bleistiften ausgerichtet. Die Bücherregale waren nach Thema und dann nach Autorenname geordnet. Jedes stand aufrecht. Wo es eine Lücke gab, war eine Buchstütze angebracht, damit die Bücher nicht schräg standen.

Mr. Stray lächelte nicht, als er uns begrüßte, aber an der Art, wie er Gabe herzlich die Hand schüttelte, wurde klar, dass er ihn gerne sah. Mr. Stray nahm auch meine Hand und lud uns ein, uns hinzusetzen. „Ich habe nicht erwartet, dich so bald wiederzusehen, Gabe. Gab es einen Durchbruch mit der Chiffre des Buches?"

„Ich fürchte, nein." Gabe beugte sich vor und sah Mr. Stray entschuldigend an. „Es tut mir leid, aber ich muss dich bitten, deine Bewegungen letzte Nacht darzulegen. Es ist nämlich so, dass das Medici-Manuskript aus der Bibliothek gestohlen wurde."

Mr. Strays Augenbrauen gingen nach oben. Es war der erste wirkliche Gesichtsausdruck, den ich je bei ihm gesehen hatte. „Das sind schreckliche Nachrichten." Er spielte mit einem der Bleistifte, drehte ihn in eine Richtung und dann die andere, bevor er ihn wieder gerade richtete. Er schien sich seiner Bewegungen nicht bewusst zu sein. „Ich verstehe, weshalb ihr mich befragen müsst, wo ich letzte Nacht war. Ich bin wohl einer der wenigen Menschen außerhalb der Bibliothek, die von seiner Existenz wissen."

„Dein Verständnis macht es nicht leichter für mich, hier zu sein. Auf gewisse Weise macht es das schwerer."

Mr. Stray runzelte die Stirn. „Also *das* verstehe ich jetzt nicht."

Gabe lächelte. „Ach, egal. Dein Alibi?"

„Ich habe keins. Ich war den ganzen Abend allein in meinen Räumlichkeiten." An mich gerichtet fügte er hinzu: „Ich lebe auf dem Campus."

„Sind Sie sicher, dass Sie niemand gesehen hat?", fragte ich. „Ein Nachbar oder Freund aus der Fakultät? Eine Reinemachefrau vielleicht."

Er schüttelte den Kopf. „Es tut mir leid."

„Sie müssen sich nicht entschuldigen. Es ist schade, dass Sie niemand gesehen hat, aber ich bin sicher, das kommt schon in Ordnung. Wie Gabe sagte, wir sind sicher, dass Sie es nicht getan haben."

„Aber Sie müssen mich immer noch als Verdächtigen betrachten. Ich habe das Medici-Familienwappen in dem Buch gesehen, und ich weiß, dass es bestimmt wertvoll ist. Schließen Sie mich noch nicht aus. Das wäre klug."

Ich hätte gelacht, hätte er nicht so ernst ausgesehen.

Gabe kämpfte weiter mit einem Lächeln. Er schien nicht überrascht über die Reaktion seines Freundes darauf, verdächtigt zu werden. „Hast du das Buch vor sonst jemandem erwähnt, Francis?"

„Nein. Du hast mich gebeten, das nicht so tun, also habe ich es nicht getan." Er klang nüchtern, und nicht beleidigt. Ich nahm an, Mr. Stray verstand ebenfalls, warum diese Frage gestellt werden musste, und wäre besorgt gewesen, wäre sie nicht gestellt worden.

Mr. Stray brachte uns an die Tür, aber es war klar, dass ihn etwas besorgte. Er schaute uns nicht in die Augen, und er wollte auch die Tür nicht öffnen.

„Stimmt etwas nicht, Francis?", fragte Gabe schließlich.

Mr. Stray kaute auf seiner Unterlippe.

„Hat es mit dem gestohlenen Buch zu tun?"

Mr. Stray schaute plötzlich auf. „Nein!"

„Was ist es dann? Du kannst es uns sagen. Wir sind befreundet."

„Ja. Ja, das sind wir. Und Freunde sollten einander sagen, wenn eine Unterhaltung ihnen Sorgen bereitet, selbst wenn diese Unterhaltung vertraulich sein sollte." Mr. Stray wischte sich die Handfläche am Hosenbein ab und schaute wieder weg. „Ich sollte dir das wirklich nicht sagen, aber ..."

Gabe hatte eine riesige Geduld. Ich wollte Mr. Stray an den

Schultern packen und ihn schütteln, bis er redete, aber Gabe wartete einfach darauf, bis sein Freund bereit war.

„Vielleicht sollte Miss Ashe den Raum verlassen", sagte Mr. Stray.

„Ich werde es ihr ohnehin sagen, also kann sie auch gleich bleiben."

Mein Herz flog. „Ich werde es vor niemandem wiederholen", versicherte ich ihnen beiden.

Mr. Stray schluckte. „Mein befehlshabender Offizier hat mich gestern aufgesucht."

„Von deiner Zeit beim militärischen Geheimdienst?", fragte Gabe.

Mr. Stray nickte.

„Während des Krieges war Francis ein Codebrecher", erklärte mir Gabe. „Er hat den Code des Zimmerman-Telegramms geknackt."

„Ich war einer in einer Reihe von Codebrechern, die darauf abgestellt waren", erklärte Mr. Stray.

Ich erinnerte mich, als das Telegramm öffentlich gemacht worden war. Die Kommunikation aus Deutschland zu entschlüsseln und zu veröffentlichen, hatte letztlich die Vereinigten Staaten in den Krieg gezogen. Es war ein entscheidender Durchbruch des britischen Militärgeheimdienstes gewesen. „Das ist beeindruckend. Kein Wunder, dass Gabe wollte, dass Sie sich das Medici-Manuskript ansehen."

Mr. Stray wurde rot. „Ich wünschte, ich hätte helfen können."

„Wollte dein befehlshabender Offizier, dass du wieder mit ihm arbeitest?", fragte Gabe.

„Nein. Er hat nach dir gefragt."

Gabe holte scharf Luft, dann stieß er sie langsam aus. „Ich verstehe." Er wirkte überhaupt nicht überrascht. Vielleicht hatte er das erwartet, wenn man bedachte, dass kürzlich das Interesse an ihm so gewachsen war. „Was genau hat er gesagt?"

„Er hat mich gefragt, wie gut ich dich kenne. Er sagte, er hätte sich deinen Hintergrund angesehen und entdeckt, dass du auf derselben Schule warst wie einer seiner ehemaligen Codebrecher. Das bin ich", fügte er zu meinen Gunsten an. „Ich habe ihm gesagt, dass wir befreundet sind. Er hat dann gefragt, ob mir irgendetwas an dir einfallen würde, das mich auf den Gedanken brachte, du wärst ein Magier."

„Und?"

„Und ich habe gesagt, du wärst der Sohn einer gut bekannten Magierin. Das wusste er natürlich. Das weiß jeder. Aber du hast nie behauptet, ein Magier zu sein, und niemals in meiner Anwesenheit etwas Magisches getan."

„Und dann?", drängte Gabe.

„Und dann hat er mich gefragt, ob ich sicher wäre, und dass ich genau nachdenken soll. Auf was ich antwortete, dass ich natürlich sicher war. Ich habe ein perfektes Gedächtnis. Gabe, weshalb ist er so an dir interessiert?"

„Ich schätze, das liegt an einigen Artikeln, die kürzlich über mich geschrieben wurden, und die über mein Glück spekulieren."

„Ich verstehe nicht. Er ist an Wahrscheinlichkeiten interessiert?"

„Ich glaube, ist er daran interessiert, dass ich die Wahrscheinlichkeiten in den Wind schlage."

Mr. Stray nickte, als würde er verstehen, dann schüttelte er den Kopf. „Niemand kann Wahrscheinlichkeiten in den Wind schlagen. Gewiss kann es scheinen, als würde jemand gegen alle Wahrscheinlichkeit etwas tun, oder Glück haben, aber weitere Experimente beweisen immer das Gegenteil. Der Schlüssel ist, eine Menge Experimente durchzuführen, um die Größe der Probe zu erhöhen."

„Hat er sonst noch was gesagt?"

„Nein."

Gabe schien mit der Antwort zufrieden, doch ich nicht. „Wie wirkte er denn auf Sie?"

„Wirkte?" Mr. Stray warf mir einen ausdruckslosen Blick zu. „Ich weiß nicht."

Gabe legte mir eine Hand auf den unteren Rücken, was ich als Hinweis nahm, nicht noch einmal nachzufragen. Ich blieb still.

„Wie heißt denn dein befehlshabender Offizier?", fragte Gabe.

„Jakes."

Während wir die Stufen aus der mathematischen Fakultät hinabtrotteten, schaute Gabe über die Schulter, um sicherzustellen, dass Mr. Strays Bürotür geschlossen war. „Francis nimmt alles sehr wörtlich. Er versteht Stimmungen oder Tonfälle nicht. Er schien sich nie bewusst zu sein, wie man bestimmte Hinweise interpretiert, wie etwa Schweigen oder einen ausdrucksvollen Blick. Offensichtliche Gesichtsausdrücke bekommt er schon hin, aber der befehlshabende Offizier der Codebrecherabteilung des militärischen Geheimdienstes hat vermutlich gelernt, verhalten zu sein. Für jemanden wie Francis ist es dann unmöglich, irgendetwas zu interpretieren, außer das, was gesagt wurde.“

„Wie außergewöhnlich. Er wird immer interessanter, bei jedem Treffen.“

„Er ist einzigartig, das muss ich ihm zugestehen. Zu seinem Unglück ist Einzigartigkeit keine hochangesehene Qualität in der Schule. Er ist in eine Menge Schwierigkeiten geraten.“

„Schwierigkeiten, aus denen du ihm rausgeholfen hast?“

„Ich verabscheue Schulhoftyrannen.“

Er wiederholte, was Mr. Stray zu uns gesagt hatte, vor Alex im Automobil. Alex machte sich sehr viel mehr Sorgen um das Interesse des Geheimdienstoffiziers, als Gabe es zu tun schien. Er wollte den Mann, den man Jakes nannte, zur Rede stellen, um zu vermitteln, dass die Spekulationen in den Zeitungsartikeln wild und grundlos waren.

Gabe sah das anders. „Wenn wir da mit gezogenen Waffen reinlaufen, dann wird er glauben, dass da etwas Interessantes ist. Aber wenn ich Desinteresse vorgebe, wird er glauben, dass die Artikel keine Substanz haben.“

„Du bist ein Narr, wenn du denkst, er wird dich in Frieden lassen“, knurrte Alex.

„Es ist sinnlos, sich Sorgen zu machen.“

„Er ist vom militärischen Geheimdienst! Gabe, tu das nicht ab, wie du diese Artikel abgetan hast. Es wird ernst.“

Gabe legte den Arm auf die Rückenlehne des Sitzes, während Alex das Auto in den Verkehr fuhr. Sein Daumen tippte wütend. Er machte sich größere Sorgen, als er zugab.

Obwohl ich unfassbar neugierig über die Spekulationen rund um Gabe und die scheinbar unmöglichen Taten war, die er durchgeführt hatte, hielt ich den Mund. Ich wollte nicht, dass Alex mich anfuhr.

Gabe würde sich mir anvertrauen, wenn er wirklich das Gefühl hatte, er könne mir vertrauen.

Wir aßen rasch etwas im Le Café de Paris zu Mittag, einem gut besuchten kleinen Restaurant, das in den Straßen hinter dem Leicester Square versteckt war. Danach schauten wir beim Professor in der Bibliothek vorbei, bevor wir zu Mr. Trevelyans Atelier zurückkehrten. Wir kamen früh an, um da zu sein, wenn Madge Dowd auftauchte, blieben aber unten auf dem Bürgersteig. Wir wollten sie nicht vor Mr. Trevelyan befragen.

Gabe hatte mich gebeten, sie zu befragen, denn er dachte, ein weiblicher Ansatz könnte in diesem Fall das Beste sein. Ich war mir nicht so sicher, versprach aber, es zu versuchen. Wenn es wirklich danach aussah, als wäre es wahrscheinlicher, dass sie mit ihm sprach, würde ich ihn übernehmen lassen.

Die Frau, die kam, um die Tür zum Atelier aufzuschieben, trug die schwarze Uniform einer Angestellten in einem großen Kaufhaus. Sie war außergewöhnlich hübsch, mit welligen blonden Haaren und blauen Augen, die von langen Wimpern gesäumt wurden, von Schminke zusätzlich geschwärzt. Ich nahm an, ihre rosigen Wangen und Lippen waren ebenfalls das Resultat von Kosmetik.

Sie schaute sich um, als sie ihren Namen hörte, die Augenbraue überrascht hochgezogen. „Kenne ich Sie?"

Ich näherte mich ihr. „Nein, aber Mr. Trevelyan hat uns Ihren Namen gegeben."

Sie schaute zur Tür, die hinauf zum Atelier führte. „Stimmt etwas nicht mit meinen Fotografien?"

„Ganz und gar nicht. Sie sind sehr schön. Ich habe sie selbst gesehen."

Die Schminke verbarg nicht die echte Röte, die auf ihre Wangen trat. „Vielen Dank."

„Ich heiße Sylvia Ashe, und das ist Gabriel Glass."

Ihr Blick wurde groß, als er sich auf Gabe richtete. Sie tätschelte sich die Haare und bot ihm ein zögerliches Lächeln an.

„Wir sind Berater für Scotland Yard", fuhr ich fort.

Ihre Hand fiel an die Brust. „Ach! Stimmt etwas nicht? Aber natürlich, oder Sie wären nicht da." Sie schaute wieder zur Tür.

„Niemand ist verletzt, falls Sie das meinen. Wir ermitteln im Diebstahl eines wertvollen Buches aus einer Bibliothek."

„Ein wertvolles Buch?" Der Art, wie sie die Nase rümpfte, entnahm ich, dass sie das für einen Widerspruch in sich hielt. „Ich habe es nicht gestohlen. Ich war noch nie in einer Bibliothek."

„Ich glaube nicht, dass Sie es gestohlen haben, aber Sie können uns vielleicht trotzdem helfen. Zu welcher Zeit sind Sie letzte Nacht hergekommen, um Ihre Fotografien aufnehmen zu lassen?"

Sie keuchte. „Hat Carl es gestohlen?"

Ich wünschte mir schon, ich hätte das Buch überhaupt nicht erwähnt und einfach versucht, erst Trevelyans Alibi zu bestimmen. „Wir versuchen nur, die Wahrheit herauszufinden. Zu welcher Zeit waren Sie hier?"

„Zwei."

„Und um welche Zeit sind Sie gegangen?"

„Fast drei."

„Weshalb so spät?"

„Ich arbeite während des Tages und an den meisten Abenden. Ich habe jetzt meine Mittagspause und nicht lange Zeit." Sie nickte zur Tür hin. „Darf ich gehen?"

„Das dauert nicht lang. Haben Sie etwas dabei gehabt, als Sie hergekommen sind?"

„Ich hatte eine kleine Tasche voller Requisiten. Ein Hut, ein Schal, Handschuhe, Schmuck, so etwas eben."

„Wie groß war die Tasche?"

Sie deutete die Ausmaße mit den Händen an. Es war ungefähr die Größe des Buches, genauso, wie der Zeuge es beschrieben hatte. Es war möglich, dass Mr. Trevelyan sie angerufen hatte, nachdem wir heute Vormittag aufgebrochen waren, und ihr gesagt hatte, was sie sagen sollte, aber ich neigte dazu, ihr zu glauben.

„Danke, Miss Dowd", sagte ich. „Sie können gehen."

„Nur einen Augenblick." Gabe trat vor, hatte dieses charmante Lächeln auf.

Madge erwiderte es. „Ja, Mr. Glass?" Ich vermutete, hätte ich sie gebeten, zu bleiben, wäre sie genervt gewesen. Ich verstand allerdings völlig, weshalb sie auf ihn reagierte, und war überhaupt nicht überrascht. Wenn Gabe jemandem seine volle Aufmerksamkeit zuwandte, war es schwer, ihm irgendetwas abzuweisen.

„Kann ich Sie fragen, weshalb Sie zu Mr. Trevelyan gegangen sind, um Ihre Fotografien machen zu lassen? Weshalb konkret zu ihm, meine ich. Es gibt viele Fotografen in der Stadt, die meisten sind vermutlich auch noch billiger."

„Er ist nicht teuer. Tatsächlich gehört das zu seinem Reiz. Natürlich sind seine Fotografien hervorragend, aber die echte Anziehung übt sein Charakter aus. Er nutzt uns Mädchen nicht aus, sehen Sie. Andere würden das tun, und nicht im finanziellen Sinn, wenn Sie verstehen, was ich meine."

„Ich glaube schon."

„Er hat einen Ruf, fair und aufrichtig zu sein. Er behält auch seine Hände bei sich." Sie wackelte mit den Fingern. „Eine Freundin von mir hat mir erzählt, ich solle hierher kommen. Sie sagt, Carl hilft gerne Mädchen wie mir aus. Mädchen, die auf die Bühne wollen."

Gabe und ich wechselten einen Blick.

„Es ist nicht, was Sie denken! Die Fotografien sind geschmackvoll. Wir behalten unsere Kleider an. Kommen Sie nach oben und sehen Sie es selbst, wenn Sie mögen."

„Wir auf haben sie gesehen", sagte ich. „Sie sind geschmackvoll. Verzeihen Sie uns, aber es scheint ungewöhnlich für einen Mann, der sich einen Ruf als Kriegsfotograf gemacht hat, Fotografien von aufstrebenden Schauspielerinnen anzufertigen. Es wirkt einfach … unglaublich."

Sie warf mir einen mitfühlenden Blick zu. „Sie arbeiten schon zu lange für die Polizei, Miss Ashe. Sie sehen jeden als Verbrecher. Aber manche Leute sind einfach nett. Carl ist nett, obwohl es die Folge eines Unglücks ist, wie mir meine Freundin erzählt hat."

„Fahren Sie fort", sagte Gabe.

„Offenbar hatte Carl eine Schwester." Sie runzelte die Stirn. „Vielleicht hat er sie noch. Ich bin mir nicht ganz sicher. Auf jeden Fall wollte diese Schwester auf die Bühne, doch ein Produzent hat ihre Naivität ausgenutzt, und na ja, ich bin mir nicht ganz sicher, was genau mit ihr passiert ist, aber sie können erraten, dass es für sie nicht gut gelaufen ist. Seit jener Zeit hat Carl geschworen, Mädchen wie ihr auszuhelfen und zu tun, was er tun kann. Er weiß, dass es nicht nur schlimme Produzenten gibt, sondern auch schlimme Fotografen. Wenn er uns fotografiert, spricht er mit uns, stellt sicher, dass wir bei niemandem vorsprechen, der den Ruf hat, Mädchen schlimm zu behandeln." Sie zuckte mit den Schultern. „Ihm ist das wichtiger als den meisten Männern. Also hoffe ich wirklich, dass er nicht schuldig ist, dieses Buch gestohlen zu haben, denn London braucht mehr Männer wie ihn."

Wir dankten ihr und ließen sie gehen. Als sich die Tür hinter ihr schloss, entschied ich mich, ihr zu glauben. Sie schien aufrichtig zu sein, und ganz ohne Täuschung. Entweder sagte sie die Wahrheit, oder sie war die beste Schauspielerin Londons.

Wir gingen zurück dorthin, wo Alex an der Tür des Automobils lehnte, die Arme und Fußknöchel überkreuzt. Bevor er auf den Beifahrersitz stieg, schauten Gabe und ich hinauf zum Atelierfenster.

Mr. Trevelyan salutierte uns träge mit dem Zeigefinger an der Schläfe, dann verschwand er außer Sicht.

„Nun?", fragte Alex, sobald wir im Fahrzeug saßen. „Was hat sie gesagt?"

„Sie bestätigt, dass es sie war, die um drei Uhr das Studio verließ", sagte Gabe. „Und ich glaube ihr."

„Also heißt das, dass Lady Stanhope die Wahrheit gesagt hat. Sie ist nicht hierhergekommen, um das Buch zu kaufen."

„Es lässt Trevelyan nicht ganz vom Haken. Er könnte es immer noch gestohlen haben, bevor er sich mit Madge getroffen hat." Gabe schaute über die Schulter zu mir. „Was denkst du, Sylvia?"

„Ich glaube nicht, dass er es gestohlen hat. Ich weiß, er ist spröde, aber nachdem ich Madge darüber reden hören habe, wie er Mädchen wie ihr aushilft, halte ich ihn nicht für einen Dieb. Die Art Mann, die die verletzlichen, verzweifelten Frauen nicht ausnimmt, ist nicht die Art Mann, die ein Buch stehlen würde."

Gabe betrachtete mich so lange schweigend, dass ich allmählich das Gefühl bekam, die Hitze würde in meine Wangen steigen. Dann wandte er sich ab und sagte kein Wort, bis wir bei Huon Barratt zuhause ankamen.

Er öffnete mir die Tür und half mir aus dem Automobil. „Du hast das sehr gut gemacht, Sylvia. Für eine erste Befragung kann ich darin keinen Fehler finden."

„Ich hätte ihr nicht von dem Buch erzählen sollen. Ich hätte überhaupt kein Verbrechen erwähnen sollen. Dadurch war sie verhalten."

„Wir sollen Zeugen schon erzählen, weshalb sie verhört werden, darum hast du das Richtige getan. Aber du hast recht. Manchmal bekommt man keine Ergebnisse, wenn man das Richtige macht." Er zwinkerte. „Sag Cyclops bloß nicht, dass ich dir das erzählt habe. Er ist heutzutage ein regeltreuer Inspektor."

Mein Blick huschte zu Alex, der auf dem Fahrersitz saß.

„Er erzählt seinem Vater nicht alles, nur das Wichtigste. Du kannst ihm vertrauen."

Er blieb beim Wagen. Als mir klar wurde, dass er mir nicht folgte, ging ich zurück.

„Wo wir gerade dabei sind, Leuten zu vertrauen ...", fuhr er fort. „Weshalb vertraust du Trevelyan?"

Ich zuckte mit den Schultern. „Instinkt, schätze ich."

„Liegt es daran, dass er gut aussieht und charmant ist?"

Ich lachte leise. „Mr. Trevelyan ist so charmant wie ein Hammer."

Er kniff die Lippen zusammen.

„Ich glaube, es liegt eher daran, dass Madge ihm gar nichts zum Vorwurf gemacht hat. Hätte er sie ausnutzen wollen, hätte er das getan, wenn er sie mitten in der Nacht fotografiert. Wäre ich sie gewesen, hätte ich eine Freundin dabei gehabt, und mich mit ihm tagsüber getroffen. Ich bin mir nicht sicher, ob sie mutig war oder töricht, sich mit ihm allein zu treffen."

„Auf jeden Fall töricht."

Der Gedanke daran brachte all die alten Sorgen wieder auf, die meine Mutter mir eingetrichtert hatte, was Männer anbetraf.

Sei nicht mit ihnen allein.

Vertraue ihnen nicht.

Laut ihr wollten sie einen nur verletzen, kontrollieren oder erniedrigen. Der Vorwurf veränderte sich je nach ihrer Laune.

Ich hatte so viele ihrer Regeln gebrochen, seit ich nach London gekommen war. Seit ich Gabe getroffen hatte eigentlich. Er ließ ihre Warnungen übertrieben klingen.

„Vertraue Trevelyan noch nicht", sagte er. „Er könnte sich immer noch als Dieb erweisen. Ich will nicht sehen, wie du verletzt wirst."

Er ging los, ließ mich auf seinen breiten Rücken starren. Erwartete er, dass ich eine Beziehung mit Trevelyan einging? Ich wollte ihm sagen, dass ich dem Fotografer nicht *so* sehr vertraute, doch ich hielt den Mund. Das würde mehr über meine Unsicherheiten verraten, als ich bereit war, ihn wissen zu lassen.

Vorerst, fügte eine leise Stimme an.

KAPITEL 11

Wir störten Huon Barratt beim Baden. Er hatte keine Skrupel, uns das zu erzählen, als er sich uns fünfzehn Minuten nach unserer Ankunft im Salon anschloss. Sein feuchtes, zerrauftes Haar ließ ihn noch liederlicher als üblich wirken, aber zumindest sah er nicht aus, als müsse er zurück ins Bett kriechen.

„Ich weiß, Sie halten mich bestimmt für seltsam, dass ich mitten am Nachmittag bade", sagte er träge. „Ich bin unterwegs zu Savoy's American Bar und will mein bestes Aussehen an den Tag legen."

Es war früh für Cocktails, doch weder ich noch Gabe erwähnten das.

„Waren Sie da schon, Sylvia?"

Ich schüttelte den Kopf.

Huon nahm ein silbernes Zigarettenetui und bot es mir und dann Gabe an. „Ich habe Sie dort gesehen, Glass, aber nicht seit dem Krieg."

Gabe lehnte das Angebot ab. „Ich bin früher oft hingegangen."

„Warum nicht mehr?"

„Ich war nicht in der Stimmung."

„Wirklich?" Huon zündete eine Zigarette an und atmete tief ein, als hätte er sich schon lange darauf gefreut. „Ich stelle fest, dass sich die Stimmung in der Stadt dieses Jahr geändert hat. Das neue Jahrzehnt macht die Leute ruhelos. Alle wollen ausgehen und sich amüsieren. Bars, Clubs, Gesellschaften … jeden Abend passiert irgendwas. Spüren Sie es nicht auch, Glass, diese Ruhelosigkeit?"

„Mir ist ein Gefühl von … Wandel aufgefallen, wie ich schätze, dass Sie es nennen würden. Niemand will wieder dahin zurück, wie die Dinge waren. Persönlich bin ich nicht ruhelos. Ich fühle mich …" Er zuckte mit den Schultern. „Ich weiß es nicht."

Huon stieß Rauch in die Luft aus. „Es ist Ihre Verlobte, nicht wahr? Sie zwingt sie dazu, sesshaft zu werden und nicht mehr auszugehen."

„Hat sie nicht."

Huon schien die Vergangenheitsform nicht auszufallen. „Ich kann nicht sagen, dass ich es ihr zum Vorwurf mache, dass sie Sie nicht von der Leine lässt."

Gabes Daumen tippte auf die Sessellehne, doch er blieb still. Obwohl er Lady Stanhope erzählt hatte, dass Ivy ihre Beziehung beendet hatte, schien er zögerlich, es Huon zu sagen. Vielleicht dachte er, es würde Huon nichts angehen, da er Ivy nicht kannte.

Ich konnte ihn aber nicht mit so einem beleidigenden Kommentar davonkommen lassen. „Er ist doch niemandes Haustier, Mr. Barratt."

Huon hob ergeben die Hände. „Ich entschuldige mich. Sie haben recht. Glass ist ein selbständiger Mann. Ich habe einfach gemeint, dass er beim schönen Geschlecht beliebt wäre, wäre er nicht verlobt, um zu heiraten." Er schob sich die Zigarette zwischen die Lippen und lächelte darum herum. „Gott sei es gedankt für den Rest von uns Normalsterblichen, dass er nicht auf dem Markt ist."

„Sie wissen eine Menge über mein Leben, Barratt."

„Ich halte mich mit Gerüchten auf dem Laufenden. Das stimmt. Es ist nur natürlich, wenn man bedenkt, dass unsere Familien in Verbindung stehen." Er deutete mit der Zigarette auf sich und dann auf Gabe. „Glauben Sie, es war vorbestimmt, dass wir uns begegnen?"

„Ich glaube nicht an Schicksal. Ich glaube nicht, dass unsere Zukunft schon feststeht."

Huons einzige Erwiderung war, nachdenklich an seiner Zigarette zu ziehen.

„Wo waren Sie gestern Nacht, Barratt?"

„Hier und dort. Weshalb?"

„Das Medici-Manuskript wurde aus der Bibliothek gestohlen. Nur ein paar Menschen wussten von seiner Existenz."

„Sie glauben, ich habe es genommen?" Er wirkte nicht angegriffen. „Ich schätze, Sie müssen mich als Verdächtigen betrachten. Da mein Vater mir aus der Ferne den Gürtel enger schnürt, brauche ich ein wenig Bares, und das Buch würde schon eine ordentliche Summe einbringen, möchte ich wetten. Leider kenne ich niemanden, der auf dem Schwarzmarkt alte Bücher handelt, darum wäre es nutzlos gewesen, dass ich es stehle. Mein Gewissen würde das natürlich auch nicht zulassen. Nur, falls Sie glauben, ich habe eins." Er zwinkerte mir zu.

„Können Sie uns die Namen der Orte nennen, die Sie gestern Nacht aufgesucht haben?", fragte Gabe.

„Alle?"

„Ja."

Huon zog die Säume seines Mantels zusammen und erhob sich. „Ich schreibe eine Liste." Mit der Zigarette, die zwischen seinen Lippen hing, beugte er sich über den Schreibtisch und schrieb auf ein Blatt Briefpapier. Er reichte es Gabe.

Gabe las die Liste. „Wir suchen sie nun auf und sehen, ob sich die Betreiber daran erinnern, Sie gesehen zu haben."

„Und falls sie das nicht tun?"

„Dann sind Sie noch verdächtig."

Huon knurrte. „Das ist gerecht, schätze ich. Viel Glück. Ich hoffe, Sie bekommen Ihr Buch zurück, Sylvia. Wenn Sie in der Zwischenzeit Ihre Sorgen mit einem Freund ertränken möchten, der nicht von einer Verlobten zurückgehalten wird, finden Sie mich heute Abend an diesen Orten wieder, nachdem ich vom Savoy aufgebrochen bin." Er wedelte zu der Liste in Gabes Hand hin. „Sie sind natürlich auch willkommen, Glass, falls Sie es schaffen, sich zu lösen."

„Ich habe heute Abend etwas vor", war alles, was Gabe sagte.

Huon schien ihn nicht zu hören. Er saß wieder einmal auf dem Sofa, die Beine vor sich ausgestreckt, und paffte nachdenklich an seiner Zigarette, als wäre es sein einzig wahres Vergnügen.

* * *

GABE und ich verbrachten den Rest des Tages damit, jede Bar und jeden Club auf Huons Liste aufzusuchen. Die Angestellten waren damit beschäftigt, sich für den Abend vorzubereiten, und waren kurz angebunden, aber alle erinnerten sich daran, dass Huon am Vorabend in ihrem Etablissement gewesen war. Sie konnten allerdings seine Bewegungen nicht die ganze Zeit belegen, was bedeutete, dass er zwischen den Clubs einen Ausflug in die Bibliothek gemacht haben könnte. Wir konnten ihn noch nicht als Verdächtigen aufgeben.

Wir hatten keine Zeit, um zu besprechen, wie wir unsere Verdächtigenliste verkleinern konnten. Gabe musste zu einer Veranstaltung, und es wurde spät. Alex fragte, ob er mich nach Hause fahren könnte, nachdem er Gabe erst am Pub hinausließ. Ich stimmte zu, nur um festzustellen, dass Gabe sich umziehen wollte, bevor er ausging.

Ich wartete im Salon der Park Street Nummer 16 in Mayfair, in der Hoffnung, dass Willie nicht hereinlaufen würde. Alex blieb zu meiner Gesellschaft, erzählte mir Geschichten der Jahre vor dem Krieg, als er und Gabe zusammen durch das Land gereist waren. Davor hatte Gabe an der Universität studiert, während Alex zur Polizei gegangen war, sobald er die Schule beendet hatte. Nach der Universität hatte Gabe gelernt, wie man die Geschäfte seines Vaters betrieb. Er hatte sich der Armee angeschlossen, sobald der Krieg ausgebrochen war, sehr zur Sorge seiner Eltern, doch Alex hatte bis 1916 gewartet.

Alex' Blick ging in die Ferne. Die gesellige Erzählung über die Reisen hatte sich am Ende seiner Geschichte in Melancholie verwandelt. Ich hoffte, dass er mir vielleicht ein wenig von Gabes sogenanntem Glück erzählen würde, doch er sprach nicht mehr über den Krieg. Es war vermutlich zu viel, sich zu erhoffen, dass er mir anvertrauen würde, was Gabe mir nicht anvertraut hatte.

Gabe betrat den Salon in einen Anzug bekleidet, der ähnlich war wie der, den er den ganzen Tag getragen hatte. Ich hätte erwartet, dass er sich in seine Offiziersuniform oder Abendgarderobe umkleidete. Meine Überraschung stand mir wohl ins Gesicht geschrieben, denn seine ersten Worte waren eine Erklärung für sein ziviles Auftreten.

„Die Männer meiner Kompanie kleiden sich lieber informell, wenn wir uns treffen."

Alex bestand darauf, auch zu gehen, selbst wenn er kein Teil von Gabes Kompanie gewesen war, und der Chauffeur Dodson fuhr. Er wollte nicht, dass Gabe allein unterwegs war, ohne Schutz.

„Ich bin doch bei Freunden", tadelte Gabe. „Niemand wird eine Entführung versuchen. Außerdem habe ich niemanden gesehen, der das Haus beobachtet, und das Ereignis heute Abend wurde absichtlich in einen abgelegenen Pub verlegt. Ich werde in Sicherheit sein."

Alex ließ sich nicht umstimmen, blieb aber still.

Dodson fuhr uns in einen Pub in Clerkenwell. Die schmale Holzfassade wurde von klassischen Säulen gerahmt, alle schwarz gestrichen, obwohl es teilweise schon abblätterte. Große Fenster ließen wohl tagsüber eine Menge Licht ein, aber die Dämmerung war bereits aus den Straßen dieses Arbeiterviertels gewichen. Sie hatten auf jeden Fall einen abgeschiedenen Ort für ihre Versammlung gewählt.

Als unser Wagen an den Bordstein fuhr, hielten zwei Männer an, die gerade den Pub betreten wollten. Sie begrüßten Gabe mit einem herzlichen Händeschütteln und Lächeln. Sie schüttelten auch Alex die Hand, also kannten sie ihn vielleicht, obwohl er nicht in ihrer Kompanie gedient hatte.

Der Blick eines der Männer fiel auf mich, die ich immer noch auf dem Rücksitz saß. Er öffnete die Tür des Wagens, verbeugte sich und beharrte auf einer Vorstellung. Seine charmante Art wurde sogar noch faszinierender durch den spanischen Akzent.

Gabe stellte mich als eine Freundin vor, und den Mann als Juan Martinez. Den anderen Kerl stellte er als Stanley Greville vor. Stanleys Augen waren blutunterlaufen, mit ausgeprägten Tränensäcken darunter im Schatten des Schlafmangels. Die Hand, die die Zigarette hielt, bebte leicht. Der Krieg hatte vielleicht keine körperlichen Narben hinterlassen, aber er hatte ihn trotzdem betroffen. Obwohl er grüßend nickte, schaute er mir nicht in die Augen. Er blieb dicht bei Gabe und verschränkte fest die Arme, als würde er sich umarmen. Hin und wieder hob er eine Hand, um an der Zigarette zu ziehen, die er verkrampft zwischen den Fingern hielt.

„Sind Sie neu in London?", fragte mich Juan.

„Ja. Woher wissen Sie das?"

„Ich habe einen Instinkt für diese Dinge. Ich bin auch neu in London."

Gabe verdrehte die Augen, doch sein schwaches Lächeln war gut gelaunt. „Ich habe dich vor ein paar Tagen vor Juan erwähnt."

Er hatte mich erwähnt?

„Und Juan ist nicht neu in London. Er ist ein paar Jahre vor dem Ausbruch des Krieges hergekommen."

Juan zuckte mit den Schultern, als wäre Gabes Erklärung nahe genug an seiner eigenen, dass es keine Rolle spielte.

„Ursprünglich kommen Sie aus Spanien?", fragte ich.

„Katalonien."

„Katalonien!"

Er grinste. „Das interessiert Sie?"

„Ja. Gabe, warum hast du nicht gesagt, dass du jemanden aus Katalonien kennst?"

„Mir ist nicht klar gewesen, dass das eine Rolle spielt", sagte er.

Ich hatte vergessen, ihm zu sagen, dass Huon Barratt eines der Symbole aus dem Buch erkannt hatte, aus der Zeit, als er die Region bereist hatte. Gabe war nicht bei Daisy, Willie und mir gewesen, als er es erwähnt hatte.

„Huon hat eines der Symbole aus dem Buch identifiziert", erklärte ich ihm. Zu Juan sagte ich: „Haben Sie je ein Symbol gesehen, das aussieht wie ein komplizierter Knoten in einem

Kreis? Offensichtlich taucht das auf vielen Gebäuden Kataloniens auf."

Sein Gesicht leuchtete. „Ja! Sie wissen davon?"

„Das tue ich. Zu welcher Familie gehört es?"

„De la Riva, eine sehr alte Familie. Sie waren einst mächtig und wichtig, vor vielen, vielen Jahren, aber ihr Glück hielt nicht an. Sie waren wie ein tosendes Feuer – sehr hell und wild, aber bald ausgebrannt."

„Mittleres oder spätes Mittelalter?"

„11. oder 12. Jahrhundert, glaube ich."

Das passte nicht ganz zur Zeitleiste unseres Buches. So alt war es nicht. Weshalb sollte der Autor also das de-la-Riva-Symbol verwenden?

Gabe hatte wohl dasselbe gedacht. „Steht denn der Knoten innerhalb des Kreises noch für etwas anderes in Katalonien?"

Juan ballte die Faust. „Er bedeutet Macht."

Also könnte das Symbol in dem Buch einen mächtigen Menschen darstellen, nicht unbedingt ein Mitglied der Familie de la Riva, die vermutlich ihre Macht schon zu der Zeit verloren hatte, als das Buch geschrieben worden war. Es bedeutete auch, dass der Verfasser mit Katalonien vertraut war.

„Fallen Ihnen noch andere Symbole aus ihrer Region ein?", fragte ich. Auf sein ausdrucksloses Starren hin beschrieb ich einige aus dem Manuskript.

Eines war ihm vertraut, genau wie zwei weitere, an die Gabe sich erinnerte. Juan dachte, das Symbol einer bestimmten grünen Zwiebel, die in der Region beliebt war, könnte Ernte oder Reichtum bedeuten. Er war sicher, ein weiteres Symbol würde die Feuerwerke darstellen, die bei einem beliebten Festival von Teufeln angezündet wurden, und noch ein weiteres wäre der geringelte Schwanz eines Schweins. Da brauchte es keine weitere Interpretation. Ekelhafte Männer wurden in vielen Kulturen über viele hundert Jahre hinweg als Schweine bezeichnet.

Ich war beeindruckt davon, was wir über vier Symbole aus der Region Katalonien herausgefunden hatten, was bedeuten musste, dass der Verfasser Katalonier war, oder zumindest einige Zeit dort verbracht hatte. Aber es gab noch ein fünftes Symbol, das wir interpretieren konnten, doch nicht mit Juans

Hilfe. Es war Stanley Greville, der sich mit einer Antwort vernehmen ließ, als ich die Schlange beschrieb, die um einen Stock gewickelt war.

„Das ist der Äskulapstab", sagte er mit leiser Stimme. „Äskulap ist der griechische Gott des Heilens und der Medizin."

Juan klopfte ihm auf die Schulter, woraufhin der kleinere Mann zusammenfuhr. „Exzellente Antwort, mein Teuerster!" Er grinste über seinen schlechten Versuch an einem englischen Akzent.

Es war frustrierend, sich nicht mit dem Buch hinsetzen und beginnen zu können, die Symbole zu übertragen, die wir an diesem Abend aufgedeckt hatten. Ich wünschte, ich hätte die Seiten kopiert, aber es hatte zu viele gegeben. Trotzdem, wenn wir das Buch zurückbekamen, würde ich damit anfangen.

Falls wir es zurückbekamen.

Ein weiteres Mitglied aus Gabes Kompanie traf ein. Der Ärmel, der von seinem linken Arm gefüllt hätte sein sollen, war an der Schulter festgesteckt. Stanley und Juan folgten ihm in den Pub. Gabe sagte ihnen, dass er sich ihnen gleich anschließen würde.

„Sylvia, versprich mir, dass du heute Abend nicht allein ermittelst", sagte er.

„Der einzige andere Verdächtige, den wir nicht befragt haben, ist Lazarus Sidwell, und ich kann ja wohl kaum Dodson befehlen, mich jetzt nach Marlborough hinaus zu fahren. Ich glaube, ich sehe mal, was Daisy vorhat. Möchtest du mitkommen, Alex? Wir könnten zusammen essen."

„Ich bin heute Abend beschäftigt, bis Gabe nach Hause zurückkehrt."

„Alex ...", tadelte Gabe.

Alex wandte sich zu mir. „Dodson bringt dich nach Hause."

Die Tür zum Pub öffnete sich ein wenig, Stanleys Gesicht erschien in der Lücke. „Hauptmann? Kommen Sie, Sir?"

Gabe fasste sich zum Abschied an die Hutkrempe, warf einen letzten finsteren Blick in Alex' Richtung, dann folgte er Stanley nach drinnen.

„Du machst dir Sorgen um ihn, selbst hier unter Freunden?", fragte ich.

„Er sagt dir ja vielleicht was anderes, aber diese Männer werden alles tun, worum er sie bittet. Wenn er ihnen sagt, dass er keine Eskorte braucht, wenn er aufbricht, werden sie dem Befehl gehorchen und sich trennen. Wir wurden manchmal an dieselben Orte gesandt, aber er war nicht mein Hauptmann. Ich habe keine Skrupel, seine Befehle zu missachten." Er lehnte sich an den Laternenpfosten und zog den Hut nach vorne. „Ich habe ihn schon ignoriert, seit er mir gesagt hat, ich soll aufhören, meine Spielzeuge aus der Wiege zu werfen."

Ich lachte, und er grinste breit. „Du bist ein guter Freund." Ich nickte zur Tür. „Haben diese Männer durch den ganzen Krieg hindurch mit Gabe gekämpft?"

Er betrachte mich einen langen Augenblick. „Sie waren einige Zeit zusammen, aber nicht den ganzen Krieg lang."

„Juan und Stanley wirken unverletzt. Zumindest körperlich."

Er verschränkte die Arme und zog seinen Hut noch weiter nach unten. „Pass auf, Sylvia, sonst glaube ich vielleicht noch, dass du wieder eine Journalistin geworden bist."

„Wäre ich eine Journalistin, die keine Antworten von der Quelle erhält, würde ich die Männer in diesem Pub befragen, nicht dich. Du bist ja vielleicht sein engster Freund, aber sie waren mit ihm auf den Schlachtfeldern. Falls mehr an seinem Überleben ist, als man mit Glück erklären kann, würden sie ein Licht darauf werfen können."

„Du denkst wie eine Journalistin. Du warst bestimmt gut bei deiner Arbeit."

„Ich war ganz angemessen bei einigen Aspekten, aber bei anderen nicht. Ich mag ja *sagen*, dass ich die Soldaten befragen würde, aber ich hätte alles getan, um zu vermeiden, mit ihnen zu sprechen. Und wenn ich mich dazu gezwungen hätte, es durchzuziehen, wäre mein Magen tagelang davor verspannt gewesen, und ich wäre durch die Fragen gestolpert, hätte sehr wahrscheinlich einige vergessen und Antworten aufgeschrieben, die keinen Sinn ergeben, wenn ich sie später lese."

Er schob sich die Hutkrempe mit dem Finger nach oben und sah mich mit gerunzelter Stirn an.

„Nervosität", sagte ich. „Die meldet sich von Zeit zu Zeit wieder, besonders in der Anwesenheit einer Gruppe Männer."

„Du hattest nie ein Problem mit Gabe oder mir. Und du hast vor ein paar Wochen gegen einen Kerl gekämpft."

Ich lächelte. „Das war Instinkt. Hätte ich Zeit zum Nachdenken gehabt, bezweifle ich, dass es mir möglich gewesen wäre, ihn anzubrüllen oder mich auch nur zu verteidigen. Was dich und Gabe angeht, ich habe mich bei euch beiden immer behaglich gefühlt. Außerdem geht es mir besser als früher. Das scheint die Zeit zu bewirken."

Er knurrte. „Es heißt, die Zeit würde alles heilen."

„Das glaubst du nicht?"

„Die Zeit hat Stanleys Nervosität nicht geheilt." Er beäugte die Tür des Pubs. „Gabe sagt, er ist nervöser als je zuvor."

„Vielleicht brauchen einige Formen der Nervosität länger, um zu heilen, je nach den Umständen, in denen sie aufgetreten ist." Mit dem Bonus, es im Nachhinein zu betrachten, und größerer Reife, konnte ich sehen, dass mein Misstrauen gegenüber Männern die Folge meiner Mutter war, die mir erzählt hatte, ich solle sie fürchten. Stanleys Nervosität war eindeutig das Ergebnis seiner Erfahrungen im Krieg. Er hatte etwas Schreckliches durchgemacht. Ich war nur davor gewarnt worden.

„Das richtet in seinem Leben Chaos an", sagte Alex. „Offensichtlich fällt es ihm schwer, sich wieder anzupassen."

Es war etwas Schreckliches, einen erwachsenen Menschen zu einem zitternden Schatten herabgestuft zu sehen. So, wie er sich auf dem Bürgersteig neben Gabe herumgedrückt hatte, war klar, dass er da draußen nicht weit von ihm weg sein wollte, wo er mehr Gefahren als im Inneren ausgesetzt war. Das war gewiss ein Anzeichen, dass Gabe ihn auf dem Schlachtfeld geschützt hatte. Vielleicht hatte Stanley sogar von Gabes sogenanntem Glück profitiert.

Alex verschob das Gewicht von einem Fuß auf den anderen. Er hatte eine lange Nacht vor sich, wenn er hier draußen wartete, bis Gabe ging.

„Ich rufe Willie an, wenn ich nach Hause komme", sagte ich. „Ich bitte sie, dich hier in einer Weile abzulösen."

„Das weiß ich zu schätzen." Er räusperte sich. „Falls du heute Abend Daisy triffst, richte ihr Grüße aus."

„Die herzlichsten."

„Nicht zu herzlich. Ich will nicht, dass sie da mehr hineininterpretiert, als es ist. Sie ist nicht mein Typ."

„Das konnte ich sehen."

„Letztens im Club?"

„Ja, und anderswo."

Er musterte genau seine Fingernägel. „Ich glaube, ich werde da später wieder hingehen."

„Das sage ich auf jeden Fall Daisy."

Er hob eine breite Schulter, als wäre es ihm egal, aber ich sah, wie sich sein Blick erhitzte.

* * *

ICH NUTZTE das Telefon im Korridor der Pension, um Willie anzurufen. Zu meiner Überraschung war sie höflich zu mir. Sie dankte mir sogar dafür, dass ich ihr gesagt hatte, dass Alex immer noch bei Gabe war. Sie war mehr als nur glücklich damit, sich ihm beim Wachehalten anzuschließen.

Da sie dankbar schien, hielt ich es für einen guten Zeitpunkt, ihr eine Frage zu stellen. „Letztens bist du doch zu Albert Scarrows Zeitungsbüro gegangen, um mehr über ihn herauszufinden. Was hast du erfahren?"

„Ich habe keine Fragen gestellt, denn ich wollte nicht, dass seine Kollegen erfahren, dass ich über ihn ermittle. Wenn man zu viele Fragen stellt, werden sie neugierig, besonders Journalisten. Ich schätze, das weißt du bereits, Sylvia. Du bist doch nicht dumm."

„Vielen Dank, denke ich. Also hast du nichts herausgebracht?"

„Das habe ich nicht gesagt, oder? Ich habe beschlossen, darauf zu warten, bis er im Büro auftaucht, und ihm zu folgen."

„Wohin bist du ihm denn gefolgt?"

„Er ist nicht aufgetaucht."

„Oh. Wenn du vielleicht länger gewartet hättest …"

„Ich habe den ganzen Tag gewartet! Ich bin auch heute Nachmittag dorthin zurückgekehrt und habe darum gebeten, ihn zu treffen. Sie sagten, er wäre tagelang nicht da gewesen. Sie wirkten besorgt. Er hat einen Abgabetermin versäumt."

„Das ist besorgniserregend, aber zumindest belästigt er Gabe nicht mehr."

„Wenn er tot ist, ist es nicht meine Schuld."

„Das habe ich doch nicht gesagt, und ich habe es auch nicht gedacht, aber es ist interessant, dass du annimmst, das hätte ich gedacht. Musst du irgendetwas beichten, Willie?"

„Das ist nicht witzig." Ich hörte ein Klicken, und die Leitung war tot.

Ich legte lächelnd den Hörer auf. Mir hatte es gefallen, sie zu provozieren.

Ich aß mit den anderen Bewohnerinnen im Esszimmer zu Abend und richtete mich auf einen stillen Abend des Lesens in meinem Zimmer ein, als Daisy ankam. Zum Glück hatte sie ein Taxi genommen, anstatt im Dunkeln ihr Fahrrad zu fahren. Sie wollte, dass ich mit ihr in einen Club ging, aber ich war nicht daran interessiert, darum zogen wir uns mit Teetassen in mein Zimmer zurück. Ich setzte mich auf einen Stuhl an dem kleinen Tisch, während sie sich auf dem Bett ausbreitete, mein Kissen unter ihrem Rücken, die Teetasse ruhte auf ihrer Brust.

Sie betrachtete mich mit geschürzten Lippen. „Warum willst du nicht mit mir ausgehen?"

„Ich muss morgen arbeiten, und heute Abend will ich nachdenken."

Sie verzog das Gesicht. „Weshalb solltest du denn das tun? Es ist 1920, Sylvia. Es ist Zeit, dass du dich mal gehen lässt, dass du Erfahrungen machst und fühlst, nicht nachdenkst."

„Ich bin mitten in einer Ermittlung. Ich muss nachdenken, oder wir werden das Buch nie zurückbekommen."

„Du Arme. Ich weiß, wie sehr du es zurückwillst. Ihr werdet es finden. Du, Gabe und Alex."

„Wo ich gerade bei Alex bin, er hat mich gebeten, dir zu sagen, dass er bald wieder ins Rector's zurückkehren wird." Das hatte er nicht gesagt, aber das war es, was er wollte, dass ich ihr erzählte, selbst wenn er das vor sich selbst nicht eingestehen konnte.

Daisy schniefte. „Dann stelle ich sicher, dass ich da nicht hingehe."

Ich schaute auf die Uhr auf dem Regal. Es war erst halb neun.

Die Clubs tobten doch erst um elf oder zwölf. „Gehst du mit einer anderen Freundin aus?"

„Ich habe keine anderen engen Freundinnen. Nicht so gute wie dich. Ich würde lieber den Abend mit dir verbringen, Sylv." Sie klimperte mit ihren langen Wimpern.

„Das funktioniert vielleicht bei Männern, aber bei mir nicht. Ich habe dir doch gesagt, dass ich arbeiten muss."

„Und denken, ja, weiß ich. Aber du kannst in einem Club denken, und dem Professor würde es nichts ausmachen, wenn du morgen auf dem Sofa ein Nickerchen hältst."

„Das ist keine Art, um eine gute Anstellung zu behalten."

Hätte ich Daisys Hintergründe nicht gekannt, hätte ich mir Sorgen gemacht, dass sie ohne eine Anstellung lebte, die ihr einen Lohn bezahlte. Aber bevor sie nach London gezogen war, war sie von ihren Eltern unterstützt worden, und nun lebte sie von einer kleinen Erbschaft ihrer Großmutter. Dadurch konnte sie sich am Malen versuchen, am Schauspielern, ohne Arbeit finden zu müssen. Aber wenn sie sich weiter nur versuchte und ihre Unternehmungen nicht ernst nahm, würde sie nichts ernsthaft ausprobieren, und das Geld ging ihr doch bestimmt früher oder später aus.

Ich unterdrückte ein Lächeln und fragte sie, wie ihre Schauspielkarriere sich entwickelte. „Hat Willies Produzentenfreund irgendwelche Arbeit für dich gehabt?"

„Er hat mich für eine Rolle in seiner nächsten Produktion vorsprechen lassen, aber ich habe nichts von ihm gehört. Ich glaube nicht, dass er Interesse hat, aber er hat einige hervorragende Vorschläge gebracht."

„Etwa?"

„Etwa, wie man ein Zimmer betritt." Sie hob das Kinn und senkte die Wimpern, damit es aussah, als würde sie die Nase entlang schauen. „Er hat mir erzählt, ich solle für alle anderen Verachtung zeigen. So tun, als wäre es mir gleich, ob ich die Rolle bekomme oder nicht, und dass es deren Verlust sein wird, wenn sie eine andere Schauspielerin anheuern."

„Ich bin mir nicht sicher, ob das ein guter Rat ist."

„Das machen alle Stars so, selbst bevor sie Stars werden. Er sagt, man soll so tun, als wären die Produzenten die Glücklichen, dass man geneigt ist, bei ihrem Vorsprechen aufzutauchen, ach, und ich sollte professionelle Fotografien machen lassen."

Ich richtete mich auf. „Ich kenne jemanden, der das macht, aber ich beharre darauf, mit dir zu kommen. Ich bin mir nicht sicher, ob man ihm vertrauen kann."

„Du meinst diesen mysteriösen Trevelyan? Den wir bei der Bibliothek getroffen haben? Ich hatte bei ihm heute einen Termin."

„Heute! Weshalb hast du mir das nicht gesagt?"

Sie tat meine Sorgen ab. „Er würde nichts tun, selbst wenn er solche Neigungen hätte. Er weiß, dass ich mit dir befreundet bin, und du bist mit Gabe befreundet, der verbunden mit Scotland Yard ist. Er ist doch kein Narr. Auf jeden Fall habe ich mich bei ihm völlig sicher gefühlt." Sie richtete sich auf und zog die bloßen Füße unter den Körper. „Er hat mich nach dir gefragt."

„Ach?"

„Er wollte wissen, ob du eine Beziehung mit irgendwem hast."

„Was hast du gesagt?"

„Dass er dich selbst fragen soll."

Ich lachte. Daisy nippte an ihrem Tee, schaute mich verschlagen über die Tasse hinweg an, als wolle sie sagen, ich solle ihn doch noch einmal aufsuchen. Vielleicht sollte ich das. Wenn mir danach war, eine Beziehung mit ihm einzugehen, sollte ich ihn betont ohne Gabe besuchen. Immerhin, je mehr ich über ihn erfuhr, desto mehr neigte ich dazu, von ihm als gutem Mann zu denken.

Aber ich kannte ihn trotzdem nicht sonderlich gut, und ich war nicht besonders geneigt, mehr herauszufinden.

„Weshalb wolltest du denn, dass Trevelyan dein Foto macht?", fragte ich. „Weshalb suchst du konkret ihn aus, wenn es doch so viele andere Porträtfotografen in London gibt?"

„Der Produzent hat ihn empfohlen, und dann hat ihn auch ein anderes Mädchen erwähnt, das auf das Vorsprechen gewartet hat. Sie sagte, er wäre vertrauenswürdig und nicht teuer."

Sie stellte die Tasse neben dem Tisch ab und rutschte zum Ende des Bettes. Sie stellte die Füße auf dem Boden, blieb aber sitzen, und betrachtete mich mit so viel Aufrichtigkeit, wie sie es noch nie getan hatte. „Ihr beiden würdet gut zusammenpassen."

„Daisy", sagte ich mit einem schweren Seufzen.

„Du würdest ihn weichklopfen, Sylvia."

„Was könnte er denn für mich tun?"

„Schöne Fotografien von dir machen?"

Ich lachte leise in meine Teetasse.

Sie stützte die Hände hinter sich aufs Bett und lehnte sich zurück. „Er hat erwähnt, dass du ihn für einen Verdächtigen beim Diebstahl des Medici-Manuskripts hältst. Stimmt das?"

„Ist er. Jeder, der davon wusste, ist ein Verdächtiger. Darunter du."

Sie gab ein schnaubendes Geräusch von sich. „Niemand würde glauben, dass ich es war. Ich habe kein Interesse an Büchern, und ich habe so eine liebenswerte unschuldige Art an mir. Aber was ist mit Lazarus Sidwell? Ihr glaubt nicht, dass *er* es genommen hat, oder?"

„Er hat es gesehen, darum ist auch er ein Verdächtiger."

„Aber er ist ein Einsiedler! Er würde sein Haus nicht verlassen, außer es wäre äußerst wichtig, und das Einzige, was ihm wichtig ist, ist dieses Haus und seine Geschichte. Oh." Sie blinzelte mich an, doch dann schaute sie rasch weg.

„Was ist denn?"

Sie rutschte wieder zurück auf das Bett und nahm die Teetasse erneut auf. Sie zuckte die Schultern, während sie nippte.

„Daisy, erzähl es mir. Was ist es?"

Sie musterte ihre Teetasse und seufzte ein weiteres Mal. „Ich halte ihn immer noch nicht für einen Dieb, aber ... sein Interesse an dem Haus und seiner Geschichte bezieht sich auch auf den Inhalt. Er liebt alles daran, selbst die staubigen alten Bücher, die sein Vorfahr gesammelt hat."

„Und er glaubt, die Sammlung sollte zusammen bleiben", schloss ich.

Sie verzog das Gesicht. „Ich wünschte, ich hätte nichts gesagt. Bitte erwähne es nicht vor Gabe oder Alex. Sie springen gleich zu dem Schluss, dass Lazarus der Dieb ist."

„Nicht ohne Beweise, das werden sie nicht. Beide Männer sind ehrlich und gründlich, Daisy. Ich werde etwas sagen müssen. Tatsächlich werden wir morgen mit Lazarus sprechen, darum kann ich nicht garantieren, dass Gabe keine schwierigen Fragen stellen wird. Das ist immerhin seine Aufgabe."

Sie zog die Beine hoch und die winkelte die Knie an. „Armer, süßer Mann."

Ich blieb still. Daisy hatte schon in der Vergangenheit falschgelegen, was Leute betraf.

KAPITEL 12

*P*rofessor Nash war in schlechter Stimmung, als ich früh am folgenden Morgen zur Arbeit kam. Ich fand ihn, wie er die Vitrine anstarrte, in der kurz das Medici-Manuskript untergebracht worden war, er hielt eine Tasse Kaffee zwischen beiden Händen. Das zerbrochene Glas war weggeräumt, und der übrige Inhalt der Vitrine an einen sichereren Ort gebracht worden, bis das Glas ersetzt werden konnte. Der Magier kam später noch in die Bibliothek, um es zu ersetzen.

„Ist alles in Ordnung, Professor?", fragte ich sanft.

Er lächelte mich traurig an. „Ich fühle mich, als hätte ich einen kleinen Teil von Oscar zusammen mit dem Buch verloren. Er hat hart gearbeitet, um jedes einzelne in der Sammlung zu erwerben." Er seufzte. „Es ist, als wäre etwas von ihm in jedem von ihnen, wenn man also eins verliert ... schmerzt das ein bisschen."

Ich nahm ihn am Arm. „Kommen Sie und setzen Sie sich. Kann ich Ihnen was holen? Mehr Kaffee?"

Er zeigte mir seine Tasse. Sie war halb voll. Er gestattete mir, ihn zu der Lesenische zu führen, wo ich eine Decke über seinen Schoß legte, obwohl es nicht kalt war. „Ich habe ein paar Neuigkeiten über das Buch, wie es der Zufall so will."

Sein Kopf fuhr hoch. „Ihr habt einen Hauptverdächtigen?"

„Nein. Ich habe keine Neuigkeiten über den Diebstahl gemeint. Die Neuigkeiten beziehen sich auf den Inhalt."

Ich erzählte ihm, was Juan und Stanley uns über jedes der Symbole erzählt hatten, die sie erkannten. „Es hätte noch mehr sein können, aber ohne das Buch vorliegen zu haben, verlassen wir uns auf unsere Erinnerung."

Den Inhalt des Buches zu besprechen, schien den Professor von seinem Verlust abzulenken und ihn ein bisschen aufzumuntern. „Faszinierend. Macht, Reichtum, Medizin, der Teufel und Schweine. Das ist eine ziemlich wilde Mischung."

„Und dass die Symbole mit Buchstaben gemischt sind ... Ich habe das Gefühl, dass das wichtig ist. Sonst könnte man doch Buchstaben benutzen, um alles zu buchstabieren? Eine Chiffre ist doch sowieso ohne den Schlüssel fast unmöglich zu knacken, warum also sollte man die Symbole hinzufügen?"

Er schob sich die Brille die Nase empor. Seine Melancholie war weg, dem ernsten, gebildeten Mann gewichen, mit dem ich vertraut war. „Du hast gerade selbst einen guten Grund geliefert. Du hast gesagt, eine Chiffre ist *fast* unmöglich zu entschlüsseln. Aber *fast unmöglich* zu sein, war vielleicht für den Verfasser nicht gut genug. Indem Symbole dazukamen, schuf er oder sie eine weitere Schicht in dem Code, sodass er sogar noch schwieriger wurde."

„Aber trotzdem nicht unmöglich."

Er lächelte. „Du bist entschlossen, ihn zu knacken, oder nicht, Sylvia?"

„Bin ich."

Er tätschelte meine Hand. „Hoffentlich wirst du belohnt, und es weist dich zu einem Silbermagier, der ein Vorfahr von dir ist."

„Wenn das nicht so ist, macht es mir nichts aus. Ich will mich einfach nur nicht davon geschlagen geben." Es stimmte, wurde mir klar. Ich hatte fast vergessen, dass wir diese Ermittlung wegen der Silberschließen begonnen hatten, die vielleicht eine Verbindung zu mir darstellten. Ich wollte das Rätsel des Buches lösen, einfach weil es existierte, nicht, weil es mir helfen könnte, mehr über meine Familie zu erfahren.

Der Professor schüttelte den Finger, als ihm ein Gedanke

kam. „Hat Gabriels katalonischer Freund irgendetwas konkret über das Machtsymbol gesagt?"

„Den Knoten in dem Kreis? Nur, dass er mit der Familie de la Riva in Verbindung stand, deren Einfluss zu der Zeit, als das Buch geschrieben wurde, schon nachgelassen hatte. Er sagte, das Symbol stünde immer noch für Macht, sogar jetzt noch, aber wäre nicht konkret mit dieser Familie verbunden."

Meine Antwort machte ihn umtriebig, aber ich konnte nicht verstehen, weshalb. Er stellte seine Tasse ab. „Also haben wir Symbole anstatt Buchstaben, damit der Code schwieriger zu entschlüsseln wird, und wir wissen, dass ein konkretes Symbol für Macht steht. Was, wenn es für eine mächtige *Person* steht?"

„Das wäre klug. Selbst wenn der Rest des Codes entschlüsselt wird, kann niemand sicher sein, über wen geschrieben wurde, denn alle Menschen werden durch Symbole dargestellt. Ihre Namen werden nicht ausgeschrieben. Aber wir wissen immer noch nicht, wer diese Leute sind."

„Wir können aber wohlbegründete Vermutungen anstellen, mit dem Vorteil des Wissens, das über Jahrhunderte erworben wurde. Sag mir, Sylvia, wer war der mächtigste Mensch im vierzehnten Jahrhundert?" Seinem selbstgefälligen Blick entnahm ich, dass er dachte, ich sollte das wissen.

„Ich bin mit der spanischen oder katalonischen Geschichte nicht vertraut."

„Denk mal größer als diese Länder. Denk an Europa selbst."

„Der Papst!"

Er lächelte. „Genau. Was, wenn sich das Knotensymbol auf den Papst bezieht?"

Er warf seine Schoßdecke ab und ging an den Schreibtisch. Er nahm einen Füllfederhalter und einen Block aus der obersten Schublade und skizzierte die fünf bekannten Symbole auf das Papier. Neben das Knotensymbol schrieb er *Papst*. Sein Füller schwebte über der Seite, bis er aufgab und den Deckel wieder aufschraubte.

„Ich fürchte, ich weiß nicht, wen der Teufel repräsentieren könnte", sagte er. „Vielleicht einen König, der mit dem Papst anderer Meinung war, oder eine reiche Familie, die ihr Volk grausam behandelte."

Mein Geschichtswissen war ein wenig eingerostet, und ich hatte die mächtigen Familien des Zeitalters vergessen, bis auf die Medici. „Das Zwiebelsymbol könnte die Medici repräsentieren. Juan sagte, das Symbol bedeutet Wohlstand, nicht unbedingt Reichtum, der aus dem Land geschöpft wird. Die Medici waren Bankiers, darum könnte es passen."

Wir beide starrten die Liste eine Weile an, bis wir hörten, wie sich die Eingangstür öffnete und schloss. Er faltete das Papier und schob es in die Schublade.

Gabe betrat die Bibliothek. „Guten Morgen. Ihr wirkt beide sehr eifrig. Ist mir etwas entgangen?"

Professor Nash holte das Blatt Papier heraus und wedelte damit in der Luft. „Dank deines katalonischen Freundes. Wir glauben, wir haben die Bedeutung eines der Symbole geknackt."

„Das Knotensymbol", klärte ich Gabe auf. „Juan sagt, es steht für Macht, und die mächtigste Person im mittelalterlichen Europa war der Papst."

„Das klingt nach einem logischen Schluss." Gabe schaute die Liste durch, bevor er es uns wieder reichte. „Keine Ideen für die anderen?"

Der Professor schüttelte den Kopf. „Vielleicht wird ein wenig Recherche uns Namen bringen. Könige, Königinnen, reiche Familien von Europa ... Es ist wahrscheinlich, dass der Verfasser weit gereist ist und Leute in vielen Ländern kannte."

„Sehr wahrscheinlich", sagte Gabe. „Juan erkannte nur diese fünf Symbole. Vier eigentlich – Stanley kannte das medizinische. Die anderen, die wir beschrieben, kannte er nicht, darum würde ich schätzen, der Autor hat ein paar hier und ein paar dort aufgenommen."

„Wenn man sie vermischt, wäre es sogar noch schwieriger, den Code zu entschlüsseln. Wer das schaffen wollte, hätte auch viel gereist sein müssen."

„Zum Glück kennen wir jemanden, der viel gereist ist", sagte ich, lächelte den Professor an.

Er deutete auf seine Brust. „Meinen Sie mich? Aber ich habe keine der Symbole erkannt, nicht mal das aus Katalonien, und dort bin ich gewesen." Sein Blick wanderte zu den Buchregalen. „Vielleicht war ich nicht der aufmerksamste Reisende. Oscar war der Beobachtende." Er lachte leise. „Er hat mir immer erzählt, wäre nicht er gewesen, hätte ich mich auf dem Weg von den Eingangsstufen zur Hintertür verirrt."

Gabe deutete auf die Buchregale und machte eine große Geste. „Könnten irgendwelche von denen Ihnen mehr über die Symbole verraten?"

„Ich habe bereits nachgesehen, und nein, können sie nicht." Der Professor schaute hinab auf seine Liste. „Ich glaube, es ist Zeit, dass ich einige Bekanntschaften aufsuche und sie bitte, durch ihre Bücher zu schauen. Was habt ihr beiden denn für heute geplant?"

„Wir werden Mr. Sidwell anrufen und ihn nach seinem Aufenthaltsort in der Nacht des Diebstahls fragen", sagte ich.

Gabe schüttelte den Kopf. „Er hat kein Telefon. Ich habe ihn bei unserem letzten Besuch gefragt, als wir auf dem Speicher waren. Wir werden hinausfahren müssen."

„Oh", murmelte ich. „Das ist schade. Ich kann nicht mit, wenn der Professor ausgegangen ist."

Professor Nash schnaubte. „Unsinn. Natürlich können Sie das. Sperren Sie einfach ab, wenn Sie hier aufbrechen."

„Aber was, wenn jemand die Bücher sehen möchte?"

„Der kann morgen wieder kommen."

Das wirkte nicht wie eine sonderlich gute Lösung auf mich, aber ich hielt den Mund. Ich wollte mit Gabe zu Sidwell House fahren. Es war letztes Mal angenehm gewesen, nur wir beide im Automobil. Diesmal würde es kein Picknick auf der Wiese geben, aber es war mir gleich, ob wir den ganzen Weg ohne einen Halt nach Hause fuhren. Ich wollte nur bei ihm sein.

„Heute keine Eskorte?", fragte ich, während wir die Crooked Lane entlang gingen.

„Ich bin aufgebrochen, bevor Alex und Willie wach waren."

„Sie werden nicht glücklich sein, dass du ohne Schutz aufgebrochen bist."

„Dann sollten sie früher aus dem Bett kommen."

„Ist dir irgendwer gefolgt?"

Als er nicht sofort antwortete, warf ich ihm einen Seitenblick zu. Sein Kinn war angespannt. „Nicht, Sylvia", knurrte er.

Seine Schritte wurden länger, und ich musste mich beeilen,

um mitzuhalten. Vielleicht würde die Fahrt doch nicht so angenehm werden.

Er hielt in dem schmalen Eingang zur Gasse inne und musterte die Straße. Er war wohl zufrieden, dass keines der Fahrzeuge oder der Fußgänger verdächtig aussah, denn er bedeutete mir, ihm zu folgen. Er öffnete die Beifahrertür des Vauxhall und hielt mir eine Hand hin, um mir hinein zu helfen.

Seine Finger spannten sich um meine an. „Tut mir leid, dass ich dich angefahren habe. Nichts davon ist deine Schuld."

„Es ist schon gut. Du bist bestimmt frustriert wegen all des Aufhebens, das alle machen. Aber das liegt nur daran, dass sie sich Sorgen um dich machen."

„Das ist es nicht." Er schloss die Tür, ließ sie aber nicht los. „Ich bin nur müde."

Ich beobachtete, wie er am Motor kurbelte. Es war eine körperliche Arbeit, die Kraft erforderte, aber er ließ sie mühelos wirken. Sein Hut bewegte sich kaum, und er war nicht einmal errötet, als er auf den Fahrersitz stieg.

Aber ich nahm an, dass er sich nicht auf eine körperliche Müdigkeit bezogen hatte. Er war emotional ausgelaugt. Obwohl er mir erzählt hatte, dass der Nebel des Krieges begonnen hatte, sich auch von ihm zu heben, fragte ich mich, ob die Beendigung seiner Beziehung zu Ivy nicht dafür gesorgt hatte, dass er sich wieder über ihm niederließ. Die Schuldgefühle mussten auf ihm lasten. Dazu kam noch die Schuld, die viele Soldaten verspürten, wenn sie aus dem Krieg mit heiler Haut zurückkehrten, wo es doch so viele nicht geschafft hatten ... Es war kein Wunder, dass ihn alles so niederschmetterte.

* * *

UNS FOLGTE niemand zu Sidwell House. Ich war mir dessen sicher. Ich hatte es auf mich genommen, regelmäßig hinter uns zu sehen, aber die Fahrzeuge waren immer unterschiedliche. Je näher wir an das Eingangstor kamen, desto weniger Verkehr gab es. Wir fuhren meilenweit auf schmalen Straßen, ohne ein weiteres motorisiertes Fahrzeug zu sehen. Hin und wieder fuhr ein Pferdewagen zur Seite, um uns vorbei zu lassen, aber wir waren das einzige Automobil in der Nähe.

Als er merkte, dass wir auf der Schwelle standen, riss Lazarus Sidwell die Tür weit auf und hieß uns drinnen willkommen. „Ich freue mich so, Sie beide zu sehen! Ich wollte heute schreiben. Ich habe etwas entdeckt, sehen Sie." Er scheuchte uns in die Bibliothek, nur um abrupt innezuhalten. „Ich entschuldige mich. Ich habe keine Erfrischungen angeboten! Sie hatten eine lange Fahrt." Er warf einen Blick auf meine Haare. „Und auch eine windumtoste, wie ich sehe."

Ich tätschelte befangen meine Haare. Ich hatte keinen Schal darüber getragen, und was einst eine ordentliche Frisur gewesen war, die für meine tägliche Arbeit in der Bibliothek angemessen war, sah nun bestimmt aus wie ein Vogelnest.

„Lassen Sie mich Tee machen", fuhr Mr. Sidwell fort. „Während Sie warten, werfen Sie doch einen Blick auf dieses Dokument." Er nahm etliche Blätter Papier vom Schreibtisch und reichte sie mir, bevor er uns in der Bibliothek ließ.

„Sehe ich so schlimm aus?", fragte ich Gabe.

„Sagen wir einfach, du solltest den Rest des Tages allen Spiegeln aus dem Weg gehen."

Ich stieß ihn leicht in den Arm, und er lachte.

Ich wedelte mit den Papieren vor ihm. Sie waren dick und vergilbt vom Alter. In manchen waren Risse oder es fehlten Ecken, und die Tinte war verblasst, aber es war noch lesbar. „Es scheint eine Bücherliste zu sein. Sie ist schwer zu lesen; die Handschrift ist altmodisch."

Gabe spähte mir über die Schulter. Er stand ganz dicht, sein Körper wärmte meinen Rücken. Seine Hand streifte meinen Arm, als er sie hob, um auf eine Zeile zu deuten. Ich brauchte einen Augenblick, um mich auf das zu konzentrieren, was er sagte, und nicht auf die Art, wie mein Inneres einen Satz machte, als Reaktion auf ihn.

„Ich glaube, das ist eine Liste der Bücher in Dr. Adams' Sammlung, die er Sir Andrew Sidwell überlassen hat." Gabe deutete auf eines von etlichen Daten, die bei jedem Eintrag standen. „1563, zweihundert Jahre, nachdem das Medici-Manuskript geschrieben wurde."

Gabe hatte recht. Die Liste war auf allen vier Seiten. Die Buchstaben waren ganz eng und in einer Handschrift verfasst, die auf unsere modernen Augen ungewöhnlich wirkte, aber zumindest war sie auf Englisch. Unter jedem Titel und Autorennamen gab es eine konkrete Beschreibung des Buches und darunter eine Beschreibung seines Inhalts. Jeder Eintrag hatte auch einen Namen und Ort, mit dem er in Verbindung stand, und ein Datum. Rasch musterte ich die Seiten, um etwas zu finden, das vielleicht das Medici-Manuskript darstellte.

Wir fanden es auf der dritten Seite. Der Titel wurde als „Unbekannt" geführt, und kein Verfasser war genannt. Wir wussten, dass es unser Buch war, wegen der Beschreibung. Der Deckel wurde als „Holzbrett" beschrieben, und die Silberschließen waren erwähnt, obwohl es keinen Hinweis darauf gab, dass sie Magie enthielten.

Laut der Beschreibung des Inhalts enthielt das Buch „Symbole unbekannten Zwecks, vielleicht alchemisch". Dann hieß es weiter, dass eines der Symbole den Teufel darstellte und die Medici repräsentierte, aber die anderen waren unbekannt.

„Das ist eine ziemliche Aussage", sagte Gabe.

„Glaubst du, wer immer diese Liste geschrieben hat, wusste es sicher, oder sie haben nur geraten, wie wir? Sie wurde viele Jahre nach dem Buch aufgeschrieben, und wir wissen, dass die Medici-Seite später hinzugefügt wurde."

„Vielleicht hat der Autor dieser Liste die Seite selbst hinzugefügt."

Mr. Sidwell kam herein und brachte ein Tablett mit Teeutensilien. Er bat mich, es zu halten, während er mit einem Taschentuch über den Tisch wischte. Das Taschentuch, das bereits vergilbt vom Alter war, war mit Staub verschmutzt, als er es wegnahm. Ich stellte das Tablett ab und schenkte selbst ein.

Mr. Sidwell nahm ein Buch vom Schreibtisch, das wir nicht bemerkt hatten. „Diese Seiten sind in erstaunlich guter Verfassung, wenn man ihr Alter bedenkt, meinen Sie nicht? Ich fand sie in diesem Buch, das unten in einer verschlossenen Truhe im Speicher aufbewahrt wurde. Ich musste die Truhe mit einem der Gärtnerwerkzeuge aufstemmen."

Mr. Sidwells Vorfahren hatte es eindeutig an Neugier gefehlt.

Hätte ich in einem so alten Haus gelebt, mit einem Speicher voller verschlossener Truhen, hätte ich keine Ruhe gefunden, bis ich die ganzen Schätze darin entdeckt hätte.

Mr. Sidwell öffnete das Buch auf der ersten Seite zum Namen, der da geschrieben stand. „Das gehörte Dr. Adams, dem Mann, der seine Sammlung Sir Andrew im Austausch gegen das Erlassen seiner Schulden überließ, darum glaube ich, man kann auf jeden Fall annehmen, dass diese Liste auch ihm gehörte."

Ich reichte die Teetassen herum und setzte mich dann neben Gabe auf das Sofa. „Das Medici-Manuskript ist auf Seite drei aufgelistet. Dr. Adams schien zu glauben, dass eines der Symbole den Medici selbst zugeschrieben werden könnte. Der Teufel, wie er es nannte. Wir glauben, wir wissen, auf welches Symbol er sich bezieht." Ich erzählte ihm, was wir von Gabes Freunden Juan und Stanley erfahren hatten, und wie wir daraufhin geschätzt hatten, dass das Buch von jemand Weitgereistem verfasst worden war.

„Wie faszinierend", sagte Mr. Sidwell. „Aber leider weiß nicht mal Dr. Adams, wer der Verfasser war. Er legt nahe, die Symbole könnten alchemischer Natur sein, doch warum, sagt er nicht."

Gabe stellte seine Teetasse ab und bat darum, die Seiten noch einmal sehen zu dürfen. Er deutete auf eine der Zeilen für den Eintrag zum Medici-Manuskript. „Niccolo di Mario, Doktor. Florenz. Mai 1538. Es gibt ein paar wenige andere Einträge, die dieselbe Person erwähnen, aber nicht als Verfasser. Jene, die auch Niccolo di Mario erwähnen, haben ein passendes Datum, hier: Mai 1563."

Ich sah auf zwei unterschiedliche Einträge. „Die Tinte ist auch ein bisschen anders. Diejenigen, die mit derselben Tinte geschrieben worden sind, sind bestimmt zur selben Zeit verfasst worden."

Nichts davon war für Mr. Sidwell überraschend. Er schien zufrieden, dass wir es auch herausgebracht hatten. „Ich glaube, jeder Eintrag wurde verfasst, wenn Dr. Adams ein Buch angeschafft hat. Das Medici-Manuskript wurde zusammen mit drei anderen im Mai 1563 von Dr. Niccolo di Mario aus Florenz erstanden."

„Es ist kaum eine Überraschung, dass er sie von einem Arzt gekauft hat", sagte ich.

„Genauso wenig überrascht es, dass er den Inhalt als womöglich alchemisch beschreibt", fügte Gabe an. „Wie die meisten Ärzte dieser Zeit befasste sich Niccolo di Mario aus Florenz vermutlich mit Alchemie, genauso wie Dr. Adams es wohl getan hätte."

„Er wusste es nicht sicher." Ich deutete auf die Zeile, wo Dr. Adams die Symbole als *womöglich* alchemisch beschrieb. „Was bedeutet, der Mann, von dem er es gekauft hat, wusste es vermutlich auch nicht." Ich seufzte. Ich fühlte mich sicher, dass wir einen Fortschritt erzielt hatten, indem wir diese Liste entdeckt hatten, aber es erwies sich, dass dem nicht so war.

Gabe schien meine Niedergeschlagenheit zu teilen, aber Mr. Sidwells Gesicht war bewegt, als er darüber sprach, die Ursprünge seiner Bibliothekssammlung entdeckt zu haben.

„Denken Sie doch nur, all diese Bücher wurden einst von meinen Vorfahren benutzt." Er schaute zu den verstaubten Bänden, die auf den Regalen standen. Sie waren jahrelang nicht berührt worden, ganz zu schweigen von geöffnet und gelesen. „Sie hatten einen Wissensdurst, besonders Sir Andrew. Er war bestimmt sehr klug. Natürlich war er reich. Das musste er sein, um sich all diese Bücher leisten zu können. Reich, einflussreich und gut aussehend." Er nickte zu dem Porträt seines Vorfahren hin, das über dem Kamin hing. Ich hielt ihn nicht für gut aussehend, aber ich war auch keine Frau des 16. Jahrhunderts. „Er war ein echtes Vorbild", fuhr Mr. Sidwell fort. „Ein solcher Mann sollte nicht vergessen sein."

„Dann ist es ja ein Glück, dass Sie der Wächter des Sidwell-Nachlasses sind", sagte ich. „Sie scheinen jeden Quadratzentimeter dieses Ortes zu lieben."

„Ach, das tue ich. Ich bin hier geboren, und ich werde hier sterben. Sidwell House und alles darin liegt mir im Blut. Ich möchte Sie wissen lassen, es war nicht leicht, alles zusammen zu halten. Manche meiner Vorfahren haben etliche Teile verkauft, um über die Runden zu kommen." Er deutete an die Decke. „Dieses neue Dach hat mein Vater bezahlt. Er musste einige Gemälde verkaufen, um es zu finanzieren. Für ihn war es eine sehr schwere Entscheidung, aber hätte er es nicht getan, wäre alles inzwischen den Elementen zum Opfer gefallen." Er blickte sich in der Bibliothek um, in seinen Augen funkelte es. Er sah keinen Staub und Verfall. Er sah Geschichte und Errungenschaft. Er war stolz auf seine Vorfahren. „Hoffentlich wird eine zukünftige Generation die Gemälde eines Tages zurückkaufen können. Nicht mein abstoßender Neffe." Er verzog das Gesicht. „Der hat überhaupt nichts im Kopf."

Gabe stellte seine Teetasse ab. Er wirkte so ernst, dass Mr. Sidwells Gesicht erschlaffte. Er stellte langsam seine Teetasse auf die Untertasse.

„Ich fürchte, das Buch ist aus der Bibliothek gestohlen worden", sagte Gabe.

Mr. Sidwell ließ die Teetasse und Untertasse auf den Boden fallen. „Mein Gott!"

Ich nahm das Porzellan und stellte es auf den Tisch. Eine Teepfütze sammelte sich auf der abgetragenen Stelle des Teppichs in der Nähe von Mr. Sidwells Fuß. Ihm fiel es nicht auf.

Er starrte Gabe an, ein Ausdruck des Entsetzens auf seinem Gesicht. „Wissen Sie, wer es genommen hat?"

„Noch nicht."

„Ermittelt die Polizei?"

„Scotland Yard hat mich angestellt, um zu ermitteln." Gabe deutete auf mich. „Sylvia und ich arbeiten zusammen."

„Aber sollte nicht ein richtiger Inspektor dem Fall zugewiesen werden?"

Gabe nahm die Beleidigung gelassen hin. „Ich habe Erfahrung."

„Ich versichere Ihnen, wir tun alles, was wir können, um es zu finden", sagte ich sanft. „Und deswegen haben wir auch Fragen an Sie. Wo waren Sie in der vorletzten Nacht?"

Mr. Sidwell stieß ein humorloses Lachen aus. „Hier natürlich. Miss Ashe, legen Sie nahe, dass ich das Buch gestohlen habe?"

„Sehr wenige Menschen wussten von seiner Existenz. Sie sind einer von ihnen."

Mr. Sidwell blinzelte mich an. „Na, ich war es nicht." Er nahm die Teetasse, aber als er feststellte, dass sie leer war, schnalzte er mit der Zunge, stellte sie wieder auf die Untertasse. „Ich verlasse das Haus niemals, außer es ist ein Notfall."

„Kann irgendjemand für Sie bürgen?", fragte Gabe.

Mr. Sidwell schniefte. „Nein. Wie Sie sehen, gibt es keine Angestellten. Die letzte Scheuermagd ist Anfang des Jahres gegangen."

„Macht es Ihnen etwas aus, wenn wir uns die Außengebäude ansehen?"

„Machen Sie ruhig. Sie werden kein Fahrzeug finden, wenn Sie danach suchen. Selbst das Fahrrad ist kaputt. Ich weiß nicht, wie man es repariert."

Anspannung kam über uns, und ich hatte keine Neigung, zu bleiben. Ich hatte Mr. Sidwell gemocht, aber er verstand unsere Befragungen als Anschuldigung. Ob zurecht oder falsch, er regte sich auf. Es war am besten, wenn wir unsere Ermittlung fortführten und aufbrachen.

Gabe und ich gingen nach draußen und umrundeten das große Anwesen bis zu den Stallungen und dem Kutschhaus. Dahinter gab es einen Gärtnerschuppen, der leer war, bis auf ein paar zerbrochene Töpfe und die Überreste eines Glashauses. Wir suchten uns sorgsam einen Weg über das wuchernde Unkraut und die Glasdecke, die auf den Boden gefallen war, fanden aber nichts Interessantes.

Die Stallungen und das Kutschhaus waren in einem ähnlich schlechten Zustand, mit kaputten Türen und verrosteter Ausrüstung, die sich in den Ecken stapelte. Gabe schüttelte traurig beim Anblick eines gerissenen Ledersattels den Kopf, der an der Wand hing, bevor er das Fahrrad inspizierte, das auf dem Boden lag. Der Lenker war locker, und man musste nur ein paar Schrauben anziehen.

Er holte sich die Werkzeugkiste aus dem Automobil und richtete das Fahrrad. „Für jemanden, den der Besitz der Familie erfreut, kümmert er sich sehr schlecht darum."

„Ich glaube, seine Freude liegt im Besitz allein, nicht in den Gegenständen selbst. Er hat zugegeben, dass er die Bücher in der Bibliothek nie gelesen hat, doch er sieht sie liebevoll an."

Er zerrte fest an den am Lenker, um ihn zu prüfen. „Glaubst du, er will die Familienerbstücke so sehr besitzen, dass er das

Buch gestohlen hat, um es dorthin zurückzubringen, wo er glaubt, dass es rechtmäßig hingehört?"

Es war etwas, an das ich auch gedacht hatte, dass er sich, seit er vom Medici-Manuskript erfahren hatte, seine Rückkehr nach Sidwell House wünschte. Zu wissen, dass man sich in der Glass-Bibliothek gut darum kümmerte, reichte Mr. Sidwell nicht. Er wollte es in seiner Bibliothek, zusammen mit den anderen Büchern, die Sir Andrew von Dr. Adams erstanden hatte.

Gabe seufzte, als würde er es verabscheuen, sich Mr. Sidwell als Dieb vorzustellen, aber er wusste, dass er ein gutes Motiv hatte und man ihn nicht beiseiteschieben konnte. „Er scheint kein Transportmittel zu haben, deswegen hätte er wohl entweder einen Zug nehmen müssen, um nach London zu kommen, oder jemand hätte ihn fahren müssen. Wir fragen am Bahnhof und überprüfen die Nachbarn."

„Daisys Familie scheint zu seinen besten Freunden zu gehören. Ich glaube, es ist vielleicht besser, wenn sie sie anruft und fragt. Mit uns sprechen sie vielleicht nicht."

Gabe stimmte zu.

Wir trotteten schweigend zurück zum Automobil. Ich wartete auf dem Beifahrersitz auf ihn, während er an der Kurbel drehte, dann wartete ich, dass er sich mir anschloss. Er kam nicht sofort. Er musterte das Anwesen, ein Stirnrunzeln auf dem Gesicht.

„Was ist denn los?", fragte ich, als er endlich auf den Fahrersitz stieg.

„Ich dachte nur über diese großen Häuser und die Schwierigkeiten nach, in denen viele von ihnen inzwischen sind. Sidwell ist nicht der Einzige mit steigenden Schulden, einem riesigen Haus, das er erhalten muss, und keinen Mitteln, um es zu erhalten. Diese Häuser waren einst lebendig, voller Familienangestellter, und jetzt sind sie nur wenig mehr als ein Mühlstein um den Hals ihrer Besitzer."

Das war jetzt aber eine makabre Meinung, aber wie viel davon bezog sich auf sein eigenes Anwesen? Soweit ich es mir bewusst war, stand das Familienhaus derzeit leer, während seine Eltern in Übersee waren.

Gabe erwischte mich, wie ich ihn anstarrte, während er seine Fahrerbrille herabzog, und schenkte mir ein betretenes Lächeln.

„Meiner Familie geht es gut, keine Sorge. Mein Vater hat genug finanzielle Mittel, um den alten Bau gut in Schuss zu halten. Meine Mutter liebt ihn, allerdings glaube ich, ihm ist es egal, wo er lebt, solange er bei ihr ist."

Es war ein so süßes Gefühl, dass ich nicht verhindern konnte, dass ich lächelte. Ich hatte seine Eltern nur auf Fotografien gesehen, aber es ließ sich leicht vorstellen, wie das gut aussehende Paar durch einen Garten auf dem Land spazierte. Nicht einem wuchernden, von Unkraut befallenen Garten wie dem vor Sidwell House, sondern etwas voller Blumen, mit breiten Rasen, die von Hecken geteilt wurden, und entweder einem schattigen Teich oder See nur einen kurzen Spaziergang von der Eingangstür entfernt.

„Und du?", fragte ich, während wir losfuhren. „Was hältst du vom Familienanwesen?"

„Zum Aufwachsen war es ein hervorragender Ort. Man konnte dort ein Abenteuer erleben, ob im Garten, dem Haus oder dem Dorf, besonders, wenn Alex zu Besuch war." Plötzlich verschwand sein Lächeln, und sein Blick wurde hart.

„Und jetzt?"

„Und jetzt besuche ich es nur, wenn ich das muss. Da meine Eltern in einem verlängerten Urlaub sind, gehe ich dort nur hin, wenn der Verwalter des Anwesens mich braucht. Seit dem Krieg …" Er schüttelte den Kopf, und ich dachte, er würde nicht fortfahren, doch dann sagte er: „Es ist die Erinnerung an eine Zeit, die für immer weg ist."

Gabe war nicht ungewöhnlich, dass er die Orte mied, die er als Jugendlicher genossen hatte. Viele Menschen unseres Alters weigerten sich, zurück zu diesen Glanzzeiten zu kehren. Es war zu schmerzhaft.

„Ich mache es dir nicht zum Vorwurf, dass du in London bleiben willst." Ich musste die Stimme erheben, damit er mich über das Brüllen des Motors und den Wind, der an uns vorbeipeitschte, noch hörte. „Da gibt es eine Energie, ein Gefühl der Vorwärtsbewegung. Ich weiß nicht, ob es immer so lebhaft war, oder ob es etwas Neues seit dem Krieg ist, aber das habe ich gebraucht, nachdem James und meine Mutter gestorben sind."

Er wechselte den Gang und schaute zu mir, bevor er sich

wieder auf die Straße konzentrierte. „Du hast in Birmingham gewohnt, betrachtest dich aber nicht als von dort."

„Wir haben da nur ein paar Jahre gelebt." Das hatte ich ihm bereits erzählt, also war ich mir nicht sicher, weshalb er es erwähnte.

„Gibt es irgendwo einen Ort, den du als dein angestammtes Heim betrachtest?"

„Nein. Wir blieben niemals lang genug irgendwo, dass ich mir den Ort als Heimat vorstellte, und ich weiß nicht, woher die Leute meiner Mutter stammen. Oder die meines Vaters."

Ich dachte, das wäre das Ende dieser Unterhaltung, doch er war noch nicht fertig. „Ich hoffe, wir finden heraus, wer die Silberschließen hergestellt hat."

Wir fuhren um eine Ecke, und ich hielt meinen Hut fest, der auf meinem Schoß lag. „Was meinst du damit?"

„Ich hoffe, es führt dazu, dass du mehr über deine Familie herausfindest, und wer du bist." Er schaute wieder zu mir, die Stirn gerunzelt. „Willst du das denn nicht?"

Ich zuckte mit den Schultern. „Es spielt nicht wirklich eine Rolle, wenn wir keine Verbindung zu mir finden. Ich habe mich damit abgefunden, meine Wurzeln nicht zu kennen. Ich will nicht die Zeit von jemandem verschwenden, indem man unwahrscheinlichen Spuren nachjagt."

Darauf folgte eine aufgeladene Stille.

„Es wird nichts verändern", fügte ich an. „Ich werde immer noch Sylvia Ashe sein, und mein Leben wird so fortfahren, wie es ist."

„Aber es könnte dazu führen, dass du Familie findest, von der du nie wusstest."

„Und was dann? Ich könnte an diese lang verlorenen Vettern und Tanten und Onkel schreiben, und sie schreiben vielleicht zurück, aber das war es dann. Wir werden uns doch kaum nahestehen, nachdem wir von der Existenz des anderen vorher nichts wussten."

Er schüttelte den Kopf. „Du verblüffst mich, Sylvia. Wenn ich du wäre, würde ich unbedingt mehr erfahren wollen. Ich kann mir nicht vorstellen, meine Familie nicht zu kennen. Sie sind alles für mich. Selbst die Cousinen, die ich nicht mag, sind ein

Teil von mir, Teil meiner Geschichte." Er schaute wieder zu mir. „Ich verstehe nicht, weshalb du sie nicht kennenlernen wollen würdest, oder mehr über dich herausfinden."

„Ich nehme an, das ist ein Fall, dass man nichts vermissen kann, was man niemals hatte." Ich konnte zwar schon erkennen, was er meinte, aber es schien, als könne er meine Ansicht nicht nachvollziehen, und nichts, was ich sagen konnte, würde sein Denken verändern. Ich wollte nicht mit ihm streiten, darum sagte ich nichts mehr.

Er konnte es allerdings nicht lassen. „Jeder muss seine Familie kennen, seine Vergangenheit."

Ich verbiss mir eine Erwiderung, aber als er mich wieder anschaute, war auf seiner Stirn eine Furche, und ich konnte nicht anders. „Ich brauche dein Mitleid nicht, Gabe."

„Das ist kein Mitleid. Ich will nur, dass du hast, was ich habe."

„Ich werde nie haben, was du hast." Ich drehte mich, um auf die Wiesen zu schauen, aber ich sah nichts außer verschwommene Tränen.

Das Automobil wurde langsamer, bis es an der Straßenseite zum Stillstand kam. Gabe ließ den Motor laufen, während er sich zu mir wandte. Ich starrte weiter auf die Wiese, wollte ihm nicht ins Gesicht schauen. Wollte sein Mitleid nicht sehen.

„Es tut mir leid, Sylvia. Das war gedankenlos." Seine tiefe, warme Stimme umfing mich, tröstete meine angeschlagenen Nerven. „Verzeih mir."

Ich schüttelte den Kopf und probierte mich an meiner Stimme. „Es gibt nichts zu verzeihen."

Er berührte mich am Kinn, drängte mich sanft, ihn anzusehen. Ich blinzelte mit feuchten Wimpern und wagte es, ihm ins Gesicht zu schauen. Was ich darin sah, erschütterte mich noch mehr. Ich sah einen Mann, der daran gewöhnt war, immer das Richtige zu wissen, was man sagen musste, und jetzt hatte er keine Worte mehr. Er wusste, dass er mich nicht über meine Verluste hinwegkommen lassen konnte, genauso wenig wie ich ihn auf magische Art die seinen überwinden lassen konnte.

Seine Daumenkuppe wischte eine Träne auf meiner Wange ab. Seine Hand blieb. Ich dachte, er würde meine Wange nehmen, sich vorbeugen, mich küssen … Alle Anzeichen waren da, in seinem erhitzten Blick, den geöffneten Lippen. Aber dann, mit einem Blinzeln, verschwanden alle Anzeichen. Er zog die Hand zurück und richtete sich nach vorne aus. Sein Profil verhärtete sich, während er den Motor hochlaufen ließ und sich wieder zur Straße wandte. Ich starrte auch nach vorne, tat so, als wäre zwischen uns nichts in diesem aufgeladenen Augenblick vorgefallen.

Aber in seinem Käfig tobte mein Herz.

KAPITEL 13

*D*er Bahnhofsvorsteher der Marlborough Station war eine ziemliche Plaudertasche. Er kannte Lazarus Sidwell und behauptete, er hätte jahrelang keinen Zug mehr genommen. Er ging so weit, zu behaupten, dass er sicher war, Mr. Sidwell wäre seit dem Ausbruch des Krieges nicht am Eingangstor von Sidwell House vorbeigegangen. Da die Anzahl der Angestellten im Lauf der Jahre zurückgegangen war, waren seine einzigen Kontakte mit der Außenwelt seine Nachbarn, die Carmichaels, die einmal die Woche vorbeikamen, und sein Neffe, der alle paar Monate nach seinem Onkel sah, obwohl er schrecklich behandelt und manchmal sogar vom Grundstück getrieben wurde.

Gabe und ich aßen ein Mittagessen in einem Teeladen in Marlborough. Obwohl wir sprachen, als wäre zwischen uns nichts passiert, hatte sich etwas seit unserer Unterhaltung im Automobil verschoben. Ich fühlte mich nicht länger behaglich. Ein Unbehagen hatte sich über uns niedergelassen, und ich war mir nicht sicher, wie ich es abwerfen sollte. Ich wünschte, das hätte ich gewusst. Ich wollte, dass die Dinge wieder so waren, wie sie gewesen waren.

Gabe fuhr mich zur Bibliothek zurück und beharrte darauf, mich zur Tür zu bringen. Ich wünschte, er würde besser auf seine eigene Sicherheit achten und sofort nach Hause zurückkehren, wo seine Freunde helfen konnten, ihn zu beschützen, aber das sagte ich ihm nicht. Er hatte mich heute bereits einmal wegen meiner ausgesprochenen Sorge angefahren, und nach unserer Unterhaltung auf dem Heimweg wollte ich unsere Freundschaft nicht noch weiter aufs Spiel setzen.

Er öffnete mir die Tür, aber ich blieb auf der Schwelle stehen und starrte die hochgewachsene, elegante Frau an, die am Eingangstresen mit Professor Nash plauderte.

„Ivy?" Gabe kam hinter mir heran. Ich trat nach drinnen und ließ ihn vorbei. „Was machst du hier?"

Sie schaute von Gabe zu mir und wieder zurück. Ihre Kehle bewegte sich, als sie schluckte. „Du warst nicht zu Hause. Willie sagte, du bist vielleicht hier. Ich habe gerade den Bibliothekar gefragt, ob er dich gesehen hätte, und … Nun ja, da bist du ja. Du und Miss Ashe." Sie nickte mir einen knappen Gruß zu. „Wie schön, Sie wiederzusehen." Ihre Stimme bebte, und ihre Augen waren feucht. Sie stand kurz vor einem Tränenausbruch.

„Was ist denn los?", fragte Gabe. „Was ist passiert?"

Sie zeigte ihm die Zeitung, die sie gehalten hatte. „Es gab einen weiteren Artikel. Diesmal auf der ersten Seite."

Er atmete tief ein und stieß die Luft langsam aus, als wäre er erleichtert, dass das Problem nichts Schlimmeres war. Doch Ivys Gesicht legte nahe, dass es das Schrecklichste war, was ihr je passiert war. Dass sie sich auf die Suche nach Gabe begab, sogar nachdem er ihre Beziehung beendet hatte, musste bedeuten, dass sie sonst niemanden hatte, an den sie sich wenden konnte.

Ich erhaschte Blicke auf den Artikel, während Gabe las. Laut des Reporters behaupteten die ehemaligen Soldaten, die vor Hobson and Sons Fabrik protestiert hatten, dass die von der Armee ausgegebenen Stiefel mindere Qualität besaßen. Die Magie in ihnen war schwach oder gar nicht existent gewesen. In manchen Fällen waren sie zerfallen. Sie hatten Fußbrand entwickelt, einen Zustand, bei dem die Soldatenfüße über lange Zeiträume hinweg nass und kalt blieben, sodass man offene Stellen und Pilzbefall bekam. In manchen Fällen hatte der Fuß sogar amputiert werden müssen, nachdem eine Nekrose entstanden war. Die magischen Stiefel, die Hobson and Son hergestellt hatten, hatten in diesem Krieg im Vergleich zu vorherigen zu einem dramatischen Rücklauf von Fußbrand geführt, und der Artikel erklärte das, legte aber nahe, dass vielleicht eine Charge der Stiefel niemals den Zauber erhalten hatten. Es wurde spekuliert, dass an einige unglückliche Soldaten als Teil ihrer Uniform die talentfreie Charge ausgegeben worden war.

Gabe reichte die Zeitung Ivy zurück. „Hat dein Vater reagiert?"

„Ja."

„Der Artikel ist nicht allzu schlimm. Falls eine Charge übersehen wurde ..."

„Nichts wurde übersehen. Mein Vater ist ein hervorragender Magier, ganz zu schweigen davon, dass unsere Prozesse sicherstellen, dass nichts durchschlüpfen konnte."

„Fehler passieren, Ivy."

Sie starrte ihn an, ohne zu blinzeln. Dann stieß sie in ihre Handtasche und nahm ein Taschentuch heraus. Sie drückte es sich auf die Nase. „Von dir habe ich Unterstützung erwartet, Gabe."

„Ich unterstütze dich. Dich und deine Familie."

Sie berührte ihn am Arm. „Ich bin so erleichtert, dass du das sagst. Ich brauche jetzt deine Kraft."

Ich war mir nicht sicher, ob Gabe die Art Kraft hatte, die sie verlangte. Gleich als ich ihn getroffen hatte, hatte ich gedacht, die hätte er in Hülle und Fülle, aber es war sein Selbstvertrauen, das so spürbar war. Jetzt, da ich ihn besser kannte, konnte ich erkennen, dass er zu kämpfen hatte. Weshalb konnte sie das nicht sehen?

„Komm heute Abend zum Essen, und du kannst eine Erklärung mit meinem Vater schreiben", sagte sie.

„Was für eine Erklärung?"

Sie schaute zu mir. Ich nahm den Wink an. Der Professor und ich gingen durch die Bibliothek. Er verschwand in den Bücherregalen, während ich ein paar Bücher aufnahm, die man neu einräumen musste. Ich drückte mich in der Nähe der Marmorsäulen herum, wo ich zuhören konnte, ohne gesehen zu werden.

„Eine Erklärung für die Presse, in der du die Unterstützung deiner Familie hinter Hobson and Son stellst", hörte ich Ivy sagen. „Etwas von der Wirkung, dass unsere Stiefel überlegene

Qualität haben, und jeglicher Fußbrand nur eine Folge ist, wenn man sie nicht korrekt trägt."

„Es sind Stiefel, Ivy", sagte Gabe gleichmütig. „Man kann sie nur auf eine Weise tragen."

„Mir ist egal, was du sagst, aber sag was!"

Die Stille zog sich so lange hin, dass ich es riskierte, um die Säule zu spähen. Gabe stand mit gebeugtem Kopf da, strich sich mit der Hand durch die Haare. „Ist das dein Preis?"

„Preis?", wiederholte Ivy.

„Dass ich unsere Verlobung beendet habe. Ist es das, was du im Gegenzug willst, dass du mich loslässt?"

„Glaubst du, ich bestrafe dich? Liebling, nein. Natürlich nicht." Ihre Stimme wurde sanft, während sie die Lücke zwischen ihnen schloss. „Wir haben das doch schon durch, du weißt, dass ich auf deiner Seite stehe, dass ich verstehe, dass du einfach nur Zeit für dich brauchst. Es kommt schon in Ordnung. Das wirst du sehen. Bald bist du wieder ganz du selbst. Wenn du bereit bist, warte ich."

„Ich war schon sehr lange nicht mehr ich selbst. Das ist doch das Problem."

Sie warf ihm einen mitleidigen Blick zu. „Liebling, triff doch keine übereilten Entscheidungen, wenn du dich nicht wie du selbst fühlst."

„Ich habe eine übereilte Entscheidung getroffen, vor drei Jahren. Das ist das Problem."

Sie keuchte.

Er fuhr zusammen. „Tut mir leid. Das war grausam." Er fuhr sich mit der Hand übers Gesicht. Als sie sich löste, schien er etwas Haltung wiedergefunden zu haben. „Als wir uns getroffen haben, dachte ich, du wärst, was ich brauche, dass die Ehe das wäre, was ich will. Ich habe hastig gehandelt. Aber bitte verstehe es, damals war ich nicht ich selbst, und ich bin es immer noch nicht."

„Gabe, daran war noch nichts übereilt. Wir haben uns geliebt. Das tun wir immer noch. Wie du sagst, bist du gerade nicht du selbst. Das ist schon in Ordnung. Ich kann auf dich warten. Das bist du wert." Sie griff nach ihm, doch er nahm sie am Handgelenk.

„Unsere Verlobung ist beendet, Ivy. Ich will nicht nur einfach eine Auszeit. Ich werde nicht zurückkehren. Je schneller du damit klarkommst, umso glücklicher wirst du sein."

Sie riss sich los. Ich konnte ihr Gesicht von meinem Standpunkt aus nicht sehen, aber der Steifheit ihrer Schultern entnahm ich, dass sie sich gerade nur so eben zusammenriss. Sie tat mir leid. Sie war etwa drei Jahre lang seine Verlobte gewesen. Sie hatte bestimmt gelernt, sich auf ihn zu verlassen und auf ihn zu stützen, selbst wenn sie mir wie eine fähige Frau vorkam. Diese Unterstützung entzogen zu bekommen, war bestimmt erschütternd.

„Wir sind gut zusammen, Gabe. Das sagen alle. Bald bist du wieder du selbst. Lass der Sache Zeit. Dann siehst du, dass du und ich auf jegliche Weise zusammenpassen. Es kann doch niemand anderen geben, der so perfekt für dich ist wie ich." Sie marschierte zur Tür, doch mit der Zeitung in einer Hand und ihrer Tasche in der anderen hatte sie keine Hand frei, um sie zu öffnen.

Gabe öffnete sie für sie, schloss sie hinter ihr. „Nenn mich doch einen Feigling, aber ich warte ein paar Minuten, bevor ich auch gehe." Er hob nicht die Stimme. Er hatte ganze Zeit gewusst, dass ich zugehört hatte.

Ich kam aus meinem Versteck. „Du bist kein Feigling. Du bist nur ..." Ich wollte schon sagen, dass er einfach müde war, doch stattdessen sagte ich: „... darauf aus, unnötigem Konflikt aus dem Weg zu gehen."

Er stieß ein humorloses Lachen aus, während er mit der Hüfte am Schreibtisch lehnte und die Arme verschränkte.

Ich wollte zu ihm gehen, ihm über die Wange streichen, um ihn zu trösten, so wie er im Automobil über meine gestrichen hatte. Aber er hatte dort klargemacht, dass er nicht wollte, dass sich zwischen uns etwas entwickelte, und er hatte es Ivy gerade eben klargemacht, dass er nicht er selbst gewesen war, als sie übereilt gebeten hatte, ihn zu heiraten, und er war immer noch nicht er selbst. Ich würde keine weitere Frau in seinem Leben sein, die sich ihm aufdrängte.

Ich setzte mich an den Schreibtisch und griff nach dem Telefon. „Ich bitte Daisy, mit ihren Eltern über Lazarus Sidwells Bewegungen zu sprechen."

Er stieß einen Atemzug aus. „Genau. Gute Idee." Er schaute auf seine Taschenuhr. „Und ich gehe nach Hause und stelle mich Willie und Alex." Er öffnete die Tür, ging aber nicht. „Sylvia."

„Ja?"

Er zögerte, dann sagte er: „Wir sehen uns morgen."

Was immer er gerade hatte sagen wollen, ich war mir ziemlich sicher, das war es nicht gewesen.

* * *

GABE KEHRTE am nächsten Tag wie versprochen zurück, zusammen mit seinem Anhang aus Willie und Alex. Sie drängten ihn in die Bibliothek und schlossen rasch die Tür hinter ihm. Alex blockierte die Tür, die Arme verschränkt, die Füße breit aufgestellt. Eine hervorragende Eintrittsbarriere.

„Ist man euch gefolgt?", fragte ich.

„Nein", knurrte Gabe mit einem finsteren Blick zu Willie an seiner Seite.

„Wir wollen nicht, dass er wieder wegläuft." Sie deutete auf mich. „Ermutige ihn nicht."

Gabe nahm seinen Hut ab und legte ihn auf die Garderobe. „Die Fahrt nach Wiltshire war meine Entscheidung, und nur meine. Ich wäre mit oder ohne Sylvia gefahren."

Sie hängte den Daumen in ihre Taille und knurrte. „Ist Daisy hier?"

„Nein", sagte ich. „Weshalb?"

„Ich wollte sie fragen, wie es mit dem Produzenten gelaufen ist."

„Sie glaubt nicht, dass er sie anheuert, aber er hat ihr einen guten Rat für das Geschäft gegeben. Sie hat sich von Carl Trevelyan ein paar Fotos machen lassen, die sie zu Vorsprechen mitnehmen kann."

Alex schob sich von der Tür weg. „Trevelyan? Der Verdächtige? Konnte sie nicht jemand anderen finden?"

„Er hat einen guten Ruf unter den Schauspielerinnen." Ich war mir nicht sicher, ob ich ihn oder sie verteidigte. Vielleicht beide ein wenig. „Sie hat ihn ausgewählt, weil er sehr empfohlen wurde, und er ist vertrauenswürdig. Es gibt eine Menge skrupelloser Männer dort draußen, die verletzlichen Frauen auflauern."

Alex sank an die Tür, sodass sie ratterte. „Sie ist nicht verletzlich. Sie ist klüger, als sie vorgibt."

Ich freute mich, zu sehen, dass er das auch so sah.

„Aber sie ist naiv", fügte Willie an. „Lass dich nicht von ihrem Mut täuschen, Alex. Sie ist so weltgewandt wie ein Kätzchen."

„Lass Daisy nicht hören, wie du das sagst", warnte ich.

„Deswegen mag ich sie ja. Sie mag ein Kätzchen sein, aber sie hat Krallen und Zähne, und sie setzt sie ein, wenn sie muss."

Alex verschränkte die Arme wieder. „Der Himmel helfe uns, wenn sie wirklich weltgewandt wird."

Willie stach ihn mit dem Finger in den Arm. „Der Himmel helfe *dir*, mein Freund. Wir übrigen kommen schon klar. Du allerdings wirst im Staub zurückgelassen."

Alex kniff die Augen zusammen. „Hör auf, mich anzupieksen."

Sie piekste ihn ein letztes Mal, dann ging sie rückwärts, die Hände hoch erhoben.

Jemand versuchte, von außen die Tür zu öffnen, nur um gegen die Wand zu stoßen, die Alex war. Er trat zur Seite, aber nicht schnell genug. Die Tür flog auf und traf ihn am Arm.

Daisy stand dort mit ihrem Fahrrad, runzelte die Stirn. „Warum blockierst du den Eingang?"

„Um Unerwünschte draußen zu halten."

„Meinst du mich?"

Er richtete seine verschränkten Arme, tat sein Bestes, um beeindruckend zu wirken, aber seine Wimpern zuckten, was bedeutete, sie hatte ihn aus dem Gleichgewicht gebracht. Er war nicht sicher, was er erwidern sollte.

„Er meint Entführer", erklärte Gabe. „Er versucht, mich vor einem weiteren Entführungsversuch zu schützen."

Daisy schob ihr Fahrrad herein und lehnte es an die Wand. „Es ist eine Bibliothek. Man muss manche Leute reinlassen."

Der Professor kam langsam nach unten, er las ein offenes Buch. Er kam an der drittuntersten Stufe an, bevor er merkte, dass wir alle da waren. „Guten Morgen zusammen. Wer möchte Tee?"

Ich half ihm, ihn in der Küche seiner Wohnung zu machen, schloss mich den anderen in der Lesenische auf dem ersten Stock an. Sie war der größere der beiden Winkel, aber trotzdem gab es nicht genug Stühle für alle. Alex blieb am Treppenhaus und hielt Wache, und Gabe lehnte sich an den Schreibtisch.

Ich fragte Daisy, ob sie ihre Eltern angerufen hatte, während ich die Teetassen verteilte.

„Habe ich. Sie bezweifeln, dass Lazarus das Anwesen überhaupt verlassen hat. Er hat zu viel Angst. Falls er es geschafft hat, wäre er bestimmt nicht ganz bis nach London gegangen. Sie glauben, es wäre überwältigend für ihn hier. Zu viel Lärm und Aktivität."

„Er hat vielleicht seine Ängste zur Seite geschoben für etwas, das er wirklich will", sagte Alex. „Er will dieses Buch zurück in seiner Sammlung."

Der Professor war nicht so sicher. „Ein Einzelgänger kann nicht einfach seine Ängste abschalten. Wenn er Schwierigkeiten hat, auch nur das Haus zu verlassen, wäre London eine zu große Anstrengung."

Für mich schien das vernünftig, aber er hatte nicht gesehen, wie Mr. Sidwell über seine Vorfahren und die Sammlung der Bibliothek sprach. Er war stolz, aber er war auch traurig, wertvolle Gegenstände verloren zu haben, von denen er glaubte, sie gehörten nach Sidwell House.

„Der Professor hat über berühmte mittelalterliche Leute gelesen", sagte ich. „Er hofft, einzelne Personen den Symbolen aus dem Medici-Manuskript zuzuordnen. Den Symbolen, an die wir uns noch erinnern, zumindest."

Der Professor holte ein Blatt Papier aus dem Inneren seiner Jackentasche und musterte die Liste der Symbole, die er gezeichnet hatte. „Bisher haben wir den Machtknoten, der für den Papst steht."

„Und die grüne Zwiebel, die die Medici darstellt", fügte Gabe an.

„Nicht unbedingt. In der Mitte des 14. Jahrhunderts, als das Buch geschrieben wurde, waren die Medici nicht ganz so mächtig. Sie haben im 15. Jahrhundert mehr Macht erlangt, mit Cosimo, der die Bibliothek in Florenz gründete." Der Professor deutete auf das dicke Buch, das er gelesen hatte. „Das habe ich mir von einem Freund auf der Universität ausgeliehen. Es ist ein guter Überblick über das Mittelalter und das Europa der Renaissance. Es erwähnt alle möglichen einflussreichen Leute der Zeit, wie sie in Verbindung standen, wie sie Einfluss gewannen, so etwas eben. Päpste natürlich, den Adel, Herzöge und reiche Kaufleute vor allem. In den 1350ern waren neben dem Papst etliche Könige in Europa die mächtigsten Menschen, aber ich hätte erwartet, dass sie in dem Buch mit Kronen oder ihren eigenen heraldischen Symbolen dargestellt werden."

Gabe schüttelte den Kopf. „Zu offensichtlich. Wenn der Verfasser es geheim halten will, hätte er nichts benutzt, das man leicht einer konkreten Person zuordnen könnte."

Willie warf eine Hand in die Luft, während sie die Teetasse und Untertasse in der anderen balancierte. „Dann wird es unmöglich sein, herauszubekommen, wer durch die Symbole dargestellt wird."

„Vielleicht." Professor Nash blätterte durch das Buch, bis er zu einer angemerkten Seite kam. „Sylvia ist gestern Nacht geblieben und hat alles über euren Besuch in Sidwell House erzählt, Gabriel. Sie sagte, Dr. Adams hätte unser Manuskript von Niccolo di Mario gekauft, einem Arzt in Florenz." Er tippte mit den Fingern auf die Seite und lächelte. Wir beugten uns alle vor. „Ich habe ihn gefunden. Es gibt ein paar Zeilen, die ihn erwähnen. Er soll angeblich Alchimist gewesen sein, und er war ein Arzt der Familie Medici. Da steht nicht, wann er gestorben ist, aber er hat offensichtlich 1558 das Leben eines Medici gerettet."

„Ein paar Jahre, bevor er das Buch Dr. Adams verkauft hat", fügte ich hinzu. „Und hundert Jahre, nachdem das Medici-Symbol vorne eingefügt wurde."

Der Professor schob sich die Brille die Nase empor. „Was vermutlich während Cosimo de' Medicis Zeit angefügt wurde. Er gründete die Bibliothek, darum ergibt es Sinn, dass das Buch ihm gehörte. Aber wenn man weiterspringt zu Dr. Niccolo di Mario, ist es sehr wahrscheinlich, dass er als Arzt der Familie

Medici als Teil seiner Bezahlung das Buch erhalten hat. Sie schenkten es ihm. Vielleicht dachten sie, als Alchimist würde er es zu schätzen wissen, vielleicht sogar entschlüsseln."

„Vielleicht hat er es gestohlen", sagte Willie. Als wir sie alle anstarrten, zuckte sie mit den Schultern. „Weshalb es nicht stehlen? Es ist ja nicht, als würde es jemand vermissen. Ich schätze, sie hatten damals Milliarden Bücher in ihrer Bibliothek."

„Ganz so viele nicht", sagte der Professor trocken.

Gabe nahm das Buch und las die Zeile über Dr. Niccolo di Mario. „Wie immer er daran gekommen ist, ich denke, wir können annehmen, er hat es nie entschlüsselt. Er hat es Dr. Adams verkauft, ohne seinen Inhalt zu erfahren, obwohl er schätzte – oder man im gesagt hatte – dass die Symbole alchemisch waren, sodass Dr. Adams diese Notiz in seinen Katalog aufgenommen hat."

Es schien wahrscheinlich. Obwohl es sich anfühlte, als hätten wir heute etwas gelernt, sagte die Information über Dr. Niccolo di Mario uns nur, wie das Buch von der Bibliothek der Medici in Dr. Adams' Hände gelangt war. Wir wussten immer noch nichts von den hundert Jahren, bevor Cosimo es erstanden hatte.

Genauso wenig war ich sicher, dass das Füllen dieser Lücke uns helfen würde, herauszufinden, wer die Silberschließen gemacht hatte.

Ich nahm das Buch und begann zu lesen, nicht ganz sicher, wonach ich Ausschau hielt. Die anderen tranken ihren Tee zu Ende. Ich dachte, sie wären still, weil sie über die Ursprünge des Manuskripts nachdachten, doch Alex belehrte mich eines Besseren. Er hatte etwas anderes im Sinn.

Er verließ seinen Posten am Treppenhaus, um sich neben Daisy zu stellen. „Nächstes Mal, wenn du deine Fotografien machen lassen willst, bitte doch jemanden, mit dir zu kommen."

Sie konzentrierte sich auf den Inhalt der Teetasse, als wäre der Tee sehr viel interessanter als der Mann, der über ihr aufragte. „Sylvia war beschäftigt."

„Du hast andere Freunde." Er räusperte sich. „Oder ich kann mit dir kommen."

„Es war nicht nötig. Carl war der perfekte Gentleman."

„Aber das wusstest du nicht, als du hingegangen bist.

Tatsächlich wurde er des Diebstahls bezichtigt. Das wird er immer noch."

Ihre Nasenflügel blähten sich. „Da ich kein seltenes und wertvolles Buch bin, habe ich beschlossen, es wäre sicher für mich."

„Du bist naiv, wenn du glaubst, dass du vollkommen sicher vor einem Mann bist, den du kaum kennst."

Schließlich schaute sie zu ihm auf. „Ich? Naiv? Ha!"

„Du ..."

„Alex!" Ich nahm das Tablett und schob es ihm an die Brust. „Bist du so gut und würdest mir helfen, das Geschirr zurück in die Küche zu tragen?"

Er verstand den Hinweis und folgte mir. Mein Rettungsversuch war allerdings wohl etwas spät gekommen. Daisy warf ihm einen vernichtenden Blick zu, während sie ihre Tasse und Untertasse auf dem Tablett ablud, das er auf ihre Höhe senkte.

Willie sah mit einem fiesen Lächeln zu.

Das Telefon unten klingelte, und Gabe bot an, es zu übernehmen, da ich auf dem Weg in die Küche war und der Professor niemals rechtzeitig ankommen würde. Als Alex und ich zurückkehrten, hatte Gabe aufgelegt und sich den anderen angeschlossen. Sie waren alle auf den Beinen.

„Das war Cyclops", erklärte uns Gabe. „Seine Männer haben die Angestellten in Antiquariaten und Buchhandlungen mit seltenen Büchern befragt. Einer behauptete, von einem Mann besucht worden zu sein, der versucht hatte, ein Buch zu verkaufen, das nach dem Medici-Manuskript klang. Schnapp dir deinen Hut und deinen Mantel, Sylvia. Wir gehen, um den Ladenbesitzer zu befragen."

Ich machte mir nicht mehr die Mühe, zu fragen, warum er mich einschloss. Ich war einfach nur glücklich, dass ich eingeladen war.

Willie und Alex würden Gabe natürlich nicht außer Sicht lassen, doch Daisy hatte etwas zu tun. Alex bestand darauf, Daisys Fahrrad für sie durch die Straße zu schieben, doch sie weigerte sich. Willie sah ihnen beim Streiten zu, ein erheitertes Glitzern in den Augen.

Mit einem Augenrollen trat Gabe nach draußen und hielt mir

die Eingangstür auf. Bevor ich hinauskam, wurde er von einem riesigen Mann von hinten geschnappt. Da seine Arme hinter ihm festgenagelt waren, konnte Gabe sich nicht befreien.

Und er versuchte es auch nicht. Er starrte direkt zu einem anderen Mann weiter vorne, der nur wenige Schritte entfernt stand und eine Schusswaffe hielt. Sie war jedoch nicht auf Gabe gerichtet.

Sie war auf mich gerichtet.

„Kommen Sie still mit, Glass, und niemand wird verletzt", knurrte der Schütze.

KAPITEL 14

*W*as als nächstes geschah, war verschwommen. In einem Sekundenbruchteil warf der Schütze unerklärlich seine Waffe weg. Sie fiel außerhalb jeglicher Reichweite auf das Kopfsteinpflaster. Er packte seinen Unterarm, sein Gesicht verzerrt vor Schmerz und Verwirrung.

Willie pflügte an mir vorbei, ihre eigene Waffe auf den Mann gerichtet, der immer noch Gabe hielt. „Lass ihn los! Lass ihn jetzt los, oder ich schieße dir zwischen die Augen!"

Auch Alex rannte durch die Tür. Er rang den Schützen zu Boden.

Gabe befreite sich von dem Mann, der ihn hielt. Es gab keinen Widerstand.

„Hände hoch, wo ich sie sehen kann!", rief Willie.

Der Schlägertyp hob die Hände, die Augen schockiert weit aufgerissen. Er wusste auch nicht, wie sich das Blatt so gewendet hatte. Beide Entführer waren völlig verblüfft.

Genau wie ich.

Gabe legte die Hände auf die Hüften und holte ein paar Mal abgehackt Luft, als könne er seine Lunge nicht ganz füllen. Da sich keiner bewegte, nahm ich die herrenlose Waffe auf. Ich reichte sie ihm.

„Gabe, alles in Ordnung?"

Er nickte und nahm die Waffe. Er holte die Kugeln heraus

und steckte sie ein, bevor er die Trommel wieder schloss. „Und du?"

„Natürlich, aber … was ist passiert?"

„Daisy? Professor?"

Sie beide standen im Eingang, sahen schweigend zu, die Münder standen ihnen offen. Sie nickten wie gelähmt.

Einer der Nachbarn rannte heraus und blinzelte überrascht beim Anblick von Willie, die eine Waffe auf einen Mann richtete, und Alex, der einen anderen auf die Füße zerrte. Der Professor ging, um mit ihm zu reden.

Gabe holte einmal mehr tief Luft, bevor er die Entführer nach drinnen befahl.

Der Professor kehrte zurück und bot an, die Polizei anzurufen, während ich mit Daisy dastand. Sie hielt meinen Arm gepackt. Ich packte ihren. Wir starrten, während die Grobiane in die Bibliothek gebracht wurden.

„Was ist passiert?", murmelte sie.

„Jemand hat versucht, Gabe noch einmal zu entführen", sagte ich.

„Ja, aber … Warum hat der Mann mit der Waffe nicht geschossen?"

„Hast du nicht gesehen, was passiert ist?"

„Nein. Ich habe nur gehört, wie er Gabe bedroht. Aber als ich durch die Tür geschaut habe, hatte er nicht mal eine Waffe gehalten, nur seinen Arm. Dann sind Alex und Willie rausgelaufen. Du hast bestimmt gesehen, was passiert ist, Sylvia. Du warst doch gleich da. Du musst wissen, weshalb er nicht geschossen hat."

Gabe fuhr Daisys Fahrrad heraus.

Ich nahm den Wink an. „Wir reden bald." Ich umarmte sie und hielt das Fahrrad, während sie aufstieg. „Es ist am besten, wenn du dieses Ereignis vor niemandem erwähnst. Du weißt ja, wie aufdringlich die Zeitungen waren, wenn es um Gabes Leben geht."

„Ich werde kein Wort sagen." Sie machte eine Absperrgeste am Mundwinkel und tat so, als würde sie den Schlüssel wegwerfen.

Ich sah sie wegfahren, dann schloss ich mich Gabe und den

anderen in der Bibliothek auf dem Erdgeschoss in der Lesenische an. Die beiden Entführer saßen Seite an Seite auf dem Sofa wie Felsklötze. Willie sorgte dafür, dass sie sich nicht bewegten. Obwohl sie nur halb so groß war, strahlte ein wilder Zorn von ihr aus, bei dem niemandem ein Zweifel blieb, dass sie schießen würde, falls es nötig war.

Gabes erste Frage war nicht diejenige, die ich von ihm erwartet hätte. „Habt ihr beiden an der Front gedient?"

Die Männer nickten. Es war von Gabe nur geraten gewesen, aber kein großer Sprung. Einer der Männer hatte Brandnarben auf dem Gesicht und den Händen, während der andere auf einem Auge eine Klappe trug. Das waren nicht dieselben Männer, die versucht hatten, Gabe vor dem Burlington House am ersten Tag zu entführen, als ich ihn kennengelernt hatte.

Willie passte den Griff um ihre Waffe an. „Warum habt ihr versucht, ihn zu entführen? Was wollt ihr?"

Die Männer schauten einander an. „Wir befolgen nur Befehle", sagte der vernarbte Mann.

„Wessen Befehle?"

„Wissen wir nicht. Wir haben ihn nie gesehen."

„Ihr müsst ihn gesehen haben. Antwortet mir!"

Gabe hob eine Hand, um sie zum Schweigen zu bringen. „Wie kommuniziert er mit euch?"

„Übers Telefon, und manchmal treffen wir ihn im Park, aber wir konnten sein Gesicht nicht sehen. Er trägt immer einen Umhang mit Kapuze."

„War es auf jeden Fall ein Mann? Beschreibt, wie er klang und wie er wirkte."

Sie zuckten beide mit den Schultern. „Er hat eine leise Stimme", sagte der mit der Augenklappe. „Vielleicht spricht er so, um sie zu verstellen. Er war nicht hochgewachsen oder klein, er war Durchschnitt."

„Wisst ihr, weshalb er mich entführen wollte?"

Sie zuckten beide mit den Schultern.

Willie fluchte. „Habt ihr beiden überhaupt was im Kopf?"

Der mit dem vernarbten Gesicht kniff die Augen zusammen. „Er wird uns doch nicht erzählen, weshalb er ihn entführt haben will. Weshalb sollte er das? Er hat uns angeheuert, um eine Aufgabe zu erledigen, bei der keine Fragen gestellt werden."

„Na, ihr habt bei eurer Aufgabe versagt, und jetzt wandert ihr ins Gefängnis."

Keiner der Männer wirkte betroffen von der Aussicht auf eine Festnahme.

Der Professor trat ein und verkündete, dass die Polizei bald eintreffen würde, bevor er sich wieder zum Eingangstisch zurückzog. Er schien unbetroffen von der Angelegenheit der beiden Kriminellen in unserer Mitte. Vielleicht hatte er auf seinen Reisen schon Schlimmeres erlebt.

Gabe schlug vor, dass wir alle sitzen blieben, während wir warteten. Alex blieb allerdings stehen, dicht genug an den Männern, damit er sie niederringen konnte, falls es nötig wurde, aber außerhalb von Willies Schusslinie.

Der mit der Augenklappe rieb sich übers Handgelenk. „Ich weiß, dass Sie was getan haben, um mir die Waffe aus der Hand zu schlagen. Aber ich weiß nicht, wie."

Niemand antwortete.

Der Grobian schüttelte den Kopf. „Ich verstehe nicht, was passiert ist."

Als wir weiterhin still blieben, fügte der Narbengesichtige an: „Er hat uns gesagt, es wäre leicht, eine stille Sackgasse vor der Bibliothek, die keiner aufsucht. Er hat uns nie gewarnt, dass es mehrere Leute geben würde. Er hat uns nie gewarnt ..." Er ließ den Satz offen. Er schien sich nicht sicher, wie er ihn abschließen sollte.

Die Polizei war zum Glück schnell. Cyclops begleitete die Mannschaft und nahm Aussagen von uns allen nacheinander auf. Als es darum ging, wie sich das Blatt gewendet hatte und die Schusswaffe in einem Augenblick in der Hand des Schützen und im nächsten weggeworfen auf dem Boden war, hatte ich für ihn keine Antwort. Zu meiner Überraschung drängte er mich nicht, eine zu geben. Er klappte nur sein Notizbuch zu und dankte mir.

Bevor er mit seinen Männern und den beiden Grobianen ging, warf er Gabe und Alex ein stilles Nicken zu. Beide nickten im Gegenzug.

Wir vier blieben in der Lesenische. Sobald wir hörten, wie sich die Vordertür schloss, ließ sich eine schwere Stille über uns nieder. Willie funkelte Gabe und Alex an, aber sie taten so, als würden sie es nicht bemerken.

„Bereit, den Buchhändler zu befragen?", fragte mich Gabe.

Willie bewegte sich, um uns den Weg zu verstellen, stellte die Füße breit auf und verschränkte die Arme. „Sylvia, du kannst gehen." Sie wies mit dem Kinn auf Gabe und Alex. „Ihr zwei geht nirgends hin, bis mir jemand sagt, was los ist. Ihr enthaltet mir Geheimnisse vor, und ich hasse Geheimnisse."

Alex ging, um sie an den Ellbogen zu nehmen und zur Seite zu stellen, doch sie trat ihm vors Schienbein. Er fluchte tonlos und hüpfte auf einem Bein zum Sofa. „Gabe. Es ist Zeit."

„Das ist es auf jeden Fall." Willie ging zur Seite und deutete auf mich. „Geh und red mit dem Professor über Bücher oder sowas. Wir sind gleich da."

Ich ahmte sie nach, verschränkte die Arme und stellte die Füße breit auf. Obwohl ich vermutlich niemanden treten würde, wenn jemand versuchte, mich zu bewegen, kam es hier nur auf den Symbolismus an.

Es funktionierte. Gabe bat mich, sich mit Willie hinzusetzen. „Sylvia hat gerade mehr als sonst jemand gesehen, also hat sie auch eine Erklärung verdient."

Aber das war es ja. Ich hatte nichts gesehen, was irgendjemandem erklären konnte, wie die Waffe auf dem Kopfsteinpflaster gelandet war.

Während Willie und ich uns nebeneinander hinsetzen, schaute ich erwartungsvoll zu ihm auf. Gabe stieß einen langen Atemzug aus. Er hatte sich von seiner vorherigen Atemlosigkeit erholt, doch er schien sogar noch mehr neben sich. Er wollte etwas sagen, hielt inne, dann sagte er: „Im Prinzip habe ich ihm die Waffe aus der Hand getreten."

Ich schüttelte den Kopf. „Aber du hast dich nicht bewegt. Genauso wenig er, nur um sich den Arm zu reiben, nachdem die Waffe auf dem Boden gelandet ist."

Willie warf Gabe einen herausfordernden Blick zu. „Sie war gleich dort. Sie hat alles gesehen. Also versuch nicht, uns hereinzulegen."

„Tue ich nicht. Ich versuche, es zu erklären, aber … ich verstehe es selbst nicht ganz."

„Vielleicht kann uns der Professor mehr Tee besorgen. Das scheint euch Engländern ja beim Denken zu helfen."

„Ich brauche keinen Tee."

Willie wirkte etwas enttäuscht, aber konzentrierte sich wieder, als Gabe sich uns gegenüber hinsetzte.

Er räusperte sich. „Lasst mich mit dem Krieg beginnen."

„Dem Krieg! Was hat das denn damit zu tun?"

„Halt den Mund, und du findest es heraus", knurrte Alex.

Willie presste die Lippen zusammen.

Gabe räusperte sich erneut. „Als zum ersten Mal mein Bataillon angegriffen wurde, dachte ich, ich würde sterben. Männer standen in einem Augenblick neben mir, im nächsten waren sie tot. Es war chaotisch, laut, blutig. Dann, plötzlich … beruhigte es sich einfach. Es hörte nicht auf, aber alles um mich wurde langsamer. So sehr, dass ich die Kugeln durch die Luft fliegen sehen konnte. Es war, als würden sie sich durch dickes Gelee schieben, das irgendwie ihre Bewegung behinderte. Es waren nicht nur die Kugeln. Alles verlangsamte sich. Männer und Pferde bewegten sich zentimeterweise, selbst die Blätter im Wind, die Schlammspritzer, alles. Bis auf mich. Ich konnte mich mit normaler Geschwindigkeit bewegen."

So unfassbar die Geschichte klang, sie war sinnvoll und erklärte eine Menge. Alles begann an Ort und Stelle zu fallen, wie die Teile eines Puzzles.

„Du konntest den Kugeln ausweichen", murmelte ich.

„Und dem Gas und den Bomben. Ich konnte allem ausweichen, bevor es traf. Manchmal schob ich Männer aus dem Weg, aber ich konnte nicht alle retten." Er fuhr sich mit der Hand durch die Haare, und ich wünschte, wir würden seine schmerzlichen Erinnerungen nicht aufscheuchen müssen.

„So bist du durch den Krieg gekommen", sagte Willie. „Ich dachte, du hättest einfach Glück gehabt. Dass jemand da oben auf deiner Seite stand." Sie schaute zur Decke.

„Das war nichts, was ich kontrollieren konnte. Ich konnte es nicht absichtlich ein- oder ausschalten. Es schien nur zu geschehen, wenn mein Leben bedroht wurde."

„Was es vier Jahre lang wurde", fügte Alex an.

„Nur, dass es sich länger anfühlte als vier Jahre", sagte ich. „Wenn sich die Zeit bei jeder Schlacht verlangsamt hat, musste es sich doch unendlich anfühlen." Kein Wunder, dass er müde war.

Gabe nickte schwach. „Nach dem Krieg dachte ich, alles würde wieder normal werden, dass es nicht wieder passieren würde. Dann sah ich, wie das Boot vor der Küste der Isle of Wight kenterte, und der Junge und sein Vater unter Wasser verschwanden. Ich stürzte mich hinein und half dem Jungen, dann suchte ich nach dem Vater. Ich hatte das Gefühl, ich hätte ihn schnell gefunden. Er war in dem Netz verstrickt. Ich wollte gerade zu ihm hinüberschwimmen, aber da ging mir plötzlich die Luft aus. Ich musste wieder an die Oberfläche. Ich versuchte, den Mann noch einmal zu befreien, aber mir wurde klar, dass er bereits tot war. Später sagte mir der Junge, dass er gedacht hätte, ich wäre auch ertrunken. Ich war sehr viel länger dort unten, als mir klar gewesen war."

„Warte mal kurz", sagte ich und dachte darüber nach. „Das ist das Gegenteil von dem, was auf dem Schlachtfeld passiert ist. Dort hast du die Zeit verlangsamt. Aber für die Rettung unter Wasser hat sich – für dich – die Zeit beschleunigt. Stimmt das?"

„Ja. Im Krieg, während Kugeln und Bomben um uns herabregneten, fühlte sich eine Sekunde Echtzeit für mich wie eine Minute an. Aber an diesem Tag vor der Isle of Wight gingen etliche Minuten unter Wasser in Sekunden vorüber."

„Ein Reporter schrieb über dich und die wundersame Rettung des Jungen. Es war der Artikel, der mich bei der Ausstellung auf die Suche nach dir geschickt hat. Er hat auch spekuliert, dass irgendetwas … seltsam an der Rettung war, und an deinem außergewöhnlichen Glück im Krieg. Der Reporter wusste, dass etwas nicht stimmt."

Gabe nickte. „Ein paar weitere Journalisten haben die Geschichte aufgenommen, aber niemand mehr als Scarrow, besonders nach dem ersten Entführungsversuch."

„Dem du entkommen bist, indem du die Zeit verlangsamt hast."

„Und dem zweiten Versuch", fügte Willie an. „Und dem Dritten, gerade jetzt."

„Beim zweiten Mal hat Alex es mitbekommen", sagte Gabe. „Ich habe die Zeit verlangsamt und es geschafft, dem Entführer die Waffe wegzunehmen und sie auf ihn zu richten. Als die Zeit wieder lief, half mir Alex, sie zu stellen und zu vertreiben. Ich dachte, damit wäre es zu Ende gewesen."

„Ich habe ihn bedrängt, um zu erfahren, wie er sich befreit hat", sagte Alex. „Er hat mir alles erzählt."

Willie knurrte. „Du hättest es mir auch erzählen können."

„Und beim dritten Mal?", fragte ich. „Dieser Schütze war dicht genug, dass du ihm die Waffe aus der Hand treten konntest, während dieses ... günstigen Moments?"

Gabe nickte. „Ich konnte aber nicht aus dem Griff des anderen Entführers entkommen. Ich hatte ... Schwierigkeiten mit dem Atmen."

„Da bin ich dann zur Rettung gekommen." Willie tätschelte den Griff ihrer Waffe, der aus dem Taillenbund ragte.

„Ich hätte ihn befreit", sagte Alex abwehrend.

Ich dachte darüber nach, versuchte, die Fakten zu verstehen. Aber wenn es um Magie ging, taten Fakten überhaupt etwas zur Sache? Denn das musste Magie sein, auf irgendeine Art. „Während sich also die Zeit für dich verlangsamt oder beschleunigt, läuft sie für alle anderen in normaler Geschwindigkeit weiter. Aber wenn du etwas in diesem verlangsamten Zeitfenster machst, sieht es aus, als würden die Dinge für uns in einem Sekundenbruchteil geschehen. Deshalb wirkt es auf uns, als hätte der Grobian die Waffe weggeworfen, obwohl er sich gar nicht bewegt hat. Aber du hast ihm gegen die Hand getreten, und die Waffe ist durch die Luft geflogen."

Er breitete die Hände aus. „Das ist es im Wesentlichen."

Ich erinnerte mich an den Zeitpunkt, als er mich vor einem Angreifer gerettet hatte, indem er unfassbar schnell die Stufen heraufgelaufen war. Einen Augenblick hatte ich eine Stimme unten gehört, und im nächsten hatte er den Kerl zu Boden gerungen. Gabe hatte wohl da auch seine Magie eingesetzt.

„Sie rettet nicht nur dich, diese ... Fähigkeit. Du hast sie auch genutzt, um mich zu retten."

Er erinnerte sich wohl an den Vorfall, auf den ich mich bezog. Seine Hände öffneten sich wieder. „Es tritt wohl einfach instinktiv auf. Ich kann es nicht steuern. Ich habe gehört, dass du Schwierigkeiten hattest, und bin einfach losgelaufen. Ich dachte, ich würde zu spät kommen, aber als ich am Tatort erschien, wart ihr alle verlangsamt. Da konnte ich ihn festsetzen."

„Du hattest damals auch Schwierigkeiten, wieder Luft zu bekommen."

Gabes Nicken war kaum sichtbar.

Willie rückte vor. „Macht es dich müde?"

Er nickte.

„Was ist mit deiner Brust? Tut da was weh?"

„Nein."

Sie lehnte sich wieder zurück. „Na, das ist schon mal was, schätze ich, aber du musst vorsichtig sein. Verlangsame Zeit nicht wieder, außer du musst dein Leben retten."

„Ich hab's dir doch gesagt, ich kann es nicht beherrschen. Es passiert einfach."

„Du musst es versuchen! Verstehst du mich? Es wird einen Weg geben. Alle Magie kann man beherrschen. Manche Magier wissen nicht immer, wie, besonders wenn sie einen neuen Zauber nutzen. India konnte sie beherrschen. Was hat sie gesagt, als du es ihr erzählt hast?"

„Ich habe es ihr oder meinem Vater nicht erzählt, und das wirst auch du nicht tun. Ich will nicht, dass sie sich Sorgen machen. Lass sie ihren Urlaub genießen. Ich sage es ihnen, wenn sie nach Hause kommen."

„Was kann sie denn überhaupt machen?", fragte Alex. „Wenn das Magie ist, ist sie komplett anders als ihre. Sie würde sie auch nicht besser verstehen, als Gabe das tut."

„Es ist Magie, und so anders ist sie nicht. Nicht wirklich. Klar, Gabe setzt keinen Zauber ein und hat kein Handwerk, aber India benutzte auch nicht immer einen Zauber, um ihre Magie zum Funktionieren zu bringen. Und sie hat diese Taschenuhr."

„Was für eine Taschenuhr?", fragte ich.

Willie schien es nur ungern erklären zu wollen, darum erzählte es mir Gabe. „Ihre Taschenuhr weiß, wann sie in

Schwierigkeiten ist, und kann sie retten. Sie läutet zur Warnung, unter anderem."

Ich starrte ihn an. Magie war komplizierter und interessanter, als mir klar gewesen war.

„India ist außergewöhnlich", sagte Willie mit einem Hauch Bewunderung in der Stimme. „Sie ist nicht wie andere Magier. Sie hat echtes Talent." Sie deutete auf Gabe. „Genau wie du, wie es scheint."

Gabe schüttelte den Kopf. „Falls das Magie ist, ist es seltsame Magie."

„Es ist Magie, und es ist gar nicht mal so seltsam. Nicht, wenn man weiß, was mit dir passiert ist, während India dich in sich trug." Sie wedelte mit dem Finger nachdenklich in seine Richtung. „So hast du bestimmt deine Magie erhalten. Ich schätze, du wärst komplett talentfrei geboren worden, wie Matt, wäre nicht das passiert, was India zugestoßen ist, während sie schwanger war."

Gabe und Alex wandten sich rasch ihr zu. Das war wohl eine Geschichte, mit der keiner vertraut war. „Was ist passiert?", fragte Alex.

Willie kaute auf der Unterlippe. „Ähm … Vielleicht sollte ich bei Cyclops nachfragen, bevor ich was sage. Ich will die Einzelheiten nicht falsch erzählen. Es ist lange her."

„Mein Vater weiß es?", fragte Alex. „Warum hat er nichts gesagt?"

„Weil wir damals alle dachten, es hätte nichts zu bedeuten. In Ordnung, ich erzähle euch, woran ich mich erinnere. Als Gabe geboren wurde, war er ganz gesund und normal. Wir wussten nicht, ob er ein Magier werden würde oder nicht, aber als er aufwuchs, zeigte sich, dass er keine natürliche Neigung zu Uhren hatte. Er wurde nicht von ihnen angezogen wie India. Es gibt eine Reihe von Magiearten auf der Seite deiner Mutter, Gabe, nicht nur Uhren, aber du schienst keine davon geerbt zu haben. Wir alle dachten, du wärst talentfrei, und dass das, was India während ihrer Schwangerschaft zugestoßen ist, nichts zu bedeuten hätte."

„Was ist passiert?", drängten wir alle gleichzeitig.

„Es wurde eine Menge Magie in sie hineingepumpt. Wenn ihr die ganze Geschichte hören wollt, müsst ihr sie fragen. Ich erinnere mich nicht so gut daran. Aber ich erinnere mich, dass wir uns alle Sorgen machten, bis zu dem Tag, als du geboren wurdest. Aber du bist ganz gut geraten. Ein wenig faltig und klein, aber offensichtlich sehen ja alle Babys so aus." Sie lächelte, und ich glaubte zu sehen, wie ihre Augen feucht wurden, aber sie verbarg rasch das Gesicht, indem sie auf ihren Schoß schaute. „Sieht so aus, als hätte dich all diese Magie doch betroffen. Aber niemand hätte erraten können, wie sie sich manifestieren würde. Das ist noch nie zuvor passiert."

Wir verfielen alle ins Schweigen. Willies Geschichte bewies, wie wenig wir über Magie wussten. In Gabe war eine ganz neue Magie geboren worden, eine, für die es keine Präzedenzfälle gab. Wir kannten ihre Regeln nicht. Was waren ihre Möglichkeiten? Und was ihre Grenzen? Weshalb war Gabe danach atemlos? Stellte das eine Gefahr für seine Gesundheit dar? Was würde passieren, wenn er sie wieder einsetzte? Und wie konnte er verhindern, dass er sie einsetzte?

Alex packte Gabe an der Schulter. „Also … bist du jetzt ein Magier oder nicht?"

Gabe zuckte mit den Schultern. „Ich glaube nicht. Ich nutze keine Zauber. Ich kann keine Uhr oder irgendetwas anderes herstellen und es außergewöhnlich machen. Ich kann Magie in Gegenständen nicht spüren, die sie enthalten. Ich bin einfach nur normal."

Willie stand auf und tat etwas höchst Seltsames. Sie nahm Gabes Gesicht in die Hände und gab ihm einen Kuss auf die Stirn. Ich hatte noch nie mitbekommen, dass sie so mütterlich war. „Du bist nicht normal, Gabe. Du warst vor dem Krieg nicht normal, als wir nicht wussten, dass du die Zeit manipulieren kannst, und du bist es jetzt nicht. Nicht für uns."

Eindeutig war Gabe nicht daran gewöhnt, diese weichere Seite von ihr zu sehen, dann er umarmte sie irgendwie unbehaglich.

Sie zog sich zurück und schaute wieder weg, aber diesmal sah ich auf jeden Fall Tränen in ihren Augen.

„Du sagst, die Uhr deiner Mutter rettet sie", bemerkte ich. „Und es scheint, als würde die Zeit dich retten, Gabe. Diese Dinge sind kein so großer Unterschied."

Willie gefiel diese Verbindung. „Schön ausgedrückt, Sylvia. Jetzt betrinken wir uns und feiern."

„Es ist mitten am Tag!", rief Alex. „Sogar ich habe Grenzen, Willie."

„Eine Zigarette?"

„Du hast es doch mit Gabe zusammen aufgegeben." Er griff in seine Jackentasche und zog ein Zigarettenetui heraus. „Ich andererseits habe nicht aufgehört. Ich warte draußen."

Willie schaute sehnsüchtig auf seinen Rücken, während er ging.

Gabe beobachtete mich durch seine langen, dunklen Wimpern hindurch. „Ich weiß, es ist eine Menge zu verarbeiten, besonders wenn Magie kein Teil deines Lebens war. Ich war immer davon umgeben und mit Leuten zusammen, die darüber reden. Obwohl das für dich neu und anders ist, bitte behalte im Kopf, dass es auch für mich seltsam ist."

Ich nickte, aber die Seltsamkeit des Ganzen war nicht vordringlich in meinen Gedanken. „Wir vier sind die Einzigen, die davon wissen?"

Er nickte. „Nicht mal Cyclops weiß es. Obwohl ich glaube, dass er was ahnt. Vermutlich muss ich später so einiges erklären. Scarrow und die anderen Journalisten vermuten auch was, aber sie wissen nicht, was. Sie haben vermutlich nicht mal eine Ahnung. Niemand hat bezeugt, wie ich die Zeit beeinflusse."

Er schien sich keine Sorgen zu machen. Die Journalisten bereiteten mir auch keine Sorgen. Sie suchten nur etwas Spannendes, das sie ausnutzen konnten, um mehr Zeitungen zu verkaufen.

Doch der Entführer war anders.

„Jemand hat eine Ahnung", sagte ich. „Jemand vermutet, dass Magie beteiligt ist, und nimmt außergewöhnliche Anstrengungen auf sich, um dich zu befragen und mehr herauszufinden."

„Ich glaube nicht, dass er mich nur befragen will. Er könnte versuchen, das überall zu machen. Dafür muss man mich nicht mitnehmen."

Willie fluchte laut, als ihr klar wurde, was Gabe da nahelegte.

Mir wurde es auch klar, und es ließ es mir bis ins Innerste übel werden. „Jemand will dich entführen und dich studieren."

KAPITEL 15

Barstows Rare and Antique Books war ein Fest für Bücherfreunde. Die eng gepackten Regale beherbergten Schätze, die laut dem Schild, das auf das Eingangsfenster gemalt war, über vierhundert Jahre zurückgingen. Die meisten waren in Leder gebunden, aber einigen fehlte der Buchdeckel ganz. Ich musterte eine illustrierte Bibel, die offen auf einem runden Tisch in der Mitte ausgestellt stand. Die Tintenfarben leuchteten, und die Schrift war gut zu lesen, doch es war Latein. Ich beugte mich hinab, um es mir genauer anzusehen.

„Das ist jetzt nah genug." Der Ladenbesitzer, Mr. Barstow persönlich, hatte am Schreibtisch mit Gabe gesprochen, aber er löste sich, um mich anzufahren.

„Darf ich nicht umblättern?", fragte ich.

„Nein. Das ist nur zum Ansehen."

Ich verbiss mir eine Bemerkung, dass Bücher gelesen und genossen werden sollten, nicht einfach nur Zierobjekte sein. Es wäre nicht klug, ihn uns zum Gegner zu machen. Wir brauchten ihn.

Ich lächelte, während ich mich Gabe anschloss, bereit dazu, eine freundliche Unterhaltung mit einem weiteren Bücherliebhaber zu führen. Aber er schaute entlang seiner spitzen Nase auf mich herab, sein noch spitzeres Kinn war hochnäsig nach vorn geschoben. Ich würde Gabe das Reden übernehmen lassen. Mr.

Barstow hatte sich bereits eine Meinung gebildet, die mich abwertete, und ich bezweifelte, dass sich zwischen uns Verständnis entwickeln konnte, trotz unseres geteilten Interesses.

„Können Sie den Mann beschreiben, der versucht hat, Ihnen das Buch zu verkaufen?", fragte Gabe.

„Ach, der ist nicht hereingekommen." Mr. Barstow griff in die oberste Schublade und nahm ein Blatt Papier heraus. „Er hat diesen Brief geschickt."

Ich las den getippten Brief über Gabes Schulter mit. Er war mit Mr. John Smith unterschrieben, der behauptete, ein altes Buch geerbt zu haben, das einst der Medici-Familie gehört hatte. Mr. Smith beschrieb es dann weiter und fragte, ob Mr. Barstow Interesse hätte, es zu kaufen. Die Beschreibung passte zum Medici-Manuskript.

„Haben Sie geantwortet?", fragte Gabe.

„Schon."

„Wollten Sie es kaufen?"

„Ich wollte es sehen, bevor ich eine Entscheidung treffe. Sollte es echt sein, dann ja, ich hätte ein Angebot gemacht. Ein Buch mit einer Verbindung zu den Medici ist wertvoll."

Die Rückadresse des Briefes war in St. Giles. Meine Hoffnung blühte auf. Jetzt war es einfach nur noch eine Frage, dass man nachsah, wer dort wohnte.

„Haben Sie vorgeschlagen, sich mit ihm zu treffen, damit Sie das Buch sehen können?", fragte Gabe.

„Ich habe gestern eine Antwort geschickt, um ihn zu fragen, ob er es herbringen kann. Ich habe noch keine Antwort erhalten."

„Bitte benachrichtigen Sie uns, falls Sie das tun." Gabe hielt den Brief hoch. „Dürfen wir das behalten?"

„Natürlich."

Gabe wandte sich an mich. „Hast du noch irgendwelche Fragen, Sylvia?"

„Nur eine. Mr. Barstow, Sie kennen doch bestimmt das andere Antiquariat." Ich deutete zum Fenster, obwohl der andere Laden ein paar Türen weiter auf der gleichen Seite war. „Wissen Sie, ob Mr. John Smith auch angeboten hat, das Buch dort zu verkaufen?"

„Wir sind Rivalen. Es wäre töricht, wenn ich das mit Mr. Chiffley besprochen hätte."

Gabe und ich wollten gehen, aber Mr. Barstow kam rasch um den Schreibtisch, um sich uns anzuschließen.

„Darf ich annehmen, dass die Einmischung der Polizei in dieser Angelegenheit bedeutet, dass das Buch echt ist?", fragte er. „Es war einst in der Medici-Bibliothek untergebracht?"

Gabe setzte seinen Hut auf und öffnete die Tür. „Wir können nicht ganz sicher sein, ob es den Medici gehörte. Aber wir glauben, es ist alt."

„Ach? Hat ein Experte sein Alter verifiziert?"

„Ein Tintenmagier."

Mr. Barstows Augen leuchteten. „Es enthält Magie?"

Gabe lüftete seinen Hut. „Einen schönen Tag, Mr. Barstow. Danke für Ihre Zeit."

Mr. Barstow folgte uns nach draußen. „Mr. Glass, bitte sagen Sie dem Besitzer, dass ich ein Angebot machen werde, ohne es gesehen zu haben."

„Das mache ich."

„Im Austausch für meine Hilfe heute hätte ich gern die Gelegenheit, der Erste zu sein, der ein Angebot einbringt. Falls er das Buch natürlich zurückerhält. Falls nicht ..."

„Das wird er. Ich habe mein Wort gegeben."

Mr. Barstow lächelte. „Natürlich. Ich freue mich darauf, mit ihm zu sprechen."

Ich wartete, dass Gabe etwas sagte, doch er bedeutete mir nur, dass ich ihm vorausgehen sollte. Das tat ich nicht. „Mr. Barstow, das Buch wird nicht zum Verkauf stehen", sagte ich. „Der Besitzer plant, es zu behalten."

„Man kann ihn zum Verkauf überreden", sagte Gabe mit einem charmanten Lächeln, von dem ich mir nicht sicher war, ob es für mich oder Mr. Barstow bestimmt war.

Mr. Barstow kehrte in seinen Laden zurück und schloss die Tür. Gabe schlug vor, dass wir bei dem anderen Antiquariat vorbeischauten. Alex und Willie deckten uns, obwohl ich bezweifelte, dass es noch einen Entführungsversuch geben würde. Da die beiden Grobiane festgenommen waren, musste der Anführer Ersatz finden. Er wäre auch töricht, es zu versuchen, wenn Gabe vorgewarnt war.

„Weshalb hast du Mr. Barstow denken lassen, das Buch stünde zum Verkauf?", fragte ich.

„Weil er es will. Wenn er glaubt, es steht nicht zum Verkauf, warnt er vielleicht den Dieb und schlägt vor, dass sie diskret ein Geschäft abschließen."

Ich keuchte. „Du glaubst, er würde mit gestohlener Ware handeln?"

„Alles ist möglich. Zumindest hat Barstow vor der Polizei zugegeben, dass jemand versucht hat, ihm ein Buch zu verkaufen, das zur Beschreibung des Medici-Manuskripts passt. Der andere Händler hat das nicht getan." Er nickte zum zweiten Antiquariat hin.

„Glaubst du, er hat auch einen Brief von dem Dieb erhalten?"

„Der Dieb will es verkaufen. Was wäre denn besser, um den Preis in die Höhe zu treiben, als zwei Händler darum buhlen zu lassen? Vielleicht hat er sich sogar an noch weitere gewandt."

Das klang sinnvoll. Wir sollten den zweiten Buchhändler befragen, solange wir hier waren.

Cecil Court war dafür bekannt, literarische und künstlerische Geschäfte zu beherbergen. Es gab Verleger, eine Privatbibliothek, Kunstgalerien und eine Reihe Buchläden, die sich auf unterschiedliche Themen spezialisiert hatten. Es gab allerdings nur zwei Antiquariate. Mr. Barstows Laden und denjenigen, der Mr. Chiffley gehörte, einem blassen und irgendwie leblosen Kerl, der aussah, als hätte er nie einen Fuß an die Sonne gesetzt.

Gabe stellte uns vor und erklärte den Grund für unseren Besuch. Anders als Mr. Barstow behauptete Mr. Chiffley, er hätte keinen Brief von einem John Smith über ein Buch erhalten, das angeblich einst den Medici gehört hatte. Er wirkte genervt, dass man ihn befragte, und ging wieder dazu über, in dem Buch zu lesen, das offen vor ihm auf dem Schreibtisch lag, während wir noch vor ihm standen.

„Er hat vielleicht einen anderen Namen benutzt", beharrte Gabe.

„Die Polizei hat mir bereits Fragen gestellt, und ich habe ihnen meine Antwort gegeben", sagte Mr. Chiffley, ohne vom

Buch aufzusehen. „Nein, man hat sich nicht wegen eines Buches an mich gewandt, das den Medici gehörte. Jetzt, wenn es Ihnen nichts ausmacht, habe ich zu arbeiten."

So sah es für mich nicht aus. Der Laden war leer, und er las ein Buch über Archäologie.

Auf unserem Weg zurück zum Automobil fragte Gabe, ob ich Mr. Chiffley glaubte.

„Nein. Du?"

„Nein. Ich werde Murray bitten, beide Läden zu beobachten. Ich will wissen, ob jemand hineingeht und etwas dabei hat, das so groß ist wie das Medici-Manuskript." Er hielt inne und wies zu einem Laternenpfahl auf der anderen Straßenseite hin. „Wenn er hier steht, kann er beide Läden sehen."

„Mr. Barstow vertraust du auch nicht? Aber er hat der Polizei Bescheid gesagt."

„Es ist nicht aus eigenen Stücken zur Polizei gegangen. Sie kamen zu ihm, weil es Teil ihrer Ermittlung war. Hätten sie das nicht getan, hätte er den Brief gemeldet?"

„Nicht, wenn er angenommen hätte, er wäre echt. Was er nicht tat", fügte ich an. „Ich verstehe, was du meinst. Nur, weil er ein bisschen ehrlicher ist als Mr. Chiffley, macht ihn das nicht hundertprozentig vertrauenswürdig."

Er lächelte, während er die Tür des Wagens für mich öffnete. „Jetzt denkst du wie eine Ermittlerin."

Ich stieg über den Rücksitz und beobachtete, wie Gabe neben mir einstieg. „Der Dieb weiß nicht, dass das Buch Magie enthält", sagte ich. „Wüsste er das, hätte er das in dem Brief erwähnt."

Gabe nahm den Brief aus seiner Tasche und las ihn noch einmal. „Nicht nur das, sondern der Dieb besitzt auch kein Wissen über den Schwarzmarkt für seltene Bücher. Hätte er das, hätte er sich nicht auf diese Weise an Chiffley und Barstow gewandt. Es war ein Risiko, direkt an die Händler zu schreiben, ohne zu wissen, ob sie ehrlich sind oder nicht."

„Aber es war ein Risiko, das er auf sich nehmen musste, da er keine Alternative kannte", schloss ich.

Wir nahmen ein öffentliches Telefon im nächsten Postamt, um den Leibdiener Murray anzurufen, und gaben ihm Anweisung, die Bücherläden am Cecil Court zu beobachten. Dann fuhr uns Alex zu der Rücksendeadresse des Briefes, den Mr. Barstow Gabe gegeben hatte. Mein Herz wurde schwer, als Alex den Wagen an den Randstein lenkte. Die Adresse war ein leerstehender Laden. Die Fenster waren vernagelt und der zurückgesetzte Eingang stank nach Urin. Er stand schon seit einiger Zeit leer.

Willie schaute hinten herum und kehrte mit dem Bericht zurück, dass die Tür sich leicht öffnen ließ, wenn man ein wenig talentiert im Schlösserknacken war. Offensichtlich hatte sie dieses Talent, und weder Alex noch Gabe waren überrascht, dass sie vorschlug, dass sie sich drinnen umsahen.

Wir betraten den Laden durch den kleinen Hof an der Rückseite des Grundstücks. Der Geruch drinnen war schlimmer als draußen, und ich drückte mir eine Hand im Handschuh an die Nase, während wir uns durch die weggeworfenen Zeitungen, zerbrochenen Kisten und verschmutzten Lumpen schlängelten. Bis auf das kleine Tier, das unter einer abgetragenen Decke heraushuschte, lebte in dem Laden sonst niemand.

„Jemand übernachtet hier", sagte Gabe.

Alex deutete auf drei unterschiedliche Lumpenstapel. „Wahrscheinlich mehr als nur einer."

Gabe nahm einen Umschlag auf, der auf das Fensterbrett gestellt war. „Das ist Barstows Antwort an John Smith. Sie ist noch geschlossen."

„Sie wurde da hingestellt, aus dem Weg, als würde sie darauf warten, dass sie jemand abholt", fügte ich an.

Gabe stimmte zu. „Unser Dieb lebt nicht hier. John Smith lässt nur seine Post hierher schicken."

„Vermutlich nur seine Post für die Verhandlungen wegen des Verkaufs des Manuskripts", sagte Alex. „Es war der einzige Weg, um Anonymität zu garantieren. Wir könnten warten, bis die Herumtreiber auftauchen, und fragen, ob sie den Mann beschreiben können, der kommt, um seine Briefe abzuholen."

Willie sah das anders. „Er bezahlt sie offensichtlich für die Postdienste. Vielleicht verraten sie ihn nicht. Außerdem gehen wir lieber, bevor Sylvia wegen des Geruchs umkippt."

Ich nahm meine Hand von der Nase weg an meine Seite. „Es geht schon."

Sie fegte an mir vorbei, unterwegs zur Hintertür. „Du siehst grün aus."

„Das liegt am schlechten Licht."

Ich folgte ihr nach draußen, wo ich tief Luft holte. Sie war nicht frisch – das war immerhin London – aber es war besser als der Geruch drinnen.

„Ich bleibe hier", sagte Alex. „Wir haben keine andere Wahl, als auf John Smith zu warten, wenn er seine Post abholt."

„Nicht unbedingt." Gabe schaute auf die Ecke, wo die kleine Straße, auf der wir standen, in eine größere mündete. „Wir sind nicht weit von Trevelyans Atelier entfernt. Das ist gleich um die Ecke."

Ich folgte seinem Blick und bemerkte, was er da nahelegte. „Er kommt hier wahrscheinlich oft vorbei. Er weiß bestimmt, dass dieser Laden leer steht. Er kennt vielleicht sogar die Obdachlosen, die hier wohnen." Ein Gefühl der Enttäuschung strömte über mich hinweg. Gewissermaßen hatte ich den Fotografen gemocht. Ich wollte nicht, dass er der Dieb war.

Willie, Gabe und ich gingen zu Trevelyans Atelier, während Alex das Auto fuhr. Gabe und ich betraten das Atelier allein und stellten fest, dass Mr. Trevelyan gerade gehen wollte. Er musterte die Kamera auf seinem Schreibtisch, der Beutel vor ihm stand offen.

Er schaute auf, als wir eintraten, und seufzte. „Was werfen Sie mir denn diesmal vor?"

„Wir sind hier, um ihr Atelier zu durchsuchen", sagte Gabe.

„Noch einmal?"

„Haben Sie damit ein Problem?"

„Wenn ich eines habe, halten Sie mich für schuldig." Mr. Trevelyan deutete auf die Tür zur Dunkelkammer. „Fühlen Sie sich ganz wie zu Hause. Aber ich muss gehen. Schließen Sie die Tür, wenn Sie aufbrechen." Er legte sich den Beutel über die Schulter und war unterwegs zur Tür.

Gabe ging, um ihm den Weg zu verstellen. „Darf ich mir diese Tasche ansehen?"

„Die enthält nur meine Kamera und einen zusätzlichen Film."

„Dann macht es Ihnen ja nichts, sie mir zu zeigen."

Mr. Trevelyans Finger spannten sich um den Riemen an. „Das ist eine Verletzung meiner Privatsphäre."

Gabe hielt die Hand vor. „Die Tasche, bitte."

Die Muskeln in Mr. Trevelyans Kinn traten hervor. „Ich bitte Sie ein letztes Mal, zur Seite zu treten, Glass. Ich bin spät dran."

„Dann sollten Sie ja wollen, dass es schnell geht. Zeigen Sie mir, was in der Tasche ist, damit ich …"

Mr. Trevelyan schwang den Beutel, doch Gabe wehrte den Schlag mit dem Unterarm ab. Bevor mir klar gewesen war, was passierte, versetzte Mr. Trevelyan Gabe einen Schlag in den Magen.

Gabe knurrte, erholte sich aber rasch. Er landete einen Schlag auf dem Kinn des Gegners, hatte sich aber bestimmt zurückgehalten. Es schien, als wolle er seine Hand nicht verletzen oder Mr. Trevelyan zu sehr beeinträchtigen. Es erwies sich, dass der Schlag eine Ablenkung war. Derjenige, den Gabe mit der Linken landete, war sehr viel heftiger.

Mr. Trevelyan beugte sich vor und ging gleichzeitig rückwärts. Er hustete und schnappte nach Luft.

Gabe hielt eine Hand hin. „Die Tasche."

Mr. Trevelyan ließ den Beutel in der Nähe seiner Füße fallen, um sich zu befreien, und lief mit einem Knurren auf Gabe zu. Die beiden Männer stießen mit einem unangenehm dumpfen Geräusch an die Wand. Ich sollte schreien, um Alex und Willie zu alarmieren, aber ein Blick auf Gabe zeigte mir, dass er die Lage unter Kontrolle hatte. Er rang mit Mr. Trevelyan und fasste ihn am Handgelenk. Mr. Trevelyan schwang die andere Faust, aber Gabe wich aus. Der Schlag ging in die Wand. Mr. Trevelyan schnappte mit zusammengebissen Zähnen nach Luft, dann knurrte er, als Gabe seinen Arm hinter den Rücken verdrehte.

Ich ging auf Händen und Knien gebückt nach vorn und schnappte mir den Beutel vom Boden. Als ich die Finger um den Riemen gelegt hatte, hatte Gabe Mr. Trevelyan sicher im Griff, die Arme hinter ihm festgezurrt. Gabe atmete ganz normal. Er hatte sich kaum angestrengt.

„Alles in Ordnung?", fragte er, schaute über die Schulter zu mir zurück.

Ich stand auf und staubte meinen Rock ab, fühlte mich ein wenig töricht für mein dramatisches Manöver, um den Beutel zu holen, wo es sich doch als unnötig erwiesen hatte. Ich räusperte mich und strich mir eine Haarsträhne auf Abwegen aus den Augen. „Alles gut, vielen Dank."

Mr. Trevelyan wehrte sich, aber Gabes Griff war zu fest. „Öffnen Sie nicht die Tasche, Miss Ashe. Ich bitte Sie. Lassen Sie es Glass machen. Ich verspreche, ihn nicht aufzuhalten, wenn er mich loslässt."

Gabe runzelte die Stirn, während er über den Vorschlag nachdachte. Er war eindeutig genauso gespannt wie ich auf den Grund von Mr. Trevelyans Bitte. Aber sein Zögern war mein Vorteil. Nun, da ich vorgewarnt war, nicht hinzuschauen, wollte ich es unbedingt.

Ich öffnete den Beutel, bevor Gabe beschloss, Mr. Trevelyan nachzugeben und ihn loszulassen. Außer der Kamera und den Filmrollen gab es noch einen Umschlag. Ich zog ihn heraus und nahm die Fotografien darin heraus.

Ich keuchte und ließ sie in meinem Schock beinahe fallen.

Mr. Trevelyan stöhnte. „Es ist nicht, was Sie denken."

„Also sehe ich hier keine nackte Frau?"

Ich blätterte durch die vier Fotografien und versuchte, meine Züge neutral zu halten, obwohl ein wenig Hitze in meine Wangen trat. Das Modell war nur von der Taille aufwärts nackt, aber ich hatte bisher noch nie so etwas Explizites auf einer Fotografie gesehen.

Gabe ließ Mr. Trevelyan los. Der Fotograf versuchte nicht, zu flüchten. Er presste die Stirn an die Wand und seufzte. Er wirkte völlig niedergeschlagen. Oder vielmehr enttäuscht.

„Wurden die hier gemacht?", fragte ich. Wenn er einen Stoff als Hintergrund über den Schrank legte, um ihn aus dem Bild zu nehmen, könnten Sie auf jeden Fall hier entstanden sein. Die Beleuchtung war gut.

„Spielt es denn eine Rolle?"

Ich schätzte, dass tat es nicht. Ich reichte die Fotografien

Gabe, doch der legte sie ohne hinzuschauen auf den Schreibtisch. Er spähte in den Beutel, aber es gab nichts darin bis auf die Kamera und den Film. Ganz gewiss kein Medici-Manuskript.

Ich nahm an, dass wir es auch nirgends im Atelier finden würden, aber wir suchten überall, um sicherzugehen. Mr. Trevelyan blieb im vorderen Büro, saß hinter seinem Schreibtisch. Er vergrub den Kopf in die Hände, schaute nur einmal auf, als ich aus der Dunkelkammer kam.

„Ihr Buch ist nicht hier", sagte er. „Ich bin kein Dieb."

„Nur ein Genießer pornographischen Materials?", fragte ich.

Er senkte die Hände. „Ich bin nur ein Fotograf. Die wurden auf Anfrage des Modells gemacht, nicht eines Verlegers."

„Sie erwarten, dass wir das glauben?", knurrte Gabe. „Sie haben die Mädchen ausgenutzt, die zu Ihnen kamen."

„Nein! Sie haben mich gebeten, sie nackt zu fotografieren! Ich schwöre es Ihnen."

„Weshalb sollten sie das tun?", fragte ich.

„Weil es ihre Chancen bei einigen Produzenten erhöht. Manche Mädchen, wie dieses, wissen das. Sie mögen es vielleicht nicht, aber sie sind bereit, alles zu tun, um berühmt zu werden. Ich wollte ihr die gerade bringen. Ich mag es nicht, sie länger zu behalten, als es notwendig ist."

„Weil Sie wissen, wie es aussehen würde, wenn sie jemand sieht", sagte Gabe.

„Es ist nicht illegal. Ich würde sogar einwenden, dass es nicht mal unmoralisch ist. Die Mädchen *bitten* mich, sie so zu fotografieren. Das ist alles, was ich tue, das versichere ich Ihnen. Ich nutze sie nicht aus."

Daisy war hergekommen, um ihre Fotografien machen zu lassen. Hatte sie vor diesem Mann ihre Kleider ausgezogen? War sie bereit, so weit zu gehen, für eine Rolle in einem Film?

Ich legte diese Idee zu den Akten. Daisy mochte abenteuerlustig sein, aber Willie hatte recht. Daisy war naiv. Sie tat weltgewandt, aber das war sie nicht. Sie wäre schockiert gewesen, hätte ein Produzent sie nach Nacktfotografien gefragt. Zumindest schockiert genug, um sich mir anzuvertrauen.

Gabe und ich wollten gehen.

„Miss Ashe, warten Sie." Mr. Trevelyan schoss hoch und kam um den Schreibtisch. „Sie glauben mir, wenn ich sage, dass die Mädchen ihre Fotografien so haben wollten, oder nicht? Ich habe ihre Fotografien an niemanden sonst verkauft. Ich nutze niemanden aus."

Neben mir versteifte sich Gabe, doch er unterbrach Mr. Trevelyan nicht oder sagte ihm, er solle mich in Ruhe lassen. Das wusste ich zu schätzen. In diesem Augenblick brauchte ich keinen Schutz, und ich war fähig, für mich selbst zu antworten.

Das Problem war, ich war nicht sicher, wie ich antworten sollte. Wenn Mr. Trevelyan die Wahrheit sagte, war etwas falsch an dem, was er machte? „Spielt es eine Rolle, was ich denke?"

„Ja. Eine sehr große." Dieser Mann, der so selbstbewusst gewirkt hatte, fast schon arrogant, hielt nun die Luft an, in der Hoffnung, dass meine Meinung von ihm nicht angekratzt war.

Es war ein seltsames Gefühl, so hoch in der Gunst von jemandem zu stehen, aber kein unwillkommenes. „Ich habe mir noch keine Meinung gebildet. Auf Wiedersehen, Mr. Trevelyan. Vielen Dank für Ihre Zeit."

Ich ging aus dem Atelier, meine eigenen Worte klingelten in meinen Ohren. Ich hatte so formell und steif geklungen, aber ich konnte nicht anders. Ich fand es im Moment schwer, ihm in die Augen zu sehen, ganz zu schweigen von normal mit ihm zu reden. Bevor wir in sein Atelier gekommen waren, hatte ich nicht gewollt, dass er ein Dieb war, weil ich ihn mochte. Mochte ich ihn noch? Ich nahm an, das hing davon ab, ob ich ihm glaubte, dass er die Wahrheit sagte.

Gabe schob die Tür unten an den Treppen auf, und Licht strömte in das Treppenhaus. „Bist du sicher, dass du in Ordnung bist, Sylvia?" Seine Stimme war warm und beruhigend. Es war keine Verurteilung darin. Was immer er von Trevelyans Unternehmungen hielt, darauf gab es keinen Hinweis.

„Ich bin nur erschüttert. Diese Fotografien waren unerwartet." Ich ging an ihm vorbei, um mich den anderen am Automobil anzuschließen. „Falls er das Buch hat, ist es nicht in seinem Atelier. Vielleicht ist es bei ihm zu Hause." Ich schnalzte frustriert mit der Zunge. „Wir hätten herausfinden sollen, wo er wohnt."

Gabes Lächeln war selbstgefällig. „Das habe ich auf einem Aufnäher aufgedruckt gesehen, der in seinem Beutel war." Er löste die Faust. „Ich habe auch diese Schlüssel gefunden."

„Gabe! Wir können doch nicht aber bei ihm zuhause einbrechen!"

Er hob die Schlüssel. „Wir werden doch nicht einbrechen."

Alex und Willie grinsten. Sie hatten eindeutig keine Einwände, die Wohnung des Mannes ohne sein Wissen zu durchsuchen.

„Er wohnt nur ein paar Straßen entfernt", sagte Gabe.

„In der Richtung des leerstehenden Ladens?", fragte Alex.

Gabe wies nach links von uns. „Die andere Richtung."

„Ist alles in Ordnung?", fragte ich, während wir auf den Rücksitz stiegen. „Hat er dich verletzt?"

Er schien leicht erheitert, dass ich mir Sorgen um ihn machte. „Mir geht es gut."

„Die Zeit hat sich für dich nicht gewandelt. Ich meine, sie wurde nicht langsamer, damit du die Oberhand gewinnst, anders als bei den Entführungsversuchen."

Er zuckte mit den Schultern. „Ich schätze, ich habe mich nie wirklich bedroht gefühlt. Ich wusste instinktiv, dass es nichts gab, um das man sich Sorgen machen müsste."

Instinkt. Seiner war sehr fein eingestellt.

Wir fuhren zu der Adresse, die Gabe im Inneren des Beutels gesehen hatte, obwohl es nicht weit war. Ich kannte die Gegend nicht, aber ich erkannte den Namen des Kellernachtclubs, an dem wir vorbeikamen: das Buttonhole. Ich war dort noch nicht gewesen. Daisy hatte es wohl erwähnt.

Mr. Trevelyan wohnte in einer Mansarde oben in einem heruntergekommenen Mietshaus. Gabe bezauberte die Vermieterin, indem er ihr sagte, dass Mr. Trevelyan uns seine Schlüssel gegeben und uns gebeten hatte, eine Kamera zu holen, die er hier vergessen hatte. Er wäre zu beschäftigt, um selbst zu kommen.

Gabe und ich durchsuchten die Wohnung unter ihrem aufmerksamen Blick und behaupteten, dass wir nach der Kamera suchten. Wir fanden sie nie. Genauso wenig fanden wir irgendwelche Nacktfotografien oder das Buch, obwohl wir sehr gründlich suchten. Gabe reichte ihr die Schlüssel und bat sie, sie Mr. Trevelyan mit unserer Entschuldigung zurückzugeben.

„Er wird wissen, dass wir sie genommen haben, und warum", sagte ich, während wir unterwegs zurück zum Automobil waren.

„Ja, aber er wird sich nicht offiziell beschweren."

„Weil er etwas Illegales mit diesen Fotografien macht?"

„Ich glaube, es liegt eher daran, dass er sich schämt."

„Trevelyan wirkt auf mich nicht wie jemand, der sich leicht schämt." Obwohl der Ausdruck auf seinem Gesicht ganz gewiss mit einer Art Entsetzen durchwirkt gewesen war, dass man ihn erwischte. „Du glaubst, er hat uns die Wahrheit gesagt, oder? Dass er niemanden ausnutzt?"

„Das tue ich, obwohl ich den Grund nicht erklären kann. Vielleicht Instinkt."

Da war wieder dieses Wort. „Du hast gute Instinkte, Gabe. Wenn du Mr. Trevelyan vertraust, dann mache ich das auch."

„Ah." Er klang, als würde er bedauern, seine Gedanken über Mr. Trevelyan mir eröffnet zu haben.

Er öffnete die Tür des Wagens und hielt mir eine Hand hin, um mir hinein zu helfen. Ich legte meine Hand in seine und beobachtete, wie seine Finger sich um meine schlossen. Ich rieb mit dem Daumen über seine Knöchel.

Als ich auf den Sitz stieg, hörte ich Willie und Alex über das Buttonhole reden, den Club, an dem wir gerade vorbeigekommen waren. „Ich habe gehört, er ist gut", sagte er. „Warst du schon dort?"

„Nein. Wer hat denn gesagt, dass es gut ist?"

„Dieser Tintenmagier, Huon Barratt."

Da hatte ich den Namen gehört. Es war nicht Daisy, die dort gewesen war, es war Huon. Und er war einer unserer Verdächtigen.

Ich wandte mich an Gabe. „Trevelyan ist nicht der Einzige, der regelmäßig an dem leerstehenden Laden vorbeikommt. Huon Barratt tut es ebenfalls. Und er wusste vom Medici-Manuskript. Er hat sogar bemerkt, wie wertvoll es war, und er hat darauf hingewiesen, dass es sein Onkel Oscar war, der es gefunden hat, und daher sollte es jetzt seinen Erben gehören."

„An diese Unterhaltung erinnere ich mich. Er ist von diesem Argument sehr schnell und leicht abgerückt. Er braucht auch unbedingt Geld, nachdem sein Vater ihm den Gürtel enger schnallt. Alex, fahr zu Barratts Haus. Wir müssen noch einmal plaudern."

KAPITEL 16

*H*uon Barratt war nicht zu Hause, und sein Butler behauptete, nicht zu wissen, wann sein Herr zurückkehren würde, oder wohin er gegangen war.

Da wir keinen Spuren mehr zu folgen hatten, und es schon spät wurde, kehrten wir in die Bibliothek zurück. Etwas stimmte nicht. Professor Nash versuchte, uns zu warnen, als wir eintraten. Er deutete durch den Gang zur Leseecke und dann zur Tür. Ich konnte nicht erkennen, was er lautlos zu uns sagte.

Es gab keine Gelegenheit, danach zu fragen. Lady Stanhope erschien plötzlich zwischen den beiden schwarzen Marmorsäulen, die den Eingang markierten, ein Punkt zwischen den beiden Ausrufezeichen.

„Da sind Sie ja. Ich habe gewartet." Sie schlug mit einem Paar schwarzer Handschuhe, die sie hielt, auf die Fläche der anderen Hand. „Der Bibliothekar sagte, er wisse nicht, wann Sie zurückkehren würden, schlug aber vor, ich solle warten. Ich wollte schon aufgeben."

Der Professor warf uns ein entschuldigendes Schulterzucken zu. Lady Stanhope schien es nicht aufzufallen. Sie war zu sehr auf Gabe konzentriert, um sonst jemanden zu sehen.

„Kommen Sie herein, lieber Junge. Miss Ashe, wir nehmen Tee in dem kleinen Sitzbereich."

„Ich möchte keinen Tee", sagte Gabe, ohne sich zu bewegen.

„Madam, ich kann nicht lange bleiben. Wenn es um eine Uhr für Ihre Sammlung geht, dann fürchte ich, ich muss Sie daran erinnern, dass die nicht zum Verkauf stehen."

„Darum geht es nicht." Ihr Blick verlagerte sich auf mich. „Wir werden uns unter vier Augen unterhalten. Was ich zu sagen habe, ist persönlich und sollte nicht von Angestellten mitgehört werden."

„Sylvia und der Professor sind Freunde, keine Angestellten."

„Freunde schon?" Sie ließ mir ein herablassendes Lächeln zukommen. „Wie bemerkenswert. Sie müssen ja ganz was Besonderes sein, Miss Ashe."

„Der Grund für Ihren Besuch, Madam?", stieß Gabe hervor.

„Ich habe gerade eben mit Ivy gesprochen und bin direkt gekommen, um Sie zu treffen. Der Butler sagte, Sie wären nicht zu Hause, und schlug vor, dass ich es hier versuche."

Gabe seufzte. „Also geht es hier um Ivy und mich."

„Sie hat mir gesagt, sie hätte die Verlobung beendet, aber ich weiß, dass sie gelogen hat. Das arme Mädchen wirkte verstört." Ihr Tonfall war tadelnd, obwohl auch ein Hauch Selbstgefälligkeit darin lag. Es war eine seltsame Verbindung. „Es ist ein schrecklicher Zeitpunkt dafür, wenn man die Schwierigkeiten bedenkt, vor denen das Familiengeschäft steht."

„Wenn Sie hier sind, um sich für sie einzusetzen, dann fürchte ich, ist das nicht zielführend."

Ihr Lachen war leise, unheilkündend. „Wenn Sie darauf bestehen, diese Scharade weiterzuführen, dass sie es beendet hat, dann werde ich mitspielen, in der Öffentlichkeit, aber nicht im Privaten." Sie legte ihm eine Hand auf den Arm. „Ich mache Ihnen keinen Vorwurf. Sie war nicht die Richtige für Sie."

Ich hob die Augenbrauen bei diesen Worten. Als wir zum letzten Mal mit ihr gesprochen hatten, hatte sie behauptet, Ivy wäre perfekt für Gabe. Irgendwas davon, dass sie beide hoch gewachsen, schön und aus magischen Familien waren. Ich hätte noch Reichtum dazugegeben, und vermutlich ein Dutzend anderer Tugenden, die sie beide besaßen. Wenn Leute das mitschrieben, dann ja, auf dem Papier waren sie füreinander perfekt.

„Die schlimme Lage ihrer Familie beweist es", fuhr Lady Stanhope fort.

Gabe schien an ihren Begründungen uninteressiert zu sein, bis zu diesem Punkt. „Was hat denn der Protest damit zu tun, ob ich zu Ivy passe oder weniger?"

„Das verstehen Sie falsch herum. Sie ist es, die nicht zu Ihnen passt. Ihre Familie löst sich vielleicht niemals mehr von diesem Skandal. Wenn Sie das nicht können, dann ist es für den Rycroft-Erben am besten, sich von den Hobsons zu distanzieren. Ich sehe, dass Sie das verstört, aber so sind die Dinge einfach. Sie wissen, dass ich die Wahrheit sage. Sie steht jetzt unter Ihnen."

„Ich glaube, Sie sollten gehen", sagte Gabe angespannt. „Und sich aus meinen Angelegenheiten heraushalten, genauso aus denen von Ivy."

Sie legte den Kopf schief und betrachtete ihn voller Mitgefühl. „Sie sind so ein stolzer, ehrbarer Gentleman. Dafür empfehle ich Sie. Aber schauen Sie einem geschenkten Gaul nicht ins Maul, mein Lieber. Ich bin hierhergekommen, um Sie zu warnen." Sie trat näher an ihn und spähte durch ihre Wimpern zu ihm empor. „Passen Sie auf, dass sie sich hier keinen Feind gemacht haben."

Gabe blinzelte sie an, er war erschüttert. Dann marschierte er zur Tür und öffnete sie.

Willie stand auf der Schwelle, die Hand ausgestreckt, um nach dem Knauf zu greifen. „Du hast gesagt, du würdest nicht lange bleiben, Gabe." Ihr Blick fiel auf Lady Stanhope hinter ihm. „Sie."

Lady Stanhope fegte durch den Raum, um sich vor sie zu stellen. „Lady Farnsworth. Was für ein Vergnügen."

„Ein Haufen Sch…"

„Willie!" Gabe funkelte seine Cousine an, bis sie aus dem Weg ging, um Lady Stanhope vorbei zu lassen.

Sie tat es, allerdings nur widerstrebend.

Lady Stanhope lächelte ihr überlegenes Lächeln vor Willie, während sie ihre Handschuhe anzog. Sie ging die Gasse entlang, ihre schwarzen Seidenröcke fegten bei jeder verführerischen Hüftbewegung hin und her.

Willie fluchte tonlos, während sie zusah. „Diese Frau glaubt, sie ist so viel besser als ich, aber ich stehe im Rang über ihr. Mein verstorbener Ehemann war ein Earl, und ihrer ist ein Viscount. Das bedeutet, ich kann ihr Befehle geben."

Der Professor räusperte sich. „Eigentlich bedeutet es wirklich nur, dass du bei offiziellen Anlässen vor ihr den Raum betreten darfst."

„Na ja, dann werde ich den gleichen Anlass wie sie besuchen und es ihr unter die Nase reiben, während ich genau an ihr vorbeigehe. Das wird ihr eine Lehre sein. Was hat sie denn gewollt?"

Gabe zuckte mit den Schultern. „Ich weiß es nicht. Sie schien gar nichts zu wollen. Ich dachte, sie würde versuchen, mich zu überzeugen, meine Verlobung mit Ivy wieder aufzunehmen, aber sie hat das Gegenteil gesagt. Sie sagte, ich bin so besser dran."

Sie hatte ihn gewarnt, sich die Familie Hobson nicht zum Feind zu machen, aber er schien davon nicht betroffen. Ich war nicht so sicher, ob er die Warnung in den Wind schlagen konnte. Die Hobsons waren reich, und der Reichtum verlieh ihnen Macht.

„Ich glaube, sie war hier, um dir ihre Unterstützung anzubieten", sagte ich. „Zu zeigen, dass sie auf deiner Seite steht."

„Ich weiß nicht, warum."

„Weil sie etwas will, von dem sie glaubt, du hast es – Magie."

Magie, von der ich jetzt wusste, dass er sie hatte. Wusste es Lady Stanhope auch? Hatte sie es erraten?

* * *

GABE BESCHLOSS, ein Mann wie Huon Barratt ließe sich am besten in seiner natürlichen Umgebung stellen. Er schickte mir eine Nachricht, ihn am Buttonhole zu treffen, einem von Huons Lieblingsclubs, gleich um die Ecke des verlassenen Ladens, wo die Diebesnachrichten hingeschickt wurden.

Anstatt mich hinaus zu schleichen, erzählte ich meiner Vermieterin, wohin ich ging. Sie bestand darauf, dass ich Daisy mitnahm.

Daisy begleitete mich nur zu gerne. Sie trug ein schwarzes

Kleid, das ich an ihr schon mal gesehen hatte, aber es war sehr viel kürzer, ging grade mal bis zur Mitte ihres Unterschenkels.

„Ich habe es abgeschnitten. Das ist leichter zum Tanzen." Sie schlug mit der Ferse aus und marschierte mit einem Selbstvertrauen in den Club, das ich niemals besitzen würde. Sie war ja vielleicht noch nicht weltgewandt, aber ich nahm an, das würde sie ziemlich bald werden. Tanzhallen und Clubs waren der perfekte Aufenthaltsort für ein Mädchen mit einem hübschen Gesicht, offenem Wesen und einer begehrenswerten Figur.

Alex konnte ganz gewiss den Blick nicht von ihr wenden. Er und Willie begleiteten Gabe als seine stets präsenten Wächter, flankierten ihn zum Rand der Tanzfläche. Alle drei beobachteten, wie Daisy und ich den Foxtrott mit unseren Partnern tanzten, bis die Musik aus war. Als ich mich entschuldigte, tanzte Daisy weiter, als die Band den Tiger Rag spielte.

Ich schloss mich Gabe und Alex an, aber Willie verschwand in der Menge. „Er ist nicht hier", sagte ich zu Gabe. „Daisy und ich sind vor dreißig Minuten gekommen, und wir haben uns gut umgesehen, bevor wir getanzt haben."

„Lassen wir der Sache mehr Zeit." Er hielt mir eine Hand hin. „Wollen wir?"

Gabe war ein guter Tänzer. Er bewegte sich nahtlos zwischen den traditionellen Stilen und den aufgeweckteren modernen, ohne dass ihm eine Schweißperle auf der Stirn stand. Nach fast zwei Stunden brauchte ich eine Pause. Wir schlossen uns Alex an und bestellten Getränke bei einer Kellnerin, die wie ein Hotelportier in einem roten, doppelreihigen Jackett mit einem Hut ohne Krempe gekleidet war.

Alex stieß Zigarettenrauch aus, ohne den Blick von Daisy zu wenden.

„Warum bittest du sie nicht um einen Tanz?", rief ich über die Musik hinweg.

„Wen?"

„Du weißt doch, wen."

Er zog an seiner Zigarette und legte den Kopf zurück, um den Rauch über unsere Köpfe zu blasen. „Ihr mangelt es nicht an Tanzpartnern."

„Das heißt aber nicht, dass es diejenigen sind, mit denen sie tanzen möchte. Es sind nur diejenigen, die gefragt haben."

Er hob die Schulter zu einem unbetroffenen Zucken, schaute aber weiter in ihre Richtung, bis die Musik endete und sie sich von ihrem Partner löste. Der Gentleman nahm ihre Hand, bettelte sie an, noch einmal zu tanzen oder mit ihm etwas zu trinken oder ihm einfach Gesellschaft zu leisten. Sie lachte und zog ihre Hand weg, nur dass er sie sich wieder schnappte. Sie versuchte zu gehen, aber er ließ sie nicht los.

Alex drückte seinen Zigarettenstummel im Aschenbecher aus und erhob sich. Er marschierte zu Daisy und sagte etwas zu ihr. Der Gentleman starrte hinauf zu dem überragenden Mann über ihm. Alex bewegte sich nicht und sagte nichts, aber der Gentleman rückte ab, die Hände hoch erhoben. Er stolperte in einen anderen Mann hinein, der es ihm übelnahm. Daisys Partner gab ihm einen Schubs. Der andere Mann schubste zurück. Die Menge um sie löste sich auf, um Platz für die zwei Männer zu lassen, die einander umkreisen, die Hände zu Fäusten geschlossen.

Alex trat zwischen sie und befahl ihnen beiden, nach Hause zu gehen oder rausgeworfen zu werden. Die Männer machten viel Aufhebens darum, zu bleiben, strafften die Schultern und funkelten einander an, bevor Alex sie beide packte und mit ihnen wegging.

Daisy schloss sich Gabe und mir an, doch ihr Blick folgte Alex, bis er außer Sicht war. Dann setzte sie sich mit einem Schnauben zurück. „Warum musste er denn alles ruinieren?"

„Alex?", fragte ich.

„Der Mann, mit dem ich getanzt habe. Er war nett, freundlich, und seine Gesellschaft hat mir gefallen. Dann hat er es ruiniert, indem er mich nicht loslässt. Ehrlich, sind denn keine anständigen Männer mehr in der Welt? Erst heute Abend erfahre ich, dass Mr. Trevelyan Nacktaufnahmen von Frauen macht, und jetzt dieser Kerl."

„Nicht alle Männer sind so." Ich deutete auf Gabe neben mir. „Und Alex gibt es auch noch."

Ihr Blick wanderte in die Richtung, in die Alex verschwunden war.

Willie kam an, gefolgt von der Bedienung, die ein Tablett mit Getränken trug. „Ihr seht alle aus, als würdet ihr eins davon brauchen", sagte sie, reichte Daisy eines von zwei Cocktailgläsern. Ich nahm das andere, da ich annahm, die Whiskys waren für die Männer und Willie.

„Himmel, ja." Daisy stürzte es hinunter, als wäre es Wasser.

Alex kehrte zurück, aber bevor er seinen Platz wieder einnehmen konnte, sprang Daisy auf, legte ihm die Arme um den Hals und küsste ihn auf die Wange.

„Mein Held."

Er blinzelte verwirrt. Er kratzte sich am Kinn. „Ich mag keine Männer, die sich Frauen aufdrängen."

Willie hob ihr Glas zum Salut. „Das stimmt. Alex kann nicht dasitzen und zusehen, wie ein Mann eine Frau wie seinen Besitz behandelt. Jede Frau, nicht nur dich. Au!" Willie fuhr zusammen und griff nach unten, um sich das Schienbein zu reiben. Sie funkelte Gabe finster an, dann wandte sie ihr süßes Lächeln Daisy zu. „Aber ich kann mir denken, dass es ihm eine besondere Freude war, diesen Haufen Schweinemist rauszuwerfen, da er *dich* belästigt hat." Sie schien sehr zufrieden mit ihren Bemühungen, bis sie unter dem Tisch einen weiteren Tritt erhielt, diesmal von Alex, wenn ich mich nicht täuschte. Sie rieb sich das andere Schienbein und fluchte tonlos.

Daisy schien den Austausch nicht zu bemerken. Sie war zu sehr damit beschäftigt, vor Alex mit den Wimpern zu klimpern. „Du bist wirklich mein Held."

Er griff nach seinem Glas. „Du bist betrunken."

Sie schnappte sich das Glas aus seiner Hand und trank es aus, dann stand sie auf. „Tanz mit mir."

Er sah aus, als würde er etwas einwenden wollen, aber Willie sprach, bevor er die Gelegenheit bekam. „Das macht er doch gerne." Daisy fegte auf die Tanzfläche, doch als Alex sich nicht regte, funkelte Willie ihn an. „Bring mich nicht dazu, dich unter dem Tisch zu treten, denn du weißt, das wird nicht weich."

Er stand auf. „Sie ist betrunken."

„Es ist doch nur Tanzen. Jetzt geh, bevor jemand anders ihre Betrunkenheit ausnutzt und vor dir ankommt."

Das versetzte Alex in Bewegung. Er schloss sich endlich

Daisy an, und sie wurden bald von den anderen Tänzern verschluckt.

Willie nahm ihr Glas und grinste. „Jetzt bekommen wir vielleicht endlich etwas Frieden zu Hause."

„Ach?", fragte ich. „War Alex denn unerträglich?"

„Er ist ein Trauerkloß. Ich denke, das liegt daran, dass er sie mag, es aber nicht zugeben will, denn er denkt, sie erwidert es nicht." Sie wies mit dem Daumen auf die Tanzfläche. „Das beweist, dass sie es tut."

Ich war mir nicht so sicher, dass Alex zustimmen würde. Aber mir gefiel, dass sie endlich nett zueinander waren.

Ich schaute zu Gabe, um seine Meinung zu erhalten, aber seine Gedanken schienen woanders zu sein. Er beobachtete die Menge, sein Daumen tippte auf den Rand des Glases. Als Willie einen vorbeikommenden Mann fragte, ob sie eine seiner Zigaretten haben könnte, beäugte sie Gabe, als würde er darum mit ihr kämpfen wollen. Das Tippen mit dem Daumen wurde schneller.

Nun, da wir das Tanzen aufgegeben hatten, wurde er unruhig. Ich war mir nicht sicher, ob es die Menge war oder der Lärm, oder vielleicht beides, aber er wirkte, als wünschte er, er könnte irgendwo sein, nur nicht in diesem Club.

Willie fiel es auch auf. „Du brauchst eine Ablenkung."

Sein Daumen wurde reglos. Er ließ das Glas los und ballte die Hand zur Faust. Er warf mir einen befangenen Blick zu, bevor er die Menge weiter beobachtete. „Ich suche nach Barratt."

„Vielleicht sollten wir gehen", sagte ich. „Wenn er inzwischen nicht aufgetaucht ist, wird er es vermutlich auch nicht."

„Es ist noch früh."

Er rieb sich über die Handknöchel, knetete seine Handflächen, als würde es ihn jucken, aber er könne sich nicht kratzen. Jedes Mal, wenn jemand mit einer Zigarette vorbeikam, wirkte er verzweifelt genug, um sie ihm wegzureißen. Ich hatte ihn noch nie so aufgebracht gesehen.

Ich legte ihm eine Hand auf den Arm, um seine Aufmerksamkeit auf mich zu ziehen. „Du solltest etwas mehr tanzen."

Er hob die Brauen, lud mich ein, mit ihm zu gehen.

Ich wollte mich schon beschweren, dass mir die Füße wehtaten, aber stattdessen lächelte ich und stand auf. Schmerzende Füße waren nichts, verglichen mit dem, was immer Gabe durch den Kopf ging.

Wir schaffen es allerdings nie auf die Tanzfläche. Die Menge öffnete sich und spuckte Alex aus, dicht gefolgt von Daisy.

„Er ist hier." Alex nickte in die Richtung der Tür. Mit seiner überragenden Größe konnte er über alle anderen Köpfe hinweg schauen.

Gabe ging los, ein entschlossener Ausdruck auf dem Gesicht. Alex folgte ihm.

Neben mir seufzte Daisy. „Tanzt du mit mir, Sylvia?"

„Wir sind hier, um mit Huon Barratt zu reden."

„Ich weiß, aber ich hatte gerade Spaß."

Ich schnappte Willie am Arm und zog sie vom Stuhl. „Tanz stattdessen mit Willie."

Willie verzog das Gesicht. „Ich tanze nicht."

Ich wartete nicht ab, wie dieser Austausch zu Ende ging. Ich schob mich durch die Menge, bis ich Gabe und Alex bei Huon fand. Der Art nach zu urteilen, wie Huon an seinem Mund vorbei traf, als er versuchte, sich eine Zigarette zwischen die Lippen zu schieben, war er wohl betrunken.

Er sah mich und legte den Arm um mich, verschüttete etwas von seinem Getränk auf mein Kleid. „Mein liebster Bücherwurm!" Er runzelte die Stirn, schürzte den Mund, und runzelte die Stirn noch mehr. „Nein, das stimmt nicht."

„Sie haben einen anderen Lieblingsbücherwurm?", scherzte ich. „Etwa Professor Nash?"

Er tippte mir auf die Nase. „Ich habe gemeint, dass es kein großes Kompliment ist, wenn ich sage, dass Sie mein Lieblingsbücherwurm sind, denn ich kenne ja keinen weiteren. Ich hätte sagen sollen, Sie sind mein Lieblingsmädchen."

„Jetzt glaube ich es sogar noch weniger."

„Sie *sind* mein Lieblingsmädchen. In diesem Augenblick." Er schaffte es, sich die Zigarette zwischen die Lippen zu schieben, wo sie dann hing. „Aber ich garantiere, dass Sie immer mein Lieblingsbücherwurm sein werden. Jetzt brauche ich was zu trinken. Wer kauft mir was?"

Gabe trat vor. „Wir machen das."

Alex ging zum Tresen.

Ich nahm sorgsam Huons Arm von meiner Schulter und hob seine Hand, um zu zeigen, dass er noch ein Glas hielt. „Sie haben noch ein Getränk."

„Gute Güte! Haben Sie das gerade aus dem Nichts hervorgeholt? Sylvia, Sie sind eine Magierin." Er schüttete den Rest des Inhalts hinunter und verlor fast das Gleichgewicht, während er den Kopf in den Nacken legte.

Gabe stützte ihn und nahm das leere Glas, bevor er es noch fallen ließ. „Kann ich kurz mit Ihnen sprechen?"

„Das tun wir gerade schon."

„Privat."

„Das ist doch privat. Niemand kann mithören. Die Musik ist zu laut. Außerdem sind alle betrunken. Manche Leute vertragen einfach keinen Alkohol." Er stieß Gabe vor die Brust, sodass Asche auf Gabes Schuhe regnete. „Ich wette, Sie schon, Glass. Alles läuft doch zu ihren Gunsten, warum also nicht auch das?"

„Das reicht jetzt, Barratt."

Gabes Ärger stachelte Huon nur an. Er stieß mich mit dem Ellbogen an. „Haben Sie gesehen, wie die ganzen Mädchen ihn anstarren?" Hatte ich, aber das würde ich vor ihm nicht zugeben, ob er betrunken war oder nüchtern. „Schade, dass er bereits vergeben ist, was?"

Gabe spannte das Kinn an. „Nicht weit vor hier ist ein leerstehender Laden. Kennen Sie den?"

Huon sah Gabe aus zusammengekniffenen Augen an. „Wovon reden Sie da?"

„Haben Sie den leerstehenden Laden die Straße runter gesehen? Da lagern Obdachlose."

„Himmel, Glass. Ich weiß nicht. Geht es um das gestohlene Buch?" Er tippte sich auf die Brust. „*Mein* gestohlenes Buch, möchte ich hinzufügen. Es hat meinem Onkel gehört."

„Er hat es im Namen der Glass-Bibliothek gekauft. Vor dem Gesetz gehört es der Bibliothek."

„Ah. Aber *moralisch* gesehen?" Er wurde von dem Austausch abgelenkt, weil Alex mit einem Glas Whisky zurückkehrte. „Guter Mann! Sie sind ein Kämpfer." Er beugte sich vor, als Alex ihm den Drink reichte. „Ich wette, Sie kommen auch gut bei den Ladys an."

Alex lächelte ihn gutmütig an und schaute zu Gabe. „Bist du fertig?"

Gabe nickte. „Genießen Sie den Rest Ihres Abends, Barratt."

„Mache ich, wenn Sie Sylvia hierlassen."

Ein Muskel in Gabes Kiefer zuckte im Gleichtakt mit den vergehenden Sekunden, bevor er antwortete. „Sylvia kann tun, was ihr gefällt."

Huon griff nach meiner Hand, doch ich zog sie zurück, bevor er sie festhalten konnte. „Ich gehe nach Hause. Ich fange morgen früh an. Gute Nacht, Huon."

Er verzog den Mund, wurde aber rasch von einem hübschen Mädchen abgelenkt, das er kannte.

Gabe, Alex und ich kehrten dorthin zurück, wo Willie saß und mit einer jungen Frau flirtete, die in den Abendanzug eines Gentlemans gekleidet war. Es gab etliche leere Cocktailgläser auf dem Tisch. Daisy tanzte, ließ aber ihren Partner stehen, als sie uns sah, und näherte sich.

Willie schickte ihre Freundin mit einem Zwinkern und dem Versprechen weg, sich zu melden. „Also?", fragte sie, als wir allein waren. „Was habt ihr rausgefunden? Kennt Barratt die Stelle?"

„Er hat nichts rausgelassen", sagte ich. „Das bedeutet nicht, dass er unschuldig ist. Er kann betrunken genauso gut lügen wie nüchtern."

Willie wollte meine Version der Ereignisse offenbar nicht hören. Sie wandte sich an Gabe und Alex. „Nun?"

Alex zog eine braune, lederne Brieftasche unter seinem Jackenärmel hervor und reichte sie Gabe. Weder Gabe noch Willie waren überrascht.

Ich keuchte. „Du hast das von Huon gestohlen?"

Alex zuckte nur mit den Schultern. „Wie können wir denn sonst mehr über ihn herausfinden?"

Mit seinem Rücken zum Raum ging Gabe den Inhalt der Geldbörse durch. Ich war mir nicht sicher, wonach er suchte. Vielleicht nach einem Schlüssel zu dem leerstehenden Laden oder einem Blatt mit der Adresse oder der Nummer eines

Schließfaches bei der Bank, wo das Buch vielleicht untergebracht war. Aber er schloss die Börse mit einem Kopfschütteln.

„Nichts."

Verstohlen brachte Alex die Börse zu ihrem Besitzer zurück und traf uns im Eingangsfoyer des Clubs, wo wir unsere Mäntel holten. „Er war zu betrunken, als dass ihm was aufgefallen wäre." Er beäugte Daisy, die Mühe hatte, den Arm in den Ärmel zu schieben. „Wo wir gerade dabei sind ..."

Sie hatte keine Ahnung, dass er sich auf sie bezog, und ließ sich von ihm helfen. „Wir müssen doch jetzt nicht gehen. Warum bleiben wir nicht?"

„Ich glaube, du solltest nach Hause", sagte Alex.

Sie packte seine Jackenaufschläge. „Tanz mit mir."

„Ein andermal."

Sie verzog die Lippen. „Aber ich will die ganze Nacht tanzen. Ich will Spaß haben. Du nicht?"

Er nahm ihre Hände von seiner Jacke, nur um sie wieder loszulassen. „Ich muss sicherstellen, dass Gabe sicher nach Hause kommt."

Sie seufzte.

„Ich schaffe es allein nach Hause", knurrte Gabe.

„Oder Willie kann ihn begleiten", schlug ich vor.

Willie schüttelte den Kopf. „Ich gehe zurück nach drinnen. Ich habe offene Geschäfte, um die ich mich kümmern muss, in der Form einer hübschen Frau." Sie klopfte Alex auf die Schulter. „Er gehört ganz dir."

„Ich komme klar", stieß Gabe hervor.

Alex ignorierte ihn und wartete, dass Daisy aufgab und sagte, dass sie bereit war, auch nach Hause zu gehen. Aber das tat sie nicht. Ich war hin- und hergerissen dazwischen, bei ihr zu bleiben, um sicherzustellen, dass alles in Ordnung war, und gehen zu wollen. Ich war müde, und im Buttonhole gab es nichts für mich.

Alex' eindringlicher Blick über Daisys Kopf hinweg überzeugte mich, das Beste zu tun. Ich schob meinen Arm durch ihren. „Du musst dich ausschlafen. Gehen wir nach Hause."

Zu meiner Überraschung protestierte Daisy nicht. Sie schlief auf dem Weg nach Hause ein. Alex trug sie die Stufen hinauf zu ihrer Wohnung, und ich legte sie ins Bett, während sie warteten. Bis auf ein unverständliches Murmeln regte sie sich nicht.

„Das tut mir jetzt leid", sagte Gabe, als wir in das wartende Taxi zurückkehrten.

„Du musst dich nicht entschuldigen", sagte ich. „Es ist nicht deine Schuld."

„Es ist Willies Schuld, aber ich stelle fest, dass ich mich oft für sie entschuldigen muss."

„Warum ist es Willies Schuld, dass Daisy betrunken ist?"

„Weil sie Daisy Cocktails gekauft hat, und Daisy sie getrunken hat, als wären sie Fruchtsaft."

Alex ließ sich vorne im Beifahrersitz nieder und schaute über die Schulter zu uns. „Sie ist gefährlich, wenn sie betrunken ist."

„Daisy?", fragte ich. „Sie ist nur eine Gefahr für sich selbst. Außer du zählst die Männer, mit denen sie flirtet, und die sie dann stehen lässt, wenn sie zu aufdringlich werden."

Er knurrte nur, während er sich wieder nach vorne wandte. Ich bekam das Gefühl, dass er genau das gemeint hatte. Vielleicht schloss er sich sogar selbst in die Kategorie der Verschmähten ein. Aber Alex war ein perfekter Gentleman und hatte Daisy den ganzen Abend sanft behandelt. Er hatte nie darauf bestanden, dass sie bei ihm sein sollte.

Gabe war eine andere Sache. Obwohl ihm das Tanzen Spaß gemacht hatte, hatte er, nachdem wir fertig gewesen waren, unbedingt Huon Barratt finden und so bald wie möglich gehen wollen. Während wir da saßen und warteten, war er ruhelos gewesen. Es schien, als mochte er es nicht, still zu sitzen. Er wollte sich weiter bewegen, ob es tanzen war oder mit der Ermittlung weitermachen. Tatsächlich konnte man das die ganze Zeit von ihm behaupten, nicht nur heute Abend. Er musste aktiv sein.

Vielleicht war das sein Weg, den Krieg hinter sich zu lassen, zu vergessen. Aktivität des Körpers und der Gedanken ließen ihm keine Zeit oder Energie, sich mit Gedanken an die Vergangenheit zu befassen.

* * *

ICH FAND es am folgenden Morgen schwer, mich zu konzentrieren. Ich war müde, und keines der Bücher, die ich katalogisierte, faszinierte mich. Zu jedem anderen Zeitpunkt hätte ich mich auf dem Sofa niedergelassen und zumindest ein paar Seiten gelesen, aber ich konnte mich nicht darauf einlassen. Es war nicht einfach nur die lange Nacht. Es war der Frust, nirgendwo mit der Rückführung des Medici-Manuskripts weiterzukommen. Wir verließen uns darauf, dass der Dieb am Laden auftauchte, um seine Post abzuholen, und bis er das tat, mussten wir warten.

Ein Anruf veränderte den Lauf meines Tages. Er kam von Gabes Bedienstetem Murray. Offensichtlich hatte Gabe ihn angewiesen, den leerstehenden Laden über Nacht zu beobachten. „Ich habe im Haus in der Park Street angerufen, und Bristow sagte, Mr. Glass würde zur Bibliothek kommen, nachdem er bei Miss Hobson zu Besuch war."

Gabes Unternehmungen mit Ivy gingen mich nichts an, aber ich fragte mich dennoch, weshalb er losgezogen war, um sie zu besuchen.

„Miss Ashe? Sind Sie noch dran?"

„Es tut mir leid, Murray. Mr. Glass ist nicht hier. Kann ich ihm eine Nachricht übermitteln, wenn er eintrifft?"

„Sagen Sie ihm, dass jemand vor kurzem in den Laden gekommen ist. Er hat mit einem der Bewohner gesprochen und ist dann gegangen. Ich bin ihm nach Hause nach Spitalfields gefolgt. Ich kehre dorthin zurück, nachdem ich aufgelegt habe, aber ich dachte, Mr. Glass würde kommen und ihn befragen wollen."

Ich griff nach einem Bleistift und einem Notizblock. „Geben Sie mir die Adresse, und ich reiche sie weiter, wenn er ankommt."

Es dauerte noch dreißig Minuten, bis Gabe und Alex eintrafen. Ich hielt durch das Fenster nach ihnen Ausschau und riss die Tür auf, bevor sie ankamen.

Ich wedelte mit dem Blatt Papier in Gabes Gesicht. „Murray beobachtet unseren Verdächtigen zu Hause in Spitalfields. Kommt schon. Es gibt keine Zeit zu verlieren." Ich rief zum

Professor, dass ich ging, dann nahm ich meine Tasche und raste aus der Bibliothek.

Gabe wartete auf mich, aber Alex war etliche Schritte voraus und kam als erster am Automobil an. Ich zeigte Gabe die Adresse, und er nickte. Er wusste, wie man hinkam.

Gabe fuhr so schnell, wie er konnte, durch die Straßen, die mit dem üblichen Wochentagsverkehr verstopft waren, und parkte ein paar Türen entfernt von der Adresse, die Murray mir gegeben hatte. Wir sahen den Bediensteten an einem Laternenpfahl lehnen, wo er so tat, als würde er eine Zeitung lesen. Er faltete die Zeitung und marschierte zu uns.

„Er ist noch da drin", sagte er. „Mittelgroßer Kerl. Sein Gesicht konnte ich nicht sehen. Er trägt einen Homburg."

Homburgs trugen viele Männer. Der Stil war nicht ungewöhnlich, besonders, wenn man ihn mit weniger formeller Tageskleidung trug. Doch ich brachte ihn nicht richtig mit unseren Verdächtigen in Verbindung. Mit irgendwem jedoch tat ich es. Ich konnte mich nur nicht ganz daran erinnern, mit wem.

„Soll ich klopfen?", fragte Alex.

Gabe schüttelte den Kopf. „Das mache ich. Du gehst hintenrum, falls er versucht, dort rauszukommen."

„Und ich?", fragte ich.

„Du wartest im Wagen."

„Ich komme doch nicht so weit, um dann nur aus der Ferne zuzusehen."

„So weit? Wir haben nur zehn Minuten gebraucht, um herzukommen."

Ich hob vor ihm die Augenbrauen.

Er seufzte. „Diesen Streit gewinne ich nicht, oder? Also gut. Bleib ein paar Meter zurück. Wenn der Verdächtige sieht, dass er erwischt wurde, versucht er vielleicht zu fliehen. Ich will nicht, dass du verletzt wirst."

Eine ältere Frau antwortete, als Gabe klopfte. Sie war wohl die Vermieterin Mrs. Wright. Laut dem Schild am Fenster betrieb sie eine Pension für „respektable Gentlemen". Jene mit ehrlichen Referenzen konnten sich drinnen bewerben. Sie lächelte Gabe an, ging ohne Zweifel davon aus, dass er ein möglicher Mieter war. Mich sah sie nicht, da ich dahinter stand.

Er fragte nach dem Mieter, der einen Homburg trug und kürzlich nach Hause gekommen war.

„Ich hole ihn für Sie." Sie lächelte. „Wen darf ich denn ankündigen?"

Gabe zögerte. Er würde nur ungern lügen, aber wenn er seinen Namen sagte, oder dass er für die Polizei arbeitete, mochte der Verdächtige vielleicht hinten hinaus fliehen. Obwohl Alex die Hintertür bewachte, würde Gabe seinen Freund nicht in Gefahr bringen wollen, wenn er es verhindern konnte.

Wenn er still blieb, würde er sie nicht anlügen müssen. Und ich wusste eine Möglichkeit, wie er still bleiben konnte. Endlich fiel mir das Bild ein, das mich bedrängt hatte, seit ich erfahren hatte, dass er einen Homburg trug.

Ich kannte die Identität des Diebes.

Ich trat vor. „Sagen Sie ihm, Miss Sylvia Ashe würde ihn gern sehen. Sagen Sie ihm, dass ich Informationen habe, die er bestimmt hören möchte."

Sie bat mich, drinnen in der Eingangshalle zu warten, während sie die Stufen hinaufging. Sobald sie außer Hörweite war, wandte ich mich an Gabe.

„Bleib außer Sicht, bis er vor mir steht. Wir wollen nicht, dass er in dem Augenblick wegläuft, in dem er dich sieht."

Er schaute die Stufen hinauf. „Also gut. Aber erst sag mir, mit dem wir es zu tun haben."

KAPITEL 17

G abe stand an der vorderen Veranda neben der offenen Tür, außer Sicht von allen, die die Stufen herabkamen. Ich packte meine Tasche fest und wartete auf Mr. Scarrow.

Jetzt, da ich wusste, dass der Journalist der Dieb war, ergab alles allmählich einen Sinn. Er war etliche Tage lang nicht in der Arbeit gesehen worden, und er hatte auch nicht weiter nach Gabe gesucht. Wir hatten auch gesehen, wie er aus Mr. Trevelyans Atelier aufbrach, an dem Tag, als wir dort gewesen waren, um die Fotografien aus dem Buch mit der Unterschrift zu inspizieren. Mr. Scarrow hatte wohl das Medici-Manuskript auf dem Schreibtisch gesehen und gemerkt, wie wertvoll es war. Er wusste nicht, dass die Schließen Magie enthielten, nur dass es mit der mächtigen Florentiner Familie in Verbindung stand. Er wollte einfach nur Geld machen, und zwar schnell. Er hatte es bei der erstbesten Gelegenheit gestohlen.

Hoffentlich würde er nicht ahnen, dass ich wegen des Buches hier war, und annehmen, dass ich mit ihm über Gabe reden wollte. Hoffentlich hatte er den Journalismus nicht ganz aufgegeben und wollte immer noch etwas Exklusives.

Aber je länger es dauerte, desto mehr Zweifel bekam ich. Bestimmt hatte er mich mit seinem Verbrechen in Verbindung gebracht. Bestimmt war er argwöhnisch jedem Besucher gegenüber, besonders einem, dem er nie die Adresse gegeben hatte.

Ich richtete meinen Griff um den Schulterriemen meiner Tasche. Meine Finger taten weh, weil ich so fest zugepackt hatte.

„Miss Ashe? Wie haben Sie mich gefunden?", fragte Mr. Scarrow, während er die Stufen herabkam. Er beeilte sich nicht. Seine Schritte waren langsam, vorsichtig, sein Blick huschte vor und zurück. Er war argwöhnisch. Er würde in seiner Wachsamkeit nicht nachlassen, außer er dachte, ich wäre allein.

Ich brauchte ihn hier so dicht an der Eingangstür wie möglich. Falls er annahm, dass ich log, huschte er vielleicht zurück die Stufen hinauf und hatte in seinem Raum womöglich eine Waffe verborgen. Ich konnte nicht riskieren, dass er sie holte.

Das erforderte allen Mut, den ich aufbringen konnte, genauso wie alle Schauspielkünste, die ich womöglich besaß. „Guten Morgen, Mr. Scarrow. Es tut mir leid, dass ich eindringe. Ich hatte gehofft, Sie an der Bibliothek zu treffen, aber ich habe inzwischen zwei Tage lang Ausschau gehalten, und Sie waren nicht wieder da."

Er machte noch einen Schritt nach unten, aber er war erst auf halbem Weg. „Ich war beschäftigt."

„Sind Sie noch interessiert an Mr. Glass' Geschichte?"

Nach der Art, wie sein Blick sich schärfte, war er das auf jeden Fall. „Sie wissen etwas über sein Geheimnis, den Grund, warum er so lange überlebt hat? Etwas, das meine Leser interessieren würde?"

„Ich habe mitgehört, wie er mit einem Freund redet, Mr. Bailey."

Er machte zwei weitere Schritte herab. „Sagen Sie es mir."

„Ich bin doch keine Närrin, Mr. Scarrow. Das gebe ich Ihnen nicht umsonst. Ich erwarte eine Kompensation für meine Bemühungen."

Sein Lächeln war schlüpfrig. „Sehr klug. Ich nehme an, der Lohn als Bibliothekarin ist nicht sehr hoch."

„Hilfsbibliothekarin. Und jeder Lohn kann von Zeit zu Zeit ein bisschen aufgepolstert werden."

„Sie sind nicht so naiv, wie Sie aussehen." Er war nur noch

vier Stufen vom unteren Ende des Treppenhauses entfernt, als er stehen blieb. „Macht es Ihnen was aus, die Eingangstür zu schließen? Es ist kühl da draußen." Er wollte mir nicht vertrauen. Noch nicht.

Er ließ mir keine Wahl. Ich schloss die Tür, sperrte Gabe aus. Ich war allein mit Mr. Scarrow und hatte keinen Weg, ihn festzusetzen. Ich war nicht stark genug, ich hatte keine Waffen.

Darum musste ich klug sein.

Sein Selbstvertrauen wuchs, sobald die Tür geschlossen war. Er trottete die letzten paar Stufen herab und schloss sich mir im Foyer an. „Sagen Sie mir die Information, und ich entscheide, wie viel sie wert ist."

Ich schüttelte den Kopf. „Wir verhandeln erst."

„Miss Ashe, kommen Sie schon. Ich kann doch keinen Bedingungen zustimmen, ohne dass ich weiß, ob es sich für mich lohnt."

Ich schob das Kinn vor, tat mein Bestes, um beleidigt zu wirken. „Das tut es. Sie werden mich einfach beim Wort nehmen müssen."

Er rieb sich mit der Hand übers Kinn, während er darüber nachdachte. „Ich fürchte, das kann ich nicht. Nicht ohne einen Hinweis. Ich hatte schon zu viele gekränkte Frauen, die sich Lügen ausdenken, um Rache an ihren ehemaligen Geliebten zu üben."

Ich versteifte mich. „Ich bin nicht hergekommen, um mich beleidigen zu lassen." Ich wandte mich um und marschierte zur Tür, die ich aufriss.

Gabe rannte herein und lief auf Mr. Scarrow zu.

Mr. Scarrow war weit genug weg, dass er einen Augenblick hatte, in dem er „Schlampe!" schreien konnte. Er hatte auch Zeit, sich einen Regenschirm aus dem Ständer zu greifen.

Ich war nicht klug genug gewesen. Ich hatte nicht sichergestellt, dass er weit genug von jeglichen möglichen Waffen weg war, bevor ich Gabe reingelassen hatte.

Er stieß mit dem Regenschirm nach Gabes Brust. Gabe wich zur Seite aus. Er stieß erneut zu, und diesmal fing Gabe ihn. Gabe zog an dem Regenschirm, sodass Mr. Scarrow näher gezerrt wurde.

Er landete einen Schlag auf dem Kinn des Journalisten. Mr. Scarrow wäre zurück gestolpert, doch Gabe packte ihn am Arm und verdrehte ihn hinter Mr. Scarrows Rücken.

Es war innerhalb von Sekunden vorbei. Gabe hatte nicht mal geschwitzt.

Mein Herz pochte allerdings. Ein Teil von mir hatte sich Sorgen gemacht, dass Gabes Mächte aktiviert wurden, wenn er sich bedroht fühlte. Seine Magie zu nutzen, hätte seine Kraft ausgelaugt, und ich sah es nicht gern, wenn er geschwächt war.

Ich begleitete die starrende Vermieterin in die Küche. Ich setzte sie auf einen Stuhl und stellte den Kessel auf den Herd, bevor ich Alex durch die Hintertür hereinließ. „Es ist Scarrow", erklärte ich ihm, während wir nach oben zurückkehrten.

Wir fanden Mr. Scarrow, der sich immer noch mühte, sich aus Gabes Griff zu befreien. Es war allerdings hoffnungslos, und er gab es auf, als er Alex sah. Er versuchte es stattdessen mit Leugnung.

„Ich habe es nicht gestohlen! Ich weiß nichts über Ihr Buch. Wo hätte ich denn davon erfahren?"

„In Carl Trevelyans Atelier." Ich deutete auf die Treppen. „Wenn Sie es nicht gestohlen haben, dann finde ich es auch nicht in Ihren Räumlichkeiten, oder?"

„Sie können meine Wohnung nicht durchsuchen! Da werden meine Rechte verletzt!"

Gabe reichte Mr. Scarrow an Alex weiter. „Darf ich mich dir anschließen, Sylvia?"

Mr. Scarrow senkte den Kopf, und seine Schultern sanken nach vorne. Er versuchte nicht, sich zu wehren oder zu fliehen, als Gabe ihn losließ. Es war ein eindeutiges Zeichen von Schuld.

Es war nicht schwer, das Manuskript zu finden. Es war sorgsam in eine Decke gewickelt und oben auf einer Garderobe verstaut, wo ich meine Suche begann. Ich reichte es Gabe, dann nahm ich seine Hilfe herab vom Stuhl an.

Er musterte mich mit einer kleinen Falte auf der Stirn, bevor er mich losließ.

Ich deutete zum Medici-Manuskript. „Wir sollten nachsehen, ob das Buch nicht beschädigt wurde."

„Ja", murmelte er. „Sollten wir." Er wickelte es ganz aus der

Decke und reichte es mir. „Woher wusstest du, dass es da oben ist?"

Der Deckel sah gut aus. Die Bretter mochten ja alt sein, aber sie waren robust und schützten die Seiten dahinter. „Das schien mir ein guter Ort zum Anfangen." Ich setzte mich auf den Stuhl und öffnete das Buch. Ich strich mit der Hand über das Familiensymbol der Medici, dann blätterte ich um.

„Aber weshalb hast du mir denn nicht die höheren Orte zum Suchen überlassen?"

Ich zuckte mit den Schultern, während ich weiter umblätterte. „Weiß ich nicht. Ich hab nicht lange überlegt, wo ich anfange." Das Buch war nicht beschädigt, und das war ein Glück. Die Seiten und Silberschließen waren in perfektem Zustand. Alles andere hätte mich überrascht.

„Das dachte ich mir eben."

Ich schaute auf. „Gabe? Ist irgendwas?"

Er schaute oben auf die Garderobe. Fast hätte er selbst hinauf greifen können, obwohl er das Buch nicht hätte sehen können, da es hinten in der Decke verstaut gewesen war. „Das wirkt einfach wie ein seltsamer Ort, dass die Kleinere von uns beiden dort zu suchen anfängt, das ist alles."

„Ist das eine Anmerkung über meine Größe oder deren Mangel?"

Er lächelte. „Überhaupt nicht. Komm schon. Bringen wir Scarrow zu Scotland Yard, und dann bringen wir das Buch dorthin zurück, wo es hingehört."

* * *

Zu sagen, der Professor wäre erfreut, das Buch wieder zu sehen, wäre eine Untertreibung gewesen. Er war wie ein Liebender, der seine Liebste lange Zeit nicht gesehen hatte. Als allererstes setzte er sich damit hin und schaute, ob es keine Schäden gab, wie ich es gemacht hatte. Ich sagte ihm nicht, dass ich bereits nachgesehen hatte. Ich bezweifelte, dass das einen Unterschied gemacht hätte.

Als er fertig war, drückte er sich das Buch an die Brust. „Ich freue mich so, dass es sicher ist. Ich war schrecklich besorgt."

Willie schnaubte. „Das ist doch kein Kind, Prof." Sie war bereits in der Bibliothek, als wir ankamen. Ihr Ärger, dass sie bei der Festnahme nicht dabei gewesen war, stand ihr überall ins Gesicht geschrieben. Sie hatte sich äußerst laut beschwert, bis Alex sie daran erinnert hatte, dass sie nach einer sehr langen Nacht ausgeschlafen hatte.

„Was machen Sie damit?", fragte Gabe den Professor.

Alex warf ihm einen seltsamen Blick zu. „Er wird es einräumen. Die Vitrine ist repariert und neues, von Magiern gefertigtes Glas wurde angebracht. Es wird jetzt einige Zeit lang nicht mehr brechen."

Gabe schaute zu Professor Nash. Der Professor seufzte nur.

Ich setzte mich neben ihn und bat darum, das Buch sehen zu dürfen. „Das geht nirgendwo hin, bis wir es entschlüsseln können."

„Und wenn wir das nicht können?", fragte der Professor.

„Ich habe das Gefühl, das können wir. Wir kennen einige der Symbole. Gabe, könntest du deine Freunde bitten, morgen herzukommen, und wir können alle die Köpfe zusammenstecken. Mr. Stray, den Mathematiker, natürlich, aber auch Stanley Greville und Juan Martinez. Sie haben uns bereits geholfen, also können sie vielleicht weitere Einsichten bieten."

Gabe rief seine Freunde an, dann kehrte er mit Daisy im Schlepptau zurück. Sie war gerade auf ihrem Fahrrad eingetroffen, ihr Gesicht gerötet, ihre Haare vom Wind zerzaust. Sie berührte sie befangen, während sie sich befleißigte, Alex nicht anzuschauen. Ihre Versuche, sich wieder herzurichten, waren sinnlos, da auch er es mied, sie anzusehen.

Sie umarmte mich heftig. „Ich freue mich so, dass du das Buch zurückhast, Sylvia. Ich weiß, wie sehr dich der Diebstahl belastet hat."

„Wie sehr?", fragte Gabe.

Sie wedelte mit der Hand. „Heftigst. Es war alles, worüber sie reden konnte."

„Das stimmt nicht", sagte ich. Ich hatte das Buch ganz fest gehalten, ließ es aber los und legte es auf den Tisch neben mich.

„Es stimmt. Von dem Augenblick an, als du es gefunden hast, warst du entweder davon besessen, seine Geheimnisse zu erfahren oder zu versuchen, es zu finden, nachdem es gestohlen wurde. Jetzt sind zwei Rätsel wieder zu einem geschrumpft, und hoffentlich wird es nicht mehr so lange ein Rätsel sein."

„Warum? Was weißt du denn?"

„Nur dass ihr mit drei klugen Leuten, die darüber brüten, gar nicht daran scheitern könnt, zu entdecken, worum es geht."

Alex und Willie schauten einander an, dann wandten sie sich beide zu Daisy. „Was ist mit uns?"

„Liebe Willie." Daisy nahm eine von Willies Händen zwischen ihre und schaute sie mitfühlend an. „Du bist auf so viele Arten besonders."

Willie sah damit zufrieden aus. „Das stimmt."

„Und du, Alex." Daisy tätschelte ihm die Wange. „Du bist großgewachsen, athletisch und gut aussehend. Du brauchst doch nicht auch noch Verstand. Das wäre doch einfach nur egoistisch."

Anders als Willie nahm er das nicht als Kompliment. Er verschränkte die Arme und sah sie aus zusammengekniffenen Augen an.

Sie lächelte süß und ließ sich auf der Tischkante nieder. „Jetzt erzählt mir, wie ihr das Buch vor diesem Schurken gerettet habt."

Ich wiederholte die Geschichte für sie, während ich die ganze Zeit mit jedem vergehenden Augenblick verhaltener wurde. Gabe beobachtete mich genau. Es war nervenraubend.

Erst kurz bevor er ging, als wir allein waren, zog er mich zur Seite und erzählte mir, was ihm durch den Kopf ging. „Du hast das Buch sehr schnell gefunden."

„Das hast du mir bereits gesagt. Ist das wichtig?" Einen schrecklichen Augenblick lang dachte ich, er würde mich beschuldigen, mit Albert Scarrow zusammengearbeitet zu haben, um es zu stehlen.

Er hatte wohl das Entsetzen auf meinem Gesicht gesehen, denn rasch beruhigte er mich. „Das Einzige, was ich dir vorwerfe, ist, eine Magierin zu sein."

Mein Mund stand offen. Ich starrte ihn an.

„Denk darüber nach", fuhr er fort. „Du bist direkt dorthin gegangen, obwohl es leichter gewesen wäre, die Suche oben auf der Garderobe mir zu überlassen. Etwas hat dich dort suchen lassen. Vielleicht hat dich die Magie in den Silberschließen gerufen, und du hast auf einer unterbewussten Ebene darauf reagiert. Du bist auch davon besessen gewesen, wie Daisy es ausgedrückt hat."

Ich wollte protestieren, schloss aber den Mund. Es war möglich, schätzte ich. Oben auf der Garderobe war ein seltsamer Ort für mich, um die Suche zu beginnen. Und ich wollte mehr darüber herausfinden, sehr sogar. Aber das war es ja. Ich war besessen von dem Buch selbst, nicht von den Schließen.

„Ich will mehr darüber erfahren, das stimmt", sagte ich zu ihm. „Aber alles – was zwischen den Seiten ist. was die Symbole bedeuten, was für ein Wissen es enthält. Die Schließen sind schön, aber ich finde sie nicht so interessant wie den ganzen Rest. Ergibt das einen Sinn?"

Er nickte langsam. „Schon. Und obwohl es bedeutet, dass du vermutlich keine Silbermagierin bist, bist du vielleicht irgendwas anderes. Vielleicht ist die Magie in dem Silber stark genug, dass deine darauf reagiert hat."

„Ist das möglich?"

„Es gibt einen Weg, das herauszufinden. Ich muss einen weiteren Anruf tätigen."

* * *

Gabes Freunde kamen am folgenden Vormittag in der Bibliothek an, aber wir fingen erst an, als Huon Barratt auftauchte. Er betrat die Bibliothek mit einem weiten Schwenk seines Umhangs und einer tiefen Verbeugung.

Willie verdrehte die Augen. „Du bist ein anständiger Magier, kein Bühnen-Betrüger. Zeig doch etwas Klasse."

Alex schnaubte. „Der Tag, an dem jemand von dir Lektionen in Klasse annimmt, ist der Tag, an dem ich anfange, dich Lady Farnsworth zu nennen."

Willie zeigte ihm eine unhöfliche Geste.

So sehr ich sie auch über ihre Ehe mit dem Lord fragen wollte, ich hatte Dringlicheres zu besprechen. Jetzt, da Huon angekommen war, konnten wir anfangen. Er nahm seinen

Umhang und den Hut und hängte sie auf, bevor wir ihn in die Lesenische im ersten Stock einluden, wo Gabes Freunde warteten, das Buch zu sehen.

Das Buch war versteckt, und nur der Professor wusste, wo.

„Wir führen ein kleines Experiment durch", erklärte Professor Nash Huon. „Gestern hat Sylvia das Buch in Mr. Scarrows Wohnung sehr schnell gefunden. War es Glück, oder wurde sie davon angezogen wie eine Magierin? Sie behauptet, sie wird nicht besonders von den Silberschließen angezogen, darum legte Mr. Glass nahe, dass sie vielleicht keine Silbermagierin ist, aber irgendeine Art Magierin, und dass die Silbermagie sie trotzdem ruft. Klingt diese Theorie für dich plausibel?"

Huon stand auf, die Hände auf den Hüften, und nickte. „Als Magier einer Disziplin, die kein Silber ist, wollen wir testen, ob ich es genauso leicht finden kann?"

„Ganz genau."

Huon breitete die Arme aus. „Treten Sie bitte alle zurück. Lassen Sie mich unbehelligt arbeiten." Er schloss die Augen und drückte sich die Finger auf die Schläfen.

Wir folgten ihm alle, während er einen Gang entlang ging, dann in den nächsten und übernächsten. „Es gibt eine Menge Interferenz", murmelte er.

„Interferenz?", fragte ich.

„Es gibt so viele magische Disziplinen hier." Er deutete auf eine Vase, die Vitrine mit den Glaseinsätzen, manche der Regale. „Sie sind überall, sowohl hier oben als auch unten. Ich finde es schwer, eine Magie von der anderen zu unterscheiden. Ich kann Tintenmagie rasch erkennen, aber andere Magie dauert länger. Wollen Sie, dass ich Ihnen zeige, welche Bücher mit von Magiern gefertigter Tinte geschrieben sind, Professor?"

„Nicht nötig", sagte Professor Nash. „Dein Onkel hat sie schon vor Jahren identifiziert. Also kannst du die Silberschließen nicht lokalisieren?"

„Kann ich, ich brauche nur Zeit."

Es dauerte ein paar weitere Minuten, bis er schließlich das Medici-Manuskript von den Regalen holte. Er hob es triumphierend über den Kopf.

Ich musste mich plötzlich hinsetzen. Ich griff hinter mich und ließ mich auf dem Sessel am Schreibtisch nieder.

Gabe ging vor mir in die Hocke. „Sylvia? Alles in Ordnung?"

Ich nickte. Aber ich war nicht in Ordnung. Das Blut trommelte in meinen Adern. Ich fühlte mich schwindelig, doch auch Gabe war mir sehr bewusst, der in der Nähe in die Hocke gegangen war, und das Buch, das jetzt in den Händen des Professors lag. Ich hatte genau geraten, in welchem Gang es versteckt gewesen war.

Vielleicht war es nicht geraten gewesen.

„Du wusstest es, oder nicht?", fragte Gabe. „Die Silbermagie hat dich gerufen, hat deine Magie gerufen."

„Ich weiß es nicht. Es ist nicht so, dass ich etwas *gespürt* hätte. Es ist einfach eine ... Tatsache." Das erklärte es aber nicht ganz. Die Tatsache war nicht in meinem Kopf abgespeichert, sodass man darauf zurückgreifen konnte, wenn es nötig war, oder sie zur Seite schieben, wenn nicht. „Es ist eher ein tiefes Verständnis, ein Bewusstsein. Genauso wie ich mir bewusst bin, dass du da bist, dass ich sitze, dass ich Luft atme ... war ich mir bewusst, dass das Buch dort ist. Hier drin." Ich tippte mir auf die Brust.

Sein Mundwinkel hob sich zu einem schiefen Lächeln. „Dann bist du bestimmt eine Magierin. Die Frage ist, welche?"

Es war die logischste Erklärung. Und doch, wie konnte ich ein ganzes Leben gelebt haben, ohne zu wissen, dass ich Magierin war? Ich hatte nie eine Ahnung gehabt. Mein Bruder schon. James' Tagebuch hatte das nahegelegt, und seine einfachen Aufzeichnungen hatten mich auf diesen Pfad geführt. Hatte seine eigene Magie sich weiter entwickelt als meine? War er sich seiner Fähigkeiten mehr bewusst gewesen?

Gabe nahm meine Hand, holte meine Gedanken zurück in die Gegenwart. „Wir kriegen es heraus, Sylvia. Ich helfe dir."

Ob es nun die Wärme seiner Hand war, die Berührung seiner Haut an meiner, oder die Sanftheit in seiner Stimme und seinen Augen, ich hatte völliges Vertrauen in ihn. Er würde mir helfen, mehr über mich selbst zu erfahren. Da war ich mir sicher. Und ich konnte jeden Augenblick genießen, den wir auf unserer Suche zusammen verbrachten.

Ich hatte nicht die Gelegenheit, weiter über meine Magie

nachzudenken. Gabes Freunde machten sich an die Arbeit mit den Symbolen im Buch. Professor Nash, Gabe und ich schlossen uns ihnen am Schreibtisch an, aber ich überließ sie der Sache. Wir waren zu viele, um über einem einzelnen Buch zu brüten.

Ich fand Alex, Willie und Daisy am vorderen Schreibtisch, wo sie Huon Barratt hinausbrachten. Er warf sich den Umhang um die Schultern, stieß dabei die Schreibtischlampe um. Alex fing sie und stellte sie wieder auf.

Huon verbeugte sich leicht. „Tut mir leid. Ich bin noch nicht wieder ganz hergestellt. Es ist noch früh am Tag."

„Sind Sie noch betrunken?", fragte Willie.

„Meine Liebe, seltsame kleine ... Person. Ich war nicht nüchtern, seit ich im Januar '19 aus dem Kriegsdienst entlassen wurde. Wenn Sie mich jetzt entschuldigen, ich muss zu einem Mittagessen."

Er ging mit einem weiteren Schwenk seines Umhangs aus der Bibliothek.

Ich wollte Willie und Alex schon zurück in die Bibliothek folgen, als Daisy mich an der Hand nahm. Sie wartete, bis die anderen außer Hörweite waren, bevor sie etwas sagte.

„Wie bin ich gestern Abend nach Hause gekommen?"

„Wir haben dich in unserem Taxi mitgenommen." Auf ihren ausdruckslosen Blick hin fügte ich an: „Alex, Gabe und ich."

Sie stieß Luft aus. „Also warst du es, die mich ins Bett gebracht hat?"

„Ja."

Sie nahm meine Hand fester. „Hat Alex was gesagt?"

„Wozu denn?"

„Über mich. Hat er einen Kommentar zu meiner Betrunkenheit gemacht?"

„Nein. Er ist ein Gentleman, und es ist halb Willie vorzuwerfen. Auf jeden Fall, warum ist das wichtig? Es trinken doch alle derzeit im Übermaß." Ich deutete auf die Tür, durch die Huon gerade gegangen war.

Sie beäugte Alex' breiten Rücken, bis er außer Sicht war. „Nicht alle."

„Du magst ihn, oder?"

Sie ließ meine Hand los. „Wen?"

„Das weißt du."

„Ich schätze schon. Aber er hält mich für ein hirnloses, verzogenes Mädchen. Und bis sich seine Meinung über mich ändert, wird nichts passieren." Sie marschierte weg, aber nicht in die Richtung der Bibliothek. Sie nahm sich ihr Fahrrad und schob es zur Tür.

Ich öffnete sie für sie und sah, wie sie durch die Crooked Lane fuhr. Vielleicht hatte sie recht. Vielleicht hielt Alex sie für ein bisschen töricht und irgendwie verzogen. Ob es nun stimmte oder nicht, die Tatsache war die, dass sie *glaubte,* es stimmte, und das würde ihr das Gefühl geben, dass sie ihm nicht ebenbürtig war, bis sie ihre eigene Meinung über sich änderte.

* * *

Es ging nur langsam voran. Kopien einiger Seiten wurden hergestellt, damit wir uns in Gruppen aufteilen konnten. Juan erkannte noch ein weiteres katalonisches Symbol, und der Professor dachte, zwei von ihnen könnten Altgriechisch sein, und er suchte nach einer Quelle, um den Verdacht zu verifizieren. Aber erst Stanley Greville stieß auf eine Abfolge von Buchstaben neben dem Knotensymbol, von dem wir ziemlich sicher waren, dass es für den Papst stand. Nach den Lettern gab es ein weiteres Symbol, von dem Stanley andeutete, dass es für weibliche Geschlechtsteile stand.

Sobald er das dargelegt hatte, sah ich es auch. Das sahen wir alle.

„Eine Päpstin", sagte ich. „Doch sicher nicht."

Willie hatte mit geschlossenen Augen auf dem Sofa gesessen, doch nun richtete sie sich auf. „Warum nicht? Unter so einer Papstrobe wäre es doch leicht, weibliche Kurven zu verstecken."

Der Professor schob sich die Brille die Nase empor. „Es gibt eine Geschichte über eine Päpstin: Päpstin Giovanna aus dem Mittelalter. Offensichtlich wurde ihr Name später von der Liste der Päpste gestrichen, sobald ihr Geschlecht entdeckt wurde."

„Die Geschichte wurde widerlegt", sagte Gabe. „Die meisten Gelehrten glauben, dass es nur eine Erfindung war, die damals in Umlauf geriet. Es gibt keine Beweise, dass sie echt war."

Wir schauten alle die Buchstaben an, die zwischen die Symbole für Papst und Frau gequetscht waren. Sie mussten doch die Buchstaben G I O V A N N A darstellen. Ohne Zweifel dachte das jeder. Es war der Schlüssel, um den Code zu knacken.

Da diese Buchstaben in der Chiffre nun entschlüsselt waren, schrieben wir die tatsächlichen Buchstaben, die sie darstellten, jedes Mal in die Kopien, wenn sie auftauchten. Es hätte uns helfen sollen, weitere Wörter zu entschlüsseln, aber niemand konnte darin etwas Vernünftiges erkennen.

Ich kehrte zu dem Buch zurück, wollte die ursprüngliche Quelle sehen. Die erste Seite mit Text war wie die erste Seite vieler Bücher mit drei Zeilen in großer Schrift aufgebaut. Könnten das der Titel, der Untertitel und der Verfassername sein? Darunter war eine kleine Schrift, vielleicht der Name des Verlegers oder Schreibers und der Ort.

Wo der Verfassername hätte stehen sollen, waren drei Kreaturen mit großem Körper und dünnen Beinen. Winzige Haare wuchsen aus den Beinen, und vertikale Linien waren zum Körper gezeichnet. Der Kopf war klein. „Das ist ein Insekt", sagte ich. „Drei davon, alle dasselbe."

Gabe beugte sich näher heran, um genauer hinzusehen. „Sie sind sehr gut gezeichnet. Alex, reich mir mal die Lupe." Er spähte hindurch. „Es sind sogar kleine Härchen auf den Insektenrücken. Ich glaube, das sind Flöhe."

„Bist du sicher?"

„Frag nicht, warum wir über Flöhe Bescheid wissen", murmelte Alex.

„Warum sind da also drei Flöhe, um für den Autorennamen zu stehen?", fragte ich. „Weshalb sollte der Verfasser sich nach Flöhen benennen?"

„Vielleicht ist das sein Name", sagte Gabe.

„Flöhe?" Juan rümpfte die Nase. „Ihr Engländer habt echt seltsame Namen."

Der Professor keuchte plötzlich. „Es ist kein Englisch. Tatsächlich ist nichts davon Englisch."

„In welcher Sprache ist es geschrieben?", fragte ich.

„Meine Vermutung ist, die verbreitetste Sprache in Florenz zur Zeit, als das Buch geschrieben wurde."

„Latein?"

„Latein war die weitverbreitetste *geschriebene* Sprache, das stimmt. Aber wenige Leute konnten es schreiben, und die meisten sprachen eine Version von Vulgärlatein oder Italienisch." Er schob sich die Brille die Nase empor und betrachtete mich durch sie. „Was wir inzwischen für die italienische Sprache halten, hat sich in der Toskana entwickelt, von der Florenz die Hauptstadt ist."

Ich starrte auf die Zeichnung der Insekten. „Was ist also das italienische Wort für Flöhe?"

„Pulci. Und ich weiß zufällig, dass es einen sehr bekannten Mann gab, der zu der Zeit lebte, als es geschrieben wurde, der Pulci hieß." Auf unsere überraschten Blicke hin gab er zu, dass er in den letzten Tagen über die Familie Medici nachgelesen hatte. In einem dieser Bücher hatte er über Luigi Pulci gelesen. „Er stammt aus einer Adelsfamilie und war ein Witzbold, berühmt für seine Beleidigungen. Er hatte einen beißenden Sinn für Humor und machte sich über seine Zeitgenossen regelmäßig in Tavernen her, von denen die Quellen behaupten, dass er sie oft aufgesucht hat."

„Klingt wie meine Art Kerl", ließ sich Willie vom Sofa aus vernehmen.

Gabe tippte mit dem Finger auf das Flohsymbol. „Ich glaube, wir können annehmen, dass wir unseren Autor gefunden haben."

„Und die Sprache, in der das Buch verfasst wurde", fügte ich an.

Ich konnte kein Italienisch, doch Juan, Gabe, Stanley und der Professor schon, in unterschiedlichen Ausmaßen. Sie richteten sich ein und machten sich an die Arbeit, hörten nur auf, um ein Abendessen einzunehmen, das Mrs. Ling mit dem Chauffeur und dem Bediensteten in die Bibliothek geschickt hatte. Miteinander und mit Francis Strays mathematischer Hilfe entschlüsselten sie das ganze Manuskript, und es blieben wenige Symbole übrig.

Ein Symbol faszinierte sie insbesondere, und verwirrte sie zugleich. Das Pentagramm, das überlieferte Symbol für das

Okkulte und die Hexerei, erschien öfter als irgendwelche anderen.

„Das ist bestimmt ein Buch über Magie", erklärte der Professor, nur um den Kopf zu schütteln. „Aber sehr wenige dieser Passagen scheinen sich auf Magie zu beziehen. Tatsächlich ist das meiste davon nur Klatsch."

Willie spähte ihm über die Schulter auf den entschlüsselten und übersetzten Text. „Klatsch worüber?"

„Menschen. Zum Beispiel legt die Anspielung auf Päpstin Giovanna nahe, dass der Autor Pulci Beweise gesehen hat, die es nachwiesen. Er behauptet, er hätte in einem Kloster einen Brief gesehen, der in einem Gewölbe für ketzerische Bücher weggesperrt war. Briefverkehr von einem Arzt, der den Papst medizinisch untersucht hatte, und es war tatsächlich eine Frau."

„Und schwanger", fügte Gabe an, der auf die entsprechende Zeile deutete.

„Pulci schrieb über weitere Skandale, manche vor seiner Zeit, wie Päpstin Giovanna, und andere über seine Zeitgenossen. Er behauptete, er hätte Beweise für jeden Skandal gesehen, über den er schrieb. Er nennt einen etablierten Gelehrten Betrüger, weil er die Arbeit eines anderen kopierte. Er wirft einem Mitglied einer besonders gut bekannten Familie Diebstahl vor. Er sagt, die Königin von Frankreich hätte eine sexuelle Beziehung zu einer ihrer Dienerinnen, und ein gewisser Kardinal würde oft in Bordelle gehen."

„Kein Wunder, dass er das verschlüsselt schreiben musste", sagte ich. „Die Folgen, wenn diese Informationen herausgekommen wären, wären für Pulci gewiss schrecklich gewesen."

„Es gibt nur einige Hinweise auf Magie, und sie steht mit dem Teufelssymbol in Zusammenhang. Pulci behauptet, dass der Teufel, wer immer es sein mag, einen Silbermagier aus dem Osmanischen Reich geschmuggelt hat, und ihn zwang, seinen Zauber zu benutzen. Falls Pulci also das Wort ‚Magie' in seinem eigenen Code benutzt, muss das Pentagramm doch etwas anderes bedeuten, aber was?"

Ich blätterte durch die Seiten des Buches, die ich gelesen hatte, während sie weiter daran gearbeitet hatten, bis ich das Pentagramm-Symbol fand. „Im Hebräischen steht es für Wahrheit, laut dem hier. Pulci erinnert uns daran, dass er in diesem Buch die Wahrheit sagt." Ich war allerdings mehr an dem osmanischen Silbermagier interessiert.

Genauso Gabe. „Pulci behauptet, dass der Silbermagier die Qualität eines Silbergegenstandes erhöhen könne. Stellt euch vor, wenn man Silber in schlichter Qualität billig einkauft und es dann mit einem Zauber verbessert. Man könnte es zu einem höheren Preis verkaufen. Die Profite würden in die Höhe schnellen. Wen kennen wir, der sehr schnell reich wurde und als Teufel betrachtet wird? Oder zumindest sein Beruf."

„Geldverleiher", sagte Francis.

„Bankiers", fügte Alex an.

„Die Medici", ließ sich mehr als eine Stimme vernehmen.

Der Professor hob einen Finger. „Natürlich! Nicht Cosimo. Er hat seinen Reichtum geerbt. Sein Vorfahr Giovanni gilt allerdings als Begründer des Medici-Imperiums. Er hat zwar die Bank nicht gegründet, doch er hat sie von einer kleinen Unternehmung in ein mächtiges Finanzzentrum verwandelt, und das ist schnell geschehen. Nicht nur das, er lebte während der Zeit der osmanischen Expansion. Es ist nicht klar, wie es dazu kam, dass er den Silbermagier stahl, aber Pulci glaubte, das hat er getan. Er behauptet sogar, das wäre die Wahrheit. Die Medici-Bank wurde durch die harte Arbeit eines illegal geraubten Silbermagiers begründet. Ha! Was für eine Geschichte."

Zur damaligen Zeit wäre es auf jeden Fall eine explosive Anschuldigung gewesen, wenn man bedachte, dass Europa Magier ausmerzte, ihnen Ketzerei vorwarf und sie in den Untergrund trieb.

Gabe blätterte die Seiten zurück, bis er bei der ersten ankam, die die Kugeln und Lilien der Familie Medici zeigte. „Wie ironisch, dass das Buch in Cosimo de' Medicis Bibliothek endete, dem Nachfahren des Mannes, dem Pulci vorwarf, Magie genutzt zu haben, um Reichtum zu erlangen."

„Pulci klingt nach jemandem, der wahrscheinlich insgeheim zufrieden damit wäre", sagte der Professor, der selbst recht zufrieden mit der zyklischen Entwicklung schien.

Obwohl das alles recht interessant war, endlich zu wissen,

worum es in dem Buch ging, warf es nur sehr wenig Licht darauf, wer die Silberschließen gefertigt hatte.

„Der Silbermagier, der von den Osmanen gestohlen wurde, hatte Kinder", erklärte ich. „Die Magie wurde durch die Vererbung weitergereicht, bis einer der Nachfahren diese Schließen anfertigte."

Ich fragte mich, ob er oder sie gewusst hatte, dass ihr Vorfahre in diesem Buch Erwähnung fand. Es war selbstverständlich ein Zufall, der durch die Tatsache zustande kam, dass die reichste Familie in ganz Europa die Möglichkeit hatte, dieses äußerst schöne, rätselhafte und teure Manuskript für ihre Bibliothek zu kaufen. Sie hatten darüber wahrscheinlich nicht viel mehr gewusst als wir, als sie es zum ersten Mal sahen.

Juan lehnte sich in seinem Stuhl zurück, die Hände hinter dem Kopf verschränkt. Er hatte vor einiger Zeit seine Krawatte abgenommen und die Ärmel aufgerollt, genauso Gabe und Alex, aber die anderen Männer waren zugeknöpft geblieben. „Ich frage mich, was mit der Silbermagierfamilie passiert ist. Wo sind sie jetzt?"

„Silbermagie ist ausgestorben", sagte Stanley.

Wir verbesserten ihn nicht. Tatsächlich hatte er vielleicht Recht, falls Marianne Folgate ohne Kinder gestorben war.

Gabe stand auf, um Getränke aus der Karaffe auszuschenken, die Bristow zum Essen gepackt hatte. Er reichte Gläser mit Sherry herum, aber Francis Stray nahm seines nicht. Er war zu abgelenkt, um festzustellen, dass Gabe vor ihm stand, bis Gabe sich räusperte.

Francis nahm das Glas entgegen. „Es wäre lohnenswert, alle Magierfamilien aufzuzeichnen, der Vergangenheit und der Gegenwart, besonders, wenn es um seltene Magie wie Silber geht. Vielleicht hat der Silbermagier, der in dem Buch erwähnt war, Nachfahren, die sich ihres Talents nicht bewusst sind. Du könntest sie finden und es ihnen sagen, Gabe."

„Ich würde den Namen des ursprünglichen Magiers brauchen", erklärte Gabe.

Francis tat dieses Hindernis mit einer leichten Handbewegung ab. „Ich könnte die Aufzeichnungen für dich anfertigen, wenn du magst. Das wird ein wenig funktionieren wie der

Kartenkatalog einer Bibliothek, mit Querverbindungen und so weiter. Das Projekt würde auch Stammbäume von Familien erfordern, die ziemlich aufwendig unterzubringen wären. Kennt jemand einen Historiker?"

Niemand tat das, und Francis verlor das Interesse, als ihm klar wurde, wie wenig von dem Konzept Mathematik beinhaltete. Er wollte die Idee nicht selbst umsetzen.

Wir blieben still, weil wir wussten, dass es einen solchen Katalog bereits gab, obwohl ich ihn noch nicht gesehen hatte.

„Was macht ihr jetzt mit dem Buch?", fragte Juan.

„Es ins Regal räumen", sagte Willie. „Hinter von Magiern angefertigtem Glas in einer Vitrine, die mit von Magiern gefertigten Schlössern versperrt ist."

Gabe schaute direkt zum Professor. „Ich bin mir nicht sicher, ob es hierher gehört."

Professor Nash presste die Lippen aufeinander. Nach einem Augenblick nickte er. „Sie haben recht. Es hat ein anderes Zuhause."

„Sidwell House?", stieß Willie hervor. „Aber Lazarus Sidwell hat doch ein paar Schrauben locker. Kann man ihm das anvertrauen?"

„Er ist ein Exzentriker und ein Einsiedler, nicht verrückt", sagte Gabe. „Und wir werden ihm eine spezielle Vitrine anfertigen lassen, damit es sicher bleibt. Aber ich habe das Gefühl, das Buch gehört zum Rest der Sammlung, die Sir Andrew von Dr. Adams erhalten hat. Was meinst du, Sylvia?"

„Ich stimme zu. Es hatte ein Heim, lange bevor es die Glass-Bibliothek gab, und es sollte dorthin zurück. Mr. Sidwell wird sehr zufrieden sein."

Obwohl es so spät war, wollte niemand aufbrechen. Wir fühlten uns triumphal. Das Rätsel des Medici-Manuskripts gelöst zu haben, fühlte sich an, als hätte man einen Kampf gewonnen, einen, den man nur in der Bibliothek ausfocht, mit Büchern als Waffen. Ich war mir allerdings sehr bewusst, dass wir den Krieg nicht gewonnen hatten. Wir wussten immer noch nicht, wie Marianne Folgate mit dem Magier in Verbindung stand, der die Silberschließen angefertigt hatte, und wir wussten nicht, ob ich mit ihr verwandt war.

Obwohl es allmählich wahrscheinlich schien, dass ich gut und gerne eine Magierin sein könnte, war ich mir ziemlich sicher, dass ich nicht mit Silber vertraut war.

Weshalb hatte das dann mein Bruder gedacht?

Eine Uhr auf dem Kaminsims schlug drei Uhr nachts.

„So spät kann es doch unmöglich sein", sagte Stanley, der sich auf seine Armbanduhr klopfte.

„Aber natürlich ist es das", sagte Professor Nash ein wenig abwehrend. „Lady Rycrofts Magie ist in dieser Uhr."

Willie schob sich hoch. „Und ihre Magie liegt niemals falsch. Alle ihre Uhren gehen richtig."

Juan stand auf und inspizierte die Uhr. „Aber die Magie muss doch nachlassen. Das tut alle Magie. Und dann wird die Uhr nachgehen."

„Indias Magie ist nicht wie die anderer Magier. Die Zeit marschiert zu ihrem Takt. Sie hält sich nicht an sie."

Stanley ging, um das leere Glas Gabe zu reichen, ließ es aber auf den Teppich fallen, bevor Gabe es richtig nehmen konnte. Er schob die Hand in die Jacke, aber nicht, bevor ich das Zittern bemerkte.

Gabe nahm das Glas und stellte es aufs Tablett. Er fasste Stanley an der Schulter. „Schon in Ordnung", sagte er leise. „Wie läuft denn die Behandlung?"

„Gut. Ich bin nur müde."

„Es war ein langer Tag. Vielen Dank für deine Hilfe. Unser Dank gilt euch allen."

Francis schüttelte Gabe die Hand. „Man muss mir nicht danken. Ich hatte seit meiner Universitätszeit nicht mehr so viel Spaß."

Willie lachte. „Wie war denn deine Universitätszeit? Denn als Gabe ging, hat er keine mysteriösen Bücher entschlüsselt. Er betrank sich, schwamm nackt im Fluss und hat das Wappen gestohlen."

„Du hast das Universitätswappen gestohlen?", fragte ich ihn.

„Nur das eine, das über der Tür der großen Halle. Und ich habe es am nächsten Tag zurückgebracht."

Willie öffnete den Mund, um noch etwas zu sagen, doch Gabe legte ihr einen Arm um die Schultern und schüttelte sie freundlich, aber heftig. „Das war vor langer Zeit. Ich bin inzwischen ein anderer Mensch."

Sie seufzte, wirkte gewissermaßen enttäuscht durch diese Tatsache.

Die Abendausgabe einer der Zeitungen, die der Professor bestellt hatte, war geliefert worden, während wir oben gewesen waren. Ich nahm sie, um sie ihm zu reichen, aber ein kleiner Artikel auf der ersten Seite zog meine Aufmerksamkeit auf sich.

„Mächtige Magierfamilie verteidigt Hobson and Son", stand in der Schlagzeile. Laut dem Artikel „gab Mr. Gabriel Glass, Sohn der Uhrmagierin Lady Rycroft, seine Zusicherung, dass die Qualität der Stiefel, die von der britischen Armee getragen wurden, außergewöhnlich war, und dass jegliche Fußbrandfälle nicht die Folge schlechter Handwerkskunst waren."

Gabe runzelte die Stirn. „Sylvia? Was ist denn?"

Ich zeigte ihm die Zeitung. Willie und Alex kamen näher, um auch mitzulesen.

Willie fluchte. „Das stimmt nicht, oder, Gabe? Das klingt nicht wie etwas, das du sagen würdest."

„Habe ich auch nicht", knurrte er. „Ich habe niemals so etwas gesagt."

„Also ..." Alex deutete auf den Artikel. „Wer dann?"

„Das werde ich gleich als erstes morgen Vormittag herausfinden."

KAPITEL 18

Der Folgetag war der Sonntag, darum konnte ich ausschlafen. Ich wachte auf und sah eine Nachricht, die von Mrs. Parry geschrieben worden war, unter meiner Tür, auf der stand, dass Gabe angerufen hatte und mich bat, sich ihm zum Mittagessen bei ihm zuhause anzuschließen, falls ich Zeit hatte.

Ich nahm auf einem Teil des Weges den Omnibus und ging den Rest zu Fuß. Es war ein schöner Tag, mit genug Wind, sodass die Luft frisch war, aber nicht so viel, dass ich mir Sorgen machen musste, mein Hut würde weggeweht. Ich versuchte, nicht darüber nachzudenken, weshalb ich zu Gabe nach Hause eingeladen war. Er hatte die Bibliothek in besorgter Miene verlassen, nachdem er den Zeitungsartikel gelesen hatte, der behauptete, er würde Hobson and Son unterstützen. Ich bezweifelte, dass er mich deswegen sehen wollte.

Bristow führte mich zum Salon, wo Gabe saß und die Zeitung las. Er faltete sie zusammen und stand auf, um mir die Hand zu schütteln. Es war seltsam, unbehaglich formell, wenn man bedachte, dass wir in letzter Zeit so freundlich miteinander umgegangen waren. Er dachte sich das wohl auch, denn er neigte den Kopf und lachte befangen. Zumindest schien er heute Morgen weniger besorgt. Er hatte wohl das Problem mit Ivys Familie gelöst.

„Willie und Alex werden in ein paar Minuten eintreffen", sagte er. „Und Cyclops, Catherine und ihre Töchter kommen auch bald. Aber ich wollte mit dir reden, bevor wir zu Mittag essen." Er bedeutete mir, mich hinzusetzen. „Ich wollte mit dir über Marianne Folgate reden."

„Hast du etwas über sie erfahren?"

„Nein, aber das ist es ja. Ich will vorschlagen, dass wir mehr über sie ermitteln. Wir haben nur flüchtig nach Informationen über sie gesucht. Wir sollten uns mehr anstrengen. Obwohl wir nicht glauben, dass du eine Silbermagierin bist, schien dein Bruder zu denken, dass es eine Familienverbindung gab. Marianne ist die einzige bekannte Silbermagierin in der jüngeren Geschichte, und es mag sich vielleicht lohnen, diesen Ermittlungen nachzugehen."

Es war etwas, das wir am Telefon hätten besprechen können, oder warten, bis ich in der Bibliothek war. Er hätte mich nicht zum Mittagessen einladen müssen, um mir zu erzählen, dass er mir helfen wollte. Aber ich war froh, dass er das getan hatte.

„Jemand hat sie doch bestimmt gekannt", fuhr er fort. „Wir beginnen mit ihrer letzten bekannten Adresse, wie sie in ihrer Akte bei meinen Eltern steht."

„Das musst du nicht machen, Gabe. Du bist doch bestimmt sehr beschäftigt."

„Ich will es machen. Außerdem laufen die geschäftlichen Angelegenheiten meines Vaters zum Großteil von selbst, darum habe ich nichts zu tun, bis Scotland Yard mir eine weitere magische Ermittlung zuweist."

Es war verführerisch, aus mehr Gründen, als ich eingestehen wollte, sogar vor mir selbst. „Ich werde es um meine Arbeit in der Bibliothek herumlegen müssen."

„Natürlich." Er schaute auf, als Alex und Willie in den Salon kamen. „Wir geben ein gutes Team ab, Sylvia."

Willie sah ihn finster an, die Hände in die Hüften gestemmt. „*Wir* geben ein gutes Team ab. Wir brauchen kein viertes Rad."

Alex verdrehte die Augen vor ihr. „Fahrzeuge fahren mit vier Rädern besser als mit drei, und Sylvia ist gute Gesellschaft." Er hielt mir eine Hand hin und lächelte. „Sie wird eine hervorragende Ergänzung unseres Teams."

Ich schüttelte ihm die Hand. „Danke, aber ich will niemandem auf die Zehen treten."

„Machst du nicht", versicherte mir Gabe.

Willie knurrte.

„Es ist nur, bis wir herausfinden, was wir über Marianne Folgate entdecken können", sagte ich zu ihr. „Es ist nicht von Dauer."

Die Ankunft von Bristow war eine willkommene Unterbrechung. Er war allerdings nicht da, um die Baileys anzukündigen. Jemand anders war zu Besuch gekommen. Mr. Hobson schob sich am Butler vorbei, bevor Bristow auch nur fertig gesprochen hatte.

Ivys Vater eilte durch die Förmlichkeiten, hatte eindeutig kein Interesse an ihnen. Er sah aus, als würde er gleich platzen, wenn er nicht bald sagen konnte, wozu er gekommen war. Er bat darum, Gabe allein zu sprechen.

Bristow ging und schloss die Tür, aber Gabe bat den Rest von uns nicht, zu gehen. Er deutete auf einen Sessel. „Danke, dass Sie mich besuchen, obwohl ein Anruf genügt hätte. Ich weiß, dass Sie gerade beschäftigt sind."

„Manche Dinge kann man nicht am Telefon besprechen." Mr. Hobson setzte sich auf die Kante des Sessels, bereit, jeden Augenblick aufzuspringen. „Ich bin gekommen, sobald ich Ihre Nachricht erhalten habe. Glass, ich flehe Sie an, gehen Sie nicht an die Presse. Bitte sagen Sie mir, dass Sie das nicht bereits getan haben."

„Habe ich nicht. Ich habe Ihnen gesagt, dass ich warten würde, bis ich mit Ihnen gesprochen habe, und ich halte mein Wort."

„Ganz genau!" Mr. Hobson schlug sich mit der Faust aufs Knie. „Sie sind als ehrlicher Mann bekannt, Ihr Ruf und der Ihrer Familie ist völlig frei von Vorwürfen. Darum flehe ich Sie an, nicht zur Presse zu gehen. Ziehen Sie Ihre Aussage jetzt nicht zurück. Es wird Ihren Ruf schädigen."

Willie schnaubte. „*Seinen* Ruf?"

Gabe hob eine Hand, um sie aufzuhalten. Sie war allerdings nicht die Einzige, die sich über Mr. Hobson empörte. Alex' Nasenflügel blähten sich, und sein Kinn spannte sich an. Er sah aus, als könne er sich kaum zurückhalten.

Im Vergleich war Gabe ruhig. Hätte er nicht leicht mit dem Daumen auf die Sessellehne getippt, hätte ich gedacht, er machte sich überhaupt keine Sorgen. „Als allererstes, ich habe niemals eine Aussage getroffen, dass ich die Armeestiefel von Hobson and Son unterstütze. Nicht vor Ihnen und ganz gewiss nicht vor der Presse. Sie sind an die Zeitung gegangen. Nicht ich. Zum Zweiten, indem Sie mit ihnen sprechen, haben Sie meinen Ruf beschädigt. Anständige Journalisten wissen, dass ich kein Magier bin." Er nahm die Zeitung, die er gelesen hatte. „Sie legen bereits dar, dass ich mein Wort nicht darauf geben kann, dass Ihre Stiefel gut gefertigt wurden. Mein Ruf, und damit der meiner Familie, wird infrage gestellt." Er knallte die Zeitung auf den Tisch hinab. „Weshalb haben Sie das gesagt?"

Ich hatte Gabe noch nie so wütend gesehen. Er war immer so liebenswert, selbst unter Druck. Aber er saß da, starr wie ein Zaunpfosten, sein starrender Blick blieb auf Mr. Hobson gerichtet. Sein Ruf bedeutete ihm alles.

Mr. Hobson fingerte an seiner Krawatte herum und schluckte schwer. „Als Sie zu mir gekommen sind, um uns nach dieser Störung vor unserer Fabrik beizustehen, haben Sie selbst gesagt, dass Sie wissen, unsere Stiefel sind gut gefertigt, dass die Magie sie stark macht. Es war auf die Empfehlung Ihrer Mutter hin, dass wir den Vertrag mit der Armee abgeschlossen haben, um Himmelswillen!"

„Sie hat nicht jede Charge getestet. Das hat niemand. Als ich mit Ihnen gesprochen habe, habe ich lediglich gesagt, dass es wohl ein aufrichtiger Fehler gewesen ist. Vielleicht ist eine Charge durchgerutscht, ohne dass ein Zauber darauf lag, und einige glücklose Soldaten haben diese Charge erhalten, anstatt die von Magiern gefertigte." Er stach mit dem Finger in die Zeitung. „Aber das ist nicht, was in dem Artikel stand. In diesen sogenannten Zitaten gibt es kein einziges Wort von mir, dass ich tatsächlich zu Ihnen gesagt habe."

„Sie haben erwartet, dass ich den Journalisten das sage?" Mr. Hobson schnaubte. „Sind Sie verrückt? Das könnte uns vernichten!"

„Wegen eines aufrichtigen Fehlers?"

Mr. Hobson holte tief Luft und stieß sie langsam aus. Diese paar Augenblicke gestatteten es ihm, sich zu sammeln. „Ich habe dem Journalisten nur erzählt, was ich glaubte, dass Sie sowieso gesagt hätten, hätten Sie die Gelegenheit bekommen."

„Dazu hatten Sie kein Recht."

„Ich hatte jedes Recht. Sie haben meine Tochter abgewiesen!"

Gabe fuhr zusammen. Obwohl er den Vorwurf wohl erwartet hatte, erschütterte er ihn trotzdem.

„Sie haben sie ruiniert", fuhr Mr. Hobson fort.

Gabe sagte nichts. Er tippte beharrlich mit dem Daumen.

Willie nahm es auf sich, ihn zu verteidigen. „Er lässt sie sagen, dass sie es abgeblasen hat. Ihr Ruf ist in Ordnung. Sie kommt schon klar."

„Wirklich? Die Sache ist die, sie hat Sie geliebt, Glass. Das tut sie noch immer. Sie haben sie aus der Fassung gebracht."

„Und das ist Ihre Rache", fauchte Alex.

Mr. Hobson warf ihm einen finsteren Blick zu, ignorierte ihn aber ansonsten. Er konzentrierte sich auf Gabe. „Verletzen Sie Ivy nicht noch mehr, indem Sie an die Presse gehen. Wenn Sie unserem Ruf schädigen, wird das ihre Chancen zerstören, einen guten Mann zu finden. Ihre Freundinnen werden ihr den Rücken kehren. Sie wird vernichtet. Ich flehe Sie an, Glass. Lassen Sie die Aussage so stehen, wie sie berichtet wurde. Das ist das Mindeste, was Sie tun können."

Gabes Brust hob und senkte sich, während er langsam und tief atmete. Aber er blieb still, blinzelte nicht, während er Mr. Hobson betrachtete.

Mr. Hobson schluckte schwer. „Guter Mann."

„Er hat Ihnen kein Versprechen gegeben", fuhr ihn Willie an. Aber an der Art, wie sie zu Gabe schaute, war sie nicht sicher, was er tun würde, ganz zu schweigen davon, was er dachte.

„Glass?"

Alex trat näher an Mr. Hobson und deutete zur Tür. „Es ist Zeit, dass Sie gehen."

Mr. Hobson schob das Kinn vor, während er zu dem Mann hinaufspähte, der über ihm aufragte. „Von jemandem wie Ihnen nehme ich keine Befehle entgegen."

„Das werden Sie, außer Sie wollen von jemandem wie mir direkt hinausbugsiert werden."

Mr. Hobson stand auf und knöpfte seine Jacke zu. „Denken Sie an Ivy", sagte er zu Gabe. „Denken Sie daran, wie sehr Sie sie bereits verletzt haben."

Willie packte ihn am Arm und marschierte mit ihm aus dem Salon.

Alex schüttelte den Kopf, während er ihm nachsah. „Normalerweise würde ich ihm jetzt ein paar schlimme Namen geben, aber das lohnt sich nicht." Er nahm Gabe an der Schulter. „Ich weiß, es ist früh, aber brauchst du was zu trinken?"

„Alles gut", murmelte Gabe. Er wandte sich an mich. „Es tut mir leid, Sylvia. Ich dachte nicht, dass es so laufen würde. Ich dachte, er würde kommen, um mir zu sagen, er hätte mit dem Journalisten geredet und seine Aussage zurückgenommen. Ich dachte nicht, dass er so abwehrend oder wütend wegen einer Charge Stiefel sein würde, die aus Versehen beim Zauberwirken vergessen wurde."

Willie kehrte mit der Familie Bailey im Schlepptau zurück. Die Stimmung hob sich. Niemand erwähnte Mr. Hobson, oder was Gabe angeblich in der Zeitung gesagt haben sollte. Die Baileys schienen sich der ganzen Saga nicht bewusst sein, und niemand war darauf aus, es ihnen mitzuteilen. Wir wollten es hinter uns lassen und unser Mittagessen genießen.

Die Unterhaltung wurde lauter, während die Mahlzeit fortschritt, vor allem dank Willie, Alex und seinen drei Schwestern, die bei fast allem nicht einer Meinung waren, von ihrem liebsten Kinofilm bis hin zu der Frage, ob die älteste Schwester Ella die Erlaubnis bekommen sollte, Fahren zu lernen.

„Das ist sinnlos", sagte Alex. „Du kannst dir doch kein Automobil leisten."

„Gabe wird mir seines ausborgen." Ella war das mutigste der drei Mädchen. Tatsächlich war sie kein Mädchen. Sie war zweiundzwanzig und äußerst unabhängig, wenn man nach ihrer Mutter ging. Sie war ein irgendwie burschikoses Mädchen, das gerne Sport machte und draußen unterwegs war, sogar Männer beim Tennis schlug. Ihr wettbewerbsorientiertes Wesen hatte vermutlich auch etwas damit zu tun.

„Wird er nicht", dröhnte Cyclops mit einem finsteren Blick zu Gabe.

Gabe warf ihm einen unschuldigen Blick zu. „Ich habe kein Wort gesagt."

„Meine Mädchen lernen nicht Fahren."

„Warum nicht?", fragte mehr als eine Frauenstimme.

Cyclops nippte an seinem Weinglas und nahm sich klugerweise Zeit, über seine Antwort nachzudenken. „Es ist gefährlich."

„Wir fahren die ganze Zeit in Fahrzeugen mit", erklärte Ella. „Wäre es dir nicht lieber, wenn ich selbst weiß, wie ich fahre, und sicher durch die Stadt komme, anstatt mich auf einen Taxifahrer verlassen zu müssen, der vielleicht betrunken ist oder leicht abgelenkt, oder einfach nur nicht aufpasst?"

Cyclops wandte sich an seine Frau, bekam aus dieser Richtung aber keine Hilfe.

„Da ist was dran", sagte Catherine.

„Wenn Ella fahren lernt, lerne ich es auch", sagte Mae, die mittlere Schwester.

„Und ich", fügte Lulu an, die Jüngste.

Mae schnalzte mit der Zunge. „Du machst mir immer alles nach."

„Mache ich nicht!"

Cyclops sah, wie Willie und Ella am Tischende flüsterten. „Wage es bloß nicht, ihr beizubringen, wie man fährt, Willie."

„Habe ich nicht", sagte Willie mit einem gerissenen Lächeln.

Cyclops kniff sein heiles Auge zusammen. „Worüber habt ihr zwei dann geflüstert?"

Willie lächelte einfach weiter, sodass Ella antworten musste. „Sie sagte, sie bringt mir bei, wie man ein Flugzeug fliegt."

„Willie!", knurrte Cyclops. Er stocherte ein paar Mal im Nachtisch in seiner Schüssel, bevor er den Löffel senkte. „Also gut. Wenn es Gabe recht ist, kannst du den Chauffeur Dodson fragen, ob er dir beibringt, wie man fährt, aber nur mit dem alten Hudson Super Six. Der Vauxhall ist zu auffällig."

Gabe, der neben mir saß, murmelte: „Gut ausgespielt."

„Willie kann fliegen?", fragte ich.

„Sie ist eine gute Pilotin. Sie wollte im Krieg fliegen, aber Frauen waren nicht zugelassen."

„Hätte sie der Premierminister nur mal kennengelernt, hätte er vielleicht seine Meinung geändert."

„Er hat sie kennengelernt."

„Echt?"

Er nickte. „Meine Eltern beraten das Kabinett von Zeit zu Zeit in magischen Angelegenheiten. Als er erfahren hat, dass die Cousine meines Vaters Lady Farnsworth ist, hat er sie alle drei zum Essen in seinem Haus eingeladen, zusammen mit etlichen anderen wichtigen Menschen. Sagen wir einfach, er hat mehr bekommen, als er sich ersehnt hat, als sie in einem Smoking auftauchte und darauf beharrt hat, nach dem Essen mit den Männern Zigarren zu rauchen."

„Zumindest hat sie formelle Kleidung getragen."

„Sie hat darauf bestanden, ihr Waffenhalfter anzubehalten."

„Oje."

Er lächelte. „Es war immerhin Krieg."

Ich lächelte ebenfalls.

Cyclops, der auf meiner anderen Seite saß, hatte zugehört. „Sie holte irgendwann einmal die Waffe heraus, als jemand sie gefragt hat, wie ihr Mann gestorben war. Sie drohte, ihn zu erschießen, falls er noch einmal fragte."

Ich dachte drüber nach, ob es unangemessen war, zu fragen, wie er gestorben war und ob das Gerücht stimmte, dass sie an den Toden ihrer beiden Männer beteiligt gewesen war, aber Willie meldete sich als erstes zu Wort.

„Ich kann dich hören, Cyclops. Du glaubst, du flüsterst, aber das tust du nicht. Deine Stimme ist wie Donner."

„Und deine hat den süßen Klang eines Feuerwerks", schoss er zurück.

Catherine verdrehte die Augen. „Ich entschuldige mich für diese zwei, Sylvia. Derzeit scheinen sie sogar noch unreifer. Wenn India hier wäre, würde sie sie auf ihren Platz verweisen. Sie und Matt wissen, wie man mit ihnen umspringt."

„Du liegst sowieso falsch", sagte Willie zu Cyclops. „Sie wollten nicht wissen, wie meine Männer gestorben sind. Sie wollten wissen, weshalb mich Davide überhaupt erst geheiratet hat."

„Das wollen wir alle wissen", murmelte Cyclops.

Gabe beugte sich zu mir herab. „Davide ist Lord Farnsworth."

„Er war betrunken", fuhr Willie fort. „Das waren wir beide. Zu heiraten schien da eine gute Idee zu sein. Vielleicht war es das auch. Es war spaßig, mit ihm verheiratet zu sein. Lasst euch das eine Lehre sein, Mädchen." Sie deutete mit dem Löffel auf eine jede von ihnen. „Wenn ihr nicht sicher seid, ob ihr jemanden heiraten sollt, dann trinkt einfach bis zum Abwinken, und ihr werdet ganz natürlich das tun, was ihr wollt. Stellt nur sicher, dass ihr nicht zu betrunken seid, um am Altar zu stehen."

Catherine seufzte. „Muss das sein, Willie?" Sie deutete auf die drei Mädchen, die ganz genau Willies Geschichte lauschten.

„Sie müssen doch irgendwann was über die Welt lernen. Stimmt das nicht, Ella?"

„Auf jeden Fall", verkündete Ella.

Mae und Lulu kicherten.

Wir schafften es durch das Mittagessen, ohne dass jemand beleidigt wurde oder ein weiterer Streit ausbrach. Ich nahm an, das lag auch daran, dass Gabe die Unterhaltung zum Medici-Manuskript lotste, und wie wir seine Rätsel gelöst hatten. Die drei Bailey-Mädchen hingen an jedem Wort.

Cyclops berichtete, dass Albert Scarrow zugegeben hatte, das Buch gestohlen zu haben, nachdem er es in Mr. Trevelyans Fotografenatelier gesehen hatte. Er hatte das Medici-Familiensymbol erkannt und angenommen, dass es eine Menge wert sein würde. Da er kein Verständnis für den Schwarzmarkt oder irgendwelche Kontakte hatte, hatte er das Risiko auf sich genommen und sich den Antiquaren am Cecil Court genähert. Das war sein Fall gewesen.

Ich verabscheute den Gedanken, was passiert wäre, wenn jemand mit besseren Verbindungen es gestohlen hätte. Es wäre vielleicht für immer verloren gewesen.

Wir zogen uns in den Salon zurück, um Tee zu trinken, nachdem die Mahlzeit um war. Keiner wollte schon gehen. Catherine, Cyclops und ihre Mädchen schienen sich hier zu

Hause zu fühlen, sprachen sogar zu den Bediensteten, als wären sie die ihren. Sie hatten bestimmt im Lauf der Jahre eine Menge Zeit hier verbracht.

Während es draußen dämmerte, schaltete Murray einige Lichter an, und die Baileys gingen. Ich beschloss, auch nach Hause zu gehen. Ich hatte allerdings eine letzte Frage an Gabe. Eine Frage, von der ich nicht sicher war, ob ich sie stellen sollte. Sie könnte seine Laune dämpfen, und er schien in den letzten paar Stunden so zufrieden gewesen zu sein. Trotz seiner Begegnung vorhin mit Mr. Hobson war Gabe den ganzen Nachmittag entspannt gewesen. Er hatte nicht ein einziges Mal mit dem Daumen getippt. Es war ein Beweis, wie sehr er die Gesellschaft von Alex' Familie genoss.

Ich wartete, bis er sich von ihnen verabschiedet hatte, bevor ich zur Seite trat, um still ein Wort mit ihm zu wechseln. „Ist alles in Ordnung, Gabe? Mr. Hobson war sehr grausam."

Er verschränkte die Hände hinter dem Rücken, presste die Lippen aufeinander, dann sagte er: „Ja. Vielen Dank."

„Du hast gezögert."

„Ach. Ja. Ich versichere dir, es ist alles in Ordnung. Hobson hat nur um sich geschlagen, weil er verabscheut, was ich Ivy angetan habe. Er wollte mich bestrafen. Das kann ich ihm nicht zum Vorwurf machen."

Ich lächelte ihn ausdruckslos an, nickte und wandte mich ab. Es war seine Angelegenheit und ging mich nichts an.

Aber plötzlich drehte ich mich um, um mich wieder vor ihn zu stellen. Ich konnte ihn Mr. Hobsons Vorgehen nicht entschuldigen lassen, nur weil er Schuldgefühle wegen Ivy hatte. Das war nicht gerecht. „Er hat sich abstoßend benommen. Es ist eines, sich aufzuregen, weil eure Verlobung ein Ende hat; eine ganz andere Sache ist es, dich zu bitten, deinen Ruf aufs Spiel zu setzen, und den deiner Mutter, wegen der Qualität seiner Stiefel. Und das auch noch in aller Öffentlichkeit!" Ich hätte fortfahren können. Ich hätte ihm sagen können, dass er besser dran war, wenn er sich nicht an einen solchen Mann band, dass er einen viel besseren Schwiegervater verdient hatte. Aber ich hatte bereits Grenzen überschritten.

Ich konnte seine Überraschung an der Art sehen, wie er mich

anstarrte, seine Lippen leicht geöffnet. Wie die meisten Menschen hielt er mich vermutlich für wenig aufbrausend und still, das Klischee einer Bibliothekarin. Aber ich hatte schon ein Temperament. Im Allgemeinen drückte es sich tief unter der Oberfläche herum und kochte nur langsam hoch, doch wenn es das tat, stellte ich fest, dass ich es fast unmöglich zurückhalten konnte. Sehr zu meinem eigenen Entsetzen.

Ich nahm meine Tasche in beide Hände und senkte den Kopf. „Einen schönen Tag, Gabe. Vielen Dank für das Mittagessen."

Er nahm mich am Ellbogen, während ich mich zum Gehen wandte. „Warte. Ich …"

„Ja?" *Igitt.* Ich klang atemlos, wie ein Mädchen. „Es tut mir leid", fügte ich rasch an. „Das geht mich nichts an."

„Es ist schön, dass jemand zu meiner Verteidigung kommt." Er warf mir ein schiefes Lächeln zu, die Art, bei dem mein Inneres einen kleinen Satz machte. Ich hoffte, meine Reaktion wäre auf meinem Gesicht nicht zu sehen. Die atemlose Mädchenstimme hatte doch schon gereicht.

„Du hast eine Menge Menschen, die das für dich tun." Ich deutete auf den Salon, wo Willie und Alex auf ihn warteten. „Mich brauchst du nicht."

„Nicht?" Er hatte es recht leise gesagt, aber das Wort hallte durch mich hindurch, hinterließ zerfledderte Nerven.

Gabes Finger strichen über die Haut an meinem Handgelenk, bevor er losließ. Er trat zurück, plötzlich ganz steif, sein Blick hart. Welche Wärme für mich er auch empfunden hatte, er hatte sie ausgesperrt.

Mr. Hobsons Besuch hatte eine tiefe, gezackte Narbe auf Gabe hinterlassen, eine, die nichts mit dem Schaden an seinem Ruf zu tun hatte. Mr. Hobson hatte Gabes Schuldgefühle, weil er die Verlobung mit Ivy beendet hatte, wieder in den Vordergrund geholt. Das hinderte Gabe daran, sie ganz loszulassen und weiterzuziehen.

So sehr ich ihm helfen wollte, es gab nichts, was ich tun konnte. Genauso wie jene von uns, die im Krieg zu Hause geblieben waren, kaum etwas tun konnten, um den Männern in unserem Leben zu helfen, nachdem sie zurückgekehrt waren, konnte ich Gabe nicht mit Taten helfen, um seine Schuld zu überwinden. Einige Kämpfe musste man allein ausfechten. Wir übrigen konnten ihnen nur zur Seite stehen und eine robuste Stütze sein, auf die man sich, wenn nötig, verlassen konnte.

Obwohl der Abend kühl war, fühlte ich mich behaglich, als der Chauffeur Dodson mich nach Hause fuhr. Der Widerhall von Gabes Worten und seiner Berührung hielt mich warm, bis weit in die Nacht hinein.

Freuen Sie sich auf:
Die Bücher ohne Titel
Buch 3 der Reihe Die Glass-Bibliothek

HOLEN SIE SICH EINE KOSTENLOSE KURZGESCHICHTE.

Ich habe eine Kurzgeschichte zur Reihe *Glass & Steele* geschrieben, die vor DIE TOCHTER DES UHRMACHERS SPIELT. Sie heißt DAS SPIEL DES VERRÄTERS und folgt Matt und seinen Freunden ins Wildwest-Städtchen Broken Creek. Sie enthält Spoiler für DIE TOCHTER DES UHRMACHERS, das sollte man also vorher gelesen haben. Das Allerbeste ist aber, dass die Geschichte KOSTENLOS ist, exklusiv für Abonnenten meines Newsletters. Tragen Sie sich jetzt auf meiner Webseite ein, falls Sie das nicht bereits getan haben: WWW.CJAR-CHER.COM

Wenn Sie bereits Abonnent sind, finden Sie die Anleitung in meinem Newsletter.

EINE NACHRICHT DER AUTORIN

Ich hoffe, Ihnen hat **Das Medici-Manuskript** genauso viel Spaß gemacht wie mir beim Schreiben. Als Indie-Autorin ist es für den Erfolg des Buches entscheidend, es bekannt zu machen. Wenn Ihnen dieses Buch gefallen hat, sagen Sie es doch bitte weiter und schreiben Sie eine Rezension in dem Shop, in dem Sie es gekauft haben.

ÜBER DIE AUTORIN

C.J. Archer begeistert sich für Geschichte und Bücher, seit sie denken kann, und wähnt sich glücklich, dass sie beides vereinen konnte. Sie verbrachte ihre frühe Kindheit in der dramatischen Schönheit des Outbacks von Queensland, Australien, lebt inzwischen aber mit ihrem Mann, zwei Kindern und einer frechen schwarzweißen Katze namens Coco in Melbourne.

Abonnieren Sie C.J.s Newsletter auf ihrer Webseite, um informiert zu werden, wenn sie ein neues Buch herausbringt: http://cjarcher.com/deutsch/

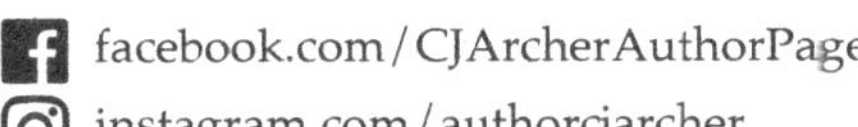

facebook.com/CJArcherAuthorPage

instagram.com/authorcjarcher